写作与救赎

本雅明文选

增订本

[德] 瓦尔特·本雅明 著

李茂增 苏仲乐 译

中国出版集团
東方出版中心

本雅明(1892～1940)

本雅明在图书馆(1939)

目　　录

现代性危机与历史救赎

论原初语言与人的语言[①]

人类精神生活的任何一种表达都可以被理解为一种语言。这里所谓“理解”，作为一种真正的方法，随时随地都在提出新问题。我们可以讨论音乐语言、雕塑语言，可以讨论与德国或英国的法律判决没有直接关系的法律语言，也可以讨论并非技术人员之专门语言的技术语言。这个意义上的语言，是指内在于各相应学科——技术、艺术、司法或者宗教——的一种倾向：“实现精神内容的传达。”质言之，精神内容的一切传达都是语言，语词传达只是人类语言的一个特例，只是司法、诗歌以及其他任何支撑着它或以它为基础的事物的一个特例。无论如何，语言存在绝非只与人类精神表达的所有领域——其中总在这样或那样的意义上蕴涵着语言——并存，而是与万物并存。无论是在生物界还是非生物界，没有哪种事或物不以某种方式参与着语言，因为传达自己的精神内容根源于万物的本性。我们绝不是在比喻意义上使用“语言”一词的。能够认识到下面这一点可谓意义深远：难以想象任何事物可以不借助于表达便可实现其精神内容的传达；显然（或者说，的的确确），意识程度不等地决定着传达，但这并不能改变这样一个事实：我们不能想象任何事物可以完全脱离语言而存在。与语言无关的存在还只是理念（idea）；但是即使在连上帝的理念都囿于其

① 本文写于1916年，本雅明生前未发表。

中的理念王国中，这个理念也不能开花结果。

可以确信无疑的是，只要认可表达是对精神内容的传达这一前提，那么便可以将一切表达都归结为**语言**。表达，就其全部内在本质而言，当然只能理解为语言。另一方面，为了理解一个语言实体，又总是有必要去追问它是哪一个精神实体的直接表达。也就是说——以德语为例：德语绝非对所有事物的表达，尽管从理论上说，我们可以用德语来表达一切事物。德语只是那些在德语中传达**它自身**的事物的直接表达。这里所谓“它自身”，乃是一个精神实体。因此，很显然，在语言中传达它自身的精神实体并非语言本身，它与语言本身是有区别的。有一种观点认为，事物的精神本质恰恰在于其语言。这种观点作为一种假说，无异于一道巨大的深渊，几乎所有语言学理论都可能坠入其中，而如何不坠入其中便成了其任务。区别精神实体与它在其中传达自身的语言实体是所有语言学研究的第一步；这种区别看上去如此毋庸置疑，以至于正是精神存在和语言存在之间这个被频频断言的区别特征，构成了一个深刻的、难以诠解的悖论。这种悖论从“逻各斯”一词的含混性便可见一斑。尽管作为一种解决方案，这一悖论业已在语言学理论中占据了中心的位置，不过，一旦回到起源处，它便只是一个悖论，根本不能解决问题。

语言传达什么？要传达的是和它相符相合的精神存在。个中关键在于，精神存在**在**(in)语言**之中**而不是**用**(through)语言传达自身。因此，如果言说意味着用语言传达的话，那么语言就没有言说者。精神存在在语言之中而不是用语言传达自身，这意味着它不与语言存在外在的同一。只要精神存在能够传达，它与语言存在就是同一的。精神实体中可以传达的乃是其语言实体。因此，语言所传达的乃是事物特定的语言存在，然而，唯其如此，事物的精神存在才直接包含在其语言存在之中，才是可传达的。

语言传达事物的语言存在。然而，存在最清楚的表现形式是语言自身。因此，“语言传达什么”这一问题的答案便是“所有语言都传达其自身”。比如，这盏灯的语言所要传达的并不是灯（因为，灯的精神存在——既然它是可传达的——绝非灯本身），而是语言之灯（language-lamp）、处于传达之中的灯（lamp in communication）、在表达之中的灯（lamp in expression）。对语言而言，情形是这样的：**所有事物的语言存在就是它们的语言。**要理解语言理论，首先需要澄清这一命题，包括它那同语反复的外表。其实，这并非一个同语反复的命题，因为它的意思是说，“对一个精神实体而言，可传达的是其语言”。一切都有赖于这个“是”字（也即“直接就是”）。——这并不是说，在其语言中**显现**得最清晰的东西就是精神实体所要传达的事物，就像所谓“运送”一样；而是说这种传达**能力**就是语言自身。换言之：精神实体的语言恰好就是在语言中可以传达的精神实体。不论一个思想实体要传达的是什么，它都是**在**这个思想实体**中**传达自身。这表明所有语言都传达它自身。或者，更准确地说，所有语言都**在**其自身**之中**传达自身；这便是传达作为“媒介”的最纯粹的含义。中介（mediation），亦即精神传达的直接性，是语言学理论的基本问题。如果有人愿意将语言传达的直接性叫作魔力（the magic）的话，那么语言的基本问题便是这种魔力。除直接性外，魔力还有另外一层含义：无限性。无限性是以直接性为条件的。正因为没有任何事物是**用**语言来传达的，因此**在**语言**中**传达的东西不可能受到外界的限制或从外部加以衡量，而所有语言都包含着无可比拟、独一无二地被建构的无限性。是其语言存在，而非其语词内容，勘定着事物的边界。

事物的语言存在就是其语言。将这一命题运用于人，其意思是：人的语言存在乃是其语言。这意味着：人**在**语言**之中**传达着他自己的精神存在。而人的语言是通过语词来言说的。因此，人是通过对其他事物的**命名**来传达其精神存在（单就其可传达的一面而言）的。但是，我们还知道命名事物的别的语言吗？我们不能接受这样的观点：除了人的语言，我们对别的语言一无所知，因为这不是实情。我们只是对除人之外的其他**命名语言**一无所知罢了；将命名语言等同于原初语言将剥夺语言学理论那些最深刻的见解。——**因此，人的语言存在就是为事物命名。**

为什么要为事物命名？人要向谁传达自身？且慢，将这一问题运用于人类，和将之运用于其他传达（语言）有什么不同吗？灯向谁传达自身呢？向山？向狐狸？——我们的答案是：向人。这绝非拟人化的说法。这个答案的真谛在人类的知识中，也许还在艺术中已经得以显现。进一步说，如果灯、山、狐狸不向人传达它们自身，他又怎么能够为它们命名呢？他为它们命名；**他**通过对**它们**命名来传达自身。他向谁传达自身呢？

在回答这个问题之前，我们必须再次追问：人是怎样传达自身的？这里，我们将作出一个深刻的区别，我们将作出一个抉择。这个抉择将使语言理解上的一个本质错误暴露无遗。人究竟是**通过**（by）他给予事物的名称来传达自身的？还是在他给予事物的名称**之中**（in）传达自身的？答案就藏在这些问题悖论性的品性之中。如果有谁相信人是通过名称来传达其精神存在的，他就不可能认为他所传达的是其精神存在，因为靠事物的名称——也就是说，靠他分派给事物的语词——是不可能传达其精神存在的。同样，持上述观点的人只会认为，人与人之间所传达的乃是作为事实存在的主体，因为通过他分派给事物的语词的确可以做到这一点。这种观点乃是资产阶级的语言观，我们在后面将越来越清楚地看到，这种语言观是无效而空洞的。这种观点坚持认为，传达的手段是语词，即作为事实存在的客体，而其接受者则是人。与此相反，另外一种语言观根本就不懂得什么传达的手段、客体，以及什么接受者。

在语言的王国中，名称乃是其最深层的本质，它是语言的唯一目的，也是其无可比拟的最高意义。所谓名称，是指**通过**它并且**在**

它**之中**,语言可以充分地传达自身。在名称之中,传达自身的精神实体乃是**语言**。凡精神存在传达自身之地,必然同时是语言拥有其绝对整全性之地。名称作为人类语言的遗产,证明了这样一个事实:**原初语言**乃是人的精神存在;唯其如此,在所有精神实体中,只有人的精神存在可以充分地传达。人类语言和物之语言的区别便根源于此。然而,由于人的精神存在是语言本身,因此他不能通过语言,而只能在语言之中传达自身。作为人类的精神存在,语言这个内涵总体的精华乃是名称。人是命名者;由此我们领悟到:纯粹语言通过他进行言说。整个大千世界,凡有传达自身者,必定是在语言之中传达,由此也可以说,归根结底是在人之中传达。因此,人乃自然之君王,可以为万物命名。只有通过万物的语言存在,他才可以超越自身,在名称中获得关于万物的知识。当万物接受了人——正是由于他,语言自身得以在名称中言说——给予它们的名字时,上帝的创造便完成了。人可以把名称叫作语言的语言(前提是这个属格不是指向手段的关系而是媒介的关系),正是在这个意义上,由于人在名称中言说,由于人是语言的言说者,因此他是唯一的言说者。通过将人称为言说者(不过,举例来说,按照《圣经》的说法,人是命名者:"人怎样叫各样的活物,那就是它的名字了。"),许多语言都包含了这个形而上的真理。

然而,名称不仅是最能体现语言之权威的言说,而且就是语言的真实称呼。因此,在名称中显现着语言的基本法则,根据这一法则,表达自身与对其他一切事物的言说乃是一回事。只有当语言在名称中——也就是说,在其普遍的命名中——言说时,语言,以及其中包含的精神实体,才纯粹地表达着自身。因此,在名称中,作为可以充分传达的精神实体的语言内涵总体,以及作为普遍传达(命名)的实体的语言外延总体,都达到了极致。鉴于语言的品性在于传达,鉴于语言的普遍性,如果在语言中言说的精神实体不具有整体的语言结构，换言之，是不可传达的，那么其语言就是不完整的。**只有人类语言，在其普遍性和彻底性中都是完整的。**

明确了这一点，我们可以提出一个问题而不至于造成混乱了。这个问题虽然具有最高的形而上的重要性，却可以作为一个术语被首先明确地提出来。这个问题是：从语言学理论的角度看，精神存在——不论是人的精神存在（这是必然的）还是物的精神存在，因而是精神存在本身——的本质是否可以被描述为语言。如果精神存在就是语言存在，那么一个事物，就其精神存在而言，乃是一个传达的中介，其中被传达的——与其中介关系相一致——恰恰就是这种中介（语言）自身。因此，语言乃是物之精神存在。精神存在从一开始就被设定为是可传达的，或者更准确地说，从一开始就被放置于可传达的疆域之内；这样，在“就……而言”的范围内，下面的观点就成了同义反复：就精神存在是可传达的而言，事物的语言存在和精神存在是同一的。**不存在语言内容这样的东西；作为传达，语言传达思想实体——而思想实体本身便是可传达的。**语言之间的差别相当于媒介之间的差别，而媒介的差别是由传导密度来区分的，也就是说，是一种渐变的区别；这既和传达（命名）的密度相关，也和传达的可传达的一面（名称）相关。这两个方面——只有在人的命名—语言中才既判然有别又连为一体——天然就是一刻不停地相互作用的。

对于语言形而上学而言，精神存在等同于语言存在，而这种等同仅仅知道源于逐渐变化的区别，因而产生了精神存在的渐变等级。发生在精神存在之内的这一分级，不能为任何更高的范畴所包摄，因此通过各种程度的实存或存在导致了所有存在——无论精神存在还是语言存在——的分级，正如经验哲学在精神存在方面所谙熟的那样。不过，精神存在和语言存在之间的等同，对语言学理论还具有更为重大的意义，因为它催生了这样一个概念：这个概念仿佛是自觉自愿似的，一次又一次地将自己推举到了语言哲学的中心，并与宗教哲学建立起了最为亲密的联系。这个概念就是启示。在所有的语言结构中，在被表达与可表达、不可表达与未被表达之间都存在着某种对立冲突。基于这种冲突，从不可表达的视角出发，马上就能看到最后的精神实体。现在，有一点很清楚，在精神存在和语言存在的等同中，认为两者之间是一种逆向平衡关系的观点已广遭质疑。这种观点认为：精神越深刻（即越实在、越真实），它就越是不可表达、越是处于未被表达的状态，然而，这种观点又认同前面提到的语言和精神之间那种明确的等同关系，因此，在语言学意义上最为实在（即最为确定的）的表达在语言学意义上也便是最为圆融、最为确定的；一言以蔽之，表达得最充分的一定是纯粹精神性的。然而，这正是启示的概念所要表达的——假如它将词的不可侵犯性作为它所揭示的精神存在之神性的充分必要条件和特点的话。宗教的最高精神王国（在启示的概念中）同时又是唯一一个不知不可传达为何物的王国。因为它在名称中言说并且像启示那样表达自身。在这里，人们注意到了只有最高的精神存在才有赖于人以及人的语言，正如在宗教里所看到的那样；然而，包括诗歌在内的艺术作为一个整体，所依赖的却并非是语言精神的终极本质，而是物——甚至是处于美的极致状态的物——的语言精神。**“语言自始至终都是理性和启示之母，”**哈曼说。

语言本身并未完全地表达于事物本身。这一命题有双重含义，一是其比喻义，一是其字面义：物之语言是不完美的，它们是喑哑无声的。事物被剥夺了语言的纯形式规则——声音。它们只是通过程度不等的物质共同性相互传达。如同任何一种语言传达一样，这种特质共同性是直接的、无限的；它是有魔力的（因为特质也有魔力）。人类语言的无可比拟的特征就在于它和物所共有的魔力乃是非特质的、纯精神的，其象征便是声音。《圣经》记载了这一象征性的事实：上帝向人吹了一口气，人马上便有了生命、精神和语言。

下面有关语言本性的思考是以《圣经》第一章为根据的，但我们的目的却并不是要去阐释《圣经》，也不是要让《圣经》臣服于类似于揭示真理的客观思考，而是要去发现在《圣经》有关语言本性的文本中究竟出现了什么；要实现这一目的，《圣经》从一开始就是唯一不可或缺的，因为当前围绕着下面这个假设的广泛争论所依据的正是《圣经》。这个假设是：语言乃是一个终极的现实，只有在不可诠解的、神秘的显现中才可以被感知。既然《圣经》将自己视为一种启示，那么它就必然要推演出最基本的语言事实。创世故事的第二个版本讲述了上帝将生气吹入了人的鼻孔，同时也记载了人是用泥土做成的。在整个创世故事中，这是唯一一次提到造物主在表达其意愿时所用的材料，否则，这次创造毫无疑问会被认为是无需中介的创造。在关于创世的第二个故事中，对人的创造并不是通过语词完成的：上帝说要有……便有了……然而这个并非通过语词创造出来的人，却被赋予了语言的**天赋**，并被提升到了万物之上。

不过，创世行为中有关人类的这次奇异的革命，在创世的第一个故事中，居然被记述得无比清楚；在一个全然不同的语境中，第一个故事以同样的确定性保证了源于创世行为的人与语言之间的特殊关系。在第1章中，创世行为的多重节奏建立了一种基本的模式，而对人的创造却迥异于这一基本模式。诚然，这一章从没有明确提及创造人或自然时所用的材料，这就很自然地留下了一个问题："他创造"这几个词是否隐含了用材料制造的意思；而创造自然的节奏（《创世记》第1章）是这样的：要有——他造出（创造出）——他称……为。在某些特定的创世行为（《创世记》1：3和1：11）中，只出现了"要有"这几个词。处于创造行为之开始的这个"要有"与处于结束时的"他称……为"这几个词，每一次都显现了创世行为与语言之间深刻而清晰的联系。创世活动以万能的语言开始，而在结束时，又仿佛是语言将造物同化、为之命名。因此，语言既是开创性的又是完成态的创世活动；这里所谓语言是指语词和名称。在上帝那里，语言之所以是开创性的，是因为它是语词，而上帝的语词之所以是可以认知的，是因为它是名称。“他看到它是好的”——意思是说，他通过名称认知了它。名称和知识之间的绝对关系只存在于上帝那里；只有那里有名称，因为它内在地等同于创造性的语词——知识的纯粹中介。这意味着上帝通过万物的名称使它们变得可知。然而，人却是根据知识来命名万物的。

在创造人的活动中，创造自然时的三重节律让位于一种截然不同的秩序。与此相应，在创造人的活动中，语言也有着完全不同的意义：创造行为的三位一体得以保留，但是恰恰是在这种对应关系中，1：27 中的三重“他创造”的歧义显得更为醒目。上帝并不是从语词中将人创造出来，而且没有对他进行命名。上帝并不希望他臣服于语言，不过上帝在人身上安置了语言——它将作为创造的媒介无偿地为**他**提供服务。上帝将创造的能力留给了人的语言之后，就休息了。这种创造力，在去除了其神圣的实在性后，变成了知识。在上帝作为其创造者的语言中，人是认知者。因此，需要解释一下人的精神存在是语言这样一个命题。说人的精神存在是语言，这里所谓语言，是创造发生于其中的语言。创造发生于语词中，因此上帝的语言存在乃是语词。一切人类语言都不过是语词在名称中的反映。名称与语词的关系，恰如知识与创造之间的关系。所有人类语言的无限性在本质上都是有条件的和分析性的，相比之下，神的语词的无限性则是绝对无条件的、创造性的。

神圣语词之最深刻的意象，人类语言最密切地参与纯粹语词之神圣无限性的那一点，也即它不能变为有限语词、不能变为知识的那一点，乃是人类的名称。专有名称理论便是有限语言与无限语言的理论边界。在所有存在中，人类是唯一能够为自己的种类命名的存在,正如他是上帝唯一没有命名的存在。也许不无僭妄,但在现在的语境中的确并非完全不可以提到《创世记》2：20：那人便给一切事物都起了名,“只是那人没有碰见配偶帮助他”。于是,亚当一接受妻子,马上就为她起了名字。(在第 2 章中是女人,第 3 章中是夏娃。)通过起名字,父母把自己的孩子献给上帝;他们所起的名字并不符合——从形而上学的意义而不是语源学的意义上说——知识,因为他们是在给新生儿起名。严格说来,任何名字(从语源学意义上)都无需和任何一个人相符合,因为专名乃是以人类声音出现的上帝语词。靠着专名,人类确保了自己乃是上帝的创造,而且从这个意义上说,他本身也是创造性的,正如“姓名即命运”这一说法(毫无疑问,这个说法一再应验)中的神话智慧所表达的那样。专名是人和上帝之**创造性**语词的共同财产。(不过,并非唯一的共同财产;人和上帝语词还共同拥有更多的语言财产。)通过语词,人和事物的语言建立起了一种密切的联系。人类的语词是物之名称。因此,我们难以认同资产阶级语言学家所坚持的:语词和事物之间的联系是偶然的;语词只是事物的约定俗成的符号(或者说是对事物的知识)。语言从来不给予事物以**纯粹的**符号。不过,神秘主义语言学对资产阶级语言学的否弃同样是建立在误解基础上的。根据神秘主义理论,语词就是事物的本质。这是不正确的,因为事物是由上帝的语词创造出来,并且通过人类的语词所给予的名称而被认识的,事物本身并没有语词。事物的知识,并不是自发的创造;它并不是出现于创世过程中那种绝对无条件、绝对无限的语言之中。进而言之,人给予语言的名称取决于语言是如何向他传达的。在名称中,上帝的语词不再是创造性的;在某种程度上它已经变为接受性的,即使只是对语言具有接受性。上帝的语词因此被丰富充实,并致力于产生出事物自身的语言。反之,在事物自身的语言中,在自然暗哑无声的魔力中,上帝的语词无声地闪烁着光芒。

由于概念和自发性的共同作用——只有在语言王国中才可以发现这种独一无二的联合，语言才有自己的语词，而这个语词也应用于名称中无名的概念。这是将万物的语言翻译成人的语言。务必要将翻译的观念奠基于语言学理论最深刻的层次之上，因为翻译的观念影响太过深远、力量太过强大，决不能被视为任何一种形式的事后思考，而这种情况已时有发生。只有认识到任何一种成熟的语言（上帝的语言除外）都可以被视为是对所有其他语言的翻译时，翻译才获得了其全部意义。如前所说，语言之间的关系如同密度各不相同的媒介之间的关系，这样一个事实实际上已经在语言与语言之间建立起了翻译的可能性。所谓翻译，乃是通过连续的转换从一种语言进入另一种语言。翻译要穿越的是不间断的转换，而不是由本质和相似性所组成的抽象区域。

将物的语言翻译为人的语言并不仅仅是将无声翻译成有声；它同时还是将无名翻译成有名。因此，它是将不完善的语言翻译成更完善的语言，这势必需要增加一些东西，即知识。不过，上帝保证了这种翻译的客观性。因为是上帝创造了万物；万物中的创造性语词便是认知名称的胚芽，正像上帝在造物之后总会给它起一个名字一样。不过，显而易见，这种命名只是表达了创造性语词和认知名称在上帝那里的特性，并没有预先解决上帝明确分派给人自身的任务：对万物命名。从接受无语且无名的语言，到将之转变为有名且有声的语言，人所执行的正是这一任务。如果人之名称——语言和物之无名语言不是交汇于上帝、不是源于同一种创造性的语词——这种创造性的语词在万物中变成了以魔力的方式进行的内容的交流，在人这里变成了知识语言和包含祝福的名称。哈曼①有云："太初之时，人之双耳所闻、双眼所见，以及双手

① 哈曼(Johann Georg Hamann，1730～1788)：德国神学家、哲学家，其狂想、省略的风格以及对情感和直觉的倡导曾经引发了同18世纪理性主义者（包括康德）的争论，对赫尔德以及狂飙突进运动时期的作家有很大影响。——英译者注

所触，都是鲜活的语词；因为上帝就是语词。因了他口中和心中的语词，语言的起源就如孩子的游戏一样自然、无间、简单。”弗里德里希·缪勒[①]在其诗歌《亚当最初醒来及其最初的欢乐之夜》中让上帝召唤人来命名，他如是写道：“泥土之人，走上前来；在凝视中，因了语词，愈益完美，愈益完美。”凝视和命名的结合暗示着把事物（动物）之喑哑传达给人的语词—语言，人的语词—语言在名称中接纳它们。在该诗的同一节中，诗人表达了这样一种认识：只有万物从中被创造出来的语词才允许人命名万物；此种语词在各种各样的动物语言——即使是无声的动物，它也会通过形象——中传达自身：上帝依次给予每一动物一个符号，借此它们走到人的面前等待命名。在符号的意象中，无声的创造与上帝的语言共性以一种崇高的方式表达了出来。

既然物之存在中未及言说的语词极度缺乏人之知识中的命名语词，而后者又肯定缺乏上帝的创造性语词，因此才有了人类语言的多种多样。只有通过翻译——翻译是如此多种多样，语言是如此多种多样，然而人一旦从伊甸园的状态中堕落，便只知道一种语言——物之语言才可以转而成为知识语言和命名语言。（按照《圣经》，逐出伊甸园的后果的确是后来才显现出来的。）人在伊甸园里的语言，必定是一种完美的知识，然而后来，所有的知识却再一次在语言的多样性中无限地分别开来，伊甸园的语言也被迫在一个较低的层次上，作为在名称中的创造将自己分别开来。即便是智慧树的存在也无以掩盖这一事实：伊甸园的语言具有充分的认知性。智慧树上的苹果被认为是传授善恶之知识的。但是在第七天，上帝已经利用创造的语词完成了认知。而且上帝看到它就是善。蛇用以引诱的知识，即善恶之知识，是无名的。从深层次看，也是无价值的，而这种知识本身乃是伊甸园里所知道的唯一的恶。

---

① 弗里德里希·缪勒（Friedrich Müller，1749～1825）：德国作家、画家、艺术批评家。

善恶之知识否弃了名称；它是一种外在的知识，是对创造性语词的无所创造的模仿。在这种知识中，名称走出了自身：堕落标志着**人类语词**的诞生。在人类语词中，名称不再是完整无缺的；人类语词已然走出了名称—语言，即知识语言，已然从我们不妨称之为其自身的内在魔力的东西中走了出来，为的是变得似乎从外在来看也确实是有魔力的。语词必须要传达一些事物（并非自身）。在这样一个事实中，隐含了语言精神的真正堕落。将语词视为对某物的外在的传达，这无异于是说，语词乃是——当然是通过间接的语词——对上帝那无中介的、创造性的语词的拙劣模仿，而这确乎是亚当那处于上帝语词和人的语词之间、包含福祉的语言精神的败坏。因为，在分别善恶的语词——确如蛇所承诺的那样——与只是外在地传达某物的语词之间，实际上有一种最基本的同一性。物之知识存在于名称之中，而善恶之知识，借用克尔凯郭尔所赋予该词的深刻含义，却无异于“空谈”，而且只懂得一种净化和升华，因而空谈者即有罪之人，便只能在判决面前俯首听命。诚然，判决性的语词拥有直接的善恶知识。它的魔力不同于名称的魔力，却同样是一种魔力。正是这种判决性的语词将最初之人逐出了伊甸园；最初之人自己根据那条永恒的戒律将判决性语词唤醒，而判决性语词又正是根据这条永恒的戒律来施行惩处的：它将自己的觉醒判为唯一的而且是最深重的罪孽。在人的堕落过程中，伴随着名称那永恒的纯粹性的被破坏，判决性语词的更为严格的纯粹性出现了。对语言的基本构成而言，堕落（在其他意义之外）有三重含义。在走出纯粹的名称语言的过程中，人将语言当作一种工具（即与他不相称的知识），因此，在任何意义上也都不同程度地将语言当作了单纯的符号；后者又导致了语言的多元性。堕落的第二层含义指，在堕落的过程中，命名的直接性被破坏了，作为回报，产生了一种新的直接性：判决的魔力自身不再是极乐有福的。也许可以姑妄称之为第三层含义的是，抽象作为语言的精神禀赋，其源头也可以追溯至人的堕落。因为不可命名且没有名称的善恶外在于名称语言,而名称语言恰恰被人抛入了由善恶问题所开启的深渊之中。无论如何,现存语言的名称只提供该语言的具体要素植根于其中的土壤。至于语言的抽象要素——我们不妨推测一下——则植根于判决性语词。可传达的抽象的直接性(然而,它是语言学的根源)存在于判决之中。在堕落的过程中,人否弃了具体事物在传达时的直接性,也就是说,否弃了名称,从而坠入了一切传达都只是间接传达的深渊,只是作为手段的语词的深渊、空洞的语词的深渊,并最终坠入空谈的深渊。这时,抽象传达的直接性便变成了判决。因为——必须再次申明——创世之后,世间有关的善恶问题全都变成了空洞的闲谈。伊甸园中的智慧树并不是为了传播善与恶的信息,而是象征着对提问者的判决。这个巨大的讽刺标志着法律的起源。

人的堕落在使语言间接化的同时,为语言的多元性奠定了基础,此后,语言的混乱便近在咫尺了。一旦人类将名称的纯粹性损毁,他也就放弃了对万物的凝神观照——在这种凝神观照中,万物之语言向他传达,而这势必会剥夺人类那已然动摇了的语言精神之一般基础。万物纠缠不清,**符号**也就难免混乱。空谈奴役语言的一个不可避免的后果便是愚蠢地奴役万物。伴随着对万物的否弃也即奴役,巴别塔计划以及语言的混乱就应运而生了。

在语言的纯粹精神中,人的生活是极乐而有福的。然而自然却是喑哑沉默的。诚然,在《创世记》第2章中,可以清楚地感觉到这个由人命名的沉默的自然,是如何在较低的程度上让自己变得极乐而有福的。弗里德里希·缪勒笔下的亚当在谈及他为之命名后便离开了他的动物时说:"(看到)动物们在我给它们命名之后,高贵地从我身边纵身离去。"然而,在人堕落之后,上帝的语词开始诅咒大地,自然的外观发生了深刻的变化。现在出现了另外一种喑哑沉默,我想说的是"自然之深深的悲哀"。如果整个自然都被赋予了语言(即使是“赋予语言”而不是“使之能够言说”),那么它一定会深深悲悼。这是一个玄之又玄的真理。这个命题有双重含义。首先,它意味着她为语言自身而悲悼。无语:此乃自然之巨大的悲哀(为了救赎她,人的生活和语言——并不仅仅是诗人的生活和语言——处身于自然之中)。其次,这个命题还意味着,她将会悲悼。然而,对语言来说,悲悼不过是最不起眼、最无力的表达。它并不比轻柔的呼吸更有力量;甚至可以说,哪里有植物的枝叶婆娑,哪里就有悲悼。由于自然是喑哑无语的,因此她悲痛哀伤。但是将这个命题颠倒一下,说自然因为悲痛哀伤而喑哑无语,将会使我们对自然的本质有更深入的了解。在一切悲痛和哀伤中,都有着一种深刻的朝向无语的倾向,但这决不意味着没有能力传达或者不想传达。悲痛哀伤者感到自身被未知之物了解得最为透彻。被命名——即使命名者如上帝一般,而且包含祝福——也许总是隐隐保留着一丝悲痛哀伤。然而,如果不是由神圣的、伊甸园的名称语言所命名,而是由千差万别的人的语言——在这种语言中,名称已然凋敝,尽管按照上帝的旨意,它拥有万物的知识——所命名,那将是何其悲哀。除非是在上帝那里,万物全都没有专名。因为上帝用创造性的语词将万物呼入存在时,所呼喊的正是它们的专名。然而,在人的语言中,它们却被过度命名(overname)了。在人类语言和万物语言的关系中,存在着某种大概可以被描述为“过度命名”的现象——这便是一切悲哀以及(从物的角度看)一切刻意喑哑沉默的最深层的语言学原因。过度命名作为一种悲哀的语言存在,又指向了另外一种奇异的语言关系:存在于人类言说的各种语言之间悲剧性关系中的过度精密。

有所谓雕塑语言、绘画语言和诗歌语言。正如诗歌语言部分地——如果不是唯一地——奠基于人的名称语言,不难想象,雕塑或绘画语言是奠基于某种特定的事物—语言;在这些事物—语言中我们发现,事物的语言被翻译成了另外一种无限高级的语言——尽管依然是在同一个领域中。这里,我们所关心的是无名的、无声的、从物质中流溢出来的语言;这里,我们应该重新回顾一下传达中的事物的物质共性。

不仅如此,由于将世界理解为一个不可分割的整体,因而万物之间的传达当然是可行的。

要理解各种艺术形式,尝试着将其全部理解为语言,并努力探究它们与自然语言之间的关系,将不无裨益。下面的例子显然是恰当的,因为它来自有声世界:歌声与鸟之语言的亲缘关系。另一方面,只有从艺术语言与符号原理的深层关联出发,才可以真正理解艺术语言,这一点同样毋庸置疑。没有了后面一条,任何语言哲学就都还是支离破碎的,因为语言和符号之间的关联(人类的语言和写作只不过提供了一个特例而已)是起源性的、基础性的。

这就使我们有机会来描述另外一种对应关系,这种对应关系遍及整个语言领域,而且这种对应关系与前面提到的、狭义的语言与符号之间的对应关系有着重要的关联。当然,语言并不必然会符合这种对应关系。因为语言并不总是传达可传达之物,与此同时它还是不可传达之物的象征。语言的象征性的一面与它和符号的关系有关,只不过延伸得更为宽广——比如,某些有关名称和判断的方面。它们不仅具有传达的功能,而且可以非常确切地说还有一个紧密相关的象征功能。在这里,我们至少没有明确地提到这一功能。

至此,这些思考为我们留下了一个纯粹的语言概念,尽管它也许还不能算是一个完美的概念。一个实体的语言就是其精神存在得以传达的中介。这一从未中断的传达之流奔腾于整个自然之中,从最低形式的存在到人,又从人到上帝。人通过名称——他(用专名)给自然命名,也给自己命名——将自身传达给上帝;在给自然命名时,他依据的是他从她那里接受的传达,因为整个自然也充盈着无名的、未曾言说的语言，即上帝创造性语词的剩余，它作为认知性的名称保留在人之中，作为判决高悬于人之上。自然语言有如一个秘密口令，由每一个士兵用自己的语言传给下一个士兵，但口令的意义就是士兵的语言本身。所有较高一级的语言都是对较低一级的语言的翻译，直至上帝的语词展示出终极的澄明，这便是由语言构成的这一运动的整体。

（李茂增译）

未来哲学论纲[①]

未来哲学的核心任务是：对我们这个时代以及我们对伟大未来的预期给予最深刻的提示，并通过与康德学说的融通将其转化为知识。追随康德学说以图确保的历史连续体乃是唯一具有决定性、全局性后果的连续体。因为康德乃是下述哲学家中最晚近的一位：这类哲学家最为关心的并非知识的广度和深度，对他们来说，首要的同时也是最重要的问题乃是知识的正当性问题。除柏拉图之外，康德大概是唯一一位此类哲学家。两位哲学家都确信，可以给予最清晰明了之解释的知识同时也是最深刻的知识。他们并不否认哲学对于深度的要求，但是却另辟蹊径，通过强调哲学对正当性的要求保证了这种深度。未来哲学的发展越是要出人意表、大胆而自信地宣称自己的存在，就越是要不遗余力地去获取确定性。确定性的标准乃是体系化的统一，或者说真理。

不过，要将一种真正既具有时间意识又具有永恒意识的哲学与康德联系起来，最大的障碍却在于：康德企图将知识之确定性和真理奠基于实在以及关于实在的知识之上，但康德的实在其实只是一种低级的甚或是最低级的秩序的实在。和一切伟大的认识论一样，康德认识论所面临的问题具有两面性，而康德只是成功地对其中的一个方面给予了有效的解释。所谓两面性，首先是恒久

---

① 本文写于 1918 年，本雅明生前未发表。英译者为 Mark Ritter。

知识的确定性问题，其次是短暂经验的完整性问题。因此，普遍的哲学旨趣总是一方面致力于知识的恒久有效性，另一方面又致力于当下经验——当下经验被认为是知识最直接的、假如不是唯一的对象——的确定性。就其总体结构而言，当下经验还从来不曾作为某种具有独立的时间意义的事物，展现在哲学家面前。对康德来说也是如此。尤其是在《未来形而上学导论》中，康德想要从科学——特别是数学化的物理学(mathematical physics)——中提取经验原理；尽管从一开始，甚至在《纯粹理性批判》中，经验本身，特别当其仅仅是其本身时，从来就没有进入过这门科学的对象领域。尽管康德以及新康德主义的哲学家们对经验作如是观，但被如此命名、如此界定的经验概念其实和旧的经验概念——它的区分、确立不仅依赖于它和纯粹意识，还依赖于它和经验意识的关系——并无不同。新康德主义试图以严格的数学和科学模式，将康德认识论奠基于一种经验理论之上。本雅明曾在新康德主义的领军人物海茵里希·李凯尔特(Heinrich Rickert)的门下学习过，并曾广泛阅读过新康德主义的另外一位代表人物赫尔曼·科亨(Hermann Cohen)的著作。然而这显然正是问题之所在：因为对康德来说，这种赤裸的、原初的、自明的经验概念，就像是一个人不明就里地分有了其时代视野一样，似乎是唯一被给予的经验——实际上，是唯一可能的经验。然而，正如已经表明的那样，这种经验是唯一而且受时间限制的。在这种形式之上并且超出这种形式、分有了所有类型的经验，在决定性的意义上可以称作**世界观**的经验，乃是**启蒙**的经验。但是在其最本质的特性中，它和现代以来的其他世纪的经验全然没有区别。作为一种关于世界的经验，或者一种世界观，它是最低的秩序。康德能够在启蒙的星丛之下开始其宏伟的工作，这一事实本身表明他是在这样一个基础之上着手其工作的：经验的意义几乎被降低到了最低点、最小值。的确，我们可以说，康德作品的伟大之处，也即其独一无二的激进主义，在于它预设了经验本身没有任何内在价值，它只有通过确定性才能获得其（我们可以这样说）可怜的意义。在康德之前，从没有哪位哲学家曾经让自己直面过这样一个任务。他们也缺乏一只自由之手，因为经验——其最好的方面，亦即其精华，便是牛顿物理学——及其确定性，可以毫无痛楚地接受粗暴而残酷的对待。对启蒙运动来说，所谓没有权威不仅仅是指不存在人必须无条件服从的权威，它还意味着，不存在原本有可能赋予经验以更高内容的知识力量（intellectual forces）的权威。经验的品性在这些时代中被每况愈下地贬低至何其低等、何其卑下的程度，以及经验所具有的令人吃惊的渺小、特定的形而上学力量，无不暗示着，无论是作为感知的经验，还是作为低等概念的经验，在康德思想中都只能起着非常有限的作用。显而易见，同样的情况也表现为，人们经常提及启蒙运动对宗教和历史的盲见，然而却丝毫没有认识到，启蒙运动的这些特征适用于整个现时代。

对未来哲学来说，最重要的是要识别并区分，在康德哲学中，哪些成分应该被吸纳、培育，哪些成分需要被改造，哪些成分必须被清除。所有回归康德的主张都建立在这样一个信念之上：康德的体系——这一体系曾遭遇过一个经验概念，其形而上学的一面曾经为门德尔松、卡福[①]论证过——借助于其对知识之确定性和合法性的卓越探索，已然推演、发展到了如此深度：它将为一种前所未有的、新的、更高级的经验提供充分的证明。这种信念，在将当代哲学所面临的最主要的挑战呈现出来的同时，又断言它是可以解决的，即依照康德思想之类型学，为一种更高级的经验概念提供认识论基础。而未来哲学的主题则被明确规定为：康德的体系中可以揭示、抽绎出某种特定的、可以公正对待某种更高级之经验

① 门德尔松（Moses Mendelssohn，1730～1788）：德籍犹太裔道德哲学家、美学家。卡福（Christian Garve，1742～1798）：德国道德哲学家，英国18世纪哲学的翻译者。

的类型学。康德从来没有否认过形而上学的可能性；他只是想要建立标准，以反对在某一个别的情形下为这种可能性提供论证。在康德的时代，经验的观念尚不曾获得形而上学的意义；历史地看，在康德的时代，唯一可做的便是否定经验之诉求，因为他的同时代人对形而上学的要求微弱而虚伪。因此，问题便变成了：在康德类型学的基础上，去发现未来形而上学之导言；并且在此过程中，去构想未来形而上学及更高级的经验。

然而，哲学之所以必须关注对康德的改造，并不仅仅是因为经验和形而上学的原因。从方法论的角度看——也就是说，像真正的哲学所做的那样——改造不应该从对经验和形而上学的关注开始，而应该从知识的概念开始。毋庸置疑，追根溯源，康德认识论的决定性错误在于，对他而言，经验是空洞的；唯其如此，在哲学的基础上创造一个新的知识概念和一个新的世界概念的双重任务便变成了一个。一般以为，康德知识概念的缺陷在于缺乏激进性，而且这一概念在其学说中也缺乏统一性。康德的认识论并没有开启出形而上学的王国，因为其中所包含的是一种不能生产的形而上学之原始的要素，这种形而上学排除了所有其他的形而上学。在认识论中，任何形而上学的成分都是诱发疾患的病菌，它通过对知识与经验的分离，来表达自己最充分的自由和深度。哲学的发展之所以可堪期待，就是因为每一次在认识论中对形而上学因素剿灭的同时，又将它交付给了更为深刻、更其形而上学的经验。在即使更深刻的探究也无法将其引向形而上学真理的经验，与尚不能充分证明形而上学研究的逻辑地位的知识原理之间，有着密切的关联——而正是在这里，也潜伏着未来哲学的历史种子。然而，举例来说，在康德的意义上，“自然之形而上学”之所以可能，似乎只能无条件地在认识论之可靠原理的基础上对经验进行探索。经验和形而上学的缺陷在认识论中则表现为思辨形而上学（也就是说，已经退化了的形而上学）的成分。这些成分中最为重要的，首先是康德那作为诸主体和客体，或者单个的主体与客体之联系的知识概念——康德始终没有能够完全克服这一概念，尽管他一直试图克服之；其次，是知识和经验之于人类经验意识的联系，同样，这一联系也只是得到了有限的克服。这两个问题紧密地交叉在一起，从某种程度上说，康德以及新康德主义者业已克服了作为感觉之原因的物自体的客观性，但认知意识的主观性还有待排除。然而，认知意识的主观性基于如下事实：它由经验意识类推而来，而经验意识当然要面对客体。所有这些便构成了认识论的一个彻底的形而上学基础，也是这些世纪以来渗入到认识论中的那条浅显“经验”的一个碎片。毋庸置疑，下述观念——也许会有简单化之虞——在康德的知识概念中扮演着最为重要的角色：个体之活跃的自我通过感官获得感知，并在此基础上形成理念。然而，这种观念乃是神话[①]而已，至于其真理内涵，也和其他任何一种认识论神话没有两样。我们知道，在所谓前万物有灵论(preanimistic)的阶段，原始人将自己认同于神圣的动物和植物，并且仿照它们为自己命名；我们知道，精神病人在某种程度上认同于他们感觉到的客体，因此对他们来说这些客体便不再是“放置于面前”的**客体**；我们知道，病人不认为自己身体的感觉来自自己，而是将其与其他事物、与至少声称能够像感受自己一样感受别人感觉的通神者联系起来。现时代、康德的时代以及前康德的时代，有关感性(以及理智)知识的最庸常的观念，实际上和上面提到的这些神话别无二致。就此而言，康德的“经验”作为感觉之纯粹的接受者，是形而上

① 神话(mythology)是本雅明思想中的一个重要概念，并有其独特的内涵。“在西方思想传统中，神话是与宗教相对的概念，神话早于宗教、低于宗教，并应被宗教所克服。在本雅明看来，神话是与真理性认识相对立的文化现象。所谓神话是指各种非永恒性的、非先验性从而非真理性的话语。他用神话这个概念来概括和全盘否定现实世界。他把现实世界看作是‘自然状态’、‘自然的历史’、‘自然的生活’，把这些都归于神话。他继承了德国唯心主义的传统，强调永恒性的、先验性的真理话语的至高性，主张以此来破坏、超越和克服神话。”参见刘北成：《本雅明思想肖像》，上海人民出版社 1998 年版，第 35 页。——中译者注

学的，或者说是神话的；它实际上是一个现代的、完全摆脱了宗教意味的经验概念。由于被理解为只与作为个体的有生命的人及其意识相关，而完全取代了作为整体的、综合的说明性知识，就总体而言，经验又一次成了真正知识尤其是其心理学分支的纯粹客体。在心理学的体系中，经验意识被划分进了疯狂的范畴。认知之人，即认知者的经验意识，则是一种精神病的意识。这也就意味着，经验意识的各种类别只有渐次的区别。这种区别同时也是价值上的区别，但其标准却不是认知的正确与否，而且永远不是经验的、心理学范畴内的问题。对未来哲学来说，确立分殊各种意识之价值的标准，乃是其头等重要的任务。有多少种经验意识，就有多少种经验；至于经验与经验意识之间的关联，从真理的角度看，则只有臆想和幻觉的价值。因为在经验意识与经验的客观性概念之间，不可能建立起任何联系。一切纯粹经验都奠基于纯粹的"认识论（先验的）意识"——如果这一术语在被剥离了一切主观的属性之后依然是有用的话。同样，纯粹先验意识不同于任何经验意识，如此一来，"意识"一词的用法问题便出现了。作为心理学概念的意识如何与纯粹知识领域中的意识概念联系起来，依然是哲学的一个主要问题，也许只有回溯到经验哲学的时代，这一问题才可能被置之不理。这里，涉及现象学新近提出来的诸多问题中的逻辑学定位问题。哲学基于这样一个事实：经验的结构内在于知识的结构之中，而且将从中发展出来。如此一来，此种经验就将宗教作为真正的经验包括了进来。在宗教中，无论神还是人，都既非经验之客体也非经验之主体；毋宁说，此种经验有赖于作为典范的纯粹知识——只有哲学能够而且必须如此看待上帝。未来之认识论的任务乃是为知识寻找一块主体概念和客体概念握手言欢的中立之地；换言之，是为知识发现一块自治的、与生俱来的领地，在这一领地中，知识概念将不再指定形而上学两种实体之间的关系。

因此，应该为未来哲学之计划确立一条基本原则：在净化认识论——康德早就论证过，此乃未来哲学最基本的问题，现在仍然有必要加以强调——的过程中，不仅要依照康德所发现的知识与经验的关系去建立一个新的知识概念，同时也要建立一个新的经验概念。当然，如前所说，在这个过程中，无论经验还是知识都将不再取决于经验意识；然而，事实仍将是，知识的条件也便是经验的条件，这是必须首先予以强调的。这个即将在新的知识前提下建立起来的崭新的经验概念本身，便将是形而上学的逻辑根据和逻辑可能。因为，当康德将形而上学视为一个问题，并将经验作为知识的唯一基础时，除以下事实外，他并没有任何别的理由：正如他从其经验概念中推导出来的那样，具有与此前的形而上学一样的重要性的形而上学的可能性（请正确理解；完全不是具有形而上学的可能性）似乎不得不被排除了。尽管如此，显而易见的是，形而上学并没有因其洞察力（insight）的不合法而被打入另册，至少对康德来说不是如此，否则他就不会为其撰写导论了。毋宁说，形而上学的独特性在于，它动用其普遍性的力量，借助于理念，迅速地将一切经验与上帝的概念联结起来。因此，未来哲学的任务可以被设定为：去发现或者说创造这样一种知识概念，即通过将经验与先验意识完全联结起来，它不仅使机械经验，同时也使宗教经验在逻辑上成为可能。这绝不意味着是知识使得上帝成为可能，但是却绝对意味着，从最根本的意义上说，是知识使关于上帝的经验和教义成为可能。

在这种被希冀并被认为是正确的哲学的发展中，已然可以探测出新康德主义的一个征候。新康德主义的一个主要问题是：取消直觉和理智的区别，此乃新康德主义的形而上学基础，其地位类似于感性论在康德著作中的地位。与此相应，即伴随着知识概念的转变，出现了经验概念的转变。因为，毫无疑问，康德并不打算将所有经验无一例外地归并为科学经验，尽管从某些方面来看，这种归并在很大程度上又确确实实符合大名鼎鼎的康德的训导。可以肯定,康德意在避免将经验划分、切割成各门具体科学的领地。尽管后来的认识论不得不否弃了庸常所理解的经验(就像康德所做的一样),但另一方面,基于对经验连续性的考虑,像新康德主义那样将经验表述为科学体系的做法仍然付诸阙如。形而上学必须设法寻求一种能够建构起一个纯粹的、体系化的经验连续体的方法;事实上,也只有在对这种经验连续体的寻求中,经验的真正含义才能够被发现。然而,在新康德主义对康德的某一个(并非最基本的一个)形而上学思想所作的修正中,对经验概念的——意义弥足重大的——调整,首先发生在启蒙运动那相对空洞的经验概念之无所不包的机械方面。绝对不可小觑的是,自由的概念所代表的乃是和经验的机械概念的特殊关系,并且业已在新康德主义那里获得了相应的发展。然而,同时必须要强调的是,全部伦理学的话语再也不能建立在康德、启蒙运动及康德主义者的道德概念之上,正如形而上学的话语不适用于他们称之为经验的东西一样。因此,伴随着知识概念的改变,不仅是经验概念,就连自由概念也将经历一场决定性的变革。

事实上完全可以说,随着能够为形而上学提供逻辑学地盘的经验概念的发现,自然王国与自由王国的界限将被取消。诚然,由于我们所涉及的还只是一项研究的计划,而没有进行相应的证明,因此有一点必须要申明:在新的先验逻辑、辩证法王国以及经验理论和自由理论携手共管之王国的基础上,无论重建是多么必须、多么不可避免,有一点都是无条件的:上述变革决不能止步于对自由和经验的混淆,即使在形而上学的王国中,经验概念有可能会被自由概念所改变——然而这一点迄今仍未被认识到。因为,对于我们现在所从事的研究来说,无论将会有多么不可胜数的变化发生,康德体系的三分法都是这个将被保留的——而且相对于任何其他类型学而言,都必须被保留的——类型学的诸多伟大特征之一。那么或许有人会穷追不舍,这个体系的第二部分(且不论第三部分的困难)是否仍然一定和伦理学相关,或者说自由因果律的范畴是否因此会有不同的含义。尽管其形而上学最深刻的方面仍然没有发现,但三分法无疑在康德的体系,即由相关范畴组成的三位一体中占据着决定性的基础地位。这个绝对的三分法——它的三个方面都与整个文化领域相关,正是康德的哲学体系超越其前辈、具有世界历史意义的卓越性的原因之一。不过,康德之后的形式主义辩证法体系,却并没有奠基于下述定义:以定言关系为正题、以假言关系为反题、以选言关系为合题。然而,除了合题的概念,在关于两个概念的特定的非合题之中的另外一个概念,从体系的角度看,将变得非常重要,因为正题和反题除合题之外的另外一种联系同样是可能的。当然,这很难导出相关范畴的四重结构。

但是,如果为了哲学的建设必须保留伟大的三分法的话,那么,甚至当其诸组成部分仍被错误定义、体系中的所有个别规划因此同样不能成立时,也需如此。正如马堡学派已经着手消除先验逻辑和感性论之间的界限(尽管类似的界限会在更高的层次上回返),范畴表也必须适应现时的普遍要求进行完全的修正。而在这一修正的过程中,伴随着新的经验概念的出现,知识概念的转变也初露端倪,因为亚里士多德的范畴的提出本就失之武断,又被康德当作机械经验并以一种十分片面的方式加以深化了。首先而且最重要的是,我们必须要思考:范畴表是否必须保持现在的封闭状态且无须调整;范畴表能否在一种秩序理论的其他成分中占据一席之地,或者它本身被建立为一种建立在原初概念之上或与原初概念相联系的理论。这种秩序理论除康德在先验感性论中所讨论的内容外,还将包括不单是力学,同时还有几何学、语言学、心理学、描述性的自然科学,以及许多其他科学的所有基本概念,而这些概念都将与诸范畴或者哲学的其他最高概念建立直接的联系。语法规则堪称好例。其次,必须要重申的是,在彻底清除了认识论中对知识之起源这一隐秘问题提供隐秘答案的一切元素之后,关于假或错的重大问题便被揭示了出来，其逻辑结构和秩序必须要像有关真的逻辑结构和秩序那样予以确定。假不能再被解释为犯错误，就像真不能被解释为正确理解一样。正是借助于对假和错的逻辑性质的研究，似乎可以假定在秩序理论中可以发现范畴；在现代哲学中，这种认识处处表明，对于纷繁复杂、非机械的经验的知识来说，建立在范畴之上的相互联系的秩序殊为重要。艺术、法学和历史以及其他领域都必须根据范畴理论，以比康德更大的力度，来定位自身。但是与此同时，这个体系的又一个重大问题出现了，这个问题与先验逻辑尤其是其第三部分的问题——即康德没有列入先验逻辑范围、关于经验的科学类型（生物学类型）的那些问题——有关；我们必须追问他为什么会这么做。再次，便是艺术与这个体系的第三部分的关系问题以及伦理学与第二部分的关系问题：同一性概念——这一概念对康德来说是未知的——的确定，将有可能在先验逻辑中发挥重要作用，因为它尽管没有出现在范畴表中，但是却有可能成为先验逻辑的最高概念，并且或许真的适合于去建立一个超越于主—客体术语、自主的知识领域。在康德的方案中，先验辩证论已经展现了经验统一体奠基于其上的理念。如前所说，被深化了的经验连续体概念几乎和统一体一样不可或缺，而经验统一体和连续体的基础——不是其庸俗的基础，也不仅仅是科学的基础，而是形而上学的基础——必须在这些理念中得到证实。这些理念向着最高的知识概念的汇集必须被展现出来。

就像康德理论为了寻找自身的原理，必须直面一种可以用以定义这些原则的科学一样，现代科学同样需要直面这样一种科学。必须要对被如此片面地定位在数学—力学之维度上的经验概念进行重大改变与修正，而这种改变和修正只能通过将知识和语言联系起来才能实现，就像哈曼在康德生前所尝试的那样。对康德来说，由于在其意识深处相信哲学知识是绝对可靠的、先天的，相信哲学中与数学完全匹配的那个方面，因此他几乎完全忽视了这样一个事实：所有的哲学知识都只有用语言而非公式和数字才能获得独特的表达。而这一事实终将被证明是决定性的，并且正是因为这一事实，哲学凌驾于包括数学在内的所有科学之上的系统性的、至高无上的权威才得以确立。基于对知识的语言本性的反思而获得的知识概念，会创造出一个相应的经验概念，后者将包含康德没有能够真正加以综合的一些领域。在这些领域中，首先便是宗教。至此，可以将对未来哲学的要求概括如下：在康德哲学体系的基础之上创造出一个与经验相适应的知识概念；按照这一概念，知识乃是教义（Lehre）。① 这种哲学，就其广义而言，将或者使自己被筹划为神学，或者由于包含了历史哲学的因素而被置于神学之上。经验乃是知识匀速的、连续不断的繁衍倍增。

附录

为了澄清哲学和宗教之关系，应该再次申明的是，本文旨在探讨哲学之体系性纲要。它首先关心的是认识论、形而上学和宗教这三个概念之间的关联。所有哲学都可以分成认识论和形而上学两部分，或者如康德所说，可以分成批判的和教条的两部分。然而，这样一种区分——不是就其对内容的指示，而是就其作为分类的原则而言——并不具有原则上的重要性。借助于这种划分，我们充其量可以说，在批判认知概念和知识概念的基础上，可以建立起这样一种理论：知识的概念首先被确定在认识论的意义上。至于批判结束、教条开始的地方也许并不能清晰地标识出来，因为教

---

① 教义（Lehre）是这一时期本雅明和格肖姆·朔勒姆的讨论中非常关键的一个汇语。其意涵介于“宗教教义”（religious doctrine）和“教导”（teachings）之间。据朔勒姆回忆，本雅明把 Lehre 不仅仅理解为对“人类状况或道路”的表征，同时也是对“事物之间的超因果联系及其在上帝那里的建构”的表征。参见朔勒姆：《瓦尔特·本雅明：一个关于友谊的故事》（*Philadephia: Jewish Publication Society of American*，1981），第 73 页。

条的概念被认为是仅仅表示从批判到教导(teachings)、从一般的基础概念到特殊的基础概念的转化。

因此所有的哲学都是关于知识的理论,但只是一种关于所有知识的、批判和教条的理论。批判和教条这两个部分都完全属于哲学领域。既然事实是,比如说,教条的部分与个别科学的教条的部分并不一致,那么哲学与个别科学的界限问题就自然而然出现了。如前所说,"形而上学"一词恰恰表示这种界限是不存在的,而将"经验"改造为形而上学则意味着所谓的经验实际上被形而上学或哲学的教条部分——这一部分由最高的认识论的部分,也即批判的部分转换而来——所包含。(例如物理领域的这种联系,参见本人关于解释和描述的文章。)如果说认识论、形而上学以及诸具体科学之间的联系至此已经大致勾勒出来了,那么还有两个问题有待解决。第一,是伦理学和美学领域中批判的契机与教条的契机之关系问题,这一问题姑且搁置起来,因为我们必须首先假设一种在体系上或许完全类似于我们在物理学中所做的那样的解决方案。其次,是哲学和宗教的关系问题。首先,显而易见的是,个中关键并不是哲学与宗教的关系问题,而是哲学和有关宗教的学说之间——换言之,是普遍知识与宗教知识之间——的关系问题。宗教、艺术等所提出的关于存在的问题也可以在哲学上发挥作用,但仅限于对关于这种存在的哲学知识的探究。哲学从来就是在探究知识,就此而言,关于知识自身存在的问题不过是对普遍意义上的知识问题的一个修正,尽管这个修正是无可比拟的、奇迹般的。的确,必须承认,哲学追问可能永远也发现不了存在之统一体,而只能发现符合诸律令的各种新的统一体,它们的整体便是"存在"。——认识论之原初的或首要的概念具有双重的作用。一方面,这一概念遵照知识之普遍的逻辑基础,通过具体化,去探究认知之特殊种类的概念,进而去探究经验之特殊种类的概念。这是其真正的认识论意义,也是其形而上学意义的较弱的一个方面。

然而，在这种情况下，知识之原初的或首要的概念并不能够达到具体的经验总体，也不能达到经验的概念。不过，有这样一种经验总体——决不能被理解为经验的总和，处于不断发展之中的、作为教义（teaching）的知识概念**直接**与之相关。这种教义的对象和内容，即具体的经验总体，便是宗教，不过它在第一种情况下只是作为教义呈现给哲学。存在之根源潜在于经验之总体之中，而哲学只有在教义之中才能邂逅某种诸如存在之类的绝对的东西，才能邂逅经验本性中的连续体。新康德主义的失败可能正在于忽视了这种连续体。就纯粹的形而上学而言，总体意义的原初经验概念以一种完全不同于各种个别的具体化，即诸科学的方式被转化。科学，也就是说直接性的意义与前者的居间意义在其中相互对立的这片领地，依然有待确证。说科学是形而上学，在严格的意义上便意味着：它通过原初的知识概念与具体的经验总体——即存在——相关。存在的哲学概念必须符合教义中的宗教概念，而后者又必须符合认识论的原初概念。所有这些不过是一个粗略的提示。总而言之，关于哲学和宗教之联系的基本趋势，需要满足下列要求：第一，宗教和哲学在本质上的一致性；第二，将宗教知识融入哲学之中；第三，这一体系的三部分的统一性。

（李茂增译）

经验与贫乏[①]

很多童年读物都会收录这样一个寓言故事：一个老人在弥留之际欺骗他的儿子们，说葡萄园里埋有财宝。他们当然肯定会去挖取。他们挖呀挖，却没有挖到什么宝藏。不过，秋天到来时，他们的葡萄园硕果累累，无人可比。直到这时，他们才明白，父亲传给他们的是经验：金银不算福，勤劳是根本。无论是严厉警告还是好心建议，在成长过程中，人们总会给我们以类似的经验教导："小毛孩，你懂什么！""你还嫩了点！"而且，谁都清楚，所谓经验，就是一直以来年长者传给年轻人的那些东西。传给儿孙的方式各不相同。有时是借助于年长者之威望的格言；更多的时候是啰里啰嗦的故事；也有的时候是围坐在炉火旁边讲述的异乡见闻。——现在所有这一切都到哪里去了？有谁见过真正知道如何讲故事的人？有谁从临终之人嘴里听到过可以像戒指那样代代相传的话？有谁还能在需要的时候求助于格言警句？有谁会试图以传授经验的方式与年轻人交往？

一切都一去不复返了。显而易见，在1914～1918年间经历了世界历史上最重大事件的这一代人身上，经验贬值了。也许它还没有引起应有的重视。难道人们没有注意到，有那么多的人是沉默着从战场归来的？难道人们没有注意到，他们可资交流的经验

---

① 本文最初发表于1933年12号的《词语的世界》(布拉格)上。

非但没有丰富，反倒变得贫乏了？十年之后，从泛滥成灾的战争书籍中倾泻出来的绝不是可以口口相传的经验。这没有什么好奇怪的。因为经验从来不曾被摧毁得如此彻底：战略经验被战术性的战斗摧毁，经济经验被通货膨胀摧毁，身体经验被饥饿摧毁，道德经验被当权者摧毁。当年乘坐马拉街车上学的一代人如今伫立在旷野的天穹之下，除了白云依旧，一切都已是沧海桑田；白云之下，天崩地摧的原野之上，是渺小、羸弱的人的身影。

随着技术的巨大进步，一种全新的贫乏降临到了人类头上。在这种贫乏的另外一面，则是令人窒息的思想财富。这些思想业已深入人心，或者说已经将人们吞噬。与这些思想相伴而来的，是星相学和瑜伽智慧、基督教科学派和手相术、素食主义和灵知主义、经院哲学和招魂术的再生。但并非真正的再生，而是电流刺激下的短暂清醒。因此，有必要回想一下恩索尔[①]那些卓越的画作：画面中，大都市的所有街道充塞着各种鬼魅；世侩们身着狂欢节服饰、戴着变形的面具、头顶面粉和纸板糊成的王冠，在街上不停地游荡。也许这些画作正是鬼魅幢幢、喧嚣混乱、被许多人寄予厚望的再生之写照。然而正是在这里，我们可以清晰地看到，我们的经验的贫乏乃是更大的贫乏的一部分。曾几何时，这种更大的贫乏已经获得了其新面目——其轮廓和清晰度一如中世纪的乞丐。因为，设若已经解除了与经验的婚约，那么我们的文化价值又从何谈起？当经验只能靠不正当的手段来刺激或获取，当我们已经清楚地看到，上个世纪，经验已沦为各种风格和观念混杂而成的可怕大杂烩的产物——我们看得太过清楚，以至于我们会认为将我们的败坏说穿乃是不当之举——时，我们的文化将会走向何方？诚然（我们应该承认这一点），经验的贫乏已不仅仅局限于个体，而是普遍意义上的人类的经验的贫乏。也就是说，是一种新的野蛮状态。

---

① 恩索尔(James Sdney Ensor，1860～1949)：比利时画家、版画家，擅长使用爆炸性的色彩，作品带有令人惊恐的奇幻色彩。代表作有《耶稣大举进入布鲁塞尔》等。

野蛮状态？没错，就是野蛮状态。我们这样说，是为了引入一个全新的、富于积极意义的野蛮概念。经验的贫乏对这种野蛮人有何助益？它迫使他从零开始；让他有一个全新的开始；让他事半功倍；让他事半功倍、聚精会神地进行建设。在所有伟大的创造者中，从来就不乏决绝地清除一切陈规陋习（tabula rasa）者。他们需要一张绘图桌；他们是建造者。笛卡儿就是这样一位建造者，他的全部哲学都基于一个确切的前提，“我思故我在”。这便是他的出发点。爱因斯坦也是这样一个建造者；在全部物理世界中，除了牛顿的方程式和其天文观测之间的细微差异，他对什么都了无兴趣。当艺术家们向数学家学习——比如像立体主义者那样通过几何形式来建造世界，或者像克利[①]那样向工程师学习时，坚持从头开始也就成了艺术家的标志。正如一部好车的各个部分，包括车身，都必须要服从于发动机的需要一样，克利笔下的人物形象也好像是在绘图板上设计出来的，即使是其最一般的表情，也都服务于人物的内心。是内心而不是内部；这便是他们的野蛮之所在。

在许多地方，最卓越的头脑早就已经在用这些概念思考问题了。对时代不抱任何幻想，与此同时却又毫无保留地献身于它——这便是他们的标志。无论是贝托·布莱希特所谓“共产主义不是平均分配财富，而是平均分配贫困”，还是现代建筑的先驱阿道夫·鲁斯[②]所宣称的“我只为富于现代感的人写作……而不为那些在对文艺复兴和洛可可的怀旧中消耗生命的人写作”，所表达的都是同样的意思。无论是玄奥如画家克利，还是提纲挈领如鲁斯的艺术家，全都抛弃了传统的、庄严的、高贵的、以祭献给过去

① 克利（Paul Klee，1879～1940）：瑞士画家，与以康定斯基为中心的“蓝色骑兵派”过从甚密。1921～1931年间在包豪斯任教。

② 阿道夫·鲁斯（Adolf Loos，1870～1933）：奥地利建筑师、国际化风格的先驱人物。鲁斯也是著名的散文作家和社会批评家。他对装饰的攻击在一战之前的欧洲产生过广泛影响。著有《装饰与罪恶》等书。

的所有祭品为装饰的人物形象。他们转向了赤裸着身体的现代人,他像新生儿一样,正躺在肮脏的当代尿布上尖声啼哭。没有谁比保尔·舍尔巴特①更欢欣鼓舞、更兴高采烈地欢迎这位现代人的到来。乍一看,舍尔巴特的几部长篇小说和儒勒·凡尔纳非常相像,但实际上两者完全不同。凡尔纳惯于描写一个普通的法国人或英国人乘坐奇异的飞行器进行环球旅行,而舍尔巴特醉心于探究的是,望远镜、飞机、火箭自诞生以来是如何将人类改造成了一种可爱有趣的全新生物的。还要补充一点,这些生物说的是一种全新的语言。与自然语言不同,这种语言的关键特征在于其武断性和建构性。这是舍尔巴特的人类语言——或者说是其"人物"语言——最鲜明的特色,因为类人性——此乃人本主义之原则——正是这些人物所要拒绝的。甚至从他们的名字上也可见一斑:Peka、Labu、Sofanti,以及以同名主人公命名的长篇小说 *Lesabéndio* 中的人物姓名。俄国人也喜欢给他们的孩子起一些"非人化"的名字:十月革命后给孩子起名叫"十月";五年计划期间给孩子起名叫"五计";或者因为某条航线而给孩子起名叫"航宇"。并没有对语言进行技术革新,只不过是调动它,让它为斗争和工作服务。在任何一种意义上说,这不是在描述现实,而是在改变现实。

回到舍尔巴特。舍尔巴特极为重视为其"人物"建造居所;同样,他也极为重视其城市同胞的居住问题。他将他们安排进与其境况相适应的、由鲁斯和勒·柯布西耶②开创的可调适、可移动的玻璃建筑中。玻璃是如此坚硬、光滑,以至于任何物品都无法附着

① 保尔·舍尔巴特(Paul Scheerbart, 1863~1915):德国作家,作品以奇幻著称。舍尔巴特和布鲁诺·陶特(Bruno Taut)合著的《玻璃建筑学》对当代设计有重要影响。本雅明曾为舍尔巴特的长篇小说 *Lesabéndio* 写过一篇评论,但未刊行。

② 勒·柯布西耶(Le Corbusier, 1887~1963):笔名查尔斯爱德华·热奈特(Charles Edouard Jeanneret),瑞士建筑师、城市规划师,他的设计融现代功能主义与大胆、粗粝的外形于一体。代表作品有巴黎郊区的萨伏伊别墅(1928~1929)、德国斯图加特的马赛公寓大楼(1946~1957)、法国浮日山区的朗香教堂(1950~1953)等。

其上。此外,玻璃还冷静、严肃。玻璃制品“灵韵”尽失。一般说来,玻璃乃秘密之死敌。玻璃还是占有之死敌。伟大作家安德烈·纪德曾经说过:“凡我想拥有之物,均变得晦暗不明。”那么,像舍尔巴特这样的人之所以对玻璃寄予希望,是因为它们乃贫乏经验之代言人吗?不妨作一个比较,这或许会比理论更有说服力。如果你走进19世纪80年代的一个中产阶级的房间,它辐射出来的那种严谨的体会让你产生出强烈的感觉:“这不是你待的地方。”的确,你不可能待在这样的房间里,因为房间里无处不留下主人的痕迹——幕帘上缀着的饰物、扶手椅上的罩布、窗户上的透明画、壁炉前的隔热板。布莱希特的一句警句帮助我们远离此地:“抹除痕迹!”这是组诗《城市居民手册》第一首中的叠句。而在现今的中产阶级房间中,取而代之的是相反的行为标准。“室内布置”迫使居住者去适应无穷无尽的习惯。这些习惯与其说是服务主人的,倒不如说是服务于他所居住的这个内部空间的。熟悉奢华居室中某个物品被打碎时主人之荒诞反应者对此都能理解。甚至就连他们发火——这种他们能够熟练表演的情感反应正渐趋式微——的方式,也是深感其“尘世生涯的痕迹”已遭抹杀的人的反应。① 现在,舍尔巴特用玻璃、包豪斯学派用钢铁,已经成功地做到了。在他们所创造的房间中,人们很难留下痕迹。“综上所述,”整整二十年前,舍尔巴特写道,“我们的确可以谈论‘玻璃文化’了。由玻璃带来的新的生存环境将会彻底地改变人类。但愿这种新的玻璃文化不会遭遇到太多的敌人。”

这便是经验的贫乏。但这并不意味着人们正在吁求新经验。恰恰相反,他们希望从经验中解放出来;他们在吁求这样一个世界:在这个世界中,他们可以通过对其贫困——不仅是外在的贫

① 歌德《浮士德》第二部第11583～11584行:“我的尘世生涯的痕迹就能够/永世永劫不消逝。”参见钱春绮译《浮士德》,上海译文出版社1989年版,第706页。——中译者注

困，同时也包括内在的贫困——纯粹而坚决地利用，以便其中能够产生出体面之物。他们既不无知，也不是没有经验。在很多情况下，倒可以说情况正好相反。他们“吞噬”了一切——既吞噬了“文化”，也吞噬了“人”。由于饮食过度，他们已经精疲力竭。舍尔巴特的话最为深刻精辟：“你们如此疲倦，是因为你们从来不曾将思想集中于某个简单而宏大的计划。”与疲倦接踵而至的是睡眠。睡眠中不乏这样的情形：白天的悲哀与失意在梦中得以弥补——梦向我们展现了一种我们在现实中力所不及的简单而宏大的生存。米老鼠的生存正是现代人的梦。它的生活充满了奇迹——这些奇迹不仅超越了技术奇观，而且对之尽情嘲弄。因为这些奇迹中之最奇异者，完全是在没有机器的情况下，从米老鼠的身体，从其支持者和反对者，从最普遍的家具，从绿树、白云和大海中即兴产生出来的。自然与技术、原始与舒适，完全融为了一体。对越来越厌倦日常生活的无限繁杂性的人来说，对生存目标似乎已经消退至行将消逝的遥远地平线的人来说，米老鼠无疑提供了一个巨大的解脱。他们从中发现了生存之路，其中，一切事情都以最简单却也最舒适的方式得到解决；其中，一辆汽车并不比一顶草帽更重，树上的果实可以像热气球一样迅速变得圆熟。现在我们要做的便是退后一步，保持距离。

我们现在已经变得赤贫。我们已经将人类遗产一件接一件地丢掉了，我们以只有其真正价值百分之一的价格将它典押给了当铺，只是为了得到“当代”这枚小铜板。经济危机的一只脚已经踏进了门槛，紧随其后的是一触即发的战争阴影。执着与坚持，现在已经成了少数当权者的专利。这些当权者并不比多数人更人道，反倒更野蛮——不是褒义的野蛮。其他所有人必须调整自己，以极少的资源去适应全新的生存。他们仰仗着已经投身于全新事业并将其基础建立于洞察与否弃之上的人。如有必要，人类已经准备好了通过其建筑、绘画和故事来超越文化而永存。关键是人类在这么做时，应该放声大笑。也许这些笑声有时会显得野蛮。那么好吧，但愿那个个体能够时不时地给予大众以些微人性，总有一天，他们将用加倍的利息来回报他。

（李茂增译）

神学—政治断想[①]

唯有弥赛亚自己能够使历史完成，也就是说，他独自补救、完善、创造历史与救世主的关系。[②] 由于这一原因，没有哪种历史性的事物能够凭借自身与弥赛亚因素建立起联系。因此，上帝之国并非历史运动的目的；它不能被设定为目标。从历史的观点看，它不成其为目标，而只是终点。因此，世俗秩序不能建筑于神圣王国的观念之上，神权政治只有宗教意义，并无政治意义。对神权政治之政治意义不遗余力的否弃，乃是布洛赫《乌托邦精神》的杰出成就。[③]

世俗秩序应该建立在幸福的观念之上。世俗秩序与弥赛亚的

---

① 本片断写于1920～1921年或者1937～1938年间，本雅明生前未发表，收入全集第二卷。英译者为Edmund Jephcott。

② 本片断的写作时间仍属未知。本雅明文稿的保管者西奥多·阿多诺和格雄·朔勒姆都认为这一文本至关重要，但关于写作时间，两人却各持己见。朔勒姆坚持认为，片断中的思想与本雅明20世纪20年代早期的思想若合符节；阿多诺则回忆说，1937年末或1938年初，在圣雷莫(San Remo)，本雅明曾经对他和夫人朗读过这一片断，并称之为“新中之最新”。(阿多诺同时声称，“神学政治片断”的题目，是自己所起。)虽然颇有几分勉强，但罗尔夫·泰德曼(Rolf Tiedemann)还是支持朔勒姆的观点，并且认定片断的写作时间为1920年或1921年。本书的编者同样颇为犹豫，但倾向于认为本文乃是最终定型于《论历史的概念》(1940)中的一组概念的雏形，因此收入《文选第四卷：1938～1940》(Cambridge, Mass.: Harvsrd University Press, forthcoming)。

③ 恩斯特·布洛赫(Ernst Bloch, 1885～1977)：哲学家，本雅明挚友，执教莱比锡大学期间(1918～1933)，于20世纪20年代转向马克思主义。曾流亡瑞士、美国，1948年返回德国，任教于莱比锡和图宾根。著有《乌托邦精神》(1918)、《踪迹》(1930)、《希望的原理》(三卷，1952～1959)。

关系乃是历史哲学基本教义之一。这种关系乃是神秘的历史概念的先决条件，其中包含的一个问题可以比喻如下。如果用一个箭头指示世俗运动的目标，另一个箭头指示弥赛亚激情的方向，那么自由人类对幸福的追求与弥赛亚方向一定南辕北辙。然而，正如沿某一方向运动的力会引发相反方向上的反作用力，世俗秩序——恰恰由于其本性是世俗的——将推动弥赛亚王国的到来。因此，尽管世俗秩序本身并非弥赛亚王国的范畴，却是后者得以悄无声息降临的决定性因素。因为尘世中的一切在幸福中都难免沉沦，而只有在幸福中，尘世沉沦才注定会找到弥赛亚王国。——反之，众所周知，孤绝地沉浸在自己内在世界中的人，其内心深处无时不在的弥赛亚激情，则要经历不幸和痛苦。精神的**复原**产生的是不朽，与之相对，世俗复原原则导致永恒的沉沦。变动不居的尘世存在——其变动不居不仅表现在其总体，即空间总体中，也表现在其时间总体中——的节律，即弥赛亚状态的节律，就是幸福。之所以称这种状态为“弥赛亚的”，是因为这种流逝既是永恒的，也是总体性的。

努力追寻这种流逝——即便是原始状态的人的各个阶段的流逝，乃是世俗政治的任务，其方法可以称作虚无主义。

（苏仲乐、李茂增译）

历史哲学论纲①

I

我们知道，从前有一种自动装置，在和象棋选手对弈时，可以应对对方的每一个招数，并且总是能够赢得胜利。对弈时，棋盘放在一张巨大的桌子上，身穿土耳其服饰、嘴里叼着水烟袋的木偶端坐在棋盘前面。许多镜子营造出一种幻觉，仿佛桌子是透明的。其实，一个驼背小人——他才是游戏的主宰者——坐在桌子里面，通过一组绳子操纵着木偶的手。不难想见此种装置在哲学上的对应物。被称作"唯物主义"的木偶，无往不胜。倘能获得神学的帮助，它可以轻而易举地战胜任何一个对手，不过，正如我们所知，神学在今天已经声名扫地，人们避之唯恐不及了。

Ⅱ

"人类心智中最值得关注的奇异之处在于，"洛采②写道，"一方

---

① 本文写于1940年2月至5月间，本雅明生前未发表。

② 洛采(Rudolf Hermann Lotze, 1817～1881)：德国哲学家，同时从事医学病理学和心理学的研究。洛采致力于在自然科学和哲学之间建立起一种新的联系：一方面，力主将自然科学中以黑格尔自然哲学为代表的陈腐"哲学"清除出去，引入实验方法；另一方面，又主张对自然科学知识的领域作出明确规定，划清自然科学同哲学的界限。洛采以激烈反对生机论(vitalism，一种认为生物的机能和活动产生于物理学和化学均无法解释的生命力的理论)及其宗教哲学而著名。主要著作有《形而上学》、《逻辑学》等。

面，人们极度自私自利，另一方面，却从不觊觎未来。”洛采的话表明，我们对幸福的期许，完全是由生命历程前定于我们的时间决定的。能够让我们心存觊觎的幸福，只存在于我们曾经呼吸过的空气之中，只存在于我们曾经与之交谈过的人群之中，只存在于原本有可能委身于我们的女人身上。换言之，幸福的观念和救赎的观念牢不可破地联系在一起。对过去的看法同样和救赎的观念牢不可破地联系在一起，而这正是历史最为关切的。过去携带着一份秘密清单，并据此指向救赎。难道不是那些曾经弥漫于往昔的空气一如既往地呵护着我们？在我们所听到的声音中，现在不是正在发出回声，使其他声音隐遁？我们曾经大献殷勤的女人难道没有她们并不认识的众多姐妹？果真如此的话，过去的世代与现在之间就必定有一份秘密协议。人生在世也必定是注定了的。同以前的任何一个世代一样，我们也被赋予了些微的弥赛亚式的力量，此种力量的支配权属于过去。但这种支配权并非轻而易举就能确立。历史唯物主义者对此了然于心。

Ⅲ

一个不分主次地记录历史事件的历史学家所遵循的是这样一条真理：所有曾经发生的事情都不应该被历史否弃。诚然，只有被救赎，人类才能拥有一个完满的过去——也就是说，只有被救赎，过去的每时每刻才都是可以引证的。过去的每时每刻都将变成“今日法庭上的证词”。那一天便是最后审判日。

Ⅳ

衣食足

天国至

——黑格尔，1807①

---

① 见黑格尔 1807 年 8 月 30 日给 K. L. 冯・克尼贝尔（K.L. von Knebel）的信，见《K. L. 冯・克尼贝尔文学遗著及通信》，莱比锡，1840 年版，第 446 页。

阶级斗争——对受马克思影响的历史学家来说，阶级斗争的存在从来就是一个不争的事实——所争夺的是粗鄙的、物质的事物，但没有这些粗鄙的、物质的事物，高雅的、精神的事物就无以存在。不过，这些高雅的、精神的事物，并不只是以胜利者将会获得战利品的诱惑出现在阶级斗争中。它们以自信、勇气、幽默、狡诈以及忠诚的形式实实在在地存在于阶级斗争中，而它们所产生的力量总能追溯到久远的过去。它们不断地质疑过去和现在的统治者的每一场胜利。正像花儿向日一样，过去——受一种隐秘的向日性的驱使——努力面向历史的天空中冉冉升起的太阳。历史唯物主义者必须洞悉这种不易察觉的变化。

Ⅴ

过去的真实图像(image)稍纵即逝。过去只有在其作为可认知的图像闪现的那一瞬间才可以被捕获，然后便永远地抽身而去。“真实不会弃我们而去”：哥特弗里德·凯勒[①]的这句话再清楚不过地表明了历史主义者的历史图像被历史唯物主义者戳穿的关键之处。因此，历史主义者的图像作为过去的图像，是无可补赎的，在每一个尚未从这种图像中辨识出其自身的当下，它都有消逝的危险。

Ⅵ

历史地描绘过去并不意味着照它“实际所是的那样”去认识它。[②] 它意味着唯有在记忆因面临危险而灵光一现时才能将其捕

---

① 哥特弗里德·凯勒(Keller Gottfried，1819～1890)：瑞士德语作家，所著《绿衣亨利》被认为是德语成长教育小说的代表作之一。代表作还有小说集《塞尔德维拉人》等。

② 这是兰帕德·范·兰克(Leopold von Ranke，1795～1886)为历史学家规定的任务。兰克是19世纪德国最伟大的历史学家之一，其研究方法和教学方法对西方的历史编纂学产生过深远影响。本雅明所谓19世纪历史主义，指的就是兰克及其著作。在本雅明看来，兰克的著作没有能够反映政治和社会的变化。

获。历史唯物主义希望当过去的图像在危险关头不期然地显现在历史主体面前时将其牢牢把握。所谓危险，既关乎传统的内容，也关乎传统的继承者。对两者来说，危险是一样的：都沦为统治阶级的工具。任何一个时代都必须重新奋力将传统从凌驾于其上的陈规陋习中争夺回来。弥赛亚并不仅仅以救世主的身份降临；他以反基督者的征服者现身。能够在过去(的灰烬)之中煽起希望之火花的唯有这样一种历史学家，他坚信，假使敌人获胜，连**死者**也不得安宁。而敌人从来不曾服输。

Ⅶ

别忘了，黑暗而严寒的山谷
飘荡着悲凄的回声。

——布莱希特《三分钱歌剧》①

对于试图重新体验某个时代的历史学家，富斯代尔·德·库朗日②建议他将自己关于此后的历史进程的所有知识统统抹掉。没有比这更能彰显历史唯物主义已经与之分道扬镳的那种方法之特性了。这种方法其实是一个移情的过程。其根源是心灵的怠惰，即医学上的**淡漠抑郁症**，它对历史的真实图像灵光一现时将其捕获感到绝望。在中世纪神学家看来，淡漠抑郁症是悲伤最根本的原因。福楼拜对此了然于心，他写道："很少有人能够揣度一个为迦太基的复兴而活着的人会是多么悲哀。"如果我们有此一问，悲哀的本性将会变得更为清晰：历史主义究竟要移情于谁？答案当然是：胜利者。而所有的统治者都是前代征服者的后裔。因此，移情于胜利者不可避免地会有利于当下的统治者。历史唯物

---

① 第三幕第九场，为该剧收尾之台词。

② 富斯代尔·德·库朗日(Fustel de Coulange，1830～1889)：法国历史学家，长于古代史和中世纪史的研究。

主义知道这意味着什么。一切以胜利者姿态出现的人都随着凯旋之师入主当代，在凯旋之师中，当下的统治者正从匍匐在地者身上踏过。依照传统的做法，战利品要与凯旋之师随行。战利品被称作“文化财富”，而历史唯物主义者却以审慎、超然的眼光来看待战利品。因为无一例外，所有这些财富的来历都让人思之骇然。它们的存在不仅有赖于创造它们的非凡之士的辛劳，同时也离不开同时代其他人的无名劳作。没有一座文明的丰碑不同时是一份野蛮残暴的实录。正如任何文明的记录都不可能免于野蛮残暴，文明从一只手向另一只转移，传递的方式同样被野蛮和残暴玷污了。因此，历史唯物主义者避之唯恐不及。历史唯物主义者视与历史保持一种格格不入的关系为己任。

Ⅷ

被压迫者的历史告诉我们，我们当前所身处其中的“危急状况”其实并非例外，相反倒是常态。我们必须形成与此种洞识相适应的历史观。这样，我们就将清楚地看到，我们的任务乃是促成一种真正的危急状态，而这将有助于提升我们在反法西斯斗争中的地位。法西斯之所以能够得逞，原因之一正是在进步的幌子之下其对手也将其视为历史的常态。——时下，我们正对我们当前所经历的一切“居然”能够发生在20世纪感到惊诧，但这种惊诧还不属于哲学。这种惊异不是知识的开端①——除非它能够认识到，它所赖以产生的历史观是站不住脚的。

Ⅸ

展翅欲飞，

吾心思归，

---

① 这里暗示了亚里士多德《形而上学》中的一个命题：哲学始于惊异。

居留无涯，
运命艰危。

——格哈尔德·朔勒姆《天使的问候》

克利有一幅画作，叫作《新天使》。画的是一个天使似乎正要从他所凝视之物转身离去。天使双眼圆睁，张着嘴，翅膀已展开。[①] 这正是历史天使的模样。他的脸扭向过去。在我们看来是一连串事件发生的地方，他看到的只是一场灾难，这场灾难不断把新的废墟堆积到旧的废墟上，并将它们抛弃到他的脚下。天使本想留下来，唤醒死者，弥合破碎。然而一阵飓风从天堂吹来，击打着他的翅膀；大风如此猛烈，以至于天使无法将翅膀收拢。大风势不可挡，将其裹挟至他背对着的未来，与此同时，他面前的残骸废墟却层累叠积，直逼云天。我们所谓的进步正是这样一场风暴。

X

修道院将题目分派给修士们，让其冥想，意在使之从尘世俗务

---

① 1921年4月，本雅明在柏林的一个小型画展上见到瑞士画家保罗·克利(Paul Klee，1879～1940)的小幅水彩画《新天使》(*Angelus Novus*)，深受触动。6月，本雅明不惜花1 000马克在慕尼黑买到这幅画，并委托朔勒姆代为保存了几个月。朔勒姆向本雅明讲解了犹太教中关于天使的各种典故，并于1921年7月15日以这幅画为题赋上引诗一首祝贺本雅明29岁生日。本雅明对朔勒姆的诗极为称赏，曾多次引用。而《新天使》作为本雅明最为珍爱的藏品，不论他走到哪里，始终挂在他的房间里。希特勒上台后，本雅明流亡巴黎，专门托人将这幅画带来。1940年，他离开巴黎时，把两个装有各种文件的箱子交给时任法国国家图书馆档案整理员的乔治·巴塔耶(Georges Bataille，1897～1962)代为保管，其中就有这幅画。本雅明之所以珍视这幅画和朔勒姆的诗，据说原因在于他有一个神秘的名字，正是这个名字使他把"新天使"当作自己的命运之神。本雅明出生时，父母预感到他将来有可能成为作家，于是在他的名字中添加了两个很不一般的名字：Agesilaus Santander，前者是古希腊斯巴达著名国王的名字"阿格西劳斯"，后者是西班牙北部一个城市的名字"桑坦德"。这两个古怪的名字曾使本雅明遗著整理者颇费猜疑，最后还是由朔勒姆作出了权威性的解释。朔勒姆认为，Agesilaus Santander是Der Angelus Satanas(撒旦天使)的变形。撒旦天使典出希伯来经文，也见于《新约·哥林多后书》，意思是把人身上的天使力量和魔鬼力量结合在一起。参见刘北成：《本雅明思想肖像》，上海人民出版社1998年版，第72～76页。——中译者注

中摆脱出来。我们在此所进行的思考也是基于同样的目的。反法西斯主义者曾经寄予厚望的政治家们已告失败,他们甚至背叛自己的事业,使自己失败得更加彻底。此时此刻,上述思考正是为了把众多的政治信徒从背叛者为他们布置的陷阱中解救出来。我们的看法是:政治家们对进步的迷信,他们对"群众基础"的自信,以及他们奴颜婢膝地与一架无从驾驭的党派机器的联合,不过是同一事物的三个方面。我们的思考旨在表明,为了获得一种与政治家们仍在坚持的历史观了无瓜葛的历史观,我们习焉不察的思维习惯必须付出怎样的高昂代价。

XI

因循保守从一开始就是德国社会民主主义[①]的特点,这不仅表现在其政治策略上,也表现在其经济观点上。这是该党最终走向解体的原因之一。没有什么比下述观念更大地腐蚀德国工人阶级了:他们正与时俱进。德国工人阶级相信,技术进步乃是宛如水往低处流的自然趋势,而他们正在随同这一趋势而前进。这种观念离那种认为工厂劳动带来技术进步,因而工厂劳动本身就是一项政治成就的幻觉,只有一步之遥。新教伦理关于工作的老套说教现在以一种世俗的形式在德国工人阶级中复活了。《哥达纲领》就已经现出了这种混淆的端倪,它对劳动的定义是:"一切财富和文化的源泉。"马克思敏锐地嗅出了其中的腐臭气息,他驳斥道:"一个除劳动力之外一无所有的人"注定会变成"另外一些已经成为自己主人的人的奴隶"。然而,这种混淆已然泛滥开来,此后不

---

① 德国社会民主党于1863年由李卜克内西(Wilhelm Liebknecht)和贝贝尔(August Bebel)发起成立,原本是一个马克思主义的革命组织。部分地是由于俾斯麦19世纪80年代的一系列反社会主义法案,德国社会民主党的策略由革命转向社会改革。一战之后,德国社会民主党成了德国最大的政党,它采取了温和的改革策略,并参与了魏玛政府。1933年,德国社会民主党被纳粹解散。

久，约瑟夫·狄慈根[①]宣称："现时代的拯救者乃是劳动。劳动过程的完善所创造的财富将成就以往任何救世主都不可能成就的业绩。"这种关于劳动的庸俗唯物主义的解释，完全回避了这样一个问题：当劳动产品不被工人支配时，工人如何能够从劳动中获益？它仅仅认识到了人类在掌控自然方面所取得的进步，却没有看到社会的倒退；它业已显露出后来在法西斯主义中出现的技术治国论的某些特征。在所有这些特征中，有一种有别于1848年革命之前空想社会主义自然观的自然观，这是不祥之兆。新的劳动观无非是对自然的掠夺而已，与这种劳动观天真幼稚的乐观形成鲜明对比的，是对无产阶级的掠夺。与这种实证主义的观点相比，傅立叶的空想虽然经常遭人嘲笑，却又不可思议地为许多人所信奉。在傅立叶看来，合作劳动的高效率将带来如下结果：四轮明月朗照夜空，南北两极冰消雪融，海水不再苦咸，食人禽兽任人驱遣。所有这一切都描绘出了这样一种全然不同于掠夺自然意义上的劳动，它将把现在还在自然的母腹中沉睡的造物催生出来。这样一种"无偿存在着"（狄慈根语）的自然，是对前述败坏了的劳动观的补足。

Ⅻ

我们需要历史，但我们的需要不同于那些闯进知识花园中的游手好闲之辈。

——尼采《历史的用途与滥用》

---

① 约瑟夫·狄慈根（Joseph Dietzgen，1828～1888）：德国哲学家。原为制革匠，靠自学成才。因向工人传播马克思主义而被称为"无产阶级的哲学家"。1884年迁居美国，在纽约和芝加哥编辑报纸。在其代表作《人脑劳动的本质》（1869）一书中，狄慈根提出了民主社会主义的哲学思想。狄慈根曾将手稿寄给马克思，而马克思又将手稿转给恩格斯，并附有如下评价："我的意见是，约·狄慈根如能用两印张阐明他的全部思想，亲自署名刊出，强调他是制革工人，那最好不过了。如按他自己所设想的篇幅发表，就会因缺少辩证发挥和重复过多而损害自己的声誉。"（致恩格斯的信，1868年10月4日，参见《马克思恩格斯全集》第32卷，人民出版社1974年版，第164页。）

掌握历史知识的不是别人，而是奋斗着的被压迫阶级。马克思称其为最后一个被奴役的阶级，称其为复仇者——他们将以世世代代受践踏者的名义完成解放的使命。这种信念虽然在斯巴达克军团[1]那里曾有过短暂的复活，却屡遭社会民主党的反对。三十年来，他们一直不遗余力地想要彻底抹除布朗基的名字，尽管这个名字曾经让刚刚过去的上个世纪颤抖哆嗦。[2] 社会民主党认定工人阶级乃是未来世代的拯救者，从而砍断了其强健有力的肌腱。灌输这样一种观念使得工人阶级既忘记了他们的仇恨，也忘记了其牺牲精神，因为滋养两者的是被奴役的祖辈的形象，而不是被解放的子孙们的幻影。

XIII

我们的目标日益明朗，我们的人民日益睿智。

——约瑟夫·狄慈根《社会民主主义的哲学》

社会民主主义的理论奠基于一种脱离实际、教条宣言式的进步观，其实践更是如此。社会民主党人心目中的进步首先是人类本身的进步（不仅仅是人类能力和知识的发展）。其次，进步是无止境的（以与人类无限趋于完美的特性相一致）。再次，进步是不可抗拒的——宛如某种自动沿着直线和螺旋线前进的事物。所有这些论断都备受争议，广受批评。不过，在此关键时刻，批评必须击穿这些论断本身，全力批判这些论断共同的基础。如果撇开在

---

① 斯巴达克军团(the Spartacus League)：一战初期，为反对德国社会党推行的拥护战争的政策，由卡尔·李卜克内西和罗莎·卢森堡创立的一个激进左翼集团，后并入共产党。

② 布朗基(Louis Auguste Blanqui, 1805～1881)：法国早期工人运动活动家、革命家、空想社会主义者，在19世纪法国最重要的三次暴动(1830年革命、1848年革命以及巴黎公社)中，均起过重要作用。曾多次被捕入狱，前后在狱中度过30多年，有"革命囚徒"之称。本雅明对布朗基多有评价，参见其著作《发达资本主义时代的抒情诗人》及《拱廊街计划》。

一种同质的、空洞的时间中的进步概念不谈,人类的历史进步概念就无从谈起。对人类进步概念的任何批判,都必须以对前一种进步概念的批判为前提。

XIV

起源即目标。

——卡尔·克劳斯①《诗中之语词》(第一卷)

历史作为一个主体(subject),其结构不是坐落于同质而空洞的时间之中,而是坐落于为当下(Jetztzeit)②所充盈的时间之中。因此,对罗伯斯庇尔来说,古罗马是一个他从历史连续体中爆破出来、被当下所填注的过去。法国大革命视自己为古罗马的再生。它对古罗马的征引,恰如让人想起某款旧日的时装。无论在哪一片远古的丛林中激动风骚,时装所体现的总是当下的风尚;它宛如虎跃一般进入过去。毋庸置疑,这样的虎跃只能发生在统治阶级发号施令的竞技场上。在广阔的历史天地中,如此虎跃非辩证的跳跃莫属,马克思便是这样理解革命的。

XV

革命阶级的特性在于,他们在行动之时能够意识到他们即将打破历史的连续统一。大革命引入了一种新的历法。新历法的第一天以一种类似延时摄影③的方式表征着历史。而且,在大多数

① 卡尔·克劳斯(Karl Kraus, 1874~1936):奥地利新闻记者、批评家、剧作家和诗人。《诗中之语词》出版于1916年至1930年间。1931年,本雅明曾写有《卡尔·克劳斯》一文。

② Jetztzeit在德语中,也有"现在"之意,但本雅明在使用该词时,特地加了引号,说明他有意与通常意义上的现在(Gegenwart)区别开来,故译为"当下"。或以为本雅明所意指的是神秘的nuns stans。

③ 延时摄影:如对花朵开放过程进行定时拍摄,连续放映时,就能看到花朵似在瞬间开放。

情况下，这一天总是在节日的伪装下不断地回返，因为节日乃是缅怀之日。因此，历法并不像钟表那样度量时间；历法乃是历史意识的纪念碑，不过，在过去的一百年中，似乎整个欧洲都不曾出现过历史意识的蛛丝马迹。七月革命期间发生的一件事标志着历史意识的形成。在第一个晚上的战斗中，巴黎好几个地方的钟楼上的表盘不约而同地遭到射击。一个目击者或许由此而获得灵感，他写道：

> 谁能相信！据说，恼怒于时间的
> 当代约书亚们，①在钟楼脚下，
> 向时钟射击，想让时间停止。

XVI

历史唯物主义者不能没有“当下”的概念。所谓“当下”，不是一种过渡，而是时间的停顿和静止。正是这样一个“当下”的定义，历史唯物者得以书写自己的历史。历史主义给予过去的是一个“永恒的”形象；而历史唯物主义所提供的则是对过去的独特经验。历史唯物主义听任别人被那个名叫“从前有一天”的妓女淘空耗尽，自己却不为所动。他总是保持着旺盛的精力——足以将历史统一体炸个粉碎。

XVII

显而易见，历史主义的骨子里头是普遍历史观。唯物主义史学在方法上与普遍历史观判然有别，超过了它与其他任何历史学派之间的区别。普遍历史观没有理论上的甲胄。它的方法便是七拼八凑：将收集来的一堆材料胡乱地填塞到同质、空洞的时间之

---

① 约书亚：摩西之后以色列人的领袖。据《旧约·约书亚记》，约书亚为追杀亚摩利五王，曾请求耶和华让太阳和月亮停止。

中。与此相反,唯物主义的历史编纂是以一种建构性的原则为基础的。思考(thinking)不仅包括思想的运动,也包括思想的阻塞。当思考在一个充满张力的星丛结构中突然中断时,它将给星丛结构以震惊,思考由此结晶为一个单子。只有当历史客体以单子的形式出现时,历史唯物主义才去研究它。在这个结构中,他看出了弥赛亚延迟到来的迹象,或者换句话说,他看出了一次为受压迫的过去而战的革命机会。他之所以关注这个机会,是为了从历史连续体中爆炸出一个特殊的时代;同时,从时代中爆炸出一种特殊的生活,从一生的劳作中爆炸出一件特殊的作品。这一方法的结果是,毕生的劳作在那一篇作品中既留存了下来,又被勾销了,正如在毕生的劳作中,时代既得以留存又被勾销了;在时代中,整个历史进程既得以留存又被勾销。被历史地领悟的事物结出的果实营养丰富,时间则是包藏在果实中的那粒虽珍贵却淡而无味的种子。

XVIII

"与地球上所有有机生物的历史相比较,"一位生物学家写道,"人类区区五万年的历史就好比是一天二十四小时的最后两秒钟。依此比例,人类文明史不过是一天最后一小时的最后五分之一秒。"现时代作为弥赛亚时代的典范,以一种高度缩略的方式包含了整个人类的历史,它与人类历史在宇宙中写就的形象若合符节。

A[①]

历史主义为在不同时刻之间建立起了因果联系而自得。然而,没有哪个具有因果关系的事件是因此而具有历史意义的。它后来之所以成为历史事件,恰恰是因为它在以后的千百年间,经历

---

① 本篇最后以"A"、"B"标记的两个段落,原本出现在本雅明的写作提纲中,但后来本雅明将其删除了。一般以为,这两个段落对于理解本雅明的历史哲学非常重要,因此包括德语《本雅明全集》的各种版本均作为附录收录于后。

了诸多和它毫不相干的事件。一个以此为出发点的历史学家绝不会像摆弄一串念珠那样再去谈论什么事件之间的连续性。他要把捉的是他所身处其中的时代和此前一个特定的年代所共同形成的星丛。这样,他便建立了一个当下的概念,在这个作为"现在"的当下概念中,充满了弥赛亚时间的碎片。

B

一个质询时间并且深谙其所蕴藏的预言家所体验的时间既不同质也不空洞。任何人只需记住这一点,或许便可明白过去的时间是如何在回忆中被体验的——说白了,正是以预言家的方式被体验的。我们知道,犹太人是禁止探询未来的:《摩西五经》(*Torah*)和祈祷通过回忆来引导他们。这就驱除了未来的神秘感——而所有到预言家那里去寻求启示的人却都屈从于这种神秘感。当然,这并不是说,对犹太人来说,未来变成了同质、空洞的时间,而是说,每分每秒都可能是弥赛亚侧身步入的那道窄门。

(李茂增译)

文学形式与历史救赎

悼亡剧与悲剧[①]

为了对悲剧有深刻的理解，我们或许不应仅仅只是着眼于艺术，还要着眼于历史。无论如何，我们不妨猜度，最起码就像它划出历史的界限一样，悲剧也标志出艺术领域的界限。在其发展轨迹中若干特殊而重要的节点上，历史时间进入了悲剧时间；而这样的节点就出现在伟大人物的行动当中。历史角度关于伟大的思想和悲剧角度关于伟大的思想，两者之间存在着本质性的联系——尽管它们并不同一。在艺术里，历史的伟大只能通过悲剧的形式体现出来。历史时间从每个方向上而言都是无限的，从每个时刻而言都是未完成的。这就意味着我们不能想象一个单个的经验事件，即便它与自身发生的时间之间有某种必然的联系。对于经验的事件而言，时间不过是形式而已，然而重要的是，作为时间，它又是未完成的。时间并未完成其发生的那一时刻在形式上的本质。因为我们不能把时间仅仅想象为记录机械变化时段的一个尺度。尽管这样的时间的确是一个相对空洞的形式，但是想象它得以充实则是毫无意义的。然而，历史时间有别于这个机械时间。它所决定的不仅仅只是一个特定的数量和周期空间变化的可能性——也就是说，如同钟表的指针，与一个复杂特质的空间变化同时发生。而且，在没有确定是什么超越了这一点、是别的什么东西决定

① 本文写于 1916 年，本雅明生前未发表。英译者为 Rodney Livingstone。悼亡剧(Trauerspiel)，或曰悼念剧(play of mourning)，指的是 17 世纪德国的一系列戏剧。

着历史时间，简而言之，在没有明确它何以有别于机械时间的情况下，我们只能坚持说，历史时间的决定性力量是不能通过任何经验的过程来把握的，或者说，不能将历史时间完全归结于任何的经验过程。相反，从历史的角度而言，一个完美的过程在经验上则是很不确定的；这实际上就是一种观念。这种未完成时间的观念是《圣经》中一个主导性的思想：它就是弥赛亚的时间观念。此外，完成的历史时间这一观念与具体时间的观念绝对不是同一的。这一特点自然就完全改变了完成所具有的意义，而且悲剧时间与弥赛亚时间也正是因此而得以区分。悲剧时间与其关系就如同个别的完成时间与申明的完成时间之间的关系一样。

或许可以按照悲剧和悼亡剧与历史时间的不同关系，将两者区别开来。在悲剧里，人物之所以死亡，是因为在完成的时间里没有人可以不死。他是因为不朽而死亡。死亡就是具有反讽意义的不朽；这就是悲剧性反讽的根源所在。悲剧性罪恶的根源也一同于此。其根源恰恰就在悲剧人物个人的完成时间里。悲剧人物的这一时间——在这里和历史时间一样难以界定——描述他的行为和整个存在似乎有一个魔圈。在悲剧的发展不可思议地突然显现之时，在一个微不足道的错误之举导致罪恶发生之时，在一个无足轻重的纰漏、一个几不可能的巧合带来杀身之祸的时候，在语言终将澄清并化解危局，而且可以道出未道之事的时候，这时我们就会看到人物时间对于情节的影响，其原因在于，发生在完成时间里的每一件事情都是这个时间的功能。在人物彻底束手无策，不妨说悲剧时间像一朵花萼散发着刺鼻的反讽香气的花朵突然绽放的那一刻，这一切突然变得清清楚楚、一览无余。而这基本上也是一个悖论。原因在于，对于人物时间一个性命攸关的高潮而言，在完全平静的时刻——比如在其睡着的时候——达到它的完成，这并非什么稀奇之事。同样地，悲剧命运完成时间的意义就出现在至为被动的那一瞬间：在悲剧性的决定、一个行动延宕的当间以及灭顶之灾袭来之时。莎士比亚悲剧的手法则是通过他高超的技巧得以表现的，这就在于他能够将悲剧当中不同的阶段确定下来并加以区分，有复现主题之感。相反，传统悲剧的特点在于悲剧性力量是更加突然迸发的。它反映的是命运悲剧，而莎士比亚反映的是悲剧人物、悲剧情节。歌德中肯地称他是浪漫主义者。

悲剧性的死亡是反讽性的不朽，其反讽来自确定性的过剩。这悲剧性的死亡是过度所决定的——这就是人物罪恶的实际表达。黑贝尔(Hebbel)[①]说个性化是原罪所在，他的话或许不无道理。但是所有的一切却全赖于个性化所致的罪过的本性上。正是这一点促使我们去探究历史与悲剧之间的联系。我们此处所论的个性化，并不能从人的角度进行理解。悼亡剧中的死亡并不是以个体时间所给予情节的极端确定性为基础的。它绝非决定性的结局；没有更高级存在的必然，没有反讽，它就是所有"转换为另外一种形式的"[②]生命的主题转移。悼亡剧可以看作数学上双曲线的一端，这双曲线的另一端则归于无限。那个支配着更高生命的法则存在于世俗存在的有限空间，因此在死亡为这游戏画上句号之前，所有的戏剧都在重复着这相同的游戏，尽管就一个更广阔的范围而言，这是在另一个世界了。悼亡剧的法则正是建立在这重复之上的。它的事件具有寓言性的图式，是不同游戏的象征性镜像。我们就是被死亡流放到那个游戏当中去的。悼亡剧的时间是未完成的，但它也因而是有限的。它是非个体的，但并不具有历史的普遍性。从任何一个角度而言，悼亡剧都是一个混合的形式。它的时间的普遍性是幽灵式的，而非神话的。其最核心的与游戏的镜像性质相联系的一个标志就是，它的幕次都是偶数的。总体而言，

① 弗里德里希·黑贝尔(Friedrich Hebbel, 1813～1863)：奥地利戏剧家、"资产阶级悲剧"大师，作品有《玛利亚·玛格达莱娜》(*Maria Magdelena*；1843)、《阿格妮斯·贝尔瑙厄》(*Agnes Bernauer*；1851)。

② 原文为 eis allo genos，意为"向另外一种类型的转换"，典出亚里士多德《论天》(*De Caelo*)。

施莱格尔的剧作《阿尔科斯》①是一部可以从悼亡剧角度进行分析的杰作，在所有其他方面，它也堪称典范。它的人物是高贵的，出于意思的象征层面，这在悲剧中是必然如此的。这部戏由于形象与镜像、能指与所指之间无处不有的距离而变得高贵。因此，悼亡剧给我们呈现的不是一个更高级存在的形象，而只是两个镜像中的一个，而且它的延续并不比它自身缺乏示意性。死者成了幽灵。悼亡剧从艺术上而言，穷尽了重复的历史观念。因此，它提出了一个问题，而且这一问题全然不同于悲剧所表现的问题。在悼亡剧中，罪恶和伟大并不像要求延续那样迫切地要求一个界定，过度决定就更不必说了。它所要求的延续是一种广泛的延续，不是为了罪恶与伟大本身之故，而仅仅是为了那些情景的复现。

时间上的复现其本质在于，没有一个统一的形式可以以它为基础。而且即便悲剧和艺术的关系问题仍然颇多疑问，即便它也许是，或者不足以是一个艺术形式，它仍然保持着形式的统一。它的时间性特征通过戏剧的形式彻底地塑造了出来。相反，悼亡剧本来就不是一个统一的戏剧，解决这一问题的思想就不复在戏剧本身的范围之内了。而且，就形式的问题而论，关键在于悲剧与悼亡剧之间重要的分野最终出现的地方。悼亡剧的延续被称为音乐。或许这里存在着一种平行结构：如同悲剧标志着从历史时期向戏剧时期的转变，悼亡剧也代表着从戏剧时期向音乐时期的转变。

（苏仲乐译）

---

① 弗里德里希·施莱格尔(Fridrich Schlegel)的《阿尔科斯》(*Alarcos*)是一部两幕诗体悲剧(施莱格尔称其为“悼亡剧”)，1802年由歌德执导在魏玛宫廷剧院首演。

译者的职责[①]

就艺术作品或者某种艺术形式的欣赏活动而言，对受众这一因素念念不忘其实向来没有什么结果。说什么特定的群体或其代表，这本身就不免有误导之嫌，而在对艺术的理论探讨中，妄言什么"理想的"受众这一概念则危害更甚，其原因就在于艺术得以存在的所有前提恰恰是人的存在和本质。同样，艺术以人的物质和精神存在为预设的前提，但无一艺术作品关乎人的反应。诗非为读者而赋，画非为观者而作，乐非为听者而谱。

译作就是专门为了那些不懂原作的读者而存在的吗？这一问题看似能够圆满解释译作以及原作在艺术领域内各自不同的地位。况且，这也似乎是何以要重复"相同的事情"的唯一理由。那么，一部文学作品"说"了什么？这么说又意欲传达什么？对于那些心领神会的读者而言，它实际上几乎一无所"言"。文学作品的根本特质并不在于彼此意见的沟通或者知识的传递。因此，任何想要发挥信息传递功能的翻译除了意见的沟通之外，并未起到任何的知识传递功能——因而也无关宏旨。而这也正是所有拙劣翻译的通病。但是，在文学作品当中，那些意见的沟通功能所不能及之处，正是那深奥玄妙和"诗意"的所在，这不就是我们思考的一个普遍的问题吗？甚至就连拙劣的译者都会承认这不能及之处正是

---

① 本文写于1921年，是本雅明为自己翻译的波德莱尔《巴黎的风光》所写的序言，1923年随同该德文译本出版。英译者为 Harry Zohn。

作品的精华。而且，除非他本人就是诗人，否则一般译者难以复制。而这实际上就是拙劣翻译的另一特点的原因所在，我们因此可将其定义为对一个非本质内容的不准确的传递。时时以读者为念的翻译，皆为此证。然而，如果说译作是为读者而存在，那么原作也理当如此了。但若原作并非因为读者而存在，我们又如何在此前提下来理解译作呢？

翻译无非是一种形式。但若要将其理解为一种形式，我们就必须返回到原作，这是因为支配着翻译的法则实际上存在于原作之内，寓于其可译性当中。作品可译与否，这一问题有双重含义。其一，在其全体读者当中是否能够找到一位称职的译者；其二，更为确切地说，作品的本质是否容许翻译，这种形式当中的意蕴是否也因而向翻译开放。要而言之，前者实属偶然的择定；而后者却关乎必然的逻辑。只有浅薄的思想才会否定后一问题独有的意义，妄将两者等量齐观。在批驳这种思想时，应该指出的是，某些相互关联的概念如果它们从一开始就不仅仅只是关乎人事，那么其自身的意义，甚或本真的意蕴都会得以保留。比如，让人难以忘怀的某个生命甚或某个瞬间即便被众人所遗忘，但总还会有人提起。这样的生命、这样的瞬间，如果其本质要求人们不应将其遗忘，那么这种要求就不是虚妄的，而仅仅只是人所不能满足的一个要求而已，而且它也可能指出了一个领域，在那里这个要求能够得以实现，此即上帝的记忆。同理，即使可以证明翻译是人力不能及之事，对语言作品的可译性问题也必须进行思考。从翻译这一概念的严格意义而言，语言作品在某种程度上会是不可译的吗？特定语言作品是否具有翻译的“内在”要求，正是基于此义。因为这种考虑是有根有据的，即如果翻译是一种形式，那么可译性就必然是特定作品的基本特征。

说可译性是特定作品的基本特质，并非意味着那些作品必须要被翻译出来；而是说，原作当中某种具体的内在意义会通过自身的可译性而得以显现。尽管译作也可能是出色的，但显而易见的是，对于原作而言，译作了无意义。然而，译作却可以通过原作的可译性而与原作保持紧密的关系；事实上，正是由于这种关系对于原作而言并无什么重要的意义，才愈发显得密切。我们可以称它是一种自然的联系，或者更为确切地说，是一种生命的联系。正如生命的各种表现形式虽于生命现象无关紧要，但却与之紧密相关一样，译作来源于原作——与其说是来源于原作生命本身，倒不如说来源于原作的余生。① 由于原作先于译作，而且在世界文学当中还未曾有过哪一力作方生之际就恰逢绝佳的译者，故而译作只是标志着原作的余生。对于艺术品的生命与余生这一思想，我们应当从没有任何比喻意义的、客观的角度出发来理解它。即便是在充满褊狭之见的时代，还是存在一种不甚明了的观念，即所谓生命并非仅仅局限于生物性的肉体。但是，生命既非像费希纳(Fechner)②所欲证明的那样，赖灵魂孱弱的权力延续其影响，也非仅据感官一类更乏决定意义的动物性因素而得以界定，因为这对于生命的概括只能是偶然性的。只有在那些具有自身历史，而不仅仅只作为历史场景的每个事物都被赋予生命的条件下，生命这一概念才能得到正确的理解。总而言之，生命的范围最终取决于历史的观点，而非自然的观点，更非像感官和灵魂那样浅薄的因素。哲学家的职责就在于通过更具包容性的历史生命洞察所有的自然生命。而且，的确有这样一个问题，艺术作品的余生难道不是远比生物的余生容易认识得多吗？伟大艺术作品的历史会告诉我们，它们的渊源所自、它们在创作者生活的时代是如何实现的，以及它们的无尽余生在未来世代中的面相轮廓。而作品最后所体现

---

① 余生，本雅明原文为 Überleben，英译本译为 afterlife，显然不能完全曲尽其意，试译为“余生”。——中译者注

② 费希纳(Gustav Theodor Fechner，1801～1887)：曾为德国莱比锡大学物理学教授，对心理物理学的发展有重要贡献，对实验心理学有奠基之功，认为一切物体皆有意识。

的，就是人们所说的名声。当一部作品在其存续期间已经声名远播，那么那些不图达意的译作便会应运而生。因此，与那些拙劣译者的主张截然不同的是，译作虽赖原作而生，但并非听命于原作。通过译作，原作的生命得到了及时、不断的更新和充分的扩展。

作为一种生命的特殊和高级形式的扩展，这一过程也受制于一个特殊的、高级的合目的性。这似乎分明超出了心智的理解能力之外的生命与目的性之间的关系，只有在生命所有具体的合目的性趋向于这一终极目的的时候它才显现自身，而且我们不能在这一终极目的自身的领域，而只能在更高领域内得到它。归根结底，生命所有的合目的性表现，包括合目的性本身在内，其目的并不在于生命本身，而是在于生命本质的表现、在于生命意义的表达。因此，翻译的最终目的就在于满足我们的需求，表现语言之间这种至为密切的关系。译作本身并不能揭示或者创立这种隐在的关系；但是，译作却能够通过赋予它萌芽或集约的形式而使其得以再现。正是通过萌芽的形式对其进行表达，这一形式才使得（语言之间的）这种关系得以再现；而这种再现是如此的独特，以至于在非语言的生命领域竟几乎难得一见。这一特性中的类比和象征，使它可以采取传达意义的其他方式，具体地说就是有所预示和暗示的表现形式，而非集约的方式。语言之间这种预设的至为密切的亲缘关系，通过特殊的聚合而彰显出来。这种亲缘关系之所以存在，不但因为语言彼此并非陌路之人，而且通过他们所要表达的东西存在着一种先验的联系，且这种联系与一切历史的关系无涉。

费了不少口舌，绕了许多弯路，我们似乎又回到传统的翻译理论上来了。如果翻译能够确证语言之间的这种亲缘关系，那么除了尽可能确切地传达原作的形式与意义，还有什么方式能够达到这一目的呢？显而易见，我们难以通过传统的翻译理论来界定确切性的本质特点，因而它也就无助于我们把握翻译的要义。然而，确凿无疑的是，仅就两部文学作品之间那浮泛和难以把握的相似性而言，翻译本身对于两种语言之间这种亲缘关系的揭示要更为深刻和明晰。欲洞悉原作与译作真正的关系问题，就要进行研究，而其意图类似于本为证明模仿论之虚妄的认知批判。就后者而言，如果它是对真实的模仿，那么这一问题就表明在认知过程中本无客观性之谓，更谈不上有客观性的诉求。就前者而言，如果译作究其实质不过是力求近似于原作，那么可以证明不可能存在这样的译作。因为在原作的余生中——因为它是一种具有生命力的事物的转换和更新，我们才这样称呼它——原作已经发生了变化。即便是有着固定意义的词汇也会经历这样一个成熟的过程。作家在文学风格上显而易见的偏好终会凋萎，而在其文学创作过程中则会逐渐形成更具本质的倾向。那些曾经光鲜的终会腐朽，而曾经流行的也难免老旧。如果我们不是在语言本身的生命及其作品中，而是在不断衍生的主观性中去寻觅语言本身及其意义不断变化的实质，即便是考虑到极端幼稚的心理主义的影响这一因素，它还是意味着将事物的起因与其本质相混淆。要而言之，它说明由于思想的贫弱而否定了一个极其有力而又意蕴丰饶的历史过程。而且，即便是有人要将作家的最后一笔当成作品本身的终结，这同样也不能挽救这种僵死的翻译理论。原因在于，一如伟大的文学作品，其主旨和意义在千百年间会经历全面的变化一样，译者的母语同样也在转换。诗人的话语固然会在其(所使用的)语言中历久弥新，而绝妙的译品也会成为自身(赖以存在的)语言发展的一部分，在新陈代谢中得以更生。这样，翻译就不再是两种僵死的语言之间了无生机的等式，在一切文学形式当中，翻译被赋予特殊的使命，那就是观照原作语言不断的成长过程以及体验它自身诞生时的阵痛。

如果说译作能够体现语言之间的这种亲缘关系，那么这并不是通过译本与原作之间不甚明了的相似而得以实现的。显而易见，但凡亲缘关系并不总是通过相似性而体现出来。此处所说的

"亲缘"这一概念,在其用法上有着进一步的限定。尽管为了明确界定这一更具限定性的用法,"本源"的概念仍然是不可或缺的,但是两种语言本源上的一致并不足以界定"亲缘"这一概念。如果置一切历史联系于不顾,何处可觅两种语言之间的这种亲缘关系?在文学作品或其字句之间的相似性上当然是找不到的。非但如此,语言之间超越历史的一切联系都体现在这一点上:就作为整体的每一种单个语言而言,其意指是同一的。然而,这个同一意指并非任何单个的语言所能企及,唯有通过不同语言之间互补的表意所形成的总体方能达到,它就是纯语言。尽管外语所有的单个因素,如词语、句子以及结构等都互不相容,然而这些语言在意指上则是互补的。这一规律是语言哲学当中的一条基本法则,但是为了对此有一个正确的理解,我们则必须在"表意"这一概念当中就意指与意指方式进行区分。以 Brot(德语"面包")和 pain(法语"面包")这两个词为例,它们的意指是相同的,但其意指方式却不相同。这种意指方式上的差异使得 Brot 之于德国人、pain 之于法国人的意思全然不同,因此这两个词不仅不能互换,而且事实上互相排斥。然而就其意指来说,两者却完全相同。尽管这两个词的意指方式互相抵牾,但它们各自所属的两种语言的意指方式却是互补的;要而言之,这两种语言的意指方式互补并不断趋近于其意指。在具体的、没有与其他语言形成互补的语言当中,意指永远不可能在相对独立的语言单位,如单个的词语或者句子中得到体现;相反,在它作为纯语言,从所有不同意指方式无间的和谐当中出现之前,它总是处于变动不居的状态。然而,如果这些语言依然循此轨迹发展直到其历史救赎的终结之时,能从艺术作品的永恒生命和语言的历久弥新当中烛照幽暗的,则非翻译莫属,原因在于翻译恰恰是检验语言神圣发展过程的一方试金石,它将检验出:它隐晦的奥义距离显现还有多远?我们对其间距离的体认又能在多大程度上消弭这种距离?

毫无疑问，这也就认可了一切翻译都只不过是欲与语言的陌生性达成一致的权宜之策。对于语言陌生性一蹴而就、一劳永逸的解决，而非一时的权宜之策，我们仍然力所不及。无论如何，任何直接的努力都无能为力。然而，从间接的方面而言，宗教的发展使得这隐藏的种子得以成熟，而到达语言发展的一个更高层次。尽管翻译不同于艺术，不能妄言其永恒性，但不可否认的是，翻译的目标仍然指向所有语言作品具有结论性和决定性的终极阶段。通过翻译，原作似乎进入了一个更为高级、更加纯净的语言境界。显而易见，它既不能永久地停留在这个层面，也不能在各个方面都再现原作的水平。尽管如此，它还是以一种不同寻常的方式指出了通往这一境界的路径，即诸语言达到和谐圆满状态的那个先验的、于今尚难企及的境界。虽然原作作为整体也不能达到那一境界，但是在此显现的却也的确是译作当中那些非为传达主题而存在的因素。翻译当中这种难以参透的因素恰恰就是翻译的内核。尽管在这一（从原作向译作）转化的过程当中，我们常竭力去捕捉所谓的主题，并将其翻译出来，但是真正的翻译所关注的那个因素却仍然遥不可及，因为内容与语言的关系在原作中与在译作中全然不同。在原作当中，内容与语言就像水果和外皮是浑然天成的整体，而在译作当中，将内容笼罩其中的语言却似一袭皱褶交错的王袍。因为它要使自己俨然一副堂皇的模样，但是它本身远非如此，这就显得与内容极不相称，刺眼而怪异。这种脱节妨碍了翻译，也使译作显得不得要领，因为产生在语言史上某一特定阶段的任何翻译，都只代表其特定的部分内容转化为其他的语言。这样，不无讽刺的是，译文将原文移植到了一个更具确定性的语言领域，如此一来它将不会被二次翻译所取代。原作只能在这个领域、在另一个时间点上重新显现。这里的“讽刺”一词会让我们联想到浪漫主义者，这并非纯属偶然。相较于其他人，浪漫主义者对于文学作品的生命力自然是慧眼独具，而翻译则为这种洞见提供了最为有力的证明。毫无疑问,他们并不是在此意义上来认识翻译的,而是将他们的全部注意力投入到批评上,即文学作品余生的另一个、也许不太重要的因素。然而,即便浪漫主义者事实上在他们的理论著述中忽略了翻译,他们还是以其出色的译作证明了他们对翻译这一文学样式本质属性和尊严的体认。有大量的证据可以显示,这种体认并不一定通过某个诗人而得以充分表达;实际上,对此最不热衷的或许反倒是诗人了。甚至文学史本身也不能说明这样一个传统的观念,即伟大的诗人定是杰出的译者,而逊色的诗人定是平庸的译者。包括马丁·路德①、弗斯②以及施莱格尔③在内的许多大家,他们作为译者远比身为具有创造性的作家更为重要;他们当中的部分翘楚,如荷尔德林④以及格奥尔格⑤等,不能仅仅以诗人待之,特别是当我们着眼于作为翻译家的他们时,就更是如此了。正如翻译是一种自足的形式,我们就当以截然不同的方式来对待译者的职责与诗人的职责了。

译者的职责在于从目标语中发现那个特殊的意指,使其在目标语中与原作引起共鸣。这是翻译有别于诗作的一个最为基本的特点,因为诗作的意指向来不会直接指向它所使用的语言,而是从总体上直指具体的语言情境。和文学作品有所不同,译作并未处在语言林莽的腹地,而是置身林莽之外,遥对着林木茂盛的山峦。它只是呼唤原作却不涉足其腹地,它在自身的语言中力求一个确定的点,那里发出回声,这就是另一种语言对原作的应和。翻译的

---

① 马丁·路德(Martin Luther,1483～1546):德国诗人,16世纪欧洲宗教改革的倡导者。

② 弗斯(Johann Heinrich Voss, 1751～1826):德国诗人、语文学家,翻译了荷马、维吉尔以及贺拉斯的作品。

③ 施莱格尔(Friedrich von Schlegel, 1772～1855):德国诗人、评论家,翻译了莎士比亚的作品。

④ 荷尔德林(Hölderlin, 1770～1843):德国诗人,翻译有古希腊悲剧家索福克勒斯的《俄狄浦斯王》和《安提戈涅》。

⑤ 格奥尔格(Stéfan George, 1868～1933):德国诗人,翻译有但丁、莎士比亚以及波德莱尔的作品。

意指不仅可以说明，或者还不同于文学作品的意指，确切地说其意指就是作为整体的某一语言，而那个特定的外语作品只不过是起点而已，而且，两者在本质上也存在着完全的不同。诗人的意指出乎本心、秉其自然、宛在目前；而译者的意指则有其所本、欲致其善、存乎一心。原因在于，化多种语言为一种真正的语言这一宏旨鼓舞着他的工作。而在这(真正的)语言当中，独立的句子、文学作品以及批评性的判断之间互相隔绝，这是因为它们仍然依赖于翻译。然而，就在这真正的语言当中，诸语言通过意指方式的互补和调和化为一体。如果真正存在这样一种真理的语言，这样一个没有张力、平和宁静的所在，那所有的思想所孜孜以求的终极奥秘就存在于此，那么这种真理的语言就是：纯语言。为哲学家所向往的那个独一无二的完美境界就寄寓在这纯语言的预言和言说当中，而这纯语言则隐藏在译作凝练的风格里。既无哲学的缪斯，也无翻译的缪斯，尽管矫情的艺术家如此断言，但哲学与翻译并不粗鄙平庸。因为有这样一位哲学天才，他的个性就在于希冀翻译能够展现那种纯语言。"语言之所以不能做到尽善尽美，就是因为它的繁杂多样，像这样尽善尽美的语言是不存在的：思想就是毫无矫饰甚至喑哑无声的写作，不朽的世界依然静默着；尘世间民族语言的多样性让所有的人都无法直截了当地说出可以将真理具体化的词语。"如果对于马拉美①的这番评说哲学家是完全认同的，那么翻译因其蕴含着这种语言的萌芽，就介于诗歌与思辨之间。翻译之功虽然不像此两者得到严格的界说，但其在历史上同样留下了深刻的印记。

如果从这个角度来考察译者的职责，找到解答方案的路径似乎更加模糊和费解。纯语言的种子在翻译中得以逐渐成熟，这一问题似乎的确不可解决、难有定论。如果意义的再现不再具有决

---

① 马拉美(Stéphane Mallarmé，1842～1898)：法国象征派诗人。

定性,那么解决这一问题的基础不就被铲除了吗?但是,如果反向观之,这恰恰就是上文所有论述的意义所在。在所有关于翻译的探讨当中,传统的概念无非忠实和自由而已,即使意义得以准确再现的自由,以及在此过程当中忠实于(原作的)词句。对致力于在翻译中发现有别于意义再现一途的理论来说,这些思想已不再适用。毫无疑问,固有的用法使得这些(自由与忠实)概念似乎总是自相矛盾。在意义转述的过程当中,所谓的忠实能够发挥什么作用呢?如果翻译拘泥于原作单个的字句,就几无充分再现原作意义的可能。因为这种意义,即蕴含于原作当中的诗性意义,并不囿于意指对象,而是在意指对象和具体词句意指方式的联系这一层面上获得的。人们常说词语有其情感内涵,通常表达的就是这个意思。仅仅拘泥于词句字面意义的转述不但会使意义的再现完全无迹可寻,而且有不知所云之虞。19 世纪之时,人们认为荷尔德林所译的索福克勒斯的作品就是这种直译所致的怪诞例证。总之,忠实于形式的再现对于意义的传达为害尤甚,这是显而易见的。因此,要做到不失原意就不可能拘泥于词句。拙劣译者那放纵的自由虽然有助于意义的保留,但对于文学和语言却为害更甚。所以,忠实于字面意思的理由显而易见,然其基础却隐而不彰,这就必然要求在更具说服力的语境下来理解它。一件器皿的碎片要黏合得严丝合缝,就得在细微的地方相互吻合,虽然它们的形状不必完全一致。同样的道理,译作不去模仿原作的意义,而是曲尽原作的意指方式,如此一来就像那个器皿的碎片,使得原作与译作作为更高级的语言碎片清晰可辨。正是基于这一原因,翻译必须在很大程度上规避其传递功能、避免转述意义的愿望,对于翻译而言,原作之所以重要就在于它业已解除了译者及其译作拼合和表达原作意义之苦。"太初有言"①同样适用于翻译领域。另一方

① 原文为拉丁文:En archēi ēn ho logos。

面，译作的语言能够，实际上也必须从意义的表达中摆脱出来，这样它对原作表意的表达就不是复制而是融合，是对这种具有自我表达能力的语言的补充，是其自身意图的表述。所以，说译作读起来与原作并无二致，这并不是对于译作的最高嘉许，特别是在它刚刚问世的时候。相反，由拘泥字面意思而得到保证的忠实，其意义就在于这样的译作反映了对于语言互补性的不懈追求。真正的译作是透明的；它不会掩盖了原作，不会遮蔽其光芒，而是以其强化性的中介作用，让纯语言之光洞彻原作。这一点似乎首先可以通过对于句式的字面转换而实现，它证明了对于译者而言，词语而非句子才是最为基本的因素。因为，如果说句子是横亘在原作语言前的一堵墙，那么字面之意就是(突破的)拱廊。

忠实与自由向来被视作翻译中一对矛盾的倾向。对于其中一种倾向的深度阐释非为调和两者，反而似乎否定了对方所有的合理性。如果自由并非指意义的复制，因而必须放弃其立法的功能的话，那么自由究竟指的是什么？只有当语言作品的意义等同于它所传递的信息的意义时，那终极的、决定性的因素才会超越所有的言说而存在，它既近且远、似明又晦，既似七零八落又似强大无比。在所有语言以及语言作品当中，在可以言说之物以外，还存在着那不可言说之物；因其所在的语境不同，它既可能是象征之物，也可能是象征的对象。前者只存在于某一有限的语言作品当中；后者则存在于诸语言自身的演进过程当中。进而言之，在诸语言的演进过程中，那努力想表现自我或欲真正创造自我的，正是纯语言的内核。然而，尽管这一内核仍然以象征的对象而存在，而且这一对象还是隐而不显也并不完整，但是它仍然只以自身的象征能力固守在语言作品当中。然而在林林总总的语言当中，那终极的本质，即纯语言，只和语言因素及其变化相关，在语言作品当中，它还背负沉重的、异己的意义。让纯语言摆脱这一重荷，把象征行为转化为象征对象本身，在语言的变迁中让其得以重现，而这就是翻译至关重要的唯一功能。这纯语言不再有意味或言说什么，而是以创造性的不言之言蕴含在诸语言当中，就在这纯语言当中，所有的信息、所有的意义、所有的表意最终都将在同一层面汇聚，也将最终在此消失。正是这一层面为自由的翻译提供了新的、更为高妙的依据，但是，这一依据并非来自传达意义这一角度，因为从这个意味上解放出来是（追求）忠实的职责。倒是自由通过它对自身语言的影响，证明了自己有利于纯语言的价值。译者的职责就在于让那些被放逐在别的语言当中的纯语言在自己的语言中得以释放，还在于通过自己对原作的再创造，让被囚的纯语言得以自由。为了纯语言，他要冲破自己语言中已经腐朽的藩篱。路德、弗斯、荷尔德林以及格奥尔格已经拓展了德意志语言的疆域。就其在原作与译作关系上的重要性而言，下面的类比或许可以说明意义仍然具有的作用。这就好比一条切线，它只是通过一个点与一个圆轻轻碰触，实际上是相切而非切点确定了这个法则，使得这条切线一直延伸乃至无穷，而译作也只是在一个无限小的意义之点上与原作相触，此后就依照忠实的原则沿着自己的轨迹，在自由的语言之流中前进。虽然没有明确命名或者予以证明，鲁道夫・潘维茨①已经对这自由的意义进行了概括。他有关于此的论说包括在《欧洲文化的危机》（*Die Krisis der europäischen Kultur*）一书中，这一论说与歌德的《西东合集》（*Westöstlicher Divan*）笔记并称为德国迄今所见、关于译论的最佳论述。潘维茨写道："我们的译作，甚至包括那些上乘之作，都来自一个错误的前提。它们意在将印地语、希腊语、英语转化为德语，而非将德语转化为印地语、希腊语以及英语。我们的译者只是一味地尊崇自己语言的用法，而非外语作品的精神。……这些译者最基本的一个错误就是固守自己语言的偶然状态，而不期受到外语的有力影响。特别是从事与自己

---

① 鲁道夫・潘维茨（Rudolf Pannwitz，1881～1969）：德国哲学家。

母语相去甚远的某一种语言的翻译时，他必须回溯到语言最基本的因素，直至作品、意象和语气的交汇之处。他必须借助外语来扩展乃至深化自己的语言。那么究竟在多大程度上这是可能的，在多大程度上一切语言皆可转换，还有，语言之间的差异与方言之间的差异在形式上如出一辙，关于这些问题还都没有普遍的认识。然而，只有人们以严肃而非轻慢的态度对待语言时，这最后的问题才是存在的。”

译作在多大程度上能够保留翻译这一形式的本质，这取决于原作的可译性。原作语言的质量越低、特点越不鲜明，其信息传达的功能就越强，对于翻译而言，这片土地也就越加贫瘠。内容绝对不可能是优秀译作得以产生的杠杆，如果它占了绝对的主导地位，那么翻译反而变得不大可能。一部作品的语言水准越高，它的可译性就越强，哪怕对其意义只是一触即过。这当然只就原作而言。与之相反，从译作出发而证明的不可译性并非出自什么内在的困难，而在于它与原作意义的结合是松散的。荷尔德林的译作，特别是他所翻译的索福克勒斯的两部悲剧，是对这一点以及其他所有重要方面的确证。在他的译作当中，两种语言是如此的和谐，语言触及意义恰似清风拂过琴弦。荷尔德林的译作堪称翻译这一形式的典范；他的译作对于文本几近完美的转换，足以作为其他翻译的样板。只需比较一下荷尔德林和鲁道夫·博尔夏德[①]对品达(Pindar)《皮提亚颂之三》(*Third Pythian Ode*)的翻译就可得到恰当的证明。正因如此，荷尔德林的翻译也就隐藏着所有翻译固有的巨大风险：那业已得到拓展和修饰的语言之门会突然关闭，将译者禁锢于一片死寂当中。荷尔德林所翻译的索福克勒斯的作品是其最后的作品，在译作中，意义从一个深渊跌落到另一个深渊，以致它似乎要从语言的无底深渊中迷失。不过，毕竟有止歇的

① 鲁道夫·博尔夏德(Rudolf Borchardt，1877～1945)：德国文学家。

时候，它在《圣经》处停了下来，在这里，意义不再是语言之流与启示之流的分水岭。在《圣经》里，文本的字面含义无需意义中介，而能与真正的语言、真理或者信条融为一体，这种文本于是就具有无条件的可译性。毫无疑问，这样的翻译不再听命于文本，而是为了诸语言之故而存在。在此情况下，就需要对译文无比信任，如此一来就像原作中语言与启示结合得天衣无缝一般，译作肯定与原文以隔行对照的形式，自由地写出其字面之义。因为从某种程度而言，所有伟大的文本在字里行间都蕴含了它们潜在的译文；在一切神圣的文本中首先就是如此。《圣经》这种不同语言隔行对照的版本是所有翻译的范本与理想。

（苏仲乐译）

儿童书籍世界一瞥[①]

一缕柔和的绿光透过夕阳。

——C. F. 海因勒

在安徒生的一个童话里，有一本图画书价值连城，这本书当中的所有东西都是活的。“鸟儿们能歌唱，连书中的人物都能走出来张口说话。”但是当公主翻过这一页时，“他们又跳回书里，于是一切又复归其位。”正如安徒生的很多童话一样，这个小故事精致优美，但缺乏聚焦，因而在毫厘之间错失了关键点。书中的人物并没有走出来与这个画画的孩子相会；反而是这个神情专注的孩子走进了书里，于是像云朵一样披上了图画世界的斑斓五彩。他坐在那里端详着这本彩绘的书，让道教中关于完美境界的愿景成为现实：他打破了书本表面虚幻的屏障，穿越了五颜六色的材质和熠熠生辉的画面来到一个舞台上，那里童话世界生机勃发。在汉语中，代表绘画含义的汉字是“画”(*Hoa*)，这个字与“挂”(kua)的读音极其相似。“挂”的意思就是“使依附”，意思是说你把五种颜色附着在物体上。在德语中，“*anlegen*”也有“涂色”之意。置身于这样一个移步换景、色彩斑斓的开放世界，孩子们也可以参与到这项游戏当中来。儿童从阅读和观察中会得到一切色度的颜色，他用这些色彩将自己包裹起

① 本文写于1926年，同年刊载于《文学界》(*Die literarische Welt*)。英译者为Rodney Livingston。

来，站在假面舞会的中央并参与其中。所有的词语都会参加这场假面舞会，因此阅读也就兴致勃勃地参与其中，就像晶莹的雪花漫天飞扬。七岁的孩子会说："'王子'这个词仿佛自带闪亮的星星。"当孩子们编故事的时候，他们俨然就是不愿被"理智"所束缚的剧作家。这是显而易见的。如果你给孩子们四五个具体的词，让他们用这几个词即兴造句，就会产生饶有趣味的散文。这不是对童书世界的匆匆印象，而是进入它的向导。猛然间，这些词语就把剧装扯到了身上；一眨眼，它们就融入打打杀杀、恩恩爱爱或者吵吵闹闹当中去了。儿童就是这样编故事，也是这样读故事的。同时也有一些非常优秀、富有感情的启蒙书通过图画玩起了类似的游戏。比如，在字母 A 的插图部分，你会看到看似神秘而且杂乱无章的静物画，直到你明白了其中的规律，你才知道为什么 Apple（苹果）、ABC - book（启蒙读物）、Ape（猿）、Airplane（飞机）、Anchor（锚）、Ark（方舟）、Arm（手臂）、Armadillo（犰狳）、Aster（阿斯特尔）、Ax（斧头）会被放在一起。孩子们对这些图片就像对自己口袋里的东西一样熟悉，他们翻这些图片就像掏自己的口袋，哪怕翻得乱七八糟，他们都不会忘了一缕线、一块布。如果在彩色雕刻上孩子们的想象力就像进入了梦幻世界，那么黑白木刻或者素雅平淡的插图就会使他们醒来。就像他们会用词语来描绘图画一样，他们也会在更加直接的意义上去"写"：他们会在上面涂鸦。与彩色的图画不同，黑白插图表面上看起来并不完整，因此就需要完善。于是，孩子们就会充满想象力地完成它。与此同时，当他们通过这些图画学习语言时，同样在学习书写，只不过是象形文字罢了。正是出于这种想法，孩子们最早学会的那些词，需要附上相应物品的素描画，比如"鸡蛋"、"帽子"。这些简单直白的图画书，其真正价值就在于远离了粗糙的理性主义。正因如此，这才应该是首先推广的。——在 J. P. 维希古老的图画书《马头棒和洋娃娃》（*Steckenpferd und Puppe*, Nördlingen, 1843）中，就有这类典范的童谣，儿童用眼睛和手指探索图画书中的自然景色，"小孩儿是这样盖房子的"：

小镇前面坐着小矮人，
小矮人后面是座小山丘，
小山丘中流淌出一条小溪，
小溪之上漂浮着一片小屋顶，
小屋顶之下是一座小房子，
小房子里坐着一个小男孩，
小男孩身后立着一条小板凳，
小板凳上放着一只小箱子，
小箱子里躺着一只小盒子，
小盒子里放着一个小鸟窝，
小鸟窝前坐着一只小猫咪，
这个可爱的地方，我会永远记住它。

正是通过这样并不系统却更加异想天开和热闹的方法，孩子们在拼图游戏中寻找“小偷”、“懒惰的学生”、“藏起来的老师”。尽管这些图片似乎和现今考试当中所使用的那些漏洞百出、子虚乌有的图案不无关联，实际上这些图片同样只是一场假面舞会：在这个兴致勃发、随性而为的游戏中人们头朝下行走，在树枝间伸手踢腿，而且把房屋当作衣服。这种嘉年华甚至会渗透到启蒙读物以及初级读本那些更为正规的空间。上世纪的前半叶，纽伦堡的保罗·瑞纳(Paul Renner)出版了24张一套的图片，其中的字母好像都是经过乔装打扮之后才露面的。F以Franciscan的形式出现，C以Clerk的形式出现，P以Porter的形式出现。这种游戏很受欢迎，这种图案的各种变体一直流传至今。最后，画谜在这场有关字与字母盛宴的圣灰星期三登场。没有面具伪饰的是，在这个辉煌壮观的游行队列当中，箴言警句——也就是理性憔悴的身影——在凝视着孩子们。画谜(rebus)这个词(令人好奇的是，这个词可追溯至rêver一词，而不是res)出身不凡，是文艺复兴时期象形文字的直接后裔。这一时期最宝贵的书籍之一《寻爱绮梦》(*Hypnerotomachia Poliphili*)可以说是它的专利许可证。它在德国和法国也许并不为人所熟知。1840年前后在德国和法国流行收藏精美的图画,这些图画当中的文字被印成了图画的模样。即便如此,德国的儿童也有赏心悦目的"教育性"画谜书可读。最晚到18世纪末期,我们看到《所有少年儿童都应阅读的德训篇中的道德格言——附重点字句图解》一类的书出版了。文字被细致地刻在铜器上,并且所有名词都尽可能用印刷精美的解释性或者寓言性的小图画来表示。直到1842年,贝尼迪库斯·黑尔夫·托伊布纳出版了《儿童版圣经》,配有460张图片。对于儿童读物而言,孩子们的手与他们的心灵和想象力一样,都是作者取悦的对象。当时有一些人们熟知的、书页可以拉出来的图画书(如今这种书已经退化得不成样子,作为书的一种类型它似乎极其短命,即便是当时的那些书也一样没有存在多久)。《可爱的小书》就是一个可爱的例证,这本书大约在1840年由珍妮特在巴黎创作出版,讲的是一位波斯王子的故事。他历险过程中的所有故事都有插图,每当他遇险得救,拽一下书页边上的竖条,就像挥动魔杖一样,欢乐场景的插图就会出来。与此类似,一些图画书里的门和窗帘可以打开,打开之后就可以看到里面的画面。最后要说的是,有一部小说《伊莎贝拉变形记》(或译为《一个女孩六套装:一本给女孩阅读的有趣的七色图片集》,出版于维也纳),写的是一个可以任由你打扮的洋娃娃,你会发现有些书也有类似有趣的游戏,那些卡纸做成的形象通过隐蔽的缝隙紧贴在纸板上,任由你摆布。这就意味着你可以根据故事情节的发展变换场景或屋子。只有极少数的孩子,甚至只有藏家才有幸得到这些神奇的书或者拼图,相形之下之前所有的同类书就逊色多了。这些神奇的书,它们的大小都经过精心设计,翻书的方式不同,出来的图画也随之发生变化。内行读者把这样的一本书不罢手地翻上十遍,直到手指不听使唤,也只会在一页页中看到相同的画面——但是现在整本书仿佛都已经变形，完全不同的画面跃然纸上。

诸如此类的书籍（例如本文作者手头的18世纪的四开本）似乎是毫无内涵的花瓶，或者是一个咧着嘴笑的恶魔，再抑或是一群跟随着全部是黑色或全部是白色的书页乱飞的鹦鹉，也可能是风车、弄臣或小丑。而另一个就像是为听话的孩子准备的一溜儿玩具、糖果，当你颠倒过来，一连串惩罚的方法与恐怖的花脸将会给顽皮的孩子一个教训。

儿童书籍的全盛时期，也就是19世纪上半叶，并不仅仅只是教育哲学的产物（当时教育哲学的水平在某些方面要高于现在的水平），而且还是当时资产阶级生活的一个新事物。总而言之，它是毕德麦雅(Biedermeire)时期的产物。即便是弹丸小镇也有一些出版商。即便是他们所出的最普通的书籍也和当时低调的家具一样端庄典雅。在这些家具的抽屉里就是这些尘封百年的书籍。这也就是为什么儿童读物不仅来自柏林、莱比锡、纽伦堡以及维也纳，而且对于收藏家来说，那些出版于麦森、格里马、哥达、皮尔纳、普劳恩、马格德堡以及新哈尔登斯莱本的作品有更大的提升空间。这些城镇几乎都有插画家们在忙碌着，尽管他们当中的大多数仍然寂寂无闻。但是，有些时候他们当中的某个人后来被重新挖掘出来，甚至还会有传记行世。集画家、音乐家、记者于一身的约翰·彼得·里斯便是一例。A. L. 格林的《寓言故事》（格里马，1827），配有里斯的插图，《给知识阶层的子女的故事书》（莱比锡，1834），配有里斯的插图与文字，《莉娜的童话故事书》（格里马，时间不详），配有A. L. 格林的文字与里斯的插图，他为儿童创作的最优秀的作品就包含在这些里面。尽管与毕德麦雅时期浓艳的色彩相比，这些平版印刷品的色彩未免显得暗淡，但是与那些憔悴沧桑的人物、朦胧暗淡的景色以及不无讽刺和魔性的童话气氛却更为相宜。这些书籍的技巧完全施展在对小资产阶级日常生活的表现上;它并非是拿来欣赏的,而是像菜谱或者名言警句一样是拿来用的。它代表的是一种通俗甚至幼稚的梦想的变体,而这些梦想夸张的表现形式则来自浪漫主义的作品。这也就是为什么让·保尔是其守护神的原因。① 这些插图表现了他的作品当中那些以德国中部为背景的童话世界。没有谁的作品比他更接近那个毫不矫饰的多彩世界。正因为他的天才,例如对色彩本身的运用,是建立在幻想而非创造力的基础之上。当你面对色彩的时候,幻想的本能会证明它自身与创造性想象不同,是一种原初的现象。所有的形式、人所感知到的每一个轮廓都与自己内心的某种东西相呼应,正是这种东西赋予人将这些形式再现出来的能力。舞蹈是身体对身体本身的模仿,而手则通过绘画模仿并利用它。但是在色彩的世界里,这种能力有自身的局限。人的身体并不能产生色彩。它的确与色彩存在着接受性而非创造性的联系——通过眼前那闪亮的色彩产生联系。(从人类学的角度来看亦是如此,视觉是感官的分水岭,它对形式和色彩的接受是同步的。并且,身体一方面是能动关系的器官——它感受到的是形式和运动、听觉与声音;另一方面,还存在着被动关系——对颜色的感知属于嗅觉和味觉范围。语言自身将这一类感觉通合成一个可以通过"看"、"嗅"、"尝"这些词来表达的整体,这些词应用于客体是不及物的,应用于人则是及物的。)简而言之,纯粹的色彩是幻想的媒介,是任性的孩子云中的家,而非善于建构的艺术家的戒律。以下是歌德从浪漫主义精神的角度对色彩与其"感官的、道德的"效应的联系的阐释:

> 在它们的启发与暗示中,这些透明色并没有界限,正如水与火一样可以被视为它们的顶峰与谷底……有关光与透明色

① 让·保尔·里希特尔(Jean Paul Richter, 1763~1825)以一系列极其铺张、富于想象力并能将幻想与现实融为一体的小说而闻名于世;而这些都得益于斯特恩(Sterne)。

> 的关系是，当你走进并详尽地观察它时，你会无限地陶醉其中而当这些色彩骤然燃烧，与其他融为一体，再一次出现又消失时，就像是经历了一场如永恒般漫长的停顿后的再次呼吸，也像是从深渊谷底那最孤独而永恒的缄默中散发出的耀眼光芒。与此相反，那些不透明色，就像是怯于与天空媲美的花朵，一方面因自己的弱小而战战兢兢(即白色)，另一方面又与魔鬼并肩同行(即黑色)。然而，这也就是说，它能够……产出如此合意的变体与如此自然的效应以至于……最终透明色走向了终结，因为仅仅只有精神维系着它们并且这些精神只是一味地加强它们。①

综上所述，《颜色学》中这一“补充”，对那些当之无愧的色彩大师的敏感性，从而也对儿童的游戏精神的描述是恰如其分的。我们不妨想一下，很多游戏都与纯粹的想象性沉思有关，比如肥皂泡、室内游戏、幻灯机那氤氲的色彩、水彩、贴花纸，等等。在所有这些当中，色彩似乎都悬浮在物体之上。它们的神奇之处并不在于彩色的物体或者仅仅在于凝滞的颜色本身，而在于色彩斑斓的光辉、五光十色的灿烂以及变幻陆离的光线。在这个儿童读物世界图景的尽头就是其顶峰，长满了毕德麦雅之花。长着音乐之手的诗人依偎着天蓝色的女神躺在那里。缪斯对他喃喃低语，他旁边那长着双翼的孩子则将缪斯的低语付诸绘画。他们旁边随意摆放着竖琴与鲁特琴。小矮人们在山谷深处沐浴着落霞操管弄弦。这就是里斯曾经描绘的风景，当孩童们沉浸在书本之中时，他们的眸子和脸颊与太阳的光芒交相辉映。

(苏仲乐译)

---

① 约翰·沃尔夫冈·冯·歌德：《颜色学》(*Farbenlehre*)，汉斯·伍堡德(耶拿，1928)，第440～442页。

儿童文学[1]

无法谋面的听众朋友们：

大家肯定都听人说过："上帝！我们小时候日子可没这么舒服！我们担心考试成绩差。我们不允许光脚在沙滩上走。"但是，有谁听过"上帝！我小的时候，哪有这么好玩的游戏！"或者"我们那会儿，可没这么有趣的故事书！"你肯定没有听人这么说过。不管小时候读过什么书、玩过什么玩具，它们在一个人的记忆中似乎都是再美、再好不过的东西。不仅如此，人们还经常会错误地觉得这些东西都是独一无二的。同时我们还经常听大人们抱怨，过去他们在附近商店随手买到的玩具，现在都不见了踪影。对过去的顽固记忆使得每个人都可能是一个怀旧者、逆时而动者。这其中必有特殊的缘由。对此我们不拟深究，但是应该记住一点，书本也像其他一切事物一样，孩子们从中看到的与大人们看到的截然不同。

拿孩子的第一本启蒙读物来说，有人或许会问，它对孩子的影响到底有多大！刚开始，每个符号都是束缚，孩子的手和舌头不得不屈从就范，稍后，孩子能自如地读出声来，甚至能在数豆豆这些儿童语言游戏中组建自己的第一个秘密团伙。毫无疑问，海盗和鬼怪故事对十几岁孩子的吸引力远远比不上启蒙读物对于学龄儿

---

① 本文是 1929 年 8 月德国西南广播电台的一次访谈，收入《本雅明文集》第七卷，第 250～257 页。英译者为 Rodney Livingstone。

童的吸引力。事实上，最早的启蒙读物以最朴素的方式影响着孩子们。这些有关“读音的书”都是以拟声法为基础的。插图上，“*O*”这个音是从赶着马儿的车夫嘴里发出的；另一幅图中，“*sh*”这个音，是一个女人在撵鸡；“*R*”则是狗在狂吠；“*S*”是一条发出咝咝声的蛇。但是，拟声法很快就被替代了。在“反宗教改革运动”之后，我们看到的启蒙课本在用冠冕堂皇的语言描述惊恐的孩子，满篇都是阿拉伯纹饰和夸张的辞藻。后来，书中的内容则是 18 世纪的狂热分子和等级制度，其中的文字像士兵的队列一样等级森严、严阵以待，大写字母像长官一样，正对名词发号施令。此后，有些启蒙读本可能会有 248 张插图。但是仔细观瞧，会发现整本书只有区区八页，那些图片密密麻麻拥挤在狭小的空间之内。诚然，对启蒙读物来说，最不可思议的莫过于阻挡孩子从中得到他所需要的东西。正如让·保尔以欢快的文字描述的伍茨校长：“他用漂亮的花体(copperpalte)书写字母，活泼而流畅。醒目起见，他将黑红两色字母穿插书写。这就是为什么大多数德国孩子仍旧可以记得这种快乐，他们像钓起煮熟的螃蟹一样，从黑色字母中钓起烧好的红色字母，然后大快朵颐。”①

当然，老师们不久便发现不仅仅孩子们理解不了启蒙读物，读物本身与孩子们就不相宜。显而易见的解决办法就是图画与单词，甚至与字母分开。1658 年有过第一次尝试，它便是阿摩司·夸美纽斯(Amos Comenius)的《世界图解》(*Orbis Pictus*)。② 这本书通过数百张纸牌大小的插图简单自然地呈现了日常生活中的各种事物，包括抽象的事物。文字仅限于德语、拉丁语对照的目录部分。在儿童教育书籍当中，这是一次难得的成功之举。仔细思考

---

① 让·保尔·里希特尔(Jean Paul Richter，1763～1825)创作了一系列融幻想与现实为一体、华丽铺张、极具想象力的小说。小说《好老师玛利亚·伍茨在奥恩塔尔的生活》(*Das Leben des vergnugten Schulmeisterlein Maria Wutz in Auenthal*)写于 1793 年，讲述了特立独行的伍茨老师追求幸福生活的故事。

② 完整的书名是 *Orbis Sensualium Pictus*。

一下，就会发现，它开启了一个绵延250多年、还远未终结的发展历程。今非昔比。建立在视觉基础上的教育方法，在当代之所以有着非同寻常的意义，有赖于这样一个事实：在交通运输、艺术和统计资料等各不相同的生活领域都形成了崭新的、标准化的、非语言的符号系统。就此而言，一个教育问题倒与一个普遍的文化问题若合符节了。如果要用一句口号加以概括，那便是：重视图画、淡化文字！或许在不久的将来我们会看到一种图画书出现，这些书通过新型的符号语言使孩子们了解交通运输甚至统计资料。这类书出现较早、具有里程碑意义的有夸美纽斯的《世界图解》、巴塞多夫(Basedow)的《启蒙读物》，以及贝尔图赫(Bertuch)的《儿童绘本》。最后一套书共12卷，每一卷都有一百张彩色版画，在贝尔图赫主持下，于1792到1847年间陆续出版。为了这些书的出版而付出的大量心力足以说明当时人们对儿童书的重视。制作配有文字的绘本，使其具有最基本的文字形式，同时又不至于成为识字课本，并非易事，甚至是一项无法完成的工作。这个难题甚至至今也没有得到彻底解决。这类书中，尤其出类拔萃的是约翰·保罗·维希(Johann Paul Wich)的绘本《旋转木马和布娃娃》(*Hobbyhorse and Doll*)，这本精美的图书1843年出版于诺德林根(Nordlingen)。书中有这样的诗节：

小镇前面坐着小矮人，
小矮人后面是座小山丘，
小山丘中流淌出一条小溪，
小溪之上漂浮着一片小屋顶，
小屋顶之下是一座小房子，
小房子里坐着一个小男孩，
小男孩身后立着一条小板凳，
小板凳上放着一只小箱子，

小箱子里躺着一只小盒子，
小盒子里放着一个小鸟窝，
小鸟窝前坐着一只小猫咪，
无疑我会记得注意那个小斑点。

如果世界上有哪个领域，一旦专业化就注定要失败，那么它非儿童文学创作莫属。儿童文学创作一旦落入专业人员之手，便尽显疲态。我指的是儿童**文学**，而非儿童**读物**。有很长一段时期，教育专家对读物的插图并不关注，或者事实证明，他们尚不能制定最起码的行之有效的规范。这是一件好事。唯其如此，在这个领域内，我们看到，某些在文学中变得越来越稀少的东西得以保留了下来，我指的是精通中所蕴含的纯粹的严肃以及玩闹中所蕴含的纯粹的欢娱，虽非**刻意为之**，但两者都是专为儿童而创造的。罗乔(Rochow)创作于1772年的《儿童之友》，既是第一个读物，也标志着"青年文学"的肇始。重要的是对两个阶段的区分。一是道德教化的启蒙时期，它是对孩子的迎接；一是19世纪的感伤主义时期，它是对孩子精神的浸润。前者确乎不像我们这个时代自命不凡的教育学理论那么无聊，后者也不像它如此虚假，但不折不扣的平庸却是两者共同的特点。下文所引语言蹩脚至极，但却不乏活泼的例证，正是两种风格的绝佳说明：

回到家，艾玛立即开始干活儿，因为她已答应奥古斯特要将字母A.v.T绣在六块手帕上……奥古斯特与威廉分坐在她的两边；夏洛特与索菲也带来了自己的针线活，着手干了起来。最让人看着高兴的是，这四个姑娘都是那样勤快，都想超过自己的伙伴。

当她们坐在那儿干活时，奥古斯特希望能充分利用这点时间，让她们多学点。所以，她问艾玛：

“今天是星期几啊?”

“周二吧。”

“孩子,你记错了,昨天是周日。”

“那么,今天就是周一。”

“对了,是周一。一周有几天?”

“七天。”

“那你知道一个月有几天吗?”

“几天? 我想你已经告诉我好多次了,关于天数,并不是每个月份都一样。”

“确实如此。有四个月是 30 天,有七个月是 31 天,有一个月有 28 天,并且有时有 29 天。”

“30 天是一段很长的时间。”

“你能数那么多数吗?”

“不,我做不到。”

“你有多少根手指?”

“十根。”

“数三遍手指就能数到 30,和一年当中的四个月份天数一样多。”

“那是一个世纪。”

“一个世纪? ——你从哪儿学到的这个词? 你知道什么是一个世纪吗?”

“不,我并不知道。”

“这么说你用了一个自己并不理解的词? ——这可就有点吹牛了! 你这是想让人家觉得你更聪明。一个世纪有 100 年,一年有 12 个月。就像我刚才说的,每个月不是 30 天,就是 31 天,只有一个例外。一天中有 24 小时,小时被分成分钟,分钟又被分成秒。一个小时有 60 分钟。”

“一秒钟非常短,是吗?”

"一秒钟飞逝如光——它是一瞬间的事。"

"所以一个人的一生都由无数秒组成吗?"

"而且一生也会快速飞逝。正因时间很快,我们永远都别忘了,自己将会进入另一个世界。也就是说,我们总是要知道,我们对上帝、对我们的人类同胞以及我们自己都负有职责。这样,当宇宙的创造者和主宰者以他的智慧最后要召唤我们离开这里,我们应该有进入天堂的资格。我们今天在人世间的虔诚和正直都会在那里得到回报。"

"那些淘气的小姑娘可怎么办啊?"

"她们会下地狱。"

"她们在那儿会不开心吗?"

"当然了！她们将永远为自己的过错承受忏悔的折磨。"

"永远？——哎呀,我可千万不能淘气!"

奥古斯特自己早就读过教义问答书,书里已经讲得一清二楚,所以她知道艾玛对这个问题显然没有自己那样明白。其实她本不该讲什么地狱,倒可以讲讲鞭刑或者农夫普鲁雷希特(Ruprecht the farmhand)的传说,来吓唬这些娃娃们。①

这个故事已经足够荒唐,很多作品还要更加荒谬。无论如何,重要的是,除却乔安娜·施皮里(Johanna Spyri)那本广为人知、优美生动的《写给孩子和爱孩子的人的故事》书之外,后来的儿童文学创作乏善可陈。不过,我们确实有一本道德教化的文学杰作,也是德语文学的杰作,那就是黑贝尔(Hebel)的《百宝箱》。② 当然,严格来讲,这本书并不是写给年轻人的,而是博爱主义者为大众特

① 《儿童之友的话：奥古斯特与威廉是如何教育洋娃娃的》(*Wie Auguste und Wihelmine ihre Puppe erzogen: Von einer Kinderfreundin*),1837 年出版于柏林。

② 《莱茵家庭之友百宝箱》(*Schatzkastlein des rheinischen Hausfreunds*)是约翰·皮特·黑贝尔在《巴登州年历》——一本和美国《老农年鉴》颇为相似的年度出版物——上发表的诗歌和散文提纲。

别是乡村阅读群体而创作的。① 黑贝尔将史诗作家的博大与立法者的简约融为意蕴丰厚的整体，如果我们能够对这位散文文体大师进行简明扼要的定义，那么，我们或许会说，黑贝尔最重要的特点在于他的方法，他借助政治和神学的道德克服了启蒙运动抽象的道德。然而，由于他并没有对此进行整体性描述，而是通过一个又一个具体的事例来说明的，因此除了这些具体的事例，我们很难将其提炼为一个概念。比方说，讲故事的他就像钟表匠给我们介绍钟表似的，这是弹簧、那是齿轮地逐一介绍，突然(黑贝尔故事中的寓意总是突如其来)，他将钟表翻转过来，我们看到了时间。这些故事与钟表更加相似的地方在于，它唤醒了我们关于童年的神奇记忆，并将陪伴我们一生。

几年之前，正如我们时常可以看到的那样，有一家文学刊物突发奇想，要调查一下众多名流童年时最喜欢的读物。毫无疑问，答案当中包括了儿童文学。但是，值得注意的是绝大多数人提到了《"皮裹腿"系列》(*Leather-Stocking Tales*)、《格列佛游记》(*Gulliver's Travels*)、《奇异岛》(*Treasure Island*)、《吹牛大王历险记》(*Baron Munchhausen*)、《一千零一夜》(*The 1001 Nights*)这些书，以及安徒生、格林兄弟、卡尔·梅以及吴尔朔费尔(Wörishöffer)等作家。不少人提到了一些没有什么名头的作品，连他们自己都不知道这些书的作者是何许人。但是当我们尽力梳理他们所涉及的书目时，这些书没有一本是专门写给儿童或者年轻人的。这些书绝大多数是世界文学名著、平庸的小说或者童话故事。其中一个受访者是查理·卓别林，他选的是《大卫·科波菲尔》。这为我们研究儿童读物——毋宁说是被儿童阅读的书——到底是什么，提供了一个绝佳的范例。《大卫·科波菲尔》激发了

① 博爱主义是18世纪晚期一场教育改革运动，主要理论家是约翰·伯恩哈德·百思顿(Johann Bernhard Basedow, 1723～1790)。百思顿的位于德绍的博爱学院是德国和瑞士一系列同类机构的典范。

卓别林这位大人物的灵感。实际上，一位敏锐的法国批评家早已经把狄更斯的小说与卓别林的电影进行了比较。而且，卓别林本人“早已经告诉我们，当他看到斯特兰大街上那些脚步匆匆的上班族，灵光乍现，于是塑造了这个头戴圆礼帽、鸭步鹅行、蓄着牙刷似的小胡须、手拎拐杖的小丑形象”。另外，他电影中的其他典型形象与《雾都孤儿》或者《大卫·科波菲尔》里阴沉忧郁的伦敦何其贴切：“羞涩迷人的年轻姑娘；还有那个粗鲁的莽汉，遇到不惧怕他的人时，随时可以猛出一拳，然后撒腿就跑；至于那位傲慢的绅士，他的高顶礼帽让人们总能一眼认出他来。”

但是，如果说正在成长的年轻人只有从塞万提斯、狄更斯、斯威夫特或者笛福的大作中才能吸取实在、健康的营养，这就未免匪夷所思了。实际上，从某些——当然不是所有——平庸的文学作品、四处兜售的布道书中同样可以得到。这些布道书是随着与之不无关联的科技文明的出现和文化的扁平化而出现的。陈腐的等级制社会已经崩解。这就意味着那些高贵而精致的东西已经下沉到底层。因此，那些目光敏锐的人就可以从那些浅层次的文学以及绘画艺术当中——而非那些公认的文化典籍中——获取自己真正需要的成分。就在前不久，正是依照这一思路，恩斯特·布洛赫写了一篇精彩的文章，努力为饱受诟病的卡尔·梅申辩。还可以列举出很多这样的书籍，这些书是人们在学校图书馆外借的，甚至是当地报刊亭都不好意思借阅或者购买的，如《阿卡萨斯的钟摆》(*Die Regulatoren in Arkansas*)、《赤道之下》(*Unter dem Aquator*)、《尼纳先生》(*Nena Sahib*)之类的书。① 如果这些书能够开阔小读者的视野，那就不妨把书写得更为生动有趣、更有感染

---

① 《阿卡萨斯的钟摆》(*Die Regulatoren in Arkansas*)、《赤道之下》(*Unter dem Aquator*) 均为弗里德里希·格斯塔克的作品。《尼纳先生》(*Nina Sahib*)的作者是约翰·瑞特克里夫(John Retcliffe)，即赫尔曼·奥托马尔·弗里德里希·戈奇(Hermann Ottomar Friedrich Goedsche)。

力一些。这样的概念和语言上的转变当中似乎藏着法宝，能够指引孩子跨过童年的门槛，进入成年人的应许之地（the Promised Land）。大家对这些书之所以如饥似渴，原因就在这里。

“如饥似渴地读书”，这是一个奇怪的比喻。它能够发人深思。事实上，在艺术世界里，没有哪种形式能够像叙事散文那样，读者在享受阅读的快乐时能够对散文本身产生影响、改变其形式甚至破坏它。或许我们真的可以将阅读与消费相提并论。首先我们应该知道，人之所以需要营养和人之所以吃饭，其原因可能并不相同。以前的营养学理论也许不无道理，因为吃饭是这一理论的起点。它认为，我们通过吸收食物中的精华来获取营养。但是，今天的我们并不是通过那样的方式来获取营养，然而我们的吃的确是经过了一个摄取的过程，这一过程并不仅仅只是摄取我们生存所需要的营养。同样，我们的阅读也涉及这样一个摄取的过程。也就是说，阅读并不仅仅只是增长经验，不仅仅只是储存记忆和经验。所谓心理替代理论其实就是有关营养的理论，它强调我们获取的血液来自我们消耗的血液，我们新生的骨骼来自我们损耗的骨骼，凡此等等。但是事情并非那样简单。我们读书并非是为了积累经验；我们读书是为了完善自我。对于儿童而言，尤其如此，而且他们的阅读也遵循着这种方式。换言之，他们在阅读中吸收；他们并没有移情（empathize）。他们的阅读与他们的成长和感知能力的关系，他们的阅读与其所受教育以及对世界的了解程度的关系，前者比后者更加紧密。之所以说对他们而言阅读本身和在所读的书中发现的真知灼见一样重要，原因就在于此。儿童读物之所以有其特殊意义也正在于此。

（苏仲乐译）

民间艺术片论[1]

民间艺术和粗俗作品，在此处应该被认为是所谓伟大艺术作品背后一种独特的伟大运动，它像接力赛跑一样将某些特定主题代代相传。就细节而言，民间艺术和粗俗作品都依赖于伟大艺术，但是说到如何用其所有，两者却自行其道，自有其“目标”，自有其**艺术意志**(Kunstwollen)[2]。

民间艺术和粗俗作品的**艺术意志**魂归何处？不用说，肯定不会归乎艺术，而是归于更为原始、更为强烈的某物。如果我们反身自问，现代意义上的“艺术”对民间艺术意味着什么，对粗俗作品又意味着什么？答案是：所有民间艺术都旨在使其所描绘的人形象化。它只向他致意，因而他必须回应。不唯如此，他以问题回应：“它存在于何地、何时？”他心目中始终萦绕着这样一个念头：此时此刻、此形此状、此一位置的太阳，一定曾经存在过。像扔掉一件心爱的外套一样扔掉心头这种挥之不去的情形，乃是被民歌的叠唱所唤醒的最深层的诱惑，借此可以透视所有民间艺术的基本特征。

下述说法并不正确：我们对自身性格的想象如此支离破碎，如此率性而为，因此，我们迫切地想要接受笔迹学家、手相师以及

---

① 本文于1929年断续写成，本雅明生前未发表。英译者为Rodney Livingstone。

② 该词系本雅明借自奥地利艺术史家阿洛伊斯·李格尔(Alois Liegl)。李格尔的定义是：特定时代的特定文化意欲看到其文化客体的风习。

其他类似者的建议。还有，我们的命运据说为同样强烈的想象所操控；这种想象于瞬间将自我、个性的黑暗角落照亮，并为最出其不意的、或黑暗或光明的事物创造出横空插入的空间。如果足够虔诚，我们会发现，我们确信，相比于我们所知道的事物，我们的经验可谓无限丰富。其中包括了我们无论清醒还是睡眠时的所读、所梦。有谁知道我们如何、在什么地方才能开启命运的其他领地？

我们都曾经验过回声，然而却并不了解它。同样，当我们模仿原初世界的风习并进入其中时，我们同样对之缺乏了解。我们不了解其家具陈设、装饰点缀，也不了解其歌谣与图画。这就好比我们站在泰坦（Titan）或莫奈（Monet）的画作前，从来不会产生掏出怀表，按照画面上太阳的位置来设置时间的冲动。然而，假如我们面对的是儿童书籍中的插图，或者于特里约（Utrillo）的画作——这些插图和画作当真复现了原初世界，我们则很容易产生类似的冲动。这说明，我们在习焉不察的情境中发现自身，拿太阳的位置和钟表进行比较，这和通过钟表来比较太阳的当前位置与之前的不同，大不一样。在文明生活中被当作病理学例外的**似曾相识**感，变成了一种由民间艺术（粗俗作品也是一样）所赋予的神奇能力。之所以能够如此，是因为这种**似曾相识**感完全不同于能够判断新旧情境完全相同的理性认识。说得更准确一点：能够判断新情境与旧情境**基本**相同。但这仍然文不对题。因为，所谓情境，并非我们以旁观者身份所能经验到的；它笼罩着我们的头脑——我们完全被裹挟进去了。无论你的看法如何，作为一个基本事实，最后的结果都是面具。通过这种方式，原初世界凭借其全部器具与场景，为我们开启了一个无限的面具仓库：我们命运的种种面具——正是靠着这些面具，我们得以从对此时此刻以及处身情境的体验中现身——最终都被完好如初地恢复了。

除了伪饰，潦倒失意、缺乏创造者无以改变自身。伪饰在我们自身内部寻找生产面具武器的兵工厂。但是绝大多数时候，我们用以伪饰自己的装备都乏善可陈。事实上,世界上到处都充斥着面具;用不着怀疑,即使最朴素的家具(比如罗马式扶手椅)也可以充当面具。戴好面具,人们便可以直面其处身情境并建构自己的形象了。将面具交给我们,在我们的处身情境中为我们开拓出一片容身之地,并为我们的命运塑形——这便是民间艺术与我们中途邂逅的意义之所在。只有在这个制高点上,我们才可以从根本上清楚地看到,狭义的民间艺术和"真正艺术"之间的区别。

艺术教导我们由表及里地观照事物。

民间艺术和粗俗作品让我们从事物内部向外观看。

(李茂增译)

小说的危机[1]

阿尔弗雷德·德布林:《柏林亚历山大广场:弗兰兹·比博科普夫的故事》,柏林:费舍尔出版社 1929 年版,第 530 页。

从史诗的角度看,生存是一片海洋。再没有比海洋更像史诗的了。当然,人们可以以不同的方式面对海洋——比如,躺在沙滩上,听浪花拍岸,或者收集被海水冲上来的贝壳。史诗作者正是这么做的。你也可以泛舟海中。为了各种各样的目的,或者压根儿什么目的也没有。你可以扬帆出海,渐行渐远,此时你的视野中将不再有陆地,只有海天一际。这正是小说家之所为。小说家是彻头彻尾的孤独、沉默之人。史诗之人给人的只有安宁。史诗中,人们在一天的劳作之后,便开始休息;他们聆听、做梦、收集。小说家则将自己与人群及其活动隔离开来。小说的诞生地乃是离群索居之人,这个孤独之人已不再会用模范的方式说出他的休戚,他没有忠告,也从不提忠告。所谓写小说,就意味着在表征人类存在时把不可测度的一面推向极端。只需想一想荷马和但丁的作品,就会明白小说和真正的史诗的区别。作为史诗素材的口头传说有别于作为小说素材的"现货"。小说和所有其他散文——民间故事、传

① 本文写于 1930 年,发表于《社团》。英译者为 Rodney Livingstone。

奇、谚语、趣闻——的区别正在于,小说既不起源于传说,也不汇流其中。这也是小说和讲故事最主要的区别,后者是散文传统中对史诗形式的最完美的继承者。毋庸讳言,小说阅读已经影响到了我们的全部生活,人类的内心日趋沉默,小说阅读的泛滥正是罪魁祸首,同样,正是小说阅读的泛滥彻底地杀死了讲故事的传统。唯其如此,我们才会听到,一位天生的讲故事者批驳小说家的这番话:"我也不想说什么,把史诗从书本中解放出来……是大有裨益的——首先对语言是大有裨益的。书籍本身就意味着真正的语言的死亡。最重要的是,语言的创造力根本就不承认只会书写的史诗作者。"福楼拜永远写不出这样的话。这是德布林的文章。在普鲁士艺术学院的第一部《文学年鉴》中,他对此作了全面透彻的分析;他的《史诗作品的结构》是关于小说危机的最优秀的文献,它是有感于现在随处可见甚至在戏剧中也可见到的史诗复兴而写的。任何人只要仔细地思考一下德布林的这篇讲稿,就无需再费心劳神地去考察小说危机的外在表现,思考如何支持真正的史诗。传记小说和历史小说的泛滥也就不再会让他惊恐不安。理论家德布林没有受到危机的影响,他超越了这场危机,并且探究了危机的原因。他的最新作品表明他的理论和实践是统一的。

不妨将德布林与安德雷·吉德的新著《伪造者日志》所表达的立场作一个比较,没有比这更有说服力的了。《伪造者日志》同样毋庸置疑,同样清晰准确,同样直指现实,但是却处处与德布林的观点针锋相对。[①] 在两位批评家的论争中,史诗的当代状况被尖锐地表达了出来。在这篇针对其最新小说的自传式评论中,吉德阐明了其"纯小说"的理论。他用可以想象到的最为纤巧玄虚的手法,排除了一切直白的、线性的、铺陈的叙事手法(所有这些方法都是史诗的重要特征),为的是支持独特的、纯小说的(在这篇文章中

---

① 安德雷·吉德(André Gide):《伪造者日志》(*Journal des "Faux-monnayeurs"*)(1926)。——原注

也叫作“浪漫的”)手法。人物对被描述的事物的态度,作者对人物、对自己的技巧的态度,都必须写进小说。简言之,所谓“纯小说”实际上是纯粹的内在性;它不承认任何的外在性,因此堪称纯粹的史诗方法——即叙事——最极端的反面。与德布林的观点截然相反,吉德理想中的小说乃是纯粹的写作。他大概是福楼拜的最后一位支持者。没有人会奇怪,德布林在讲演中对福楼拜的成就作了能够想象得到的最为严厉的批判。“当我建议这些作者,应该大胆地将抒情的、戏剧的甚至沉思的成分都引入到他们的叙事中时,他们一定会绝望地举起双手。但是我会坚持下去。”①

他不遗余力地推行自己的方案,这从众多读者对最新出版的这本书的困惑中便可见一斑。的的确确,现在,叙事很少被以这样一种方式处理过。浪潮一般的事件和沉思将读者一扫而光,将读者的乐趣破坏至如此程度,确实非常罕见,读者也从来不曾被喷涌而出的实实在在的口语浇得如此透湿。但这并不意味着我们必须使用一些专门术语,如内心对白(dialogue interieue),或者需要读者求助于詹姆斯·乔伊斯。事实上,在这里起作用的是某种完全不同的东西。本书风格的主导原则是蒙太奇。小资产阶级的印刷物、丑闻与谣言、离奇的故事、发生在1928年的各种煽情事件、民谣俚曲、广告,全都汇聚于这一文本之中。蒙太奇炸碎了小说的框架结构,从风格和结构两方面炸掉了小说的各种限制,为新史诗的可能性开辟了道路。首先,是从形式上。蒙太奇的材料绝不专制,真正的蒙太奇以档案为基础。在此次针对艺术作品的狂热的斗争中,达达主义运用蒙太奇的手法将日常生活招募进了自己的同盟。蒙太奇第一次宣布了真实的权威性,尽管还有一点不太确定。电影适逢其时地被发明出来,仿佛正是为了帮助我们理解蒙太奇似的。这里,蒙太奇第一次被用作叙事手法。《圣经》中的诗篇、统计

---

① 阿尔弗雷德·德布林(Alfred Döblin, 1878～1957):《史诗作品的结构》,见《文学年鉴》(柏林,1929年版),第262页。

表以及畅销歌曲的歌词，都是被德布林用来称道真实的叙事的事物。它们相当于传统史诗中被固定下来的诗歌形式。

蒙太奇的结构是如此厚密（dense），以至于我们很难听到作者的声音。在每一章中，他都在开篇为自己保留了一种街谣式的用以点题的格言；另一方面，他又从来不刻意让他的声音被听到。（尽管他注定要在结尾的时候说出自己的话。）在贸然向角色发出任何挑战之前，他总要追踪他们，路程之远让人吃惊。他以一种轻松的方式接近事物，就像史诗作者最惯常的那样。所有发生的事情——哪怕是突然发生的事情——都好像是事先安排好的。这种态度，得益于柏林方言赋予他的灵感——柏林方言总是迈着轻松的步伐前行。柏林人像鉴赏家那样说话，他们对事物被言说的方式情有独钟。他乐在其中。不管他是在诅咒发誓，捉弄嘲笑，还是在威胁恐吓，他都在享受，就像他吃早饭是在享受一样。格拉斯布雷纳戏剧性地为柏林话的品质增添了光彩。① 这里指的是它那史诗式的深邃。比博科普夫的生活之船负载沉重，但并没有搁浅。该书是柏林方言的纪念碑，因为叙事者从来不试图将我们基于任何宗教忠诚而对这座城市产生的同情抒写进去。他在柏林的内部说话。它是他的传声筒。方言是他借以推翻旧小说内向品性的诸多力量之一。该书绝不内向。它有自己的德性，一种甚至对柏林人来说也不无关系的德性。（蒂克的《亚伯拉罕·托涅利》早已将柏林方言的力量释放了出来，但是迄今还没有人试图对它进行治疗。）②

看来有必要去看看为弗兰兹·比博科普夫进行的治疗。在他

---

① 阿道夫·格拉斯布雷纳（Adolf Glassbrenner，1810～1876）：激进记者，曾经就柏林生活，用当地方言写过一些讽刺、幽默风格的小品文。作品包括《柏林，如其所是——并且开怀畅饮》（*Berlin wie es ist — undtrinkt*，1832～1850）以及《七彩柏林》（*Buntes Berlin*；1837～1841）。

② 路德维希·蒂克（Ludwig Tieck，1773～1853）：德国浪漫派代表作家，1798 年写过一部富于玄幻色彩的小说《大王亚伯拉罕·托涅利的精彩生活》。

身上发生了什么？——但是，且慢，为什么小说要叫《柏林亚历山大广场》，而《弗兰兹·比博科普夫的故事》却只是被用作副标题？柏林的亚历山大广场又是什么？它是这样一个地方，最近两年，最为剧烈的变化都发生在那里；挖掘机和手提钻一刻不停地在那里工作；由于挖掘机和手提钻的轰鸣，由于一辆接一辆的公共汽车和地下铁，那里的地表在震颤；相比于其他地方，大都市的内脏以及环绕格奥尔格教堂广场(Georgenkirchplatz)的后院在那里被裸露的程度更甚；在那里，建于19世纪90年代的街区努力地想要与环绕马西利乌斯(Marsilius)大街(那里，移民警察局被挤进了廉租区)和皇家大街(夜间，无赖们便在那里游荡)、原汁原味的迷宫和谐共处。它不是工业区；首先是商业区——小资产阶级的商业区。这时，产生了社会学意义上的否定，那些从失业者身上榨取油水的骗子。比博科普夫就是其中之一。他从特格尔监狱出来，找不到工作；有那么一阵子，他表现得令人尊敬，试着在街角卖些东西，然后放弃，随即加入了普姆斯(Pums)帮。他的生活半径不超出一千米。亚历山大广场统治了他的存在。一个残暴的摄政者，如果你喜欢这么叫的话。一个独断的君王。因为读者忘记了他周围的一切，试图在那个空间内部来感受他的生活，而在这之前，他对它几乎一无所知。一切都是那么不同，都和读者从桃花心木的书架中取书时的期望不同。这并不是那种类似“社会小说”的感觉。没有人睡在树下。他们都有一间屋子。你也看不到他们是如何找房子的。似乎第一个月，亚历山大广场周围的地区就不再恐怖。这些人无疑是悲惨的(elend)。但他们的悲惨仅止于他们的房间。这意味着什么，它又是怎么发生的？

它有两层含义，广义和狭义。就广义而言，不幸实际上并不像小莫里茨所想象的那样。真正的悲惨，至少——与你在梦魇中所想象的是不一样的。它并不仅仅指人们不得不量入为出、精打细算；它还是某种对贫穷和悲惨都有效的东西。即使它的代理人

(agent),爱情和酒精,有时也会反叛。没有什么比你在某段时间不能忍受悲惨更糟糕的了。本书中,不幸向我们展示了其欢快的一面。它和你在同一张桌子旁坐下来,但是并不打断谈话。你调整自己,使自己适应新的情境,继续享受时光。这是真理,然而新的底层的自然主义者却拒不承认。因此伟大的讲故事者不得不帮助它赢得信任。据说比悲惨更让列宁痛恨的只有一件事情:与之妥协。的确,这中间有某种资产阶级的东西——不仅是就不修边幅之类琐屑的含义而言,而且是就大范围的智慧的意义而言的。从这个意义上说,德布林的故事是资产阶级的,而且在根本上说是资产阶级的——也就是说,主要不是在意识形态和意图上,而是在特定的方式上是资产阶级的。我们在这里再次发现的是,在消遣性的形式中,在一种不可灭绝的力量中,查尔斯·狄更斯的魔力获得了再生。在狄更斯的小说中,资产阶级和罪犯一拍即合,因为他们的兴趣(不管他们彼此多么反感对方)完全一致。骗子们的世界和资产阶级的世界是一样的。弗兰兹·比博科普夫那通往皮条客和小资产阶级的道路无非是资产阶级意识的英雄化的变形。

我们可以回应"纯小说"理论了:小说就像海洋。纯粹的唯一来源是盐。那么,本书的盐是什么?在史诗中,盐就像一块矿石:当事物和它熔炼在一起时,它可以延续它们的生命。不同于其他文学类型,持续性是史诗写作最重要的标准。并非在时间中持续,而是在读者中持续。真正的读者阅读史诗是为了保存它。毫无疑问,就本书而言,读者将保存两件事情:胳膊的故事和米尔兹(Mieze)的事迹。为什么比博科普夫会被扔到汽车轮下,丢掉了一只胳膊?为什么他的女朋友从他身边被抓走并被杀害?答案早在第二页就可找到。"因为他对生活的要求不仅仅是面包和黄油。"也就是说,他要的不是丰足的食物,不是金钱,不是女人,而是某种糟糕得多的东西。他的大嘴觊觎的是某种不切实际的东西。参透命运的渴望消耗着他——参透命运乃是他想要的东西。这个人总是无所不用其极地寻找麻烦；因此，毫不奇怪，麻烦总是找上门来。他究竟如何用整个一生满足了参透命运的渴望，如何学会了满足于面包和黄油——简言之，他是如何由骗子而圣贤的——乃是这一连串事件的灵魂(nature)。最后，弗兰兹·比博科普夫失去了对命运的敏感；用柏林人的话说，他变成了一颗“聪明的脑袋”。德布林运用卓越的艺术手法，描述了这个伟大的、令人难忘的成长过程。就像犹太人在成年礼上才宣布孩子的第二个名字，而在此之前一直秘而不宣一样，德布林也给了比博科普夫第二个名字。从那以后，他便是弗兰兹·卡尔了。与此同时，在弗兰兹·卡尔身上发生了一些奇怪的事情，现在他是一家工厂的看门人的助手。我们不敢保证说这一切都没有逃过德布林的注意，尽管他始终以敏锐的眼光关注着他的主人公。关键是弗兰兹·比博科普夫不再是可效法的榜样了，他已经被扫进了小说人物的天堂。希望和回忆将在他的天堂，看门人那狭小的门房里，宽慰他生活中的失败。但是我们并没有随他进入他的天堂。这是主宰小说的法律：主人公刚刚学会如何帮助他自己，不再会帮助我们了。如果说这一真理是在福楼拜的《情感教育》中展现出其最伟大也最无情的形式的，那么我们也可以考虑将弗兰兹·比博科普夫的历史叫作骗子的“情感教育”。它是资产阶级成长教育小说最极端、最令人目眩，最后也是最高级的阶段。

（李茂增译）

神学批评[①]

威利·哈斯(Willy Haas),《时代的巨人》(*Gestalten der Zeit*),柏林:古斯塔夫出版社1930年版,第247页。

人的一生当中,真正具有生产性的经验就像种子一样,微不足道且不为人知。越是硕果累累的东西就越是包裹在当下坚硬的外壳里。没有什么东西能够将真正具有生产性的(部分)与存在缺陷的部分特别是错误的部分截然分开。正如以下这个问题:当某个小伙子15岁到20岁的时候,在他身上究竟发生了什么事情?是什么事情使他寡言少语,使他变得那样沉默内向、深思熟虑并能够时时反思自己?是什么事情使得他获得并永远遵循如此这般的经验,因而从不言辞草率、信口开河?在这些"时代的巨人"当中有两位恰好具有这种难以言传的经验,本书作者正是要将这些经验揭之于众。就此而言,本书作者理当感谢他们两位。本书作者对两位巨人推崇备至。不仅如此,此两位现在俨然就是守护神,正引领着这本书贯穿当下的世界。这两位就是弗兰兹·卡夫卡(Franz Kafka)和胡戈·冯·霍夫曼斯塔尔(Hugo von Hofmannsthal)。读者会发现,他们两位的周围都是处在危机的中心地带。卡夫卡身处布拉格这个堕落的犹太知识分子的大本营,但就是在这

① 发表于1931年2月《新评论》(*Die neue Rundschau*),收入《全集》第三卷,第275~278页。译者为Rodney Livingstone。

里，他以挑战和令人不解的姿态，而且以犹太教之名宣布脱离犹太教。霍夫曼斯塔尔也是身处摇摇欲坠的哈布斯堡王朝的心脏，他以后历史主义般的成熟，把从这里生发出来的能量转化为形式的结构。

关于这一文本，我们所强调的，或许在作者本人看来未免武断，这不足为奇。如果详细论述霍夫曼斯塔尔和卡夫卡存在着共同之处，反倒牵强附会了。但是，这两位作家对于诸如哈斯此类的作家意义何在，这样的问题则另当别论。作者对这两位作家的探讨是两篇截然不同的专文。但是，作者驾轻就熟，语言上既无雷同之处，但又使两者浑然一体。除非对所把握的对象了然于心，否则断然达不到此种境界。他个人和卡夫卡、霍夫曼斯塔尔非常熟稔，不过这对于他的写作而言一点也不重要。尽管如此，哈斯能够在仅仅六页的篇幅之内，以简洁明了、引人注目的语言唤回卡夫卡的魂魄，绝非等闲之事。如果我们仅仅明白霍夫曼斯塔尔的作品高度概括了天主教、卡夫卡全面反映了犹太世界，那么我们只是触及了事物的表面。1929 年，哈斯在霍夫曼斯塔尔去世的消息触动之下写了这篇文章，在几乎整个德国新闻界，关于霍夫曼斯塔尔之死，这篇文章几乎是唯一的公正之论。这篇文章也把他推入到了陈腐的天主教君主政治空间，使得他就像一个早已失去所有儿子的这个祖国唯一的传人，也像这个国家姗姗来迟的诗歌天才。这个国家不再有未来。因此，我们在他论霍夫曼斯塔尔的第二篇文章中可以看到，那些正待到来的日子好似卷轴一样，未及完全展开便统统卷了起来，成了过往和未来的地狱。这是一个陈腐的东西群魔乱舞的所在。《没有影子的女人》(*The Woman without a Shadow*)开篇呈现的就是一个属于“尚待出生的孩子”的世界，哈斯显然已经洞察到霍夫曼斯塔尔所塑造的这个意象世界的模糊内核。马克斯·梅尔(Max Mell)，诗人哈斯的生前好友，最近也有同样的发现。① 在别的作家那里，这些由意象和表象(Schein)所构成的世界从未如此纠缠扭结、危机四伏。霍夫曼斯塔尔意象世界中所隐含的这种歧义性给予这个世界以精神的光芒，正是这种完美的意义、这种充盈给予这个世界引人注目的特点。或者，如哈斯所说："精神从未如此神奇地幻化成诗性的经验。"

在这其中，最为神奇之处在于，读者在这位作家创造的世界中浸淫越深，便越能真切地感受到这个表象的世界需要人们通过不尽相同的诸多方法去解读。不管是安德烈·纪德的雌雄同体表象，还是阿纳托尔·法朗士的永恒反复表象(eternal recurrence)，抑或是赫尔曼·巴尔的介导现实(mediated reality)的表现，都是如此。② 但是事实上，从这些研究我们可以发现，表象是神学青睐的对象之一，而且神学已经在其附近安营扎寨。这本书对《塔木德经》和克尔凯郭尔、托马斯·阿奎那和帕斯卡尔以及圣依纳爵·罗耀拉和里昂·布洛依进行了充分的讨论。③ 但是，让作者全神贯注的并非是那些严格意义上的神学家的研究；有些人在神学内涵(Gehalte)危机四伏之际用破烂不堪的伪装为其提供避难之所，而这些人的著述也同样没有引起作者的关注。表象本身也是他们所使用的伪装之一。另外的伪装则是通俗小说和宗教作品。之所以说我们可能发现了具有更加重要意义的卡夫卡研究，这一事实以及关于霍夫曼斯塔尔的典范性研究就足以说明这个问题。他们的阐释全面周到、不遗余力地向神学问题靠近，而通过这样的阐释也指明了对这位作家进行解读的未来之路。正因如此，该书作者偶尔也会涉及关于宗教作品的理论。他在卡夫卡那里发现了一种变

---

① 马克斯·梅尔(Max Mell，1882～1971)：奥地利诗人，他的作品反映了流行和守旧传统的联系以及和天主教堂的联系。

② 赫尔曼·巴尔(Hermann Bahr，1863～1934)：奥地利剧作家和批评家，法国现代主义观点的重要传播者；他在自然主义、浪漫主义和象征主义方面堪称一流。

③ 里昂·布洛依(Léon Bloy，1846～1917)：法国小说家、批评家、辩论家，虔诚、浪漫的天主教皈依者，主张在灾难和贫穷情境下心灵的复活和苏醒。

动不居的神学，这种神学的基础是大量探讨宗教作品主题的文章。我们应该将其论述梳理为“侦探小说中的神学”、关于鲁登道夫的精辟概括，[①]以及犹太笑话分析，原因就在这里。

霍夫曼斯塔尔和卡夫卡这两位天才在书中的地位首屈一指，这样的认识是恰如其分的，书中大部分的精彩篇章都是关于他们两位的，这是最突出的一个原因。作者为这本书设定的目标是困难不少、风险很大，即便是最果敢的人或许也要寻求外在的帮助。威利・哈斯是如何实现这一目标的呢？他在致力于通过打破艺术上的“领域”理论开辟一条通往艺术作品的路径。艺术作品由于其隐蔽性因而更具破坏性，而神学方法的全部意义则是通过对艺术作品的攻击而获得的。这本书的根本题旨是，关于(艺术)作品的神学阐释提供了一个切实可行的范式，利用这一范式既在政治层面上也可以在通俗层面上、既可以在经济层面上也可以在形而上学层面上对作品进行阐发。显而易见，这种基本立场反对激进的历史唯物主义，它使自己站到了历史唯物主义的对立面。“在别的人只有通过不断妥协才能取得进步的地方，”哈斯写道，“教堂却仍然能够在真实深刻的综合中提高自己的思想。”但是在某些情况下，天主教会以更加复杂的形式将互相对立的观点进行拼接。哈斯走的就是这条钢丝，保护措施让人头晕目眩。尽管如此，这幕景象仍然会引发观众的紧张焦虑，因为目前这里没有一个更加可靠和高级的安全措施：艺术自己知道如何跌落。“这是一场无法提前精确算计的冒险，为了能够用一生来赌这场冒险，就无法计较这个世界那些无足轻重的细节。所谓‘思考’的真正含义除此之外别无他者。”在这本

---

① 埃里希・鲁登道夫(Erich Ludendorff，1865～1937)：德国将军，第一次世界大战中在冯・兴登堡元帅麾下任参谋长，主管德国军事战略。魏玛共和国期间，是纳粹的重要支持者。其著作美化雅利安种族，攻击教皇、犹太人、耶稣会士和共济会会员。

书的末尾，我们与如此深刻的定义不期而遇，而且这样的定义是一个在自由下落过程中的人提出的，这仅仅只是意外所得吗？这是冒着巨大的风险、通过艰难困苦而得到的。当时在令人魂飞魄散的跌落之后，再次接触到大地，他的两条腿还是会稳稳地站在地上。

能够像该书的作者那样，将作家的本意与鉴赏家的立场完美结合的人——毋宁说学院派的文人们——从来都不多见。显而易见，在政治光谱中，这样的人在右边比在左边更容易见到。无论如何，威利·哈斯仍然是某左倾周刊的编辑，总是活跃地加入当时的文学对话当中。① 但是，作为学者，他更追慕亚当·穆勒，柏克或者德-梅斯特，而非伏尔泰、古茨科或者拉萨尔。② 究其根本，他的谱系还可以追溯得更远。这些论文既是形而上学立场的全面表达，又是艺术评论的一种形式，这种形式尽管并没有实现让人满意的创造性综合，但还是发挥着有效的协调作用。我们必须尽可能地回归到 17 世纪的文学和编年史那里去，以期能够发现可以与这些论文所具有的普遍历史特点的框架相匹配的东西来。在悼念霍夫曼斯塔尔的文章中，哈斯本人对自己这一原创性的方法进行了准确的阐述。这一方法创造了一个视野，就像舞台上的背景一样。这一方法追求的是丰富的意义层层叠加而成的可塑性。"这从不会导致物质的可塑性，但的确能产生视野上的可塑性。"他笔下人物那非同寻常的形式便是对这一可塑性的呼应。他们是这个时代

---

① 威利·哈斯(Willy Haas, 1891～1973)：著名作家、批评家，《文学世界》和《词语世界》编辑。

② 亚当·穆勒(Adam Müller, 1779～1829)：持保守和权威观点的德国政治时事评论员。艾德蒙·柏克(Edmund Burke, 1729～1797)：英国政治作家和发言人，1765 年参加国会；最负盛名的著作为《法国革命论》(1790)，表达了他对革命的反对。约瑟夫·德-梅斯特(Joseph de Maistre, 1753～1821)：法国外交官和作家，法国大革命反对派政治领袖之一。卡尔·古茨科(Karl Gutzkow, 1811～1878)：记者；19 世纪 30 年代，和自由、激进青年德意志运动有联系。1836 年，因为所著小说《多疑女人瓦莉》涉嫌使基督教声誉受损而遭受监禁。费迪南·拉萨尔(Ferdnand Lassalle, 1825～1864)：德国社会民主党的开创者之一。

的巨人——这是毋庸置疑的。但是他们的生活就是往昔那史诗般的生活，关于它还远未盖棺论定，而且关于他的争论，透露了该书作者自己所处时代的真实形象。

（苏仲乐译）

文学史和文学研究[①]

学者们不厌其烦地想要把各学科的历史说成是自足发展的过程。他们喜欢说"自主学科"。尽管这一表述最初只是指理论意义上的各学科的体系，但"自主"思想还是轻而易举地涌入了历史领域，并试图将学术史描绘成为一个独立的、封闭的，与一切政治及思想的发展都没有关系的进程。不必讨论这一趋势的是非对错。撇开对这一问题的判断不谈，如果有谁想研究某一特定学科在当下的发展状况，那么他在考量任何新发现时，都不能只是将其视为该学科自身发展史上的一环，而必须将其视为占主导地位的文化的一部分。如果诚如下文所述，文学史陷入了深刻的危机，那么，这种危机就只是某个更为深刻的危机的一部分。文学史决不仅仅是一门自足的学科；它自身的发展，同时也是广义历史的某个瞬间。

后一种说法诚然毋庸置疑。但前者是否也无可怀疑？文学史是历史学科吗？对于必然会遇到的否定性意见，下文将予以澄清。公平起见，需要预先说明的是，尽管"文学史"的概念值得期待，但它第一次登台亮相，却并不是在历史研究的舞台上。18 世纪时，它是美学教育的一个分支，是对趣味的实用分类，介乎美学教科书和书商的书目之间。

---

① 本文最早发表于 1931 年 4 月份的《文学世界》杂志，收入《全集》第三卷，第 283～290 页。英译者为 Rodney Livingstone。

格维努斯[①]堪称第一个实用主义文学史家,他的《诗意的德意志民族文学史》第一卷出版于 1835 年。格维努斯将自己定位为历史学派。在他看来,伟大的作品是“历史事件,诗人是行动的天才,对伟大作品以及诗人的评判将产生深远的社会影响……与世界历史相类比,既是格维努斯个人的态度,也是他通过‘比较’伟大作品与‘相关’作品,填平由于艺术史分析的缺失而留下的鸿沟的方法”。[②] 文学和历史之间真正的关联——更不必说历史和文学史之间的关联——还不是这部光辉灿烂,但在方法论上还比较稚拙的作品关注的重心。如果考察世纪中叶之前的种种努力,我们将会发现,文学史的地位,它在何种程度上是历史的一部分,或者说它在何种程度上虽外在于历史却又与之相关,都仍然完全有待澄清。由于伯奈斯、海因策尔、魏尔纳等人[③]的参与,上述认识论的混乱进而演变成了一场倒退。由于对精确的自然科学的偏好,文学与历史的关联被程度不同地、有意识地否弃了。此前,就连书目编纂都倾向于认为应该有总体的历史发展观,现在,学者们却顽固地倚重于专门研究,倚重于“搜集和收藏”。诚然,在此实证主义时期,产生了大量适用于门外汉、作为严格的学术研究之补充的文学史。然而,对读者和作者来说,这些文学史所展示的普遍历史的全景充其量还只是一个叙事性的“橡皮奶头”。威尔海姆·谢勒尔的文学史,因了其确凿的史实和宏观的历史分期(将三个世纪中的每

① 格维努斯(Georg Gottfried Gervinus, 1805～1871):历史学家、文学史家、政治家,曾执教于海德堡大学和哥廷根大学,是 1848 年法兰克福德国国民议会代表。其文学史力图在广阔的历史叙事中展开文学讨论,从而为文学史开辟了新天地。

② 瓦尔特·墨希格(Walter Muschg)《文学史中的诗人形象》,见埃马廷格(Emil Ermatinger)编:《文学之哲学》,柏林:勇克和迪恩霍普特出版社 1931 年版,第 288 页。

③ 迈克尔·伯奈斯(Michael Bernays, 1834～1897):德国文学史家,以所著《歌德与莎士比亚》闻名。理查德·海因策尔(Richard Heinzel, 1835～1905):文学史家,试图将自然科学的精确态度引入语言研究和文学研究。理查德·玛丽亚·魏尔纳(Richard Maria Werner, 1854～1913):文学史家,以论戏剧家黑贝尔的著作而闻名。

个世纪,都划分为三个阶段),堪称对当时两大学术流派的集大成者。[1] 评论者业已正确地强调指出了支撑这部作品的文化—政治倾向和组织倾向,以及它所奠基其上的马卡特式(Makart-like)愿景——由理想的德国人组成的浩浩荡荡的胜利之师。[2] 谢勒尔的大胆构想使得主导人物"时而现身于政治领域,时而现身于文学、宗教或者哲学领域,但却没有给人留下任何关于某种更高层次的必然性的印象,甚至连内在的统一性也没有。无论这种必然性和内在统一性对某部作品、某种时尚思想甚或对文学巨匠们的影响,都全然不在其考虑之列。结果是,整部作品呈现的乃是一堆与历史秩序格格不入、光怪陆离的杂乱之物"。[3]

因此,我们所看到的只不过是文化史方法之虚假的普遍性。文化史有一个发展过程,并顺理成章地在肇始于李凯尔特和文德尔班的"人文科学"(Kulturwissenschaften)概念中达到了顶点。[4] 诚然,人文科学可谓大获全胜。凭借着兰普雷希特(Karl Lamprecht)的《德国史》,人文科学长驱直入,甚至成了实用史学的认识论基础。随着"价值"的诏告天下,在依照调和主义的仪轨(syncretist rite)所举行的对"永恒价值"顶礼膜拜的祭祀仪式中,历史被彻底地畸变为现代主义的奴仆,而研究同样被降格为附庸。自兹以降,到晚近文学史形态中最肆意的越界出轨,路径是何其短暂,而从潜

---

① 威尔海姆·谢勒尔(Wilhelm Scherer, 1841～1886):19 世纪杰出的语言学家、文学史家,试图以比较方法取代描述性的文学史,该方法特别强调民族文学的"基因"发展。

② 汉斯·马卡特(Hans Makart, 1840～1884):奥地利画家,以巨幅历史油画和寓言油画闻名,以至于他的名字被视为空洞的纪念碑性的代名词。

③ 穆希格(Muschg):《诗人肖像》,第 290 页。

④ 海因里希·李凯尔特(Heinrich Richert, 1863～1936):哲学家,他和威尔海姆·文德尔班(Wilhelm Windelband, 1848～1915)共同缔造了德国哲学的一个重要学派——新康德哲学。李凯尔特的认识论著作强调先验主体在习得知识过程中的作用。本雅明和海德格尔都曾经在李凯尔特门下学习。在与李凯尔特联手之前,文德尔班曾在苏黎世、弗莱堡、斯特拉斯堡等地执教,以将人文科学研究方法从自然科学研究方法中区别出来而闻名。

隐在“价值”的金色大门背后、排斥一切的新宗教中抽取出来的去势的方法论又有着何等的魅力，这一现象值得深长思之。“正如所有的诗归根结底都是在渴求一个‘语词’的价值世界，用正式的语言，则可以说，诗乃语言直接表达力之极限强度和极限内在化的表征。”①面对这样的断语，无论好坏，读者都将陶醉其中——陶醉于认识到诗人将这种“极限强度和极限内在化”体验为“语词的快乐”所带来的震惊中。② 在这个世界中，“口头艺术品”同样得其所哉。几乎没有哪个被如此滥用的词能够像词语“诗”那样，展示出如此多的高贵性。然而，此一科学在大行其道的同时，却也因为对象的“深度”，同时因为其“综合性”行为，背叛了自己。漫无节制地追逐总体的冲动带来的恰恰是灾祸。且听：“精神价值以势不可挡之力量和纯洁性喷涌而出……如同‘理念’驱使诗人的灵魂高飞远举，(精神价值)创造出象征性的形式。虽然无规律可言，诗人却以完满的明晰性，使我们无时无刻都能感受到他所心仪的价值或价值层；也许还能让我们感受到，他赋予了价值以何种优先权。”③

这片沼泽之地，正可以让学院美学这只魔怪的七只脑袋——创造性、移情、永恒、模仿、同情之理解、幻想以及审美愉悦——得其所哉。如果有谁想要去探索这些侍侣们的世界，最好看一看最近一本颇具代表性的手册，埃马廷格主编的《文学之哲学》，前引文字便出自该书。书中，时下的德国文学史家试图诠解侍侣们的作品。这并不意味着该书的所有贡献者都本着团结之精神，彼此尽心尽责。但毋庸置疑，相对于其赖以出现的混杂背景，冈贝尔、西萨尔茨、穆希格、尼德勒这样的作家，可谓卓然不群。④ 可以更清

---

① 罗伯特·佩奇(Robert Petsch)：《诗论》(*Die Aanlysis des Dichtwerks*)，见埃马廷格(Emil Ermatinger)编：《哲学》，第 263 页。

② 同上，第 255 页。

③ 同上，第 259 页。

④ 阿米尔·朱利斯·冈贝尔(Amil Julius Gumbel，1891～1966)：文学家，因为宣称自己是共产主义者和非战主义者，被迫辞去海德堡大学教职。先移居法国，后赴美国，从纽约新社会研究学院退休。赫伯特·西萨尔茨(Herbert Cysarz， (转下页)

楚地看到的是，即使那些已经以引人注目的学术成就赢得了尊崇的人，也几乎不曾将赋予其早年的德国文学研究以高贵品格的态度带入到学术共同体中来。对任何一个文学的行家里手来说，整个商业机构都给人以一种可怕的印象：美轮美奂、巧夺天工的诗歌殿堂已经被一群雇佣兵所侵占，他们表面上对殿堂里的奇珍异宝无限神往，却一任笨重的战靴四处践踏。只消看这些雇佣兵一眼，一切便昭然若揭：他们对殿堂里的秩序和藏品毫不关心。他们之所以步入其中，乃是出于战备需要，是因为这是一个非常便捷的制高点，据此可以轰炸对内战来说至关重要的铁路和桥头堡。就这样，文学史在文学殿堂内部建构了自身的形象："美"、"有价值的经验"、"理想"等，而这些形象同时也是他们借以轻松击溃敌人的射击孔。

很难说与之对垒的军队已经训练有素。他们的行动听命于唯物主义文学史家，其中，老梅林依然一马当先、万夫难开。[①] 即便已经谢世，此公的意义在任何有关唯物主义文学史的尝试中仍可以不断地看到。最显见的莫过于阿尔弗雷德·克莱恩伯格(Alfred Kleinberg)的《社会、历史、知识语境中的德国文学》，该书不辞辛劳地粉饰包括莱克斯纳、柯尼希(Koenig)的著作在内的所有流俗之作，进而以若干自由思想对这些著作加以点化。[②] 归根结底，该书是在真诚地为普通人祈福。在他看来，梅林之所以成为唯物主义者，与其说是因为方法论，远不如说是因为广博的历史知识和经济知识。其思想观念源于马克思，其学术训练则源于康德。

(接上页)1896～1985)：文学史家，主要研究巴洛克文学，在《德国悲悼剧的起源》中，本雅明曾多次援引之。瓦尔特·穆希格(Walter Muschg，1898～1965)：瑞士诗人、戏剧家、文学史家。约瑟夫·尼德勒(Josef Nadler，1884～1963)，德国文学史家。

① 弗兰茨·梅林(Franz Mehring，1846～1919)：激进报人，德国社会民主党党史专家，马克思传记作者。

② 奥托·莱克斯纳·冯·格龙伯格(Otto Leixner von Grunberg，1847～1907)：文学史家、编辑、作家，《现代》杂志合作编辑，该刊曾发表过本雅明的多篇文章。

总之，准确地说，此公——他坚定不移地主张要不惜一切代价保护“国粹”——的著作，与其说是革命的，不如说是保守的。

然而历史的不老神泉却有赖于遗忘的滋养。没有什么比遗忘更能使人青春勃发。有鉴于教育危机，运用文学史来创造“范例”正日见其多，最清楚不过的便是时下流行的各种各样的此类手册。经常可以见到，同一个面目不清的文本改头换面，以不同的形式出现。如此成就早已与学术无关；它们的作用仅仅在于给特定的文学阶层以幻觉，使他们误以为正在参与创造文化与文学传统。而对某一学科来说，只有放弃博物馆式的展览特征，幻觉才能让位于现实。这不仅需要删繁就简的勇气，也需要一种将整个文学史行业带入新纪元的能力。所谓新纪元是指，写作者——不只诗人和学者——的数量与日俱增，写作者最为关切的是写作问题，而不是教化问题。晚近的学者不妨考虑一下这一问题，而有些人已经开始这么做了。还应对匿名写作——低俗故事及廉价宗教书刊的写作、公共阅读生态、作家之间的联合、出版业之历史等进行分析。但这也许意味着，与其说是通过研究来革新教育，不如说是通过教育来革新研究。因为，教育危机与下述事实——文学史已经完全失去了洞察它所面临的最重要的挑战的能力——密切相关。这里所谓挑战，是指文学史的教育任务，也即它作为“纯文学之科学”诞生时的任务。

关于社会背景，就此打住。恰如现代主义以其博物馆式的文化概念，消解了知识和实践之间的张力一样，历史领域也经受着相同命运的折磨：过去和现在之间的界限，也即批评和文学史之间的界限，已经消失殆尽。现代主义文学史并不介意通过与过去的创造性关联，早早地论证自身的合法性。现代主义文学史认为，通过对当代写作的庇护，可以更好地论证自身的合法性。学术研究之随波逐流，令人吃惊。以往，德国文学研究者拒绝将当代文学视为正当的研究对象。令人以为，这并不能算是一种审慎，而只能归之于研究者的禁欲主义，他们苦心孤诣地为过去伸张正义，以便急功近利地为自己的时代服务。格林兄弟(Brothers Grimm)的风格和态度印证了一个事实：此种著作对学术训练的要求，丝毫不亚于伟大艺术创造的相关要求。这种态度已被学者们的雄心取而代之，后者想要表明，他们和所有大都市报纸的午间版一样无所不知。

今日德国之学术可谓不拘一格——也就是说，是彻底反语文学的。这并不是要以舍雷尔学派(Scherer school)的实证主义为标尺，而是以格林兄弟作为衡量标准。格林兄弟从不企望在文字之外捕获什么重要内容；倘或他们听到当代人在进行文学解析时，大谈什么"超验"、什么"出乎其外"，想必会惊诧不已。更不必说，在融通批评分析和历史分析方面，后人根本无法望其天才之项背。诚然，作为为数不多的个案[赫林格拉特(Hellingrath)、科默雷尔(Kommerell)]，在格奥尔格(George)圈子中出现了一些出色的文学史，这些文学史成功地将文学与学术结合为一体。① 然而果真如此的话，那是因为这些作者以各自不同的方式吸纳了同一种反语文学精神。亚历山大学派的全副甲胄，格奥尔格圈子的著作中俯拾即是的"天才"与"美德"、"时机(Kairos)"与"恶魔"、福耳图纳和普赛克②，都确实是为了驱除历史邪魔而设计的。按照这一潮流之理念，整个德国文学将被分派至永恒诗人之庙宇坐落其间的神圣树林中。最后，对语文学方法的否弃引发了一个似是而非的问题(尤其在格奥尔格圈子中)：理性是否能够且在何种程度上能

---

① 赫林格拉特(Fredrich Norbert Theodor von Hellingrath, 1888～1916)：文学史家，以论述荷尔德林的历史—批评著作引起德国学术界轰动。本雅明早年的荷尔德林研究曾受到过赫林格拉特的启发。一战前夕，赫林格拉特开始与以格奥尔格为中心的圈子进行交往；殁于凡尔登战役。科默雷尔(Max Kommerell, 1902～1944)：文学批评家、作家、翻译家，间隔性地隶属于格奥尔格圈子，其批评著作在魏玛共和国时期广有影响。

② 福耳图纳(Fortuna)，罗马神话中的命运女神；普赛克(Psyche)，希腊神话中的美少女，后喻指以少女形象出现的人类灵魂的化身。——中译者注

够理解艺术作品？正是这一问题加剧了文学史领域中的混乱。现在，我们还远没有理解下述事实：艺术作品的时间性存在和对艺术作品的理解乃是事物的一体两面。将文学史之门向理性敞开，这一任务已经交付给了有关作品及形式的专题研究。

“目前，”瓦尔特·穆希格写道，“重要的文学史著作几乎无一例外都聚焦于专题研究。当代人几乎完全不再相信总体叙事的可能性。取而代之的是与在普遍历史时期几乎难以被发现的诸多个体以及各种问题的缠斗。”“对诸多个体和各种问题的缠斗”——真可谓一针见血。但无论如何，事实是，首先应该与作品进行缠斗。作品的生命、作品的效应——换言之，作品的命运，同时代人对作品的接受，作品的迻译，作品的命运——理应与作品的创作比肩而立。借此，作品将向内生成转化，成为一个微观的宇宙，或名副其实的微缩的永恒。个中关键，不是结合作品产生的时代背景去描绘文学作品，而是去表征这些作品被认识的时代——我们的时代——也即作品得以产生的时代。唯其如此，才能够使文学成为历史学的工具论；实现这一目标，而不是将文学降解为历史材料，乃是文学史的任务。

（李茂增、苏仲乐译）

剧场与广播：双方之教育节目的相互控制[①]

剧场与广播：即使不存偏见的读者，对这两种机构的思考也未必会唤起和谐感。真实的情况是，两者之间的竞争并不如广播和音乐厅那么尖锐激烈。然而，一方面，由于我们对广播的不断扩张知之甚多，另一方面，由于我们对剧场愈益增长的问题同样知之甚多，以至于我们甚至很难想象两者的合作。但总的来说，合作是存在的。甚至已经存在了相当长时间。必须承认，起初，两者只不过都是在教育领域工作而已。然而，最近，西南德意志电台却以极大的热情启动了两者之间的合作。艺术总监恩斯特·舍恩[②]乃是最早注意到过去几年布莱希特及其文学、音乐同行致力于引发公众讨论的那些作品的人之一。并非偶然，这些作品，尤其是《林德堡飞行》、《巴登教育剧》、《说"是"的人》、《说"不"的人》[③]，都毫不含糊地指向了教育。另一方面，这些作品也代表了剧场和广播之

---

① 本文最早发表于《黑森州剧院院刊》1932 年 5 月号。收入《全集》第二卷，第 773～776 页。英译者为 Rodney Livingstone。

② 恩斯特·舍恩(Ernst Schoen)：德国音乐家、诗人、翻译家，曾任法兰克福最重要的一家广播电台的艺术总监。多拉·本雅明(Dora Benjamin)与舍恩的关系，恰如《歌德的〈亲和力〉》中所隐喻的本雅明与尤拉·科恩(Jula Cohn)的关系。20 世纪 20 年代至 20 世纪 30 年代，拜舍恩提供机会，本雅明在广播中播出了自己的作品。

③ 均为布莱希特作品。《林德堡飞行》是一部清唱剧[布莱希特作词，库尔特·威尔(Kurt Weill)作曲]，由布莱希特广播剧《林德堡一家的飞行》——后改名《飞越海洋》——改编而成。《巴登教育剧》、《说"是"的人》、《说"不"的人》均为教育剧，专为参与政治的业余剧团而写。

间一种全新的合作。这些奠基之作很快便被证明是可行的。类似的广播剧也可播出了，伊利莎白·豪普特曼的《福特》便是一例。[①]不仅如此，日常生活中的种种问题，诸如学校与教育、成功之诀窍、婚恋难题等，都可以结合正反面的例子进行讨论。由瓦尔特·本雅明和沃尔夫·祖克尔撰写的所谓"广播样板"还得到了法兰克福广播电台（与柏林广播电台合作）的推送。越来越多的类似活动使我们可以仔细考察这项工作，同时亦有助于避免误解。

然而一旦趋近考察，便势必无法回避广播最为明显的一个特性——其技术之维。现在，明智的做法是暂时将一切敏感问题置之一旁，而仅仅专注于一个事实：同剧场相比，广播不仅仅代表着技术跃上了更先进的台阶，而且意味着技术性更为显而易见了。和剧场不同，在电台身后，并没有一个古典阶段。它所吸引的群众的数量，远比剧场庞大；最重要的是，设备所依赖的物质因素与节目所依赖的思想基础，是通过紧密的相互作用，共同满足听众需求的。两相对照，剧场能够提供什么呢？剧场是现场真人表演——仅此而已。也许，剧场要从危机中赢得未来发展，首要的是从这一事实出发赢得先机。现场真人表演能起到什么决定性作用？对此有两种截然不同的答案：一种是反动的，一种是进步的。

前者认为，完全没必要把危机当回事。按照这种观点，宇宙井然如初，人是其代表。人被想象得权势隆盛，是造物主、名流显要（尽管他可能只是一个薪酬微薄的劳工）。现代文化乃是其舞台，他以"人性"之名义掌控着这个舞台。高傲、自信的大城市剧场既不关心自身的危机，也不关心外部世界的危机（即便其声名卓著的金主新近抛弃了它）。无论上演的是现代风格的平民剧还是奥芬巴赫（Offenbach）式的歌剧，它总是将自己标榜为"象征"、"总体"或"总体艺术"。

---

① 伊利莎白·豪普特曼（Elisabeth Hauptmann，1897～1973）：戏剧家，布莱希特重要的合作者，1933 年移居海外，先到法国，后到美国。

以上所描述的是兼具教育或消遣功能的剧场。① 这两种功能看似相互冲突，其实是饱和土层中的互补现象。在饱和土层中，所有东西都可以转换为促进因素。然而，倘若这类剧场也想要运用复杂的机器和一大堆附加设备，以便和占据着大众市场的电影在吸引力上一争高下，却终归是徒劳无益的。即使其剧目广大到足以囊括所有时代、所有地域，依然徒劳无益。因为广播和电影只需要少得多的设备，便可以在演播室中为从中国戏剧到最新的超现实主义实验的各种事物营造出必要的空间。想要跟广播和电影所能运用的技术相抗衡，注定是无望的。

然而与广播和电影进行争辩，并非毫无希望。这是唯一可以寄希望于进步戏剧的。布莱希特第一个将其理论化，称之为“史诗”。史诗剧完全实事求是，对技术的态度尤其如此。本文无法展开对史诗剧的讨论，更不必说去证明：史诗剧对“姿态”(gestus)的发现与营构不过是转译了对广播和电影来说至关重要的蒙太奇手法——从技术活动变成人的活动——而已。只需指出的是，和蒙太奇一样，史诗剧的原则是以“中断”为基础的。区别只在于：史诗剧的中断除了刺激作用外，还有教育功能。通过使情节暂时停顿，迫使听众站在批判的立场上来思考剧情，同时迫使演员批判地审视自己所扮演的角色。

史诗剧使得戏剧总体艺术必须直面戏剧实验的挑战。它以一种崭新的方式恢复了剧场古已有之的巨大生机，也就是说，它重新聚焦于在场的人。占据其实验核心地带的，乃是危机中的人。这是一直以来被广播和电影所排斥的一类人——(说得夸张点)是被当作技术四轮马车之备用轮的一类人。这类被贬损、被禁锢的人不得不接受种种审查、判决。新方法导致的结果是，情节的突转并

---

① 消遣剧(Zerstreuung)不仅仅意味着“娱乐”，还意味着“转移、分神”，本篇后文有论述。

不发生在高潮点，不必借助于德性和决断，而仅仅发生在正常的、日用不察的进程之中，它所依凭的乃是理性和实践。所谓史诗剧，是指通过采集人类行为中最微不足道的元素，并将其建构为亚里士多德戏剧理论中的“行动”。

综上，史诗剧挑战了传统戏剧。它以训练取代了教化，以集体培塑取代了娱乐。关于后一方面，关注广播发展的人都会注意到，近来为了依照阶层、兴趣和背景将听众划分为各种群体，已经作出了种种努力。与此相似，史诗剧也试图吸引、培养一个有兴趣的群体，他们不受评论和宣传的支配，渴望自己最为关切的事情，包括政治方面的关切，能够在舞台上的一系列“行动”（在上文所说的意义上）中得到实现。很显然，这些尝试已然使得相对老一些的剧作如《爱德华二世》①、《三分钱歌剧》等完全脱胎换骨，更使得新近一些剧作——如《说“是”的人》和《说“不”的人》饱受争议。或许这正好可以说明，教化（知识之教化）业已被训练（判断力的训练）所取代。对肩负传承既有文化产品使命的广播电台来说，要完成使命，最好的办法莫过于不仅要跟上技术发展的步调，也能满足技术时代听众的期待。唯其如此，机械设备才能从“大众教育的巨型机器”（舍恩语）的光环中解放出来，简约为一种有益于人类的程式。

（苏仲乐、李茂增译）

① 本雅明指的是布莱希特的戏剧《英王爱德华二世》。

报　　纸[1]

与幸福时代相互滋养的写作恰成对比的是，我们的写作业已变得不可救药的矛盾、悖反。与此相应，科学和纯文学、批评和文学生产、教育和政治，全都分崩离析为一种混乱无序的状态，并且变得与他人全无关系。文学混乱的事故现场乃是报纸；它的内容，也即“题材”，排除了任何其他的组织形式，而完全由读者的不耐烦所左右。而所谓不耐烦，又绝不是指政治家对信息的期待，或者投机家对股市内部情报的渴望；在读者的不耐烦背后隐燃着的是这样一些人的不耐烦：他们被排除在外，却认为自己有权看到自己的利益被表达。读者与报纸之间最为紧密的联系，莫过于这样一种全然消费性的不耐烦，以及他对日用营养品的渴求。这一事实早已被出版商充分利用，他们不断地开设新的专栏，以迎合读者的疑问、意见和抗议。因此，与对各种事实不分青红皂白地拼盘杂烩的出版商手牵手走在一起的，乃是同样不分青红皂白照单全收的读者，他们很快就被提拔到了合作者的地位。然而，此处却有一个辩证的时刻隐而不显：资产阶级新闻业的写作走向衰败已成定局，因为它已经以另一种方式迎来了新生。随着写作重新赢得了

---

① 本文发表于 1934 年 3 月的《开端》杂志，后收入《全集》第二卷，第 628～629 页。在 1931 年 8 月 7 日的日记《我弥留之日》中，本雅明曾经表达过类似的观念。另外，在《论作者作为生产者》一文中，本雅明几乎全文引录了本文。英译者为 Rodney Livingstone。

它因为深度而失去的广度，长期以来由新闻业造成的作者和公众之间的界限正以一种令人鼓舞的社会化方式归于消失。[①] 读者随时都可能变成作者——也就是说，描绘者甚至规划者。作为专家——也许不是某一领域的专家，但是有可能是他所任职的岗位上的专家——他赢得了作者的资格。劳动本身终于有了开口发言的机会。而且对劳动来说，通过言说来表征(representation)自己，已经变成了其自我锻炼必不可少的能力的一部分。文学能力的获取不再通过专门的训练，而是以工艺专科学校的教育为基础，并且因此而变成了公共财富。概言之，生活条件的文学化主宰了在其他情况下不可调和的矛盾。正是在被无限贬低之地——简言之，在报纸中——语言已经做好了涅槃更生的准备。

（李茂增译）

① 在《论作者作为生产者》中，本雅明明确指出，写作的新生之地乃是苏维埃俄国。

讲故事的人[①]

——尼古拉·列斯科夫[②]作品随感

I

“讲故事的人”这个名字对我们来说还算熟悉，但实际上，讲故事的人今天已经不起什么作用了。讲故事的人对我们来说已经变得非常遥远，而且越来越远。将列斯科夫说成是讲故事的人，非但不能将他拉近，相反，倒是增加了他和我们之间的距离。如果距离恰当，讲故事的人所特有的非凡和质朴便会在他身上凸显出来，正如观察者距离和角度都恰当的话，某块岩石上便会现出一个人头或动物的躯体。这里所说的距离和角度，必须凭借日积月累的经验才能获得。正是经验告诉我们，讲故事的技艺正在消亡。能够精彩地讲述一个故事的人正变得越来越少。相反的情况倒是越来越多：有人想听故事，四座之人只能面面相觑。这就好比曾经是

---

① 本文最早发表于1936年10月的《东方与西方》杂志上。收入全集第二卷，第438～465页，英译者为Harry Zohn。

② 尼古拉·列斯科夫(Nicolai Leskov, 1831～1895)：俄国作家。生于奥廖尔省，在奥廖尔和基辅的法庭当过小办事员，在一家英国人在俄国开办的公司中当过商业推销员，后来成了新闻记者。1861年迁居彼得堡，全力从事文学活动。作为托尔斯泰(1828～1910)和陀思妥耶夫斯基(1821～1881)这两位俄国最伟大的小说家的同时代人，列斯科夫以写作故事闻名。最有代表性的故事作品有：《走投无路》(1864)、《姆岑斯克县的麦克白夫人》(1865)、《势不两立》(1870～1871)、《着魔的流浪汉》(1873)、《左撇子》(1881)等。其中，《姆岑斯克县的麦克白夫人》得到陀思妥耶夫斯基的高度评价，并将它刊登在自己主编的《时代》杂志上。列斯科夫一生著作宏富，生前就准备出版36卷本的全集。第一次世界大战之后，列斯科夫的作品被译介到德国。

我们最不可或缺的能力、最保险的财产，现在被剥夺了：这就是分享经验的能力。

原因显而易见：经验已经贬值。而且看起来还将继续贬值，直至分文不值。只消瞥一眼报纸就知道，经验的贬值又创了新低——你会发现，不光是我们对外部世界的图景（image），就连我们内在世界的图景，都在一夜之间发生了令人难以置信的变化。从第一次世界大战开始直至今日，一个持续不断的现象变得愈益明显。第一次世界大战结束后，从战场上归来的人变得沉默寡言了——可资交流的经验不是变得丰富，而是变得贫乏了，这一切难道不是显而易见的吗？十年之后，从泛滥成灾的战争书籍中倾泻出来的绝不是可以口口相传的经验。这没有什么好奇怪的。因为经验从来不曾被摧毁得如此彻底：战略经验被战术性的战斗摧毁，经济经验被通货膨胀摧毁，身体经验被机器竞争摧毁，道德经验被当权者摧毁。当年乘坐马拉街车上学的一代人如今伫立在旷野的天穹之下，除了白云依旧，一切都已是沧海桑田；白云之下，天崩地摧的原野之上，是渺小、羸弱的人的身影。

Ⅱ

口口相传的经验乃是讲故事的人的灵感之源。在所有将故事写下来的人中，只有伟大的作者才能最接近那众多无名的讲故事的人的声调。顺带说一句，无名的讲故事的人又可以分为两种，尽管两者有很多相似之处。只有对能够将两者都想象出来的人，讲故事的人的形象才是生动具体的。“远行归来者，定有故事要说”，正如德国的这句老话所说，人们想象中的讲故事的人一定是从远方归来的人。但人们同样兴致勃勃地聆听那些守家在地、安分守己、熟知当地掌故与传统的人所讲的故事。如果要为两种讲故事的人各找一个典型代表的话，那便是系恋土地的耕作者和泛海经商的水手。的确，正是两种不同的生活样式，形成了各自的讲故事的部族。千百年后,这些部族仍保留了自己的特征。在19世纪德国的讲故事的人中,诸如黑贝尔和哥特赫尔夫这样的作家源自第一个部族,而西斯菲尔德和哥斯坦克①这样的作家则来自第二个部族。当然,如前所说,这只是两个最基本的类型。离开了两种类型的交融,故事王国的实际疆域——即其历史广度——根本无法想象。这种交融在中世纪尤为明显,这得益于其商业结构。守家在地的师傅和云游四方的工匠在同一个作坊里工作;而每一个师傅在安居乡里或到某地之前,也都曾经云游四方。如果说农人和水手是旧时讲故事的大师,那么工匠阶级便是他们的大学。在这里,经年漂泊的旅人从远方带回的见闻,与本乡人最耳熟能详的远古传说水乳交融。

Ⅲ

无论是遥远的异乡,还是古久的往昔,列斯科夫都安之如家。他是希腊东正教会员,由衷地信仰宗教。不过,他同样发自肺腑地反对教会的官僚体制。由于不谙世俗官僚机构中的处世之道,他的每一个官职都不长久。他从事过的时间最长的职业,是一家英国大公司驻俄罗斯的代表,这大概对他的写作不无裨益。作为公司的代表,他遍游俄罗斯,这一方面使他人情练达,另一方面又加深了他对俄国社会状况的了解。他因而有机会熟悉俄国各党各派的组织体制。这在他的小说中留有印记。在俄罗斯传说中,列斯科夫发现了他反对东正教官僚体制的同盟军。他有相当一部分取材于民间传说的故事都着重刻画一个正直的人——这个人很少是

① 黑贝尔(Johann Peter Hebel, 1760~1826):德国牧师、教师、散文作家,作品以写实见长,多表现乡村生活。哥特赫尔夫(Jeremia Gotthelf,笔名 Albert Bitzius, 1797~1854):瑞士小说家,作品以描写瑞士乡村生活闻名。西斯菲尔德(Charles Sealsfied, 1793~1864):出生于摩拉维亚,后加入美国籍,之后又移居瑞士,写过很多历险小说。哥斯坦克(Friedrich Gerstäker, 1816~1872):德国旅行家,写过多部长篇小说和历险故事,常住美国。

禁欲主义者，通常是质朴、活跃的——如何以世俗世界中最自然不过的方式变成了一个圣人。列斯科夫不擅长写带有神秘色彩的由凡入圣。尽管偶尔也会耽于描写奇迹，但在内心深处，他还是更乐于反复地叙写一种自强不息的品性。在人间世找到了道路却又不为世虑羁绊的人身上，列斯科夫找到了他所需要的原型。他在处理事物时表现出了同样的态度。唯其如此，他的写作生涯开始得很晚，那时他已经29岁了。其时他已经结束了他的商业旅行。他出版的第一本书名字叫《基辅的书为什么贵?》。在写作小说之前，列斯科夫还写过别的一些文字，内容关乎工人阶级、酗酒、法医、失业的推销员，等等。

Ⅳ

注重实用是天生的讲故事的人的特性。在这方面，许多人比列斯科夫表现得更为明显——比如，哥特赫尔夫给农民提过农业方面的建议；诺迪亚[①]担心煤气灯的种种危险；黑贝尔将点点滴滴的科学知识融进《小宝盒》，传播给读者。所有这一切说明，任何一个真正的故事，都有一个最本质的特性：无论显白还是隐微，它总要包含有用的东西。这种有用的东西有时可能寓于道德之中；有时可能寓于切实可行的建议之中；有时则寓于格言警句之中。无论何种情况，讲故事的人都会向读者提出忠告。然而，如果说“提出忠告”今天已经显得有些迂腐老套的话，那是因为人们交流经验的能力正在下降。总之，结果是，无论对我们自己还是对别人，我们都没有忠告。问题的关键在于，忠告与其说是某个问题的答案，不如说是对一个刚刚展开的故事如何展开并提出建议。因此要想提出忠告，首先必须要会讲故事。（更不必说，只有让其情境开口说话者，才肯聆听指教。）忠告被编织进现实生活的经纬之中，便形

① 诺迪亚(Charles Nodier，1780～1844)：法国浪漫派作家。

成智慧。讲故事的艺术正濒临绝境，因为真理的史诗一面——智慧——正在死去。当然，这个过程已经持续了很久。没有什么比将其视为“颓败的征候”更愚蠢的了，更不要说视其为“现代征候”了。毋宁说，它是历史的世俗生产力的伴生物——作为一种征候，它逐渐把叙述从鲜活的口语王国中剥离出来，与此同时，却又使得从消逝之物中发现一种新型的美成为可能。

V

现代社会初期，长篇小说开始兴起，这可以看作是讲故事的艺术渐趋式微的最早端倪。长篇小说与故事的区别（在狭义上与史诗的区别）在于它无法摆脱对书本的依赖。只有在印刷术发明之后，小说的广泛传播才变得可能。可以口耳相传的东西，即史诗的财富，判然有别于经营小说者所积聚的货物。长篇小说与其他所有散文文学——神话、传说甚至中篇小说——的不同，在于它既不来自口述传统，也不汇入其中。这尤其适用于它和讲故事的区别。讲故事的人从经验——自己的经验或从他人那里听来的经验——中获取他所要讲的故事。他转而又把这种经验转变为听故事的人的经验。小说家则封闭自己。小说的诞生之地是孤独的个人。这个孤独的个人已经不会用举例的方式来诉说自己的关切，他没有忠告，也提不出忠告。所谓写小说，就意味着在表征人类存在时，把其中不可通约的一面推向极致。处身于生活的繁复之中，且试图对这种丰富性进行表征，小说所揭示的却是生活的深刻的困惑。即使是这种类型的第一部伟大作品《堂吉诃德》，虽然表现了人中最高贵者堂吉诃德，是如何具有伟大的精神、如何无所畏惧、如何济危扶困，却全然没有任何忠告，全然不见一星半点的智慧。如果说，几个世纪以来，时不时地也曾经有过一些试图将教诲植入小说之中的尝试——最卓有成效的尝试当数《威廉·迈斯特的漫游时代》，那么，这些尝试最终总是导致了小说形式的改变。另一方面，成长教育小说却从来不曾偏离小说的基本结构。通过将社会进程与个体成长相结合，成长教育小说为决定该进程的秩序所赋予的合法性变得极其脆弱。这种合法性证明与现实势不两立。显而易见，它无法实现——尤其是在成长教育小说中。

Ⅵ

我们必须把史诗形式在节奏方面发生的变化想象成如同地球表面在亘古以来发生的变化一样。没有另外一种人类交流形式比史诗的成形和蜕变更为缓慢。小说的源头可以追溯到古代，但它却要到几百年之后，在新兴的中产阶级那里，才遇到了适合自己开花结果的土壤。随着适合小说生成的土壤的出现，讲故事却缓缓隐退，渐成古风。的确，从很大程度上讲，它抓住了新材料，但讲故事之为讲故事并不是由材料决定的。另一方面，诚如我们所看到的那样，随着中产阶级的全面兴起——在发达资本主义时代，新闻业是其最重要的工具之一——一种新的交流形式出现了。不管其源头多么久远，它过去从来不曾真正影响过史诗的形式。但是现在它要施加自己的影响了。和小说一样，它也是讲故事的陌路人，但其威胁远非小说可比；更有甚者，它还导致了小说的危机。这种新的交流形式就是信息（information）。

《费加罗报》的创始人维尔梅桑（Willemessant）曾经给信息下过一个著名的定义。“对我的读者来说，”他说，“拉丁区阁楼上的一把火远比马德里的一场革命来得重要。”这再清楚不过地表明，人们最乐于听到的不是来自远方的报道（intelligence），而是有助于了解近旁的消息。来自远方的报道——无论是空间上的远方（外国）还是时间上的远方（传统）——都具有赋予自身可信性的权威，尽管有时它并不能证实自己。然而，信息却声称它可以立即证实。对信息来说，最基本的要求是看上去“自圆其说”。信息并不比最初几个世纪的报道更准确。然而，报道倾向于借助奇迹，而信息却务必听上去真实可信。因此,信息和讲故事的精神背道而驰。如果说讲故事的艺术日渐珍罕,那么信息的泛滥乃是造成此种局面的罪魁祸首。

每天早晨,来自全球各地的信息蜂拥而至,值得一听的故事却少得可怜。原因在于,时至今日,带给我们的任何一件事情都必须经过解释的锻造。换句话说,现在所发生的几乎所有事情都不能滋养讲故事的艺术,而几乎所有的事情都有助于信息的传播。实际上,讲故事艺术的一半秘诀就在于讲述时要避免解释。列斯科夫精于此道(可以比较一下《骗局》和《白鹰》等篇目)。无论是多么极端、多么离奇的事情,他都讲得极为精确,但事件之间心理上的因果联系却不是强加于读者的。一切都留待读者按照自己的理解去解释,叙述因此获得了信息所缺乏的丰盈。

Ⅶ

列斯科夫扎根于古典。古希腊第一个讲故事的人是希罗多德。《历史》第三卷第十四章的一个故事,对我们不无教益。故事讲的是萨米尼忒斯。[①] 埃及国王萨米尼忒斯被波斯国王冈比西斯击败并俘获。冈比西斯想要羞辱一下他的俘虏。他下令将萨米尼忒斯带到路旁,观看波斯军队凯旋。他接着安排俘虏去看他沦为使女的女儿提着水罐到井边打水。面对此情此景,所有的埃及人都悲叹欷歔,只有萨米尼忒斯兀然而立,不发一言,不动声色,眼睛紧盯着地面;须臾,又在被押去处决的队伍中看见了儿子,但他依然无动于衷。然而,当他在俘虏中发现了自己老迈枯槁的仆人时,却双拳击头,大放悲声。

这则故事揭示了故事的真谛。信息的时效超不过它之所以为"新"的那一刻。它只存活于那一刻;它必须完全地依附于那一刻,

---

① 萨米尼忒斯(Psammenitus):即萨姆提克三世,古埃及国王,公元前526~前525年在位。

并且争分夺秒地向那一刻表白自己。故事则不同。它不消耗自己。它存储、集中自己的能量，即使在漫长的时间以后，还可以释放出来。因而，蒙田在提到埃及国王时自问，为什么他只在看见仆人时才放声恸哭？蒙田的答案是："国王已经悲痛至极，只需增加一分便会如江海决堤。"这是蒙田的解释。然而别人也可以解释为：国王之所以不为王室成员的命运所动，是因为那也是他自己的命运。或：舞台比现实生活更能打动我们；对国王来说，仆人只是一个演员。或：巨大的悲痛积蓄已久，一旦放松便会爆发；看见仆人正是一种放松。希罗多德没有提供解释。他的记录就那么干巴巴的。唯其如此，这个古埃及的故事历数千年之久还能够让人称奇，还能够催人深思。这就好比是一粒稻种，在金字塔与空气绝缘的墓室中存放了千百年，今天依然可以破芽而出。

Ⅷ

使故事传之久远的良方，莫过于不掺杂心理分析，尽可能简洁凝练。讲故事的人越是将故事讲述得自然而然，不借任何心理描绘，就越能够将故事嵌入到听众的记忆深处；故事越能够融入听众的经验之中，他就越想要在日后某一天将故事转述给他人。这是一种发生在心灵深处的交融，它需要一种放松状态，而这种状态正变得越来越不可奢求。如果说睡眠是身体放松的顶点，那么无所事事则是精神放松的极致。无所事事乃梦幻之鸟，它孵生经验之卵。枝叶的一阵婆娑便足以将其惊飞。它的巢穴——与无所事事紧密相关的活动——在城市已经绝迹，在乡村亦已越来越少。随之而来的是，听故事的禀赋丧失，听众群体不复存在。讲故事从来就是一门重复故事的技艺，故事不存，讲故事的技艺也就无以保留。它之所以消失，是因为一边听故事，一边纺线织布的情形已经不复存在了。越是忘我的听众，越是能够牢牢地将听到的内容印在记忆之中。当他一边沉浸于劳动的节奏、一边听故事时，重复故事的才具便在不知不觉中转化成了他的禀赋。正是在这样一个网络之中,滋养出了讲故事的禀赋。唯其如此,这个在最古老的手工艺人的氛围中编织起来的网才会在千百年后的今天变得七零八碎。

Ⅸ

也许可以说,在劳作——乡村劳作、海上劳作、城镇劳作——的氛围中长盛不衰的讲故事,作为一种交流形式,本身也是手工的。它不像信息或新闻报道那样,意在传达纯粹的"事情本身"或者思维的精髓。它先把事情浸入到讲故事的人的生活之中,然后再从他那里取出来。因此,讲故事的人会在故事中打上自己的印记,正如陶工的手纹会留在陶器上一样。讲故事的人往往会先交代一下将要讲述的故事是自己在什么场合听来的,要么干脆就说是自己的亲身经历。在《骗局》的开篇,列斯科夫首先介绍说,他将要讲的故事是他在一次火车旅行中,从一位同行的旅客那里听到的。在《关于克罗泽奏鸣曲》中,他想起了陀思妥耶夫斯基的葬礼,正是在葬礼上,他认识了故事的女主人公;《有趣的人们》在描绘一个读书小组聚会的情形时,讲述了他为我们准备的故事。总之,他的行踪经常大张旗鼓地出没于他的叙事——要么是某人的亲身经历,要么是某人转述的他人的经历——之中。

讲故事作为手工艺人的艺术,列斯科夫本人也视其为一门手艺。"写作,"他在一封信中写道,"对我来说不是自由艺术(liberal art),而是手艺。"因此毫不奇怪,他对工匠们感到亲切,却视工业技术为陌路。托尔斯泰对此非常明白,他对列斯科夫讲故事的天才的评价可谓切中肯綮。他称列斯科夫为"指出经济发展之弊端的第一人",又说:"……陀思妥耶夫斯基的读者如此之多……而列斯科夫却不为人知,这真是咄咄怪事,我无法理解。他是个讲真话的作家。"在介于传奇和滑稽剧之间的《铁跳蚤》这篇匠心独具、令人振奋的故事中，列斯科夫通过对图拉的银匠们的描写赞美了俄国的手工艺人。他们的杰作，铁跳蚤被呈送给彼得大帝，并使他确信俄国人用不着在英国人面前自惭形秽。

讲故事的人诞生于手工氛围。而关于手工氛围的精神图景，大概没有人比保罗·瓦莱里描绘得更为深刻了。“在谈到自然的完美之物——无瑕的珍珠，浓烈醇厚的美酒，以及发育完全的生物——时，他称之为‘一条由无数彼此相似的原因组成的长链的珍贵产物’。”除非已经臻于完美，这些原因的累积没有时限。“自然的这一不急不慢的过程，”瓦莱里继续写道，“人们曾经模仿过。精细到尽善尽美程度的微型画和牙雕、精工细刻的宝石、透明的清漆层层叠加的漆器或绘画作品——所有这些需要经年累月、虔敬劳作的产品正在消失，时间不足惜的时代已经过去。现代人再也不会去干这些无法约简(abbreviate)的工作了。”事实上，现代人已经成功地将讲故事约简了。我们已经见证了“短篇小说”的演变过程，它从口述传统中脱胎而来，却不再允许薄薄的、透明的页片不疾不徐地层层叠加。而正是这种层层叠加最为准确地描绘出了完美的叙事是如何通过形形色色的重述被揭示出来的。

X

瓦莱里的结语是：“几乎可以说，永恒观念的衰落与对持久徐缓的劳作的日益规避是相辅相成的。”永恒观念总是以死亡为其最强大的源泉。因此可以推断，倘若永恒观念衰落了，死亡的面容必定也发生了改变。结果是：这种变化和经验的越来越难以交流，导致了讲故事的技艺的衰落。

显而易见，几个世纪以来，在人们的普遍意识中，死亡的观念越来越不像过去那样无处不在、鲜活生动，而且在最后几个时期这个过程愈演愈烈。19 世纪，资产阶级社会——通过建立医疗和社会的、私人和公共的机构——实现了一个也许在其潜意识中倒可能是主要目的的附带功能：想方设法使人们看不到死亡。曾几何时，死亡乃是个人生命中一段公共的过程，也是最具范导性的一段过程。不妨想一想中世纪绘画中的情形：临终者的床榻变成了国王的宝座，房屋门户敞开，人们纷纷拥入，趋前拜谒。现代社会中，死亡被越来越远地赶出了生者的感知世界。过去，几乎没有哪座房子，甚至没有哪个房间是不曾死过人的。（中世纪同时从空间的意义上去体味“众生末日”这句装饰在伊比扎的日晷上、意在诠解时间的铭文。）现如今，人们居住在从未被死亡——无情的永恒居住者——触摸过的房间里；大限临近时，他们便被子孙们送进疗养院或医院。然而，事实是，不仅是一个人的知识或智慧，最重要的是他的真实生活——此乃构造故事的原料，在死亡的那一刹那，才第一次获得了可资传达的形式。正如当生命走到尽头时，一连串的图景会在内心涌动——种种生平虽曾遭际却没有留意的场景一一展现——一样，在弥留之人的音容笑貌中，难以忘怀之事会突然涌现，赋予与他有关的一切以权威。即使是最可怜、最不幸者，在死亡的脚步声中，也拥有超乎簇拥在其身旁的生者之上的权威。这种权威便是故事的真正起源地。

XI

死亡赋予讲故事的人以无所不可以谈的特权。讲故事的人从死亡那里获得权威。换句话说，他的故事讲述的是自然历史。无与伦比的约翰·彼得·黑贝尔的故事堪称世间最美，其中的一篇可为典范。故事见于《莱茵家庭之友小宝盒》，题目是《未曾期待的重逢》。故事从在法伦工作的一个年轻矿工的订婚讲起。就在婚礼前夕，矿工死在了矿井深处。新娘在他死后忠贞不渝，直至变成了干瘪的老妇人。一天，一具尸体从废弃的矿井中被挖出；由于浸泡于硫酸铁之中，尸体没有腐烂，老妇人认出了她的未婚夫。重逢后不久，她也被死神召唤而去。在讲述这个故事时，黑贝尔必须要把其间的漫长岁月变得生动可感，为此他写下了下面这些句子：

> 与此同时，里斯本毁于一场地震，七年战争爆发、结束，国王弗朗西斯一世（Francis Ⅰ）驾崩，耶稣教会被取缔，波兰被瓜分，女王玛丽亚·特雷莎（Maria Theresa）仙逝，斯图恩希（Struensee）被处死。美国独立，法国和西班牙的联军未能夺取直布罗陀。土耳其将斯坦因（Stein）将军关押在匈牙利的维特拉那山洞，约瑟夫皇帝去世。瑞典国王古斯塔夫（Gustavus）征服俄属芬兰，法国大革命和旷日持久的战争开始了，列奥波二世（Leopold Ⅱ）寿终正寝。拿破仑占领普鲁士，英国轰炸哥本哈根，农民春种秋收。磨坊主碾磨谷物，铁匠抡锤打造，矿工在地下工场寻找矿脉。然而，1809 年，法伦的矿工们……

从来没有哪位讲故事的人像黑贝尔在这段编年史中所做的那样，将自己的讲述深深地嵌入到自然历史之中。请仔细地阅读。死亡总是周期性地出现，正如行进在围绕教堂时钟的队列中，手执镰刀、身围尸布的死神总是定期出现一样。

Ⅻ

对既有的史诗形式的任何研究都会关涉到这种形式和历史编纂之间的关系。事实上，可以进一步提出这样一个问题：历史编纂是否构成所有史诗形式的共同基础？如果是，则书写的历史与所有史诗形式的关系，便相当于白光之于光谱中的众色。但无论如何，在史诗的全部形式中，其事件完全处于书写历史之纯净的白光之下的，莫过于编年史。在编年史宽广的谱系中，一个故事可以有不同的讲法，正如同一种颜色可以有深浅变化。编年史家实乃历史的讲述者。如果我们回想一下黑贝尔那个充满编年史意味的段落，就不难发现，写历史的人（历史学家）和讲述历史的人（编年史家）之间的区别。历史学家的任务是解释他所要处理的事件；无论如何，他都不能只是简单地将事件作为历史进程的模式呈示出来。而这正是编年史家之所为，尤其是在其典范——中世纪的编年史家，今日历史学家之鼻祖身上，表现得更为明显。编年史家将历史故事放置于一个神圣的——也是不可诠解的——救赎计划的基础之上，因而从一开始就把论证、解释（explanation）的重负从肩头卸了下来。取而代之的是讲述（interpretation）。讲述不关心特定的事件之间确切的关联，它关心的是如何将事件嵌入到伟大而神秘的世界进程中去。

世界进程取决于救赎的历史还是自然历史并不重要。编年史家改头换面——不妨说，是世俗化——以后，在讲故事的人中间保存了下来。有些作家的作品清楚地表现了这一点，列斯科夫属于其中之一。无论是指向救赎的编年史家，还是以世俗面目出现的讲故事的人，在列斯科夫的作品中都有所体现，人们很难断言，他的故事所织就的作品之网，究竟是从宗教观点来看待万物演化的金色丝网，还是带有世俗眼光的七彩丝网。让我们看一下《变石》这篇故事，它把读者带入到一个古老的时代：

> 大地母腹中的宝石和九霄之外的星辰都关系到人的命运——不像今天，天上地下的万物众生都对人子的命运漠不关心，万籁俱寂，再也听不到任何与人交谈之声，更不用说听凭人的驱遣了。任何一颗尚未发现的星星都不再关系吉凶，大量的新宝石被开采出来，并被测了大小，称了重量，验了密度，但它们不再向我们昭示任何东西，也不给我们带来任何裨益。它们与人对话的时代过去了。

很显然，很难毫不含糊地说清楚列斯科夫的这个故事所呈示出来的世界进程。这个进程到底取决于救赎的历史还是自然的历史？唯一可以确定的是，仅仅是就其作为世界进程而言，它外在于所有严格的历史范畴。列斯科夫告诉我们，人类自信可以和自然和谐相处的时代结束了。席勒将人类历史上的这一时期称为素朴诗的时代。讲故事的人依然虔信于这一时代，他目不转睛地盯着日晷。在日晷的前面，是不断回环往复的万物众生的队伍——在这支队伍中，视不同的情况，死亡有时是领头人，有时是不幸的落伍者。

XIII

很少有人认识到，听故事的人与讲故事的人之间那种纯真的关系，是由听故事的人想要记住故事的愿望控制的。其中的关键是，对于饶有兴趣的听众来说，他认为自己有朝一日会重述听到的故事。记忆乃史诗必备之禀赋。只有凭借博闻强记，史诗写作才可以一方面把握事件的进程，另一方面又与死亡的权力和平共处。无怪乎对于列斯科夫所塑造的一个粗人来说，沙皇，即故事发生地的首领，有着百科全书般的记忆力。“我们的国王，”他说，“以及他所有的家人，全都有着惊人的记忆力。”

希腊人认为，记忆女神摩涅莫绪涅（Mnemosyne）是司叙事艺术的缪斯神。这个名字将观察者带回到世界历史的一个岔路口。如果记忆所保留的记录——历史编纂——堪称种种各不相同的叙事形式的温床（正如宏大的散文是各种诗律形式的温床）的话，那么其最古老的形式——史诗，就其最为宽泛的意义而言，既包含了故事也包含了小说。在经历了几个世纪的过程之后，小说从史诗的母腹中呱呱坠地了，结果是，源自缪斯——即记忆——的史诗因素在小说中的展现方式却与故事迥然不同。

记忆造就传统的链条，事件因此得以代代相传。这是广义的史诗艺术中源自缪斯的因素，它适用于史诗的各种变体。其中首要的是讲故事的人的行当。如果说所有的故事最终共同编织的是一张网,那么第一个纽结正是由讲故事的人织就的。故事总是连着故事,这是伟大的讲故事的人,尤其是东方的讲故事的人已经展现过的。每一个故事里都有一个山德鲁佐,[①]每当一个故事结束时,她又会想起另外一个故事。这便是史诗式的记忆,是叙事中源自缪斯的要素。不过,这一要素应该同另外一条也是源自缪斯——只不过是狭义的缪斯——的原则对照着来看。在小说最早的形式即史诗中,这条原则还隐而不显,还未曾与故事中来源相似的因素区分开来。不过,在个别情况下,尤其是在荷马史诗中一些庄严的时刻,如开篇向缪斯乞灵的场景中,还是能够看得出来。这些段落所显现的是小说家的永久记忆,它和讲故事的人的短时记忆恰成对比。前者供奉的是一个英雄、一次历险、一场战役;而后者记述的则是许多散乱不经的事件。换句话说,小说中源自缪斯的因素——纪念(remembrance),连同故事中相应的因素——回忆(reminiscence),也即它们在记忆中的共同起源,已经随着史诗的式微而消失了。

XIV

帕斯卡(Pascal)曾经说过:"一个人无论多么贫穷,在死的时候也总会留下点什么。"毋庸置疑,这句话同样适用于记忆——尽管记忆并不总是能够找到继承人。负责管理这笔财产的是小说家,他们总是忧郁满怀。阿诺德·贝内特曾经如此评价她小说中一个死去的妇人,说她从未有过真正的生活,这句话也可用作对小说家所经营的全部财产的评价。在这个问题上,格奥尔格·卢卡

---

① 山德鲁佐(Scheherazade):故事集《一千零一夜》的叙述者。在处死了不忠的第一任妻子后,东印度的苏丹决定每夜迎娶一位新娘,然后在第二天早上将其处死。山德鲁佐是苏丹的新娘,为了不被处死,她给新郎讲起了系列故事,并且总是在高潮时停顿下来。想知道故事在第二天如何结束的丈夫一再推迟刑期。一千零一夜之后,苏丹幡然悔悟,收回了成命。

奇的解释最为重要——他在小说中看到了“先验的无家可归的形式”(the form of transcendental homelessness)。在卢卡奇看来，小说同时又是唯一将时间纳入其建构原则的艺术形式。

在《小说理论》中，卢卡奇写道：“只有与先验家园之间的联系失去之后，时间才变得具有建构性。只有在小说中，意义和生活，以及相应的本质与暂时，才是分离的；庶几可以说小说的内部行为乃是反抗时间暴政的一场斗争……由此……产生了真正的关于时间的史诗式体验：希望与回忆。……只有在小说中，才出现了创造性的记忆，它刺穿客体并使之变形。……‘只有’当主体透过被压缩在记忆之中的往昔的生活之流……看到其全部生活的整体时，内部世界和外部世界的二元性才被克服。……正因为捕捉到了生活的整体，这种洞见才能够神启式地、直觉式地把握那未曾获得因而也就不可表达的生活意义。”

“生活的意义”确是小说演进的中枢。然而，归根结底，对“生活意义”的追问不过是一种原初的困惑，正是这种困惑使读者看到自己正过着书中描述的生活。此处是“生活的意义”，彼处是“故事的道德”：小说与故事的标签可谓针锋相对，由此不难看出构成两种艺术形式的截然不同的历史坐标。如果说《堂吉诃德》堪称小说最初的样本的话，那么它最近的范本则是《情感教育》。

在上面提到的最后一部小说结尾的文字中，处于崩毁之始的资产阶级时代在其行为中发现的意义，已经沉淀为杯子中的渣滓。弗雷德里克和戴洛立叶，这对少年知己，回忆起了他们的青春友谊。一件荒唐往事开始浮现：有一天，他们偷偷地、羞怯地来到城里的妓院，什么也没有干，只是将他们从自家花园里采摘的一束鲜花献给了鸨母。“三年以后，这件轶事依然是谈论的对象。此时，他们互相讲述着种种细节，互相为对方补充着回忆。‘那也许是我们一生中最美好的事情。’谈话结束时，弗雷德里克说道。‘没错，你也许是对的，’戴洛立叶说，‘那大概的确是我们一生中最美好的事情。'"

小说结束于这种洞悉。从严格意义上说，这种结束对于小说来说是合适的，但对于故事来说则不然。事实上，对任何一个故事来说，询问它将如何继续都不为非法。反之，小说家则不希望读者在应自己之邀于"剧终"之时获得对生活的超验认识之后，再越雷池一步。

XV

听故事的人总是和讲故事的人相依相伴，即使读故事的人也分享这种友情。然而，小说的读者却离群索居，远甚于其他任何一种读者。(即使诗歌的读者，也乐于浅吟低唱，以飨听者。)而孤独的小说读者却比其他任何一种读者都心怀嫉妒地将其材料紧抓不放。他一心想要将其全部占有，甚至想将其一口吞下。的的确确，正如火焰吞没木柴，小说读者毁坏并吞噬材料。贯穿小说始终的悬念有如炉中的气流，将炉火煽旺，并使之摇曳升腾。

只有干柴才能使读者的兴趣之火熊熊燃烧。"一个 35 岁死去的人，"莫里茨·海曼[①]曾经说过，"在其有生之年的每一刻，都像是一个 35 岁去世的人。"这句话极其含混，而原因只在于时态错了。这句话所要表达的真理是：一个在 35 岁死去的人出现在生者的回忆之中，其有生之年的任何一个时刻都将是一个 35 岁死去的人。换句话说，在其有生之年毫无意义的一句话，在对其生活的回忆中都将变得毋庸置疑。这句话再好不过地表达了小说人物的品性，它表明只有死亡才能揭示生活的"意义"。但小说读者的确是在寻找他能够从其身上抽取出"生活之意义"的人物。因此，无论如何，他事先就必须知道，他将分享他们的死亡经验：需要的话是他们象征意义上的死亡——小说的结束——但最好是他们实际

① 莫里茨·海曼(Moritz Heimann，1868～1925)：1895 年至 1925 年期间，任费舍尔出版社主审，曾在魏玛共和国的重要文学杂志上发表过散文和小说。

的死亡。小说人物是如何使他们明白死亡早已在恭候着他们——确定无疑的死亡在确定无疑的地点恭候着他们？正是这个问题宛如干柴，激起了读者阅读小说的兴趣之火。

因此，小说的意义不在于它为我们——而且有可能是说教式地——呈现了他人的命运，而在于这个陌生人的命运在燃烧时发出的火焰，为我们提供了从自身的命运中无法获取的温暖。将读者吸引到小说上来的正是这样一种希望：以他所读到的某人的死来温暖自己瑟瑟发抖的生命。

XVI

“列斯科夫作为一名作家，在人民中扎根最深，而且完全没有受到外来影响。”高尔基写道。任何一个伟大的讲故事的人都扎根于人民，而且首先是手工艺人的环境。但是这里所谓环境，包括了在其经济和技术发展的不同阶段中乡村、海洋、城市等各种因素。同样，在他们传给我们的经验之中，也有诸多层次。（更不消说商人在讲故事的技艺中所发挥的作用；他们的任务与其说是增加教益，不如说是完善吸引读者的技巧。他们在《天方夜谭》的连环故事中留下了深深的印迹。）简言之，尽管讲故事在人类家庭生活中发挥着重要作用，但人们借以收集整理故事的观念却多种多样。被列斯科夫毫不犹豫地赋予宗教意义的东西，到了黑贝尔那里，却自然而然地融入了启蒙运动的教育观念；在爱伦·坡那里显得古老而神秘的传统，在吉卜林笔下的大不列颠海员和殖民地士兵那里找到了最后的避难所。所有伟大的讲故事的人都可以像在梯子上那样，在经验的梯级上自由地上下往返。梯子向下深入地府，向上直插云霄，这便是集体经验的意象。对此，个人经验中最为深重的震惊——死亡，也构不成阻挠或障碍。

“从此以后，他们过上了幸福的生活，”童话说。童话在故事里隐秘地存活至今。它曾经是人类的第一位导师，因此直到今天依然是儿童的第一位导师。第一个真正的讲故事的人,是而且仍将是讲童话故事的人。无论何时,童话总有锦囊妙计;但有需要,童话必能雪中送炭。此种需要是神话带来的。是童话告诉我们人类最为古老的摆脱神话压在其胸口的梦魇的方法。通过傻子的形象,我们看到人类在神话面前是如何"呆若木鸡"的;通过最年轻的小兄弟的形象,我们看到当远古的神话时代被抛在身后以后,人的机会是如何逐渐增多的;通过最早试图了解恐惧为何物的人的形象,我们看到我们所恐惧的事物实际上是可以识破的;通过自作聪明者的形象,我们看到就像斯芬克斯之谜一样,神话所提出的问题其实非常简单;通过帮助孩子的各种动物形象,我们看到自然并不仅仅是神话的臣属,它其实更愿意与人类结盟。童话在太古时代即已教导人类,至今仍在教导儿童的最睿智的箴言是:用机智和勇气去面对神话世界的暴力。[唯其如此,童话才将勇气(mut)一分为二——辩证性地分为机智(untermut)和乐观(ubermut)两种。]童话中固有的神魔作为一种解放的力量,并没有使自然以神话的方式运作,而是指向自然与被解放者的同盟关系。成年人只是偶尔——在幸福的时候——才感受到这种同盟关系;而孩子最初在童话中见到这种同盟关系,并因此感到快乐。

XVII

很少有讲故事者像列斯科夫这样展现出与童话精神如此深厚的亲缘关系。其中包含了源自希腊东正教教义的某些倾向。众所周知,厄留根[①]有关所有灵魂可以同入天堂的思想不能见容于罗马教廷,但在东正教的教义中占据着举足轻重的地位。列斯科夫深受厄留根的影响,曾经计划翻译其《论第一原理》。与俄罗斯民间信仰相一致,厄留根认为复活不是变形,而是祛魅

① 厄留根(Origen Adamantius, 185? ～254?):基督教作家、教师,主要在亚历山大里亚和恺撒里亚(Caesarea)一带活动,系希腊教父之一。

(disenchantment)——这与童话庶几相近。厄留根的解释构成了《着魔的朝圣者》的基础。和列斯科夫其他许多作品一样,这篇作品提供的是童话和传说的混合物,这与恩斯特·布洛赫[1]在以自己的方式描述我们关于神话和童话的区别时所提到的混合物不无相似之处:

> 童话和传说之混合物以虚构的方式包含了神话元素——神话元素无疑是引人入胜的、经久不衰的,但它并不外在于人。传说中的道教人物,尤其是彭祖式的人物,便是"神话性的"。比如,费列蒙和包西斯夫妇[2]:在自然的睡眠之中居然神奇地实现了逃脱。同样,在哥特赫尔夫的道教氛围中,显然也存在着类似的童话与传说之间的联系——当然,是在一个低得多的层次上。在某些特定的时刻,这种联系使传说逃脱魔咒的掌控,从而拯救了生命之火,尤其是从内到外默默燃烧的人类生命之火。

"神奇地逃脱"者是列斯科夫人物系列的领头人:正义之人。巴甫林、费格拉、假发艺人、驯熊者、热心的卫兵——他们全都是智慧和善良的象征,是世界的慰藉——围坐在讲故事的人周围。毋庸置疑,他们身上融入了列斯科夫母亲的形象。

列斯科夫是这样描绘母亲的:"她善良至极,从不伤害任何人,甚至任何动物。她可怜一切活物,不吃肉,也不吃鱼。有时候父亲会因此而责怪她。她的回答是:'这些动物是我养大的,它们就像我的孩子一样。我不能吃我的孩子,是不是?'到了邻居家,她同样

---

① 恩斯特·布洛赫(Ernst Bloch,1885~1977):西方马克思主义代表人物之一,本雅明的朋友。著有《乌托邦精神》(1918)、《踪迹》(1930)、《希望的原理》(1952~1959)等。

② 费列蒙和包西斯(Philemon and Baucis):希腊传说中一对虔诚的老夫妇,曾庇护过宙斯和赫尔墨斯。在歌德《浮士德》的第二部分,为了开疆拓土,浮士德试图驱逐二人,梅菲斯特放火烧了他们的茅屋。

不进肉食。‘我曾经见过它们活蹦乱跳的样子，’她说，‘它们是我的熟人。我不能吃我的熟人，是不是？’”

正义之人是造物的代言人，同时也是其最高象征。在列斯科夫笔下，正义之人带有母性的意味，有时，这种母性意味会被强化至“神话”的地步。（显然，这损坏了童话的纯粹性。）最有代表性的是故事《供养者昆廷和普拉东尼达》（*Kotin the Provider and Platonida*）的主人公。他是一个农民，名叫彼松斯基，是一个两性人。在12岁之前，他的母亲一直把他当成女孩抚养。他的男性和女性器官同时发育成熟，其双性特征“乃是上帝显灵的象征”。

在列斯科夫看来，这是创造所能达到的极致，与此同时，他或许还将它视为现世和来世之间的一座桥梁。因为，作为讲故事者的列斯科夫所着力塑造的这些世俗世界的强者、这些带有母性特征的男性形象，在身强力壮的盛年便已经不受情欲的驱使。但无论如何，他们并非禁欲主义者的模范；恰恰相反，这些正义之人的自制全然不是由于匮乏，唯其如此，它才能够抗衡《姆岑斯克县的麦克白夫人》所描述的那种无度的情欲。如果说从巴甫林到商人妇，已足以涵盖造物世界之广博，那么通过人物的等级，列斯科夫同样探测到了造物世界的深度。

XVIII

造物世界的等级——其顶点乃是正义之人——层层向下，便会抵达无生命的深渊。在这个等级链中，有一个环节尤其值得注意：整个造物界并不是以人声而是以“自然之声”言说的。列斯科夫有一篇重要的小说便以“自然之声”为题。

故事讲的是，一个名叫菲利浦·菲得波维奇的小职员，想尽一切办法想要把途经小城的陆军元帅请到家中来做客。他最终得偿所愿。客人起先对小职员过分殷勤的邀请感到不解，后来，他慢慢地认定他是自己从前见过的某个人。但是他是谁呢？他记不起来了。奇怪的是，主人一方不愿意自报家门。一天推一天，他总也不告诉这位大人物，只是说有朝一日“自然的声音”会向他讲个水落石出的。终于，在临行之前，客人必须要让主人兑现那众所周知的让“自然之声”发言的请求了。于是主妇退了下去。“她回来的时候，带着一把硕大的、明光锃亮的猎人号角。她将号角递给丈夫。他拿过号角，刚放到嘴边，就仿佛换了一个人。他鼓起腮帮，刚刚吹响一个劲若风雷的音符，元帅便喊道：‘停，现在我想起来了，兄弟。这下我可认出你来了！你是步枪团的号手，看你老实可靠，我还派你去盯梢那位偷奸耍滑的军需官呢。’‘没错，大人，’主人回答道。‘我自己不想向你提起这些，但乐于让自然之声来讲述这一切。’”

这则故事看似愚拙，实际大有深意藏焉，列斯科夫出色的幽默由此可见一斑。这种幽默在这篇故事中还以一种更为隐秘的方式得到了确证。我们已经知道，由于老实可靠，这位小职员曾被派去监视偷奸耍滑的军需官。这是故事的结尾两人相认的那一幕告诉我们的。而在故事的开头，我们了解到的主人的情况是：“小城的所有居民都认识这个人，知道他不是什么达官显贵，因为他既不是州府大员，也没有在军队中任职，不过是一个不起眼的军需站的小主管罢了。他和耗子们一起啃着公家的面包屑和靴子底，啃来啃去，居然为自己啃出了一座精巧的小房子。”很显然，这则故事反映了由来已久的对无赖和骗子的同情。所有的滑稽文学都见证了这一点。甚至高雅艺术也为它留有一席之地；在黑贝尔的人物系列中，布拉森海默的磨坊主、廷得尔·弗雷德(Tinder Frieder)、雷德·狄特尔(Red Dieter)都是其忠实的伙伴。尽管对黑贝尔来说，世界的主角同样是正义之人，但是由于没有人能够真正胜任这个角色，所以演员总是换来换去。一会儿是流浪汉，一会儿是锱铢必较的犹太小贩，一会儿又是一个智力有限的人临时救一下场。任何一种情况都属于客串表演，都属于道德上的即兴创作。黑贝尔是一个决疑论者。[1] 他从不顽固地坚持某条原则，也不轻易地否定某条原则，因为任何一条原则在某个时候都有可能成为正义之人的工具。不妨和列斯科夫的态度作一个对比。“我认为，”他在故事《关于克罗泽奏鸣曲》中写道，“我的思想更多地是基于一种实际的生活观，而不是抽象的哲学或崇高的道德；但我还是习惯于我自己的方式思考。”列斯科夫世界中的道德灾难之于黑贝尔世界中的道德冲突，犹如静静的伏尔加湍流之于潺潺奔腾的小溪。在列斯科夫的历史故事中，有那么几篇，其中的激情之破坏性丝毫不亚于阿喀琉斯的愤怒或者哈根的仇恨。在作者笔下，世界陷入了令人惊恐的黑暗之中，恶魔高高地举起了权杖，这不能不让人震惊。在很少的情况下，列斯科夫的心态几近于唯信仰论[2]的伦理观——这可以说是他和陀思妥耶夫斯基的绝少相似之一。在其《远古故事》中，原初之自然汪洋恣肆，残暴至极，但神秘主义者却乐于将这一极限视为由彻底的堕落朝向至圣的转折点。

XIX

列斯科夫沿着造物的等级愈向下行，他看待事物的方法便愈是接近于神话。的确，正如我们即将看到的那样，这被证明是讲故事的人的内在品性。当然，敢冒险闯入毫无生机的底层的人寥寥无几，而在现代叙事文学中，作为一切文学之源头的匿名的讲故事的人的声音，当数在列斯科夫的《绿宝石》中的回响最为清晰。故事讲的是一种半宝石，一块金绿宝石。矿物乃造物世界之最低层。但对讲故事的人来说，它却与造物世界的最高层紧密相连。讲故事的人天赋异禀，能从金绿宝石之中洞察出一个万物石化、生命死寂的自然预言，而这个自然与他自己生息其中的历史世界血脉相通。这个世界便是亚历山大二世的世界。讲故事的人——或者说

---

① 决疑论者(casuist)：将理论规则运用于实例以解决道德问题的人。
② 唯信仰论(antinominian)：认为蒙上帝恩典的人可不遵守道德律。

是讲故事的人将自己的知识悉数相传的那个人——是一个宝石雕刻匠，名叫温泽尔，其技艺已臻于化境。我们可以将他和图拉的银匠相提并论，也可以——本着列斯科夫的意思——说，能工巧匠知晓如何深入造物世界的深宫密室。温泽尔是虔敬的化身。故事告诉我们：

> 他突然抓住我戴着绿宝石戒指的手——据说绿宝石在人工光照下会发出红光——喊道："快看，会预言的俄罗斯宝石！狡猾的西伯利亚人。它通常总是绿莹莹的，宛若希望，只是到了黄昏时分，它才血色浸润。自从开天辟地以来就是如此，但它长年秘不现身，深藏地底，直到沙皇亚历山大登基之年，一个伟大的巫师才在西伯利亚找到了这块宝石。这个魔法师……""胡说八道，"我打断他说，"发现宝石的根本不是什么魔法师，而是一个名叫诺登克耶德的学者！""是魔法师！听我说，是魔法师！"温泽尔尖声高叫。"看呀，奇妙的宝石！里面有碧绿清晨，也有血色黄昏……这就是命运，高贵的亚历山大沙皇的命运！"说完，温泽尔转过身去，面朝墙壁，将头埋入双臂之中，抽泣起来……

也许最能使人领悟这则意旨遥深的故事之真谛的，莫过于瓦莱里在一个毫不相干的语境中写下的一段话。

在论及一位专工丝绣人像的女艺术家时，他说道："艺术观察庶几可以达至神话的深度。被观察之物失去了它们的名字。光与影交织成诸多独特的体系，提出众多各不相同的问题，这些问题既不依赖于知识，也不出自于实践，其存在和价值完全是源自某人——此人天生便可以洞察这些问题，并在其内在生活中将它们呈现出来——心灵、眼睛和手的和谐。"

这段文字将心灵、眼睛和手连成一体。它们互依共存，形成一种实践。我们对此种实践已不再熟悉。手在生产中的角色日益卑微，至于它在讲故事的技艺中所占据的位置，更是尚未开垦的处女地。（毕竟，就其最感性的意义而言，讲故事也绝不仅仅是一项只与声音有关的工作。相反，在地道的讲故事的技艺中，在劳作中练就的千姿百态的手势帮助着表情达意。）瓦莱里这段话中所说的古老的心灵、眼睛和手的和谐，在任何讲故事的技艺尚安然无恙的地方的工匠身上，都可以看到。事实上，我们不妨更进一步自问：讲故事的人与其素材即人类生活的关系，难道不正是手工艺人与其材料的关系？讲故事的人的任务，不正是要以一种牢固的、有用的、独一无二的方式来塑造经验的原材料，无论是自己的还是他人的？也许谚语最为充分地展现了这一过程——如果我们认可谚语乃是故事之表意符号的话。不妨说，谚语乃是残留于古老故事之旧址的废墟，其中，一则道德教训缠绕于一个事件，正如青藤攀附于墙壁。

就此而言，讲故事的人便加入了教师和智者的队伍。他拥有忠告——不像谚语，只适用于少数场合，而像智者，普遍适用。这是因为，讲故事的人被赋予了回溯其全部人生的能力。（顺便说一句，所谓全部人生，不仅包括他自己的经验，而且也包括许多他人的经验。讲故事的人将所见所闻全都据为己有。）他的天资在于能够讲述他的生活；他的不同凡响之处在于他能够讲述他的全部生活。讲故事的人乃是这样一种人：他让故事之燔火将其生活之灯芯燃烧殆尽。这便是环绕于讲故事的人之周围的那无可比拟的灵韵的底蕴，对列斯科夫和豪夫是如此，对爱伦·坡和史蒂文森同样如此。[①] 在讲故事的人身上，正义之人与自己邂逅。至于那个空

---

① 豪夫（Wilhelm Hauff，1802～1827）：德国诗人、小说家，具有出色的叙述和虚构能力，以仙幻故事闻名。虽然 25 岁便英年早逝，但仍然留下了多达 36 卷的作品集。史蒂文森（Robert Louis Stevenson，1850～1894）：苏格兰散文作家、小说家、诗人，代表作有《金银岛》（1883）、《化身博士》（1886）、《绑架》（1886）等。

洞麻木、昏昏欲睡、不修边幅，躲在幽深的、他人难以进入的房间里的波将金，则是卡夫卡作品里的当权者——阁楼上的法官，城堡里的书记官——的先祖。不管他们如何身居要津，他们终归是已经失势或正在失势者，正如那些最底层或最腐朽的人，诸如看门人和老迈的官吏，却会在突然之间大权在握。

（李茂增译）

什么是史诗剧?①

I 放松的观众

“没有什么比躺在沙发上读小说更惬意的了,”19 世纪的一位作者写道。这句话表明,阅读小说在很大程度上可以给读者带来放松。到剧院观看演出者的形象正好相反,不妨想象一下他的样子:他必须调动起其存在的每一根神经,全神贯注,以便跟上情节的发展。布莱希特是其自身诗学实践的理论家,由他首创的史诗剧概念,强调戏剧应该使观众放松,应该使观众毫不紧张地跟随情节的发展。当然,戏剧观众通常是集体的,这不同于单独面对文本的读者。此外,由于戏剧观众是集体的,因此他们常常会觉得需要被迫很快表明态度。但是在布莱希特看来,这个态度应该是经过深思熟虑的,因此也就应该是放松的——质言之,是对所演戏剧有关切、感兴趣之人的态度。关切和兴趣的对象有二:首先是情节,在关键的地方它必须能够唤起观众自己的经验;其次是表演,在艺术上它应该达到清澈透明的地步。(清澈透明绝不是不要技巧;事实上,它要求导演既要有老到的艺术经验又要有敏锐的艺术眼光。)史诗剧设定的观众是“不做无根据之猜想”的有关切、感兴趣的观众。布莱希特从来没有忽视过大众,上面这个短语所暗示的

---

① 本文发表于《大众与词语》(*Mass und Wert*)1939 年 7～8 月号,收入全集第二卷,第 532～539 页。英译者为 Harry Zohn。

正是他们那有限的思维实践。在他竭尽全力、试图通过吁请观众作为专家发表意见这样一种方法——但是绝不是通过纯粹的文化参与的方式——来激起戏剧观众的关切和兴趣的过程中，政治将必然占据上风。

Ⅱ 情 节

史诗剧旨在“消除由题材引发的过分激烈的舞台情感”。因此，老故事会比新故事更合适。布莱希特的问题是，如果史诗剧所表现的事件是人们早已熟悉的，其效果是否更好？戏剧之于情节的关系一如芭蕾舞教师之于学生的关系：教师首先要做的就是让舞蹈者的关节尽可能地放松。中国戏曲正是这么做的。在《中国的第四堵墙》[①]这篇文章中，布莱希特写到了他对中国戏曲的借鉴。如果戏剧应该表现熟悉的事件，那么，“历史事件就将是最为合适的”。通过特定的表演风格、海报和字幕来揭示这些事件的史诗意旨，目的正是为了消除其中容易引起强烈情感的因素。

基于此种考虑，布莱希特将伽利略的生平作为他最近一部戏剧的题材。[②] 布莱希特主要塑造了作为伟大教师的伽利略，他不仅教授新的物理学，而且使用的方法也是新的。对伽利略而言，实验不仅仅是科学成就，更是一种教学手段。戏剧的重心不在于伽利略的放弃信仰；毋宁说，第二幕的题记鲜明地体现出了一种真正的史诗方法：“1633～1642年。作为宗教裁判所的罪犯，伽利略没有停止他的科学研究，直至去世。他成功地将其主要著作偷运出了意大利。”

史诗剧之于时长的关系完全不同于悲剧。由于其悬念的功能与其说关乎结局，不如说只是关乎特定的场景，因而史诗剧可以涵盖巨大的时间跨度。（中世纪的神秘剧也是如此。《俄狄浦斯王》

---

① 见《当代生活与文学》第15卷第6期，1936年。——本雅明注

② 布莱希特《伽利略传》的第一稿本完成于1938年。

或者说《野鸭》的写法乃是史诗方法最习见的对立面。)

Ⅲ 非悲剧英雄

法国古典戏剧在距离演员非常近的地方为达官显贵预留了空间,他们就坐在开放的舞台的扶手椅上。在我们看来,这似乎是不合适的。按照我们所熟悉的“戏剧性”的观念,不参与表演的第三方——冷静的观察者或“思想者”——不应该与舞台上的表演发生联系。然而布莱希特的脑袋里却常有这样的想法。我们甚至可以进一步说,布莱希特试图将思想者或者说智慧之人塑造成戏剧主人公。仅此一点我们就可以将他的戏剧定义为史诗剧。这种尝试在包装工人格利·盖伊身上达到了登峰造极的地步。格利·盖伊,戏剧《人就是人》[①]的主人公,所展现的无非是构成我们这个社会的种种矛盾。我们很快就会明白,所谓“智慧之人”,按照布莱希特的理解,其实就是其辩证法的完美体现。无论如何,格利·盖伊都是一个智慧之人。很久以前,柏拉图就已经认识到了最优秀之人,即圣贤的非戏剧的特性。在其对话中,他把圣贤的形象带进了戏剧的门槛;在《斐多》中,他将圣贤的形象带进了受难剧[②]的门槛。中世纪的基督,实际也是智慧之人的代表(我们在早期教父身上可以看到这一点),乃是杰出的非悲剧英雄。但是在西方的世俗剧中,对非悲剧英雄的寻找从来也不曾停止过。这种戏剧总是以新的并且经常是与其理论家相左的方式有别于正统的——也就是说,古希腊的——悲剧形式。这是一条重要的但却罕有标记的道路——我们庶几可以将其视为传统之象征,它在中世纪罗斯维塔的作品和神秘剧之中、在巴洛克时期格吕菲乌斯和卡尔德龙的作

---

① 布莱希特的《人就是人》1926 年首演,由 Kurt Weill 作曲的修改版于 1931 年上演(由 Peter Lorre 扮演格利·盖伊),剧本第一版发表于 1927 年,第二版发表于 1938 年。

② 即耶稣受难剧(Passion Play),源于中世纪的一种戏剧演出,表现与耶稣受难有关的事件。

品中逶迤蜿蜒；其后，我们可以在伦茨和格拉贝，最后在斯特林堡的作品中找到其踪迹。① 莎士比亚的舞台在路旁竖起了不朽丰碑，而歌德则在《浮士德》第二部中跨过了它。这是一条欧洲之路，但同样是一条日耳曼之路——如果我们的的确确可以说，中世纪和巴洛克的戏剧传统通过一条路，但绝不是什么晦暗肮脏的走私者的路，已经抵达了我们这里。这是一条久已被人遗忘、荆棘丛生的羊肠小道，然而在布莱希特的戏剧中，它终于重见天日。

Ⅳ 间 离

布莱希特把他的史诗剧与狭义的戏剧区别开来，后者的理论由亚里士多德所奠定。正如黎曼引入了非欧几里得几何学一样，布莱希特恰如其分地宣称自己的戏剧是非亚里士多德式的。这个类比表明，这里已经不是戏剧形式之间的竞争问题。黎曼取消了平行公设；布莱希特的戏剧则取消了亚里士多德的净化论，即通过对主人公激动人心的命运的移情作用产生对情感的净化。

史诗剧力图让观众放松，其独特性在于，它几乎不要求观众的移情。史诗剧之所以为史诗剧，不在于产生了移情，而在于产生了震惊。质言之：观众不是要去认同主人公，而是应该学着对主人公活动于其间的情境产生震惊。

---

① 罗斯维塔(Roswitha)：10世纪德国本笃会修女、诗人、编年史家，著有韵文体编年史著作《奥托一世》(*Otto Ⅰ*)和6部拉丁文喜剧作品。格吕菲乌斯(Andreas Gryphius，1616～1664)：17世纪德国杰出的戏剧作家。卡尔德龙(Pedro Calderon de la Barca，1600～1681)：西班牙戏剧作家、西班牙黄金时代最后一位代表人物。他的作品中现在仍广为人知的是包括《奇妙的魔法师》和《人生如梦》在内的哲理剧，其中所处理的主要是命运、预兆和自由意志等主题。伦茨(J. M. Lenz，1751～1792)：德国戏剧作家、诗人、批评家。最著名的戏剧作品包括《家庭教师》(1774)和《战士》(1776)，最著名的批评著作是《戏剧评论》(1774)。伦茨是狂飙运动的代表人物。格拉贝(Christian Dietrich Grabbe，1801～1836)：德国戏剧作家、新闻记者，以喜剧作品《喜剧、讽刺、反语和深层意义》和《唐璜与浮士德》等闻世。斯特林堡(August Strinberg，1849～1912)：小说家、戏剧作家，代表作《朱丽叶小姐》(1888)和《死亡之舞》(1901)，以心理现实主义闻名，并被认为是瑞典现代文学的开端。

布莱希特以为,史诗剧的任务与其说是情节的发展,毋宁说是对情境的再现。“再现”(darstellung/representation)并不等同于自然主义[①]理论家所理解的“再生产”。不仅如此,最重要的是要去发现从来不曾为人发现的情境。(我们也可以说是使其“陌生化”。)[②]对情境的发现(陌生化)是通过情节的间离完成的。最简单的例子也许莫过于,家居生活的场景忽然因为陌生人的闯入而被打破。母亲正要抓起一个半身铜像掷向女儿;父亲正打开窗户喊警察。正在这时,一个陌生人出现在了门口。这样便会唤起1900年前后的一个“戏剧性场面”。换句话说,陌生人面对着如此场景:几张困厄的面孔,一扇开着的窗户,凌乱的家具。但是,对某些眼睛来说,即使更为普通的中产阶级生活场景也几乎同样令人惊悚。

V　可以引用的姿态

在一首论戏剧艺术的说教诗中,布莱希特写道:“每一句台词的效果都要被期待、被揭示。而这种期待要延迟到观众已经仔细掂量过台词之后。”简言之,表演被间离了。我们可以将这种观点推进一步,说间离乃是一切结构形式的基本手法之一。它远远超出了艺术领域。姑且举一例:它是引用的基础。引用一个文本就不可避免地要间离其上下文。如此说来,说以间离为基础的史诗剧,在某种特殊的意义上乃是一种可以引用的戏剧形式,这样就变得可以理解了。说教剧对文本的引用并无任何特别之处。区别在于对表演来说这是不可或缺的姿态。

---

① 自然主义是19世纪晚期和20世纪早期文学和绘画领域中的一场运动。自然主义继承并发展了现实主义的传统,旨在给日常生活以更为忠实的再现,提供不借道德判断的“生活切片”。自然主义作品多描绘劳动阶层的生活。自然主义的领军人物是埃米尔·左拉,其作品集《实验小说》(1880)是自然主义文学运动的里程碑。

② 本雅明这里所说的是布莱希特戏剧艺术中著名的“间离效果”,参见布莱希特的论文《中国表演中的间离效果》(1936)。在布莱希特看来,“间离效果”的获得有赖于演员“以这样一种方式进行表演:几乎每一句台词都会引起观众的评判,每一个动作都旨在赢得公众的赞同”。

"使姿态可以引用"是史诗剧的独特成就之一。演员必须像排字工人留出间隔一样为其姿态留出间隔。比如,他可以通过在舞台上引用自己姿态的方法来达到这一效果。因此,在《皆大欢喜》中,我们看到扮演救世军军士的卡罗拉·内尔,[①]先是在水手酒馆里唱了一支改宗的歌曲——这比在教堂里唱要合适得多,而后又在救世军委员会面前引用了这支歌曲,并且表演了先前的各种姿态。同样,在《措施》中,党的法庭不仅听取了同志们的报告,而且通过表演看到了被控告的那位同志的姿态。这种在史诗剧中高度灵活的手法到了说教剧的特定情境中变成了最直接的目的。史诗剧可以定义为姿态剧。因为,我们越是频繁地间离正在表演的某人,就会有越多的姿态产生。

Ⅵ 教育剧

一般来说,史诗剧在观众方面意味着多少,在演员方面也就意味着多少。教育剧之所以特殊,主要是因为它用一种极其简便的戏剧手法,鼓励并暗示观众和演员,或者演员和观众进行交流。每一个观众都可以成为一个参与者。而扮演"教师"比扮演"英雄"要容易得多。

《林登堡飞行》第一版在期刊上发表时,飞行员还是作为英雄来表现的。那一版不遗余力地赞美了这位英雄。写第二版——它颇富启示意义——时,布莱希特的观念已经发生了改变。[②] 这次

① 卡罗拉·内尔(Carola Neher, 1905~1942):德国女演员,曾主演过布莱希特的数部戏剧,包括在《三分钱歌剧》中扮演了波莉·皮丘姆(Polly Peachum)。1934 年离开德国,定居莫斯科,演出受到限制。1937 年,被斯大林法庭判处十年劳改,后因伤寒症死于劳改营。《皆大欢喜》由 Kurt Weill 作曲,1929 年上演并出版。

② 布莱希特以查尔斯·林登堡(Charles Lindbergh)为原型创作过三个版本的戏剧作品。第一版题为《林登堡飞行》,由 Kurt Weill 和 Paul Hindemith 作曲,1929 年在巴登巴登音乐节上首演,随后在德国广播电台播出,并于同年出版。这一版歌颂了这位美国飞行员 1927 年单人驾机不间断飞越大西洋的超凡形象。在题为《林登堡一家的飞行:一部写给少男少女的广播说教剧》的第二版中,布莱希特将重点从个人形象转到了这一事件的整个工作过程上来。其后的二十年间,布莱希特对林登堡的孤立主义立场以及他醉心于纳粹社会和技术事务的行为大为不满,并于战后(1950)创作了第三版。第三版改名为《飞越大洋》,并且自始至终不再提及林登堡的名字。

飞行曾经在两个大陆掀起过何等的热情！然而这种热情却像最普通的情感一样慢慢消散了。《林登堡一家的飞行》是一次关于折射的尝试：布莱希特试图从“特定经验”(Erlebnis)的光谱中分析出“经验”(Erfarung)的色彩——这种经验只能从林登堡的努力而不是公众的兴奋中获得，而他想要灌注到他的有关“林登堡一家”的作品中的也正是这种经验。

《智慧七柱》的作者 T. E. 劳伦斯在加入空军时，曾经写信给罗伯特·格拉弗斯说，现代人加入空军就好比中世纪的人进入寺院。我们在这句话中感受到的张力，正是《林登堡一家的飞行》与布莱希特后期的教育剧之间的张力。一种僧侣式的严格被用来说明现代技术——这里指的是飞行的技术；后来又被用于解说阶级斗争。第二种应用在《大胆妈妈》[①]中可以看得非常清楚。让一出社会剧完全摆脱观众习以为常的移情反应，布莱希特的确大胆。布莱希特清楚这一点，《大胆妈妈》在纽约的一家工人剧院上演时，他写给这家剧院的一首书信体诗歌便表达了这一观点。“有人问我们：工人能否明白？没有了习惯的麻醉剂，他是否能够做到：在精神上参与他者的反抗、别人的起义？——幻觉固然让他兴奋一时，却只会让他更加精疲力竭，只会让记忆更加模糊、让希望更加渺茫。”

Ⅶ 演　员

同电影画面一样，史诗剧的运动也是迸发式的。其基本形式是冲突，即某一戏剧中，诸多个别的、明确的情境相互碰撞。歌曲、字幕、动作各式将不同的情境区分开来。这样就产生了间断，间断的作用无他，就是破坏观众的幻觉，瘫痪其移情趋向。正因为有了间断，观众才有可能对演员的动作及其表现方式作出批评式的反应。说到表现方式，史诗剧演员的任务就是要通过其动作表明他

① 《大胆妈妈》：说教剧，Hanns Eisler 作曲，改编自高尔基的长篇小说《母亲》。1932 年首演，1933 年出版。

是冷静而放松的。他同样完全用不着移情。对于这种表演，传统戏剧的“演员”并不见得总能做好充分的准备。对待史诗剧最虚心的办法莫过于把它看作是“举办一次展览”。

布莱希特写道：“演员必须表达主题，同时必须表达自己。当然，他通过表达自己来表达主题，同时通过表达主题来表达自己。尽管这两个任务是一致的，但两者绝不能以取消差别来达成一致。”换言之，演员应该为自己保留艺术地走出角色的可能性。在恰当的时候，他应该坚持塑造一个能够反映他自己的个体。在这样的时刻，想到蒂克①在《靴子里的猫咪》所使用的浪漫主义反讽手法是错误的。浪漫主义的反讽没有说教的目的。说到底，它所表达的不过是作者的哲学诡辩；写作剧本时，作者时刻萦绕于心的是，世界终归是一个剧院。

艺术意图和政治意图在史诗剧中能够达到何种程度的一致，这在最适合这一剧种的表演风格中一目了然。布莱希特的连本剧《主人拉斯的私生活》②是一个极有说服力的例子。很显然，如果一个流亡的德国演员被指派去饰演一个 SS 成员或者人民法庭的成员③，其感受一定完全不同于一个忠诚的父亲或丈夫被要求去饰演莫里哀的唐璜④时的感受。对前者来说，很难说移情会是一种适当的方法，因为他大概不会去认同杀害其战友的刽子手。对于这种情况来说，另外一种表演模式——一种基于距离感的模

---

① 蒂克(Ludwig Tieck，1773～1853)：德国浪漫主义小说家、戏剧家，浪漫主义运动领袖之一。蒂克最为人熟知的作品是长篇小说《弗兰茨·斯特恩巴尔德的流浪》(1789)，这也是德国第一部浪漫小说；其神话故事和民间故事以《金发的埃克伯特》(1796)和《传说和神话故事》(1797)最为著名。戏剧《靴子里的猫咪》发表于 1797 年。

② 《主人拉斯的私生活》是一个用诗歌连接起来的、由诸多短幕组成的连本剧，Hanns Eisler 作曲，1937 年首演，节选本 1941 年在莫斯科出版。第三版的译名为《第三帝国的恐惧与悲伤》(1970)。

③ SS：“国防预备队”(Schutzstaffel)的简称，是一个准军事化的纳粹精英组织，主要负责希特勒的私人警卫，同时也是德国及被占领国的特别安全力量。“人民法庭”成立于 1934 年 4 月，职能是审判德国的国家公敌，主要依靠陪审团和索赔权进行判决。

④ 莫里哀的《唐璜》发表于 1665 年。

式——则要恰当得多，同时也将会更为成功。这种模式便是史诗剧的模式。

Ⅷ 讲台上的戏剧

从舞台的角度定义史诗剧的目的，比从新的戏剧形式的角度，要容易得多。史诗剧展现的是一种长期以来被普遍忽视的情境。不妨将史诗剧看作是对乐池深渊的填补。如同阴阳相隔一般，这道深渊将演员与观众分隔开来；在话剧中，这道深渊所带来的沉默旨在增进崇高感，在歌剧中，这道深渊带来的共鸣旨在增进陶醉感；这道深渊，这个在所有戏剧元素中唯一一个从戏剧的起源处——即仪式——就带有不可磨灭的痕迹的元素，已经无可挽回地变得越来越不重要了。舞台依然高筑，但已经不再是从深不可测的深渊中升起，它已经变成了讲台，说教剧和史诗剧都试图在这个讲台上拥有一席之地。

（李茂增译）

写作与救赎

陀思妥耶夫斯基的《白痴》[1]

陀思妥耶夫斯基对世界命运的构想是以其人民的命运为中介的。这是最伟大的民族主义者们的典型观念，在他们看来，只有经由某一特定的民族传统的中介，人类才能求得发展。小说的伟大之处在于它揭示了，主宰着全人类之发展的形而上学律令与主宰着那个独特民族的形而上学律令实则是互为依存的。这意味着，人类所有的深层冲动，无不牢牢地植根于俄罗斯精神的灵韵之中。能够将这些冲动，连同其自由地氤氲于民族情境之中却并不与之分离的灵韵，表现出来的能力，或许正是这位作家伟大艺术的自由之精华。除非通过与劣质小说作者将风马牛不相及的元素胡乱拼凑成粗糙随意的角色的可怕做法相比较，否则无以对此作出评价。在劣质小说中，我们看到了民族类型的代表，看到了它们的国土之上的人的典型；作为个体之人的面具与作为社会之人的面具被幼稚地黏合在一起；心理学意义上的可能性是被牵强附会地附着上去的，其中各种相互冲突的方面使得这种可能性留给人的是一种木偶似的印象。与此恰成对比的是，陀思妥耶夫斯基并不将人物心理作为其出发点。事实上，对陀思妥耶夫斯来说，人物心理的作用宛如精微的坩埚。坩埚之中，从一个转折时代的民族那火一般的、原初的气体中，产生出了纯粹的人性。心理学所表达的不过是

① 本文写于 1917 年，发表于 1921 年的 *Die Argonauten*，英译者为 Rodney Livingstone。

人类生存中处于边缘的品性。批评家们认为是心理学问题的一切，事实上正好南辕北辙。他们以为问题的关键在于俄罗斯“心智”，或者癫痫患者的“心智”，然而所有这些都不过是误解。要保证批评的正当性，唯一的办法便是尊重艺术作品的领地，切不可随意侵入这些禁地。当一个批评家因为其人物的心理现实主义而称赞某位作家时，这样一个因不得要领而导致的失败所提供的正是一个随意侵入艺术作品禁地的典型。批评家和作家之所以相互抬举，在很大程度上是因为平庸的作家实际上所运用的乃是陈规俗套，因而批评家能够辨识出来；更有甚者，批评家仅仅因为辨识出了作家的陈规俗套便阿谀颂赏。然而，这一层面正是批评家所应规避的。如果以此种标准来评价陀思妥耶夫斯基的作品，那无疑是不合适的、错误的。毋宁说，批评家的任务是到隐含在陀思妥耶夫斯基小说中的创造性理念中，挖掘民族性和人类性之形而上学的同一性。

和任何一件艺术品一样，这部小说也基于一个理念，或者如诺瓦利斯所说：“它带有一种先验的理念，一种无可言传的存在的必然性。”批评家的任务就是揭示这个理念，此外无他。小说全部情节的基本特征是：这是一段插曲。换言之，是主人公梅什金公爵生活中的一段插曲。在此之前和之后，他的生活在本质上都晦暗不明，只知道在此之前和之后的岁月中，他都生活在国外。是何种必然性将这个人带回了俄国？他作为俄国人的存在从他客居异国时的晦暗不明中凸显了出来，正如光谱的可视波段从黑暗中凸显出来一样。然而，在俄国生活的这段时间，又是哪种光被折射了出来？除去众多的错误以及行为中的种种美德，很难描述他在这段时间中究竟做了些什么。他的生活毫无目的地流逝着，即便在最好的时候，他也完全像一个一无所能的人。他不仅仅是在社会的意义上失败了；甚至就连他最亲密的朋友——假如小说的题旨不曾阻止他有一位这样的朋友的话——也难以发现他的生活有任何理念或目标。恰恰相反，他完全被一种很难察觉的彻底的孤独氛围笼罩着。与他发生关联的所有关系似乎很快就会进入到一个力场之中，使得他们难以与他变得更为亲近。尽管他非常谦恭，甚至有些低声下气，但却完全不可接近；他的生活辐射出一种秩序，处于这一秩序之中心的是一种近乎专断的孤独。在这里，我们看到了一个异常奇特的事实：任何事件，不论看上去多么遥远，似乎都受到一种重力作用的影响向他而来，所有的人和事都因重力作用而吸引到这一中心的过程中，从而构成了这部小说的内容。而这些人和事看上去又都不愿意与他发生关系，而他却总试图摆脱这些人和事。这一张力永无终了而且简单；当这一张力通过其丰富的支脉向着无限铺展开去的时候，它实际上就是生活本身的张力，但它并不是漫无边际的。为什么陀思妥耶夫斯基让公爵而不是叶潘钦的住所成了帕夫诺夫斯克事件的中心？

梅什金公爵的生命以一段插曲的形式展现在我们面前，目的只有一个，那就是象征性地呈现其不朽性。事实上，他的生命和自然的生命——他的生命和自然生命有着深层的关联——一样，不可能灰飞烟灭，甚至比后者更为久远。自然只是有可能不朽，而公爵的生命却一定是不朽的——这当然应该从内在的、精神的意义上来理解。诚然，他的生命和其重力作用轨道上的所有生命都是一样的。但不管两者看起来有多么相像，不朽却并不等同于自然之永恒，因为永恒的概念否弃了无限，而正是在不朽之中，无限赢得了其最大的荣光。这部小说所要证明的不朽的生命是一个不同于通常意义上的不朽的世界。在后一个世界之中，生命事实上是可朽的，不朽的恰恰是隐藏在各种伪装之下的肉体、活力、个体以及精神。歌德在与艾克曼的谈话中，正是在这个意义上谈论活力的不朽的。他说，自然夺走了我们多少活力，就不得不还给我们多少新的活力。所有这些都迥异于生命的不朽，迥异于到无限之中去寻求不朽、寻求其形态由不朽所规定的生命的不朽。因为我们这里所谈的并不是单纯的延续。但是,既然不是自然之不朽,也非个体之不朽,那么,究竟何种生命才是不朽的呢?回到梅什金公爵,我们可以说他的个体性同其生命相比,是第二位的,正如花儿的个体性同其芬芳相比、星星的个体性同其光芒相比是第二位的一样。不朽的生命是不可忘却的;我们正是借此辨识不朽之生命的。即使没有纪念碑,没有纪念物,甚至没有证言证词,不朽的生命也依然不会被忘却。它无论如何也不可能被忘却。即使无形无状,这样的生命也依然不会被忘却。这里所谓"不会被忘却",并不仅仅是指我们不会忘却它。它还意指那不朽的生命本身之中所包含的某种质素,正是这种质素使得不朽的生命是不会被忘却的。甚至连公爵后来的失忆症也堪称其生命之不可忘却性的象征。因为他的失忆症似乎被掩埋到其自我知识的深渊之中,而且再也不会浮上表面了。其他人都去探望他。小说简短的后记将其他所有人都打上了他的生命的印记,就好像他们都曾经参与过这一生命似的——尽管他们并不知道他们是如何参与的。

最能表达生命之不朽的词莫过于"青年"。在这部小说中,陀思妥耶夫斯基将最沉重的悲叹给予了青年运动①的失败。青年的生命诚然获得了不朽,但是那个"白痴"却被青年的光芒遮蔽了。

---

① 这里本雅明显然暗指德国的青年运动。20 世纪初,受象征主义诗人斯特凡·格奥尔格(Stefan George)、神秘主义智学者鲁道夫·斯坦纳(Rudolf Steiner)、新浪漫主义者阿尔弗雷德·舒勒(Alfred Schuler)等人所宣扬的神秘主义唯灵论、性爱论和卡里斯玛理论的影响,柏林等地兴起了以青年学生为主体、旨在反叛物质文明、科学技术、都市生活的"德意志青年运动"。青年运动的主要信念是:青年不仅是向成年的过渡阶段,其本身就具有价值。青年运动的口号是"青春在于其本身"。此外,青年运动还倡导回归自然和民族传统。他们对条顿民族之神话价值、北方种族之纯粹性的强调,对北方雅利安男性裸体美的赞美,以及对领袖的推崇,被认为在某种程度上是后来纳粹主义的思想先导。作为学生,本雅明受青年运动中最为激进的一支——"青年文化运动"的核心人物古斯塔夫·维内肯(Gustav Wyneken)影响很深,在后者影响下,本雅明积极参与了青年运动的许多活动,如为维内肯主编的杂志《开端》撰稿,1912 年在柏林创建"青年论坛",1914 年初当选为柏林自由学生会主席等。参见刘北成:《本雅明思想肖像》第二章,上海人民出版社 1998 年版。——中译者注

陀思妥耶夫斯基意气难平的是，俄国没有能够把握住自身的不朽，没有能够将自身的不朽吸纳进自己的体内——因为正是在这些人身上跳动着俄国青春的心脏。因此，它跌落在了异国的土地上；它流离失所，在欧洲漂泊。“在狂风大作的欧洲（漂泊）。”在其政论性著作中，陀思妥耶夫斯基一而再再而三地强调，从民族传统中涅槃更生乃是唯一之希望。这足以解释为什么作者会有如下信念：孩子乃是青年及其祖国唯一的救赎。就算陀思妥耶夫斯基后来不曾在《卡拉玛佐夫兄弟》中发展出新的理念：孩子式的单纯具有无限的疗救的力量，单是在本书中，上述信念便是显而易见的（本书中，孩子气十足的科拉亚和公爵是其他所有人的牧师）。年轻的一代正在承受由于童年的残缺而带来的痛苦：正是残缺的童年使得俄罗斯和俄罗斯人丧失了活力。而在陀思妥耶夫斯基的作品中，有一点从来就是十分明确的：只有处在儿童的精神状态之中，人类的生命才能从普通人的精神之中求得高贵的发展。总的说来，由于儿童没有能力表达自己，陀思妥耶夫斯基的人物大多讷于言谈，而迫切地想要回到童年的愿望——用现代的术语来说，就是歇斯底里——则折磨着小说中的女性形象：丽扎维塔·普罗科菲耶芙娜、阿戈拉娅、纳斯塔霞·菲丽波芙娜。本书的全部动量犹如一个巨大的火山口的爆发。由于自然和童年的阙如，除非经过自我毁灭的灾难性过程，不足以达到人性。当面临着彻底的毁灭时，人类生命与生物的关系，便宛如火山口那不可测度的深渊，总有一天会从中释放出巨大的、对人类产生深广影响的能量——这便是俄罗斯的希望之所在。

（李茂增译）

约翰·彼得·黑贝尔(1):黑贝尔去世百年祭[①]

约翰·彼得·黑贝尔(Johann Peter Hebel)去世已经百年,如果直到今天这位"被忽视"的人物仍然不能重见天光并为公众所知晓,主要应该归因于他本人的美德而非后人。[②] 无与伦比的谦逊使他即便在去世之后也不接受这样的角色,世人因此被蒙蔽了整整一个世纪,没有认识到《莱茵家庭之友的小宝盒》是德语文学镶金错银的艺术品当中货真价实的物件之一。但是如若这种观点未免显得离奇抑或矛盾,那么问题的症结还是在于19世纪(秉持启蒙运动普遍主义)的后来人在文化上那不可一世的傲慢,这种傲慢使得他们扔了宝盒上的钥匙,把宝盒丢给儿童和农民,因为他们想当然地认为通俗作家简直不如那些潦倒不堪的所谓"诗人"。当这些通俗作家的创作来源与方言汇合的时候,情况就尤为如此。但是必须承认,如果方言固执地认为其本身是自足的,并因此而骄傲

① 本文写于1926年,同年发表于《西德意志汇报》(*Westdeutsche Allgemeeine Zeitung*)。英译者是 Rodney Livingstone。

② 约翰·彼得·黑贝尔(Johann Peter Hebel, 1760~1826):记者、作家。18世纪时方言的使用成为启蒙运动所倡导的普遍主义的牺牲品,而黑贝尔却因为善用方言而备受推崇。黑贝尔当时是《巴登地方年历》(*Badischer Landkalendar*)的编辑和主笔,这个每年一期的出版物与美国的《老农年鉴》(*Old Farmer's Almanac*)并无二致,黑贝尔在上面发表了大量的散文和诗歌。这种典型的年鉴是一种宇宙学,但又穿插了奇闻趣谈、传奇志怪,居家耕田指南,犯罪灾害记录,谜语和人物小传,最后少不了对上年的政治评论。黑贝尔通过叙述者"莱茵农夫之友"之口进行述说品评,斯特恩式的讥讽嘲弄时时可见。

得对民族文学一无所知、对更为广阔的人类关怀视而不见，那么方言就成了一个暧昧不明的源头。但是，黑贝尔的启蒙人文主义使他并没有这种虚妄。对于囿于地域限制、不无褊狭的地方性艺术而言，黑贝尔故事背景中显而易见的世界主义是最可有可无的。虽然莫斯科和阿姆斯特丹，耶路撒冷和米兰构成了这个世界的地平线，但这个世界的核心实际上还是斯格林根、布拉森海姆和图特林根。[①] 他用什么样的情感和语气描绘自己的家乡，就用同样的标志性的情感和语气来描绘光怪陆离的异国他乡。而这正是一切真正发自内心的通俗艺术的标志。这位牧师和慈善家以其开阔的视野、敏锐的洞察力注视着自己的村庄，并且能够给这个村落经济内部的所有事物找到空间。黑贝尔以记录者而非说教者的身份讲述着行星、月亮和彗星。比如，(与夏加尔[②]的名画如出一辙，他以一种令人惊异的方式来呈现月亮这一自然景观，)他写道："在那里的任何一个地方，一个白天大约等于我们的两个星期，一个夜晚也是如此，所以守夜人必须打起精神、万分小心，才能在钟声敲到223下或者309下的时候不至于数错数字。"

读罢这样的字句，不难想象让·保尔[③]曾经是让黑贝尔倾心的作家。毫无疑问，他们这些人都属于"精致的"经验主义者(借用歌德之语)，因为按照他们的思路，所有实存的事物已然与理论无异——特别是那些村落事体、乡野轶闻和鸡鸣狗盗，所有这些奇闻异事无不包含着道德原理，而且还和那些更广阔的现实产生联系，尽管这种联系非常离奇粗鄙且出人意料。在《列华纳》一书中，让·保尔不仅要求婴幼儿喝啤酒，甚至建议让他们喝白兰地。几

---

① 斯格林根(Segringen)、布拉森海姆(Brassenheim)和图特林根(Tuttlingen)均为德国地名。——中译者注

② 夏加尔(Chagall, 1887～1985)：俄国画家。——中译者注

③ 让·保尔·里希特尔(Jean Paul Richter, 1763～1825)以劳伦斯·斯特恩的风格创作风格离奇、行文散漫的小说，《列华纳，或教育学》(*Levana*)是有关教育的论著。

乎如出一辙，在他的大众年历中，黑贝尔把犯罪、欺诈和其他恶行当作例证材料。和他的其他所有的作品一样，在这里道德总是在你最意想不到的时候显现。为大家所熟知的故事是，剃头匠的儿子之所以敢去剃光“从军队来的陌生人”的胡须，正是因为其他人没有这般勇气。（这个士兵说：）“你敢剃，我就捅死你。”于是，（剃头匠的儿子最后还是说：）“先生，你不可能得手，因为如果你不安分，我就会让你破相，而且我会先下手。转瞬间我就会切断你的喉咙然后撒丫子就跑。”这就是黑贝尔的道德说教之法。

黑贝尔笔下很多鸡鸣狗盗的故事都来自现成的素材。但是纵火者弗雷德、海纳以及瑞德·迪特尔这些强盗和骗子的性格都是他本人塑造的。小时候，他就因为恶作剧而四处讨嫌，成年以后，有个关于他和弗朗茨·约瑟夫·高尔(Franz Joseph Gall)相识的传说。高尔，这位颇有名气的颅相学家曾经造访巴登。黑贝尔经人引见，前往讨教。高尔摸了摸他的头，含混不清地嘟囔了几声，除了一句“非常发达”，再也不发一言。黑贝尔问：“您说的是我头上的贼疙瘩吗?”

黑贝尔的滑稽故事中有很多妖魔鬼怪形象，数量之多，从达姆巴赫(Dambacher)为1842年版《莱茵家庭之友滑稽故事》所配的插图中可见一斑。这些非常有力的插图基本上都是出老千的和走私犯的秘密符号，这就使人不免将黑贝尔人物画廊中这些纯真的鸡鸣狗盗之徒与毕希纳(Buchner)的《沃采科》(*Wozzeck*)中那些阴险可怖的小资产阶级形象联系在一起。这个牧师他本来就无法对资产阶级商业生活中的罪恶元素视而不见。说到写情状物，黑贝尔在德语作家中无人能及，而且，从微不足道的马贩子到仗义疏财的慈善家，他的笔墨囊括了人生阅历的所有方面。他敏锐的目光得益于所接受的神学训练。基督新教的教义同样对黑贝尔的散文风格有着更加直接的影响。有一件事情，尽管人们通常对它的理解比较褊狭，却是不争的事实：对于现代德语散文而言，分别存在着恒定的和变动的两极，而德语散文就在这两极之间呈现出一种高度紧张也高度辩证的关系。这两极的前者是德语路德圣经，后者就是方言。两者的融合正是成就黑贝尔文学大师地位的关键所在。但显而易见，这绝对不仅仅只是语言问题。《喜出望外的重逢》当中就有这种无人能及的描述。下面一段描写的是一位新娘对自己的丈夫——一位在矿难中丧生的矿工——50年的无尽思念。

> 葡萄牙的里斯本毁于地震那年，“七年战争”爆发，接着国王弗朗西斯一世驾崩、耶稣会被禁、波兰被瓜分、玛利亚·特蕾莎女王驾崩、斯图恩希①被处死、美利坚获得了自由、法国与西班牙联军没有拿下直布罗陀海峡。土耳其人把斯特恩将军囚禁在匈牙利的维特瑞尼山洞，而国王约瑟夫也死了。瑞典的古斯塔夫国王征服了俄罗斯的芬兰，而且法国革命连同没完没了的战争也在这一年开始，同时国王利奥波德二世也命丧黄泉。拿破仑征服了普鲁士，英国也轰炸了哥本哈根，农民们在耕耘和收获。磨坊主在磨玉米、铁匠在抡榔头、矿工在地下工作面上挖矿石。但是，1809年法龙的矿工们……

生死别离之情、50年的光阴流转，可以看出他的这种描述方式是建立在经验基础上的形而上学在发挥作用，这种形而上学比任何“经验的”都重要。

然而在别的情况下，他无拘无束的艺术自由建立在对语言的运用上。这种对语言的运用很多时候是独断霸气的，这一点与歌德的《浮士德》第二部有所不同。这种霸气当然不会来自率真质朴的方言，方言总是那么羞怯、缺乏权威之气。那么，这种霸气可能

---

① 约翰·弗里德里希，即冯·斯图恩希伯爵(Johann Friedrich, Graf von Struensee, 1737～1772)：宫廷医生，为丹麦国王克里斯丁七世治疗精神疾病，被指控与王后关系暧昧而被处死。

来自高雅的德语与方言之间的紧张关系和重要的互动作用。在路德那里，这两者之间的互相影响带来了各式各样、离奇古怪的表达法，好像刨床上纷纷飘落的刨花，而这些表达方式最后都成为规范语言。“于是这个(通情达理的)人一边继续走着，一边想着美好的事情……眼前繁花满树、周围的草地五彩斑斓，让他目不暇接。”这些语句——《小宝盒》就是由诸如此类的句子一气呵成的——最后都应当收入全集。它既不应该被当作新潮插图的衬托，也不应该被当作小气的学校奖品，它是德语散文的纪念碑。全集目前还付之阙如，但是它理应成为价值不可估量的参考书。原因在于，它既是黑贝尔这些作品标新立异的特点，也是这些作品之所以完美无缺的标志。它也能够使我们明白，我们会在不经意间将其忘记。当你刚刚以为自己已经将它牢记于心，这文本的丰厚的意蕴旋即就会让你意识到自己错了。最终的结果是你永远不可能真正“知晓”，但是你能够做的就是去潜心学习，如此你所有的努力都会得到回报。“这是一位现居德累斯顿的公务员给予我们的一份遗产。他终究给《家庭之友》送了一个精美的烟斗作为礼物。这个烟斗上面有一个长着双翼的男孩儿，还有一个女孩，他俩正在一起干着什么活儿。但是，这位公务员他终将归来。”这是《检验》(*Die Probe*)结尾的最后一句话。如果有人从这句话当中发现不了黑贝尔正在注视着他，那么他在别的地方也找不到黑贝尔。但是以这样的方式介入这个故事并不是浪漫主义的标志，而是斯特恩不朽的风格。

(苏仲乐译)

约翰·彼得·黑贝尔(2)：献给黑贝尔去世百年的七巧板[①]

推崇，并非对所有的作家有利。品评黑贝尔不易，推崇他多余，按照俗套让他在人前风光更是应当受到谴责。他并不适合加入文化排头兵的行列，德国的校长们总是将他们放在神射手的前列进行炫耀。黑贝尔固然是道德家，但是他的道德并非大资本家已经确立起来的道德。他的道德是他那个时代正在形成的道德，而且他在真正地密切关注着这种道德的形成，原因很简单，因为他对商业伦理有着全面的了解。作为那个与巨大的商业风险共存的时代中注定的专家，他看重这种道德。因为作为一个经历过法国大革命的成年人，他深知当一个国家的统治阶级从整体上丧失信用究竟意味着什么。毫无疑问，他与那个统治阶级的精英代表，与那些坚定的小资本家格格不入。但是，也正是因为这个原因，他才要教会那些人能够带来幸福的唯一的核算方法。“与主同在”这句话应当在他那对开本的《莱茵家庭之友年历》当中居于核心地位，同时还附有针对家庭生活之用的精打细算的经典例证，这些例证条目清晰地列在不同项下。复式簿记总是百试不爽。在贷方项下有：农民和市民的日常生活，能够带来利息的财产，以及劳动和算计的实收资本。在借方项下有：末日审判，没有入账的财产，那些

---

① 本文写于1926年，同年发表于《文学世界》(*Die literarische Welt*)，英译者为Rodney Livingstone。

不能支出荣誉、没有诅咒，但是唯独能够用心去感知的、让人感到温暖的宁静祥和，而这种宁静祥和可以给生活中的绝大部分个人事务带来真正的、历史的安全感，因为随着时间的流逝，一个人在他那一代人当中的地位会带来安全感，这与一个地方的壁炉何其相似。对于左右两边，黑贝尔已经毫无疑问地都能使其达到平衡。他的道德不是说教，而是用一把长长的尺子在低端划下的一条笔直的底线。你一旦触及那条底线，你就能够把灯关掉去心安理得地入睡。没有哪个短篇小说作家能够超然于"情绪"之外。他的全部作品针对的并非是 1760 年到 1826 年这些年，他笔下的人物生活的时代不能用年份来标记。如同神学——黑贝尔是神学家，甚至还是教会委员会的一员——用代际来思考历史，与此类似，黑贝尔通过笔下人物的所有活动来理解这一代人，即他们在 1789 年法国大革命所引发的危机中东跌西撞。他通过自己笔下的强梁盗贼和酒囊饭袋，与伏尔泰、孔多塞以及狄德罗产生共鸣。他笔下的犹太人身上那种无法诉诸语言的邪恶的精明算计已经看不到《犹太法典》的影响，倒是和莫泽斯·赫斯——后来某种程度上的社会主义的先行者——的精神有关。但黑贝尔也并非让人一览无余。诚然，黑贝尔朴素而散漫的生活在外界看来是透明的，他所参加的秘密团体从本质上来说也与政治无涉。其实恰恰相反，他天性"善变"、热爱大山，彻头彻尾的自然神秘主义使他像稚童一样幻想在大山深处有神秘的手迹和神坛，而他就是大祭司，是"阿斯曼斯豪森假托的彼得一世国王"，所有这一切都让我们想起革命之前玫瑰十字会(Rosicrucians)那些无聊的活动。黑贝尔对于伟大或者重要事情的言说和思考完全是偶然的，尽管他的作品的力量也正在于此，但是这一事实同样也造成了他生活中的踟蹰与不足。甚至他对于《莱茵家庭之友年历》的贡献也是顶着外界的压力而实现的，他对此也常常牢骚满腹。但是这并没有使他丧失判断孰轻孰重的能力。他在论述一件事情的时候总是会以异常复杂交错的方式涉及另一件事情，如果他不这样做，那么他的现实主义将会永远充满力量，他也将因此而不会不明就里地赞颂那些零碎琐屑的事情。这一点也是斯蒂夫特[①]常犯的毛病。他不仅喜爱与其创作有关的让·保罗，同时还喜欢歌德。[②] 但是，他从来不读席勒的作品。这位温良谦恭、用方言创作诗歌和教义书的作家在其作品《安德烈亚斯·霍费尔》(*Andreas Hofer*)当中也给现代的教师展示了自己魔性的一面。这部作品就收录在1827年的《小宝盒》里。在这部作品当中，他以冷峻甚至不无讽刺的笔触描写了蒂罗尔暴动。歌德缺乏爱国主义，当黑贝尔面对与歌德的这个冲突时，这位德语文学史家在输掉一场世界战争之后不得不用尴尬来面对。但是事实上，其实都是在对现实的权力关系表达着相同而坚定的尊重，而且需要补充的是，面对这些问题的时候，最要不得的就是在道德问题上的单纯幼稚。按照这一基本原则，黑贝尔忠实地记录着城市以及乡村的日常生活。在商业往来中，他向来只用现金。他不愿使用讽刺的支票，但是他的幽默使他挣得盆满钵满。他不遗余力地注重细节，而且从整体上而言他讲故事的方式堪称典范。他的一个故事是这样开头的："众所周知，从前瓦瑟隆的市长对妻子抱怨说，法语会让他折寿。"这句话也是如此"众所周知"，足以填平每一个凡夫俗子心中将历史与个人生活分开的荒凉鸿沟。更不必说《意想不到的重逢》当中那长达20行的基于历史的补记了。实际上，这部作品从整体上高度浓缩了黑贝尔的思想。黑贝尔的艺术技巧难以辨识，就好像那20行世界史中所涉及的皇帝和胜仗一样。仅就其语言细节层面而言，要对其进行评价也是难乎其难，因为使用方言并不能提供能量之源，倒是好像将语言的力量包裹了

---

① 阿达尔贝特·斯蒂夫特(Adalbert Stifter，1805～1868)：奥地利作家，其散文和小说短小精悍，风格优雅，对大自然的更替轮回充满敬畏。

② 让·保尔·里希特尔(Jean Paul Richter，1763～1825)：深受斯特恩影响，以夸张离奇的系列小说闻名于世。他和歌德都是本雅明推崇的作家，而席勒则不入本雅明法眼。

起来。黑贝尔作品的微妙细致是他在这个疏离的环境中得以立足的保证。某个家族代代相传的权杖总有一天或许会被抛弃，因为它已经成了让人尴尬难堪之物，就好像雅各宾派的红帽子一样。但是如果有一枚不起眼的胸针，权杖和红帽子交错其上，那就不会有人将它扔掉了。

（苏仲乐译）

俄国作家的政治派别[①]

俄国作家与欧洲同仁在姿态上的最显著区别，在于其行为具有绝对的公共属性。这使得他们相比于西方文学界，有着无法比拟的机遇上的优势，同时又受到无法比拟的严格的外部监管。这种来自新闻媒体、公众、政党对作家行为的监管，是政治性的。对于出版物来说，官方的审查——众所周知，乃是预防措施——实际上不过是序幕而已，接下来的政治论争才是重头戏，绝大多数评论均热衷此道。在这种情况下，对俄国作家来说，表明自己的政治色彩可谓至关重要。

鉴于围绕政治口号和当下问题的搏斗愈演愈烈，准确领会党的每个重大决策，就成了作家们随时随地都要面临的挑战。很多情况下，长短篇小说都试图寻求一种和国家的新型关系，这种关系和旧时代习见的作家作品和作家的贵族恩主的关系完全不同。形势之下，短短几年时间，作家中间便不可避免地产生出了泾渭分明、高度清晰的政治派别。这些派别权威专断，党同伐异，自成一统。对西方作家来说，没有什么比认识到这一点更为明智的了：在俄罗斯的土地上，艺术流派和同道中人(*cénacles*)几乎已经完全消失了。

瓦普(VAPP)，即全俄无产阶级作家联合会，乃是最重要的组织机构[②]，拥有 7 000 名会员。其地位不言而喻：伴随着政治权力

---

① 本文最早发表于《文学世界》1927 年 3 月号。

② 苏联文学机构，1920 年 10 月成立；1928 年之前，是苏联作家的领导机构。

的摧枯拉朽,俄国无产阶级同时获得了对思想和艺术的领导权。然而,问题的另一方面是:在经历了数个世纪的发展之后,现在,艺术创造的组织手段和生产手段依然主要掌握在资产阶级手中,要确立无产阶级在文学艺术领域的地位,当务之急是实行专政。直到最近,该计划才得以在公共领域推行开来,尽管程度还相当有限。当初,战时共产主义①被清算,"左翼文化战线"崩塌,文化政策方面随之遭遇了严重挫折,正是这些挫折阻碍了党对"无产阶级文学"的官方认可。一年前,瓦普取得了其第一次公开的胜利。在这一集团内,最激进同时也最有势力的是得名于杂志《在岗位上》②的岗位派(the Napostovisi)。在阿维尔巴赫的领导下,他们即时传布党的教义。理论方面,则归列列维奇和别泽缅斯基领导。③ 或者准确地说,曾经归他们领导。前不久,列列维奇因为公开宣称同情反对派(季诺维耶夫、加米涅夫),犯了"左倾"错误,在肃清影响后,被逐出了莫斯科。④ 尽管如此,这位前锁匠依然堪称新俄国艺术理论的领导者。他的著述致力于在普列汉诺夫创立的唯物主义美学基础上进行建构。⑤ 勇于创新的重要作家则包括最受欢迎的革命抒情诗人,大名鼎鼎的别德内依,以及小说家李别金

① 十月革命后苏俄国家主导型经济、社会政策的第一阶段,于1918年至1921年间实行,后被新经济政策所取代。

② 该杂志后来成了瓦普的机关杂志,1928年以后,又变成了拉普(RAPP)即俄国无产阶级作家协会的机关杂志。

③ 阿维尔巴赫(Leopold Averbakh, 1903～1939):拉普领导人。1929年后,拉普占据了苏联文学的主导地位,并获得官方批准,将苏联第一个五年计划作为苏联文学的唯一主题。格里高利·列列维奇[Grigory Lelevitch,拉博雷(Labori Gilelevich Kalmanson)之笔名],诗人、批评家,《前卫》杂志编辑。被开除出党后,于1928年去世。亚历山大·伊里奇·别泽缅斯基(Aleksandr Ilyich Besymensky, 1898～1973):诗人,拉普领导人,他的诗歌多为图解党的政策的宣传诗。

④ 季诺维耶夫(Grigory Evseyevich Zinoviev,原名 Ovsel Gershon Aronov Radomyslsky, 1883～1936)和加米涅夫(Lev Borisovich Kamenev,原名 Lev Borisovich Rosenteld, 1883～1936):俄国共产主义革命家,列宁去世后第一个三人委员会成员(另一成员为斯大林),均于肃反运动初期被处决。

⑤ 普列汉诺夫(Georgy Valentinovich Plekhnov, 1857～1918):俄国政治哲学家,孟什维克革命家,俄国第一个共产主义组织创立者,被公认为俄国马克思主义创始人。

斯基、绥拉菲靡维奇。[①] 这些作家或许更应该称为编年史家。他们的代表作《一周》和《铁流》记录了他们在俄国内战期间的经验，在德国也颇为知名。他们的写作方法是彻头彻尾的自然主义。

新兴的俄国自然主义在很多方面都耐人寻味。其渊源不仅可以追溯至1890年代的社会自然主义，更可以令人匪夷所思地、引人注目地追溯至巴洛克时期的感伤自然主义。要描绘俄国自然主义在主题上的纷繁复杂，对政治细节的无条件呈现，以及内容所占据的统治地位，只有"巴洛克"才是唯一合适的方式。对德国巴洛克来说，并不存在所谓形式问题，而对当代俄国来说，情况却有所不同。围绕新文学的真正价值究竟取决于革命性的形式还是革命性的内容，激烈的争论持续了两年之久。由于并不存在特定的革命性的形式，因而最近的争论趋向于认同革命性的内容。

一个显著的事实是，所有激进"左派"在形式上的新趋势，无论表现在海报上、出版物中，还是表现在"英雄的共产主义"游行队伍中，其直接源头其实都是战前西方最后一批资产阶级的口号，如未来主义、结构主义、一体主义，等等。时至今日，这些运动的踪迹，仍如草蛇灰线一样隐伏在三个重要流派中的第二个，"左翼同路人"中间。[②] 这一流派——其字面义是走在左边的同行者——并不是一个像瓦普那样有组织的协会，尽管他们拥有共同的源头。LEF，即"左翼艺术阵线"，乃是一个旨在发展革命性形式的艺术家

---

① 别德内依[Demyan Bedny：叶菲姆·安列克谢耶维奇·普里达沃洛夫(Efim Alexseyevich Pridvorov)之笔名，1883～1945]，以通俗、流行的方式写作诗歌；作品以富有煽动性著称。尤里·李别金斯基(Yury Libedinski，1898～1959)：长篇小说家，作品《一周》描述了共产主义者的生活及其党务工作，在风格上试图将安德烈·别雷(Andrei Bely)的象征主义和新闻纪实性融为一体。绥拉菲靡维奇(Aleksander Serafimovich，原名A. S. Popov，1863～1949)：小说家，《十月》杂志编辑，发表于1924年的小说《铁流》描述了布尔什维克军队的撤退。

② 左翼同路人(或左翼艺术阵线)：以LEF闻名。马克思主义文学流派，1922年末出现于莫斯科，阵营中包括许多前卫艺术家。左翼艺术阵线持理性的美学主张，力图实现艺术和生产的统一。该流派遭到十月派和瓦普等无产阶级流派的攻击。

协会。这一流派的焦点人物是弗拉迪米尔·马雅可夫斯基。① 马雅可夫斯基同时也是前述第一个无产阶级文化团体的精神领袖。不仅如此，无论作品还是人格，在德国都广有影响的，正是这一派别的成员，诸如巴别尔、绥甫林娜、梅耶荷德等。② 一年多前，梅耶荷德最伟大的成就之一问世了，那便是他所导演的戏剧《怒吼吧，中国!》。作家特列季亚科夫③也应该划归到这一流派中，他全身心地拥护苏维埃政权，但并不承认无产阶级的文化领导权。

第三个派别的观点虽然在实际上得到了新政权有保留的认可，但并没有得到法律上的承认。这便是"右翼同路人"，④这是一个有着民族主义甚至沙文主义倾向的派别，其中包括了诸如叶赛宁这样的特立独行者。⑤ 可以说，从自杀到现在，叶赛宁始终对文学大众有着神奇的魅力。不到一个月之前，很少干涉文学事务的

---

① 马雅可夫斯基(Vladimir Vladimirich Mayakovsky, 1893～1930)：俄国杰出诗人，被视为十月革命的诗人、社会主义现实主义诗歌的典范。对十月革命后的苏联国家政策渐渐感到失望，1930 年自杀身亡。

② 巴别尔(Issac Emmanuilovich Babel, 1894～1941)：犹太散文作家、戏剧家，代表作包括 1926 年出版的短篇小说集《红色骑兵军》和 1931 年出版的《奥德赛故事集》，1939 年被清洗，但他死亡的消息直到 1941 年才宣布。绥甫林娜(Lydia Seifullina, 1889～1954)是一位多产作家，大部分作品为散文。梅耶荷德(Vsevolod Emilevich Meyerhold, 1874～1942)：俄国杰出演员，导演，反对莫斯科艺术剧院的自然主义主张，是革命后第一个为新政权提供服务的戏剧导演。1923 年，他拥有了自己的剧院梅耶荷德剧院(TIM)。

③ 特列季亚科夫(Sergei Mikhailovich Tretyakov, 1892～1939)：未来主义戏剧作家，小说家，诗人。左翼艺术阵线成员，为艺术的革命性实验而战。

④ 原指苏联作家中既不支持也不反对革命者。在《文学与革命》(1925)中，托洛茨基用以指代艺术家对智性自由的需求，以及继承过往文化传统的要求。同路人是 20 世纪 20 年代早期被官方认定的，其中包括曼德尔施塔姆(Osip Mandelstam)、列昂诺夫(Leonid Leonov)、皮利尼亚克(Boris Pilnyak)、巴别尔等人。然而，同路人却遭到了新的无产阶级艺术盟主的强烈反对，事实上，到 20 年代末期，这一名词已经变成了"反革命"的同义词。

⑤ 叶赛宁(Sergei Aleksanderovich Yesenin, 1895～1925)：诗人，一个名为"想象者"的文学社团成员，早期支持革命，对革命前景寄于乌托邦和弥赛亚式的希望。爱伦堡(Ilya Grigoryevich Ehrenburg, 1891～1967)：散文作家、记者、外交家。曾因从事革命活动被捕，1908 年移居巴黎。以新闻、政论、自传作品著称，尤以《人与生活：回忆录，1891～1917》最为有名。布哈林(Nikolai Ivannovich Bukharin, 1888～1938)：共产主义杰出理论家。十月革命后，受命担任党的机关报《真理报》主编和共产国际领导人。1929 年，被开除党籍，并沦为斯大林大清洗的牺牲品。

布哈林为《真理报》写了一篇评论叶赛宁的长文。个中原因，不难理解。叶赛宁代表了“老派”俄国人最闪闪发光、最富影响力的人格形象，即对俄罗斯这片土地怀着最深厚、最复杂的情感，虽饱经忧患却不屈不挠的梦想者的形象。这样一个人是在革命中成长起来的新人无可比拟的。现在，对叶赛宁所投射的巨大阴影的攻击，在与流氓主义不遗余力的战斗中，产生了遥远的回响。两种情形中，最关键的都是对社会异己者的剿杀。正是在这种剿杀中，俄罗斯可以看到过去的自己的魔影，而这个魔影正阻挡着俄罗斯走向工业化的伊甸园。6 000 名俄国农民作家的绝大多数都属于这个右翼潮流。他们在理论上的领导人是沃伦斯基和叶夫罗斯。① 沃伦斯基吸纳了托洛茨基的理论，后者很长时间一直是党的官方政策。在托洛茨基看来，无产阶级还压根儿不足以将社会转变到一个意义丰足的程度，以至于可以用“无产阶级”的文化术语对之进行讨论。这就如同咒语一般宣告了无产阶级所宣称的文化领导权的终结。如前所述，这种理论已经不再是党的立场。最后，我们还应该提一下在新经济政策下成长起来的“新资产阶级”作家。② 如果只提少数几个名字，那便是小说家皮里尼亚克、著名戏剧家亚历山大·托尔斯泰以及米哈依·布尔加科夫。③ 布尔加科夫的两部戏眼下正在上演，一部是《卓伊金的寓所》，一部是反映内战生活的

---

① 沃伦斯基(Aleksandr Konstantinovich Voronsky，1884～1943)：批评家、革命家、散文作家。在苏联的文化政治语境中，沃伦斯基以无产阶级文化理念的反对者而著称。在向社会主义现实主义转变的过程中，被捕并被开除出党。死于狱中。叶夫罗斯(Abram Markovich Efros，1888～1954)：文学批评家、艺术史家、诗人、翻译家。

② 新经济政策(NEP)是 1921 年至 1928 年间苏联实行的经济政策，旨在纠正之前对中央集权和计划经济的倚重。主要内容是，将农业的绝大部分、零售业、轻工业归还给私人业主，但国家依然保留了对重工业、交通运输、银行业和外贸的控制。

③ 皮里尼亚克[Boris Andreyevich Pilnyak(B. A. Vogas 之笔名)，1894～1938/41?]：散文作家，将十月革命描述为暴力和理性之间的一场较量；是 1937 年大清洗第一批受害者之一。布尔加科夫(Mikhail Afansyevich Bulgakov，1891～1940)：剧作家、散文作家、讽刺作家，去世后出版的作品，包括《大师和玛格利特》等，为其赢得了巨大声望。

《图尔宾一家的时光》。连续几个月，后一部戏一直是斯坦尼拉夫斯基节目单上的保留剧目，它所产生的轰动效应只有丑闻才可比肩。戏的倾向不折不扣是反革命的。民众，老派的资产阶级——现在俄国人称他们为“过气货”，真是再精彩不过——夜复一夜地挤进剧场，以此来表达他们的态度。一连几次，该戏都不能通过审查，剧本无数次被修改。即使如此，首场演出仍然引发了剧场中的骚乱。然而，观众中的激进力量并没有占得上风。结果是：莫斯科现在有一部反动的历史剧，该剧即使在柏林的舞台上也难以生存，足见其无论在戏剧表现力方面，还是在内容方面，都拙劣到了何种程度。

不过，所有这一切都无关紧要。对苏联文学来说，特定个案的说服力比其他国家都要小。有很多时候，应该称一下事物和思想的重量，而非计算其数量。但是也有很多时候——尽管常常被忽视——应该计算事物的数量而非称其重量。在我们这个时代，公允地说，俄国文学之于统计学家的意义，要比对美学家的意义重要得多。最重要的是，成千上万的新作者和不计其数的新读者被统计、动员，进入到新的知识分子神枪手干部队伍中来，他们将接受训练，为政治指令服务；他们的弹药乃是字母。在今日之俄国，阅读比写作重要，阅读报纸比阅读书籍更其重要，殚精竭虑地吃透每一个字词比阅读报纸更其重要。如果俄国文学是其应该之所是，那么，最好的产品便只能是初级彩色看图说话；在列宁的阴影下，农民们正在学习阅读。

（李茂增译）

歌　德[1]

1749 年 8 月 18 日歌德降生于美因河畔的法兰克福，当时这个城市有 3 万人口。德国最大的城市柏林，人口是 12 万 6 千，而巴黎和伦敦都已突破了 50 万。这些数据是当时德国政治形势的一个重要指标，因为整个欧洲的资产阶级革命都倚重于大城市。再说，在歌德的一生中有个重要的事实，那就是他对大城市的深恶痛绝未曾有任何消减。他从未去过柏林，[2]晚年也只是很勉强地到自己的故乡法兰克福去过两次，他在一个只有 6 千人口的尊贵的小镇度过了自己一生中大部分的时光。他比较熟悉的城市也就是意大利的中心罗马和那不勒斯了。

歌德是新兴资产阶级的文化代表，而且首先是其政治代言人，从其家史的演变就可清晰地看到他日益发迹的轨迹。他的父系一方虽出身手工业者，却不是与有着良好教育的家庭，就是与社会地位高于自己的家庭联姻。就其父亲这支而言，他的曾祖是钉马掌的铁匠；祖父先做裁缝，后来经营了一家客栈；他的父亲约翰·卡斯帕·歌德以普通律师起家，在很短的时间内就获得了皇家顾问的头衔，及至他赢得市长千金卡特琳娜·伊丽莎白·泰克斯托的芳心时，显然已经跻身这个城市的统治阶层。

---

① 本文写于 1926～1928 年，曾压缩发表于《文学世界》1928 年 12 月号。收入《全集》第二卷，见第 705～739 页。英译者为 Rodney Livingstone。

② 本雅明此说有误，1778 年歌德曾去过柏林。

年轻时代的歌德生活在“帝国自由城市”①的贵族家庭，在这里他形成并巩固了莱茵河法兰克尼亚地区特有的传统性格特点：给任何政治活动都会留出空间，因而激赏那些适于个人、有益于个人的事情。歌德仅有一个妹妹——科妮莉亚，这个紧凑的家庭圈子使得他能够将注意力集中在自己身上。除此之外，整个家庭的态度也使得他不能去设想什么艺术人生。父亲勉强他学习法律。胸怀这样的目标，16 岁那年他先进入莱比锡大学，1770 年夏他转投斯特拉斯堡大学，时年 21 岁。

正是通过斯特拉斯堡，我们才看到了歌德早期诗歌产生于其中的清晰的文化图景。歌德和克林格来自法兰克福，毕尔格和莱泽维茨来自德意志中部，沃斯和克劳迪来自赫尔斯泰因，伦茨来自利伏诺。歌德出身显贵；克劳迪来自市民家庭。他们中间还有像霍尔泰、舒巴特以及伦茨这样出身教师或者牧师家庭的，有像迈勒·穆勒、克林格和席勒这样的小资产阶级，也有农奴的孙子(沃斯)，但是更有像克里斯汀、弗里德里希·冯·斯托尔伯格伯爵这样的贵族。② 他们同心协力就是为了通过意识形态的手段来“复

---

① 这里指法兰克福，1372 年法兰克福成为 Reichsstadt (帝国自由城市)，直辖于神圣罗马帝国皇帝，不归该区的统治者或贵族管辖。

② 弗里德里克·麦斯米兰·冯·克林格(Friedric Maximilian von Klinger, 1752～1831)：戏剧家、小说家。“狂飙突进运动”因其剧作《疯狂，或狂飙突进》(*Der Wirrwarr, oder Sturm und Drang*)而得名。格特弗里德·奥古斯特·毕尔格(Gottfried August Büger, 1747～1794)：最早以新的形式表达欧洲民歌新趋势的诗人之一，他最有名望的作品是民谣《雷奥诺尔》(*Leonore*; 1773)。约翰·安东·莱泽维茨(Johann Anton Leisewitz, 1752～1806)：戏剧家，其重要作品《尤利乌斯·冯·塔伦特》(*Julius von Tarent*; 1776)成为此后“狂飙突进运动”戏剧作品的典范。约翰·海因里希·沃斯(Johann Heinrich Voss, 1751～1826)：以翻译荷马作品而闻名的诗人。马提亚斯·克劳迪(Matthias Claudius, 1740～1815)：诗人、编辑，强烈反对主宰 18 世纪德国文学的理性主义和新古典主义精神，他主持的杂志《万茨贝克信使》(*Der Wandsbecker Bote*)曾发表赫尔德、克罗普斯托克以及莱辛等人的作品。文中本雅明所写的“Holtei”(霍尔泰)，应该是“Hölty”，即路德维希·克里斯托弗·霍尔泰(Ludwig Christoph Hölty, 1748～1776)：诗人，“哥廷根森林联盟”(Göttinger Hainbund)这一团体的创始人之一。这一团体的成员皆是主张诗歌返回自然、寻找民族之根的诗人。克里斯汀·弗里德里希·丹尼尔·舒巴特(Christian Friedrich Daniel Schubart, 1739～1791)：诗人、编辑，以所 (转下页)

兴”德意志。但是这场特殊的德国革命，其致命缺陷就在于未能与“启蒙运动”这场具有首创性的资产阶级解放运动结合起来。资产阶级大众，即那些“有待启蒙者”与他们的先锋人物之间仍然隔着一条巨大的鸿沟。德国的革命者没有得到启蒙，而德国的启蒙者也并不革命。前者致思于革命、语言和社会；后者用心在理性理论、国家理论。歌德最终吸取了两者的负面：与启蒙运动一样，他反对暴力的变革；与“狂飙突进运动”一样，他反对国家。正是从德国资产阶级内部的这种分裂，我们发现了它未能在意识形态上与西方建立联系的原因。尽管歌德后来对狄德罗和伏尔泰进行了颇为细致的研究，但他对于法兰西理解的深刻程度从未超越其在斯特拉斯堡的时期。极具启发性，这是他给予法国唯物主义的著名宣言、霍尔巴赫①的《自然的体系》的评价。在这本著作当中，我们已经可以感受到法国大革命那冷峻的气息。而歌德觉得这本书“非常阴郁、非常黑暗、非常死寂”，简直让他有活见鬼般的恐惧。他还认为这本书“索然无味、平淡无奇——老迈的实质就在于此”。在这种“无神论让人沮丧的压抑当中”，他感到的只是空洞和空虚。

这就是一个极富创造力的艺术家，然而也是法兰克福豪门子

(接上页)主编的刊物《德意志年鉴》(*Der deutsche Chronik*)而闻名。曾因言获罪，未经审判而身陷囹圄达十年之久。雅各布·迈克尔·莱茵霍尔德·伦茨(Jakob Michael Reinhold Lenz, 1751～1792)：出生于俄国的诗人、戏剧家，是继歌德之后“狂飙突进运动”的重要作家，他在斯特拉斯堡时期所创作的教化喜剧《家庭教师，或私人教育的优越所在》(*Der Hofmeister, oder Vortheile der Privaterziehung*, 1774 年出版，1778 年首演于柏林)以及资产阶级的悲剧《士兵》(*Die Soldaten*, 1763 年首演，1776 年出版)对德国文学影响深远。晚年四处流浪，死时精神已经错乱。弗里德里希·穆勒(Friedrich Müller, 1749～1825)：以“画家穆勒”(Maler Müller)而为人知，诗人、戏剧家、画家，剧作《浮士德的一生，戏剧化》(*Fausts Leben dramatisiert*; 1778)从情感和风格上都与“狂飙突进运动”殊为接近。弗里德里希·利奥波德·格拉夫·祖·斯托尔伯格(Friedrich Leopold Graft zu Stolberg, 1750～1819)：诗人与其兄弟克里斯汀一道参加了“哥廷根森林联盟”，1772 年后，创作了一系列充满革命激情的诗歌。

① 霍尔巴赫男爵(baron d'Holbach)：原名保罗·亨利·德特里希(Paul Henri Dietrich, 1723～1789)，法国百科全书编纂者、哲学家，1770 年以笔名 J. B. Mirabaud 出版《自然的体系》(*Système de la nature*)。他是无神论者，支持宿命论的唯物主义。

弟的反应。后来歌德以《葛茨·冯·伯里欣根》(*Götz von Berlichingen*, 1772)和《维特》(*Werther*)这两部最有力的宣言式作品,宣传了"狂飙突进运动"。但是,在约翰·戈特弗里德·赫尔德[①]看来,这两部作品都缺乏一种广泛的形式,而这种形式本可以将两部作品中截然不同的因素融汇在一个意识形态整体当中。在他与歌德、哈曼、默克[②]等人的通信和谈话中,赫尔德为这场运动提出了一个纲要:"具有创造性的天纵之才";"语言:人之精神的展现";"歌谣:自然最初的语言";"人与自然历史的合一"。就在这同一时期,赫尔德也在忙于为那部伟大的诗歌选集《歌谣中的各民族声音》(*Stimmen der Völker in Liedern*)搜集资料,这部诗集涉及从拉普兰到马达加斯加等众多国家(地区),并对歌德影响颇深。因为在歌德的早期诗作中,我们可以看到他以民谣为手段来实现抒情诗的复兴,以此来呼应哥廷根森林联盟[③]的诗人们业已实现的对于民谣的解放。"沃斯为诗歌解放了沼泽中的农民,他用草叉、连枷以及只向乡绅行半脱帽礼的西低地撒克逊方言,将洛可可风格传统的形象逐出了诗歌。"但是,由于沃斯其诗的基本模式还仍然只是描述性的(正如还只是从赞美诗的修辞这一角度来理

---

① 约翰·戈特弗里德·冯·赫尔德(Johann Gottfried von Herder, 1744~1803):批评家、神学家、哲学家,他在历史哲学和文化方面的创见为斯特拉斯堡那些围绕在他身边、后来成为"狂飙突进运动"核心的青年们提供了原动力。

② 约翰·乔治·哈曼(Johann Georg Hamann, 1730~1788):哲学家、神学家,他创立了一整套具有创造性封闭的文本,以期在直觉的、反理性的基础上调和哲学与基督教。对赫尔德和"狂飙突进运动"的作家们而言,哈曼的著作《苏格拉底的重要思想》(*Sokratische Denkwürdigkeiten*; 1759)以及《坚果中的美学》(*Aesthetica in Nuce*; 1762)是重要的文本。约翰·海因里希·默克(Johann Heinrich Merck, 1741~1791):作家、批评家,是包括赫尔德、歌德在内的多位作家青年时代的向导和支持者。他主编的杂志《法兰克福学术通报》(*Frankfurter gelehrte Anzeigen*)刊载来自敌友双方的犀利的社会和美学批判之作。

③ The Göttinger Hain, 或 the Göttinger Hainbund,即哥廷根森林联盟(Union of the Göttingen Hain),是一个文学团体,力主在德国诗歌中重新引入民族的和自然的主题。其成员当中的青年诗人(大多为当时哥廷根大学的学生)有博伊(H. C. Boie)、沃斯(J. H. Voss)、路德维希·霍尔泰(Ludwig Hölty)、哈恩(J. F. Hahn)、克莱默(K. F. Cramer)、斯托尔伯格兄弟(the Stolberg brothers)以及莱泽维茨(J. A. Leisewitz)。该组织于1774年解散。

解克洛普施托克[①]的诗作一样)，这样歌德斯特拉斯堡时期的诗作就肩负起了将德国诗歌从描述的、说教的，还有以奇闻轶事为内容的统治下解放出来的任务，他这一时期的诗作包括《聚首与别离》(*Willkommen und Abschied*)、《彩色的丝带》(*Mit einem gemalten Band*)、《五月颂》(*Mailied*)以及《壁炉边的玫瑰》(*Heindenröslein*)等。尽管在其晚年的诗作，还有《西东合集》(*West-Östlicher Divan*)中歌德已经采取了有意识的节制，但是这个解放仍然只是一个不确定的、昙花一现的现象，而且导致了德国诗歌在19世纪的衰落。1773年，歌德与赫尔德共同写出了《论德国的艺术和风格》(*Von deutscher Art und Kunst*)这一宣言式的文章，这其中就有他对斯特拉斯堡大教堂的建造者厄文·冯·斯泰因巴赫的赞赏。对于浪漫主义者重振哥特式风格的努力而言，这篇文章的存在恰恰成为他们激愤的另外一个根源。

这个环境同样也为《葛茨·冯·伯里欣根》的诞生提供了母体。这部作品清晰地体现了德国资产阶级分裂的本质。市镇和法庭作为理性原则的表现已经被贬低为权力政治粗俗的表达，它现在代表着缺乏想象力的众多启蒙者，"狂飙突进运动"通过农民起义领导者的形象来反对它。这部作品的背景，即德国农民战争很容易让人觉得歌德真诚地献身于革命事业。[②] 这样的理解应该是错误的，因为从根本上说，葛茨起义所反映的是旧的封建领主、帝国骑士们的愤恨，当时他们正日渐屈服于势力不断膨胀的君主们。[③] 葛茨首先是为自己，其次是为他所属的阶级战斗并牺牲的。

---

① 弗里德里希·哥特里希·克洛普施托克(Friedrich Gottlieb Klopstock，1724～1803)：18世纪歌德之前最伟大的抒情诗人，他以其超凡的语言天赋和诗歌上的独创性使德国诗歌得以重生，指明了一条更加自然、更具表现力的语言运用之路。

② "德国农民战争"只是对1524年到1526年间发生在德意志南部和中部地区的一系列农民起义不甚严格的称谓。君主们具有决定性的胜利将农民从此后几个世纪的德国政治生活中排除了出去。

③ 帝国骑士直接附庸于神圣罗马帝国的国王，每个骑士拥有面积不等的土地，小到某个村庄的一个部分，大到一个独立的公国。

这部剧作的核心并非革命，而是稳定。葛茨的作为乃是反动骑士制度的余响，是封建领主高尚而独具魅力的行为；这些行为只是个人冲动的表达，但又不能与那些和他并肩作战的农民强盗残忍的暴行相提并论。在该剧中，我们看到上述的第一种情况在歌德身上体现得尤为突出：作为戏剧家，革命主题对他总是一个无法抵御的诱惑，但始料未及的是，他不是歪曲了它，就是把它当作细枝末节而抛弃。前者的例证就是《葛茨》和《哀格蒙特》(*Egmont*)；后者的例证是《自然的女儿》(*Die natürliche Tochter*)。将歌德第一部戏剧力作与他同时代的作品进行比较，我们会清晰地看到，歌德此时实际上已经与“狂飙突进运动”的革命动力疏离了。1774 年伦茨发表《家庭教师，或私人教育的优越所在》(*Der Hofmeister, oder Vortheile der Privaterziehung*)，无情地揭露了社会强加给文化界的桎梏，而其实也是对歌德事业的严重束缚。德国的中产阶级非常弱小，它难以凭借自身的资源来支持广泛的文化生活。其结果就是，当作家们的情感早已投向中产阶级的时候，文学界对于封建阶级的依赖还依然如故。贫穷使得他们不得不接受无偿的膳食、给贵族子弟当家庭教师，随侍年轻的王公去游历。这种依附状态甚至严重祸及他们在文学上的收入，因为只有政府明文规定的作品才能受到保护，从而免于在德意志各公国被盗版的可能。

在歌德任职于维茨拉尔帝国高等上诉法院之后的 1774 年，他的小说《少年维特的烦恼》(*Die Leiden des jungen Werthers*)出版了。这本书也许称得上是文学史上最伟大的成功。歌德就此成就了一个完美无缺的“天才”作家的形象。理由是：伟大的作家从一开始就要能够将自己的精神生活转化为公众兴趣所关注的事情，同时还要将时代的问题转化为个人思想和经历中切身的关怀，而通过歌德早期的作品，我们恰恰能够发现这种作家的完美化身。在《维特》中，歌德为他那个时代的资产阶级呈上了一幅有关其自身病症的、目光敏锐而又不无讨好的描述，这与弗洛伊德从现代资产阶级的利益出发,对其病症所作的描述可堪对比。歌德曾和朋友的未婚妻夏绿蒂·布芙[①]有过一段痛苦的恋情,在对作品中这位青年作家爱情故事的描述中,歌德将自己的这段恋情编织了进去。故事中这位作家的殉情自杀震撼人心。可以看到,那个时期的悲观主义在维特的精神当中展露无遗。维特并非仅仅只是在痛苦的驱使下,去往大自然寻求慰藉的情场失意之人,在卢梭的《新爱洛绮丝》出版之后,早就没有情侣这样做了;他同时还是在同阶级之间的藩篱斗争时自尊心受到伤害的市民,他要求人所应该享有的权利,甚至是一切动物所应享有的权利,在这一名义之下得到认可。这是在很长的一个时期之内,歌德给了他青年时的革命因素表达自己的最后一个机会。在其早期关于维兰德小说的一篇评论当中,歌德写道:"这些优雅之人所享有的大理石女神雕像、鲜花、花瓶以及色彩斑斓的绣花台布——他们的生活基础是多么的优雅,而阶级间是多么的不平等,在纵情享乐的地方竟也有如此的贫乏,在富贵奢华的地方竟也有如此的贫困。"然而,在《维特》一书中,他的态度已经缓和不少:"很多事情都是为了维护(古典戏剧)的程式——基本上可以这样说,这相同的事情也是为了赞扬资产阶级社会。"在《维特》中,资产阶级发现了一个可以为他们献出生命的超人。尽管没有得到解放,但是他们感到了补偿;后来莱辛对此大加抨击,他的阶级意识向来坚定不移。资产阶级自尊的出现是对贵族身份的一种抗衡,他并没有意识到这一点,同时还主张这部小说应该有一个犬儒主义的结局。

对夏绿蒂·布芙的恋情导致近乎绝望的精神错乱,这一时期之后,对歌德来说,与法兰克福一位美丽动人、让人尊重的资产阶

---

① 夏绿蒂·布芙(Charlotte Buff, 1753~1828):《维特》中女主人公绿蒂(Lotte)的原型,1773年嫁于汉诺威的一位行政官员,歌德的朋友J. C. 凯斯特纳(Johann Christian Kestner),而维特形象的塑造则部分地借鉴了法学专业学生卡尔·威廉·耶路撒冷(Karl Wilhelm Jerusalem, 1747~1772)的故事。

级姑娘结缘似乎是一个让人满意的结局。“从能够以其意志主宰我们生活的那些力量的角度来看，这是一个奇怪的决定，我一生中不同寻常的坎坷磨难似乎应该包括订婚这样的经历。”然而，在歌德与婚姻长达三十余载的抗争当中，与莉莉·舍内曼①订婚证明是一桩粗暴无情的事情。事实上在那些与他关系亲近的女性当中，莉莉·舍内曼是一位极具影响力、当然也是最为解放的女性，为了避免过分受制于她，这最终只能激起他更加强烈的抵制，1775年他抽身而去，与格拉夫·斯托尔伯格结伴去瑞士游历。这次旅行的不同寻常之处就是结识了拉法特尔。② 此公的相学研究曾轰动一时，歌德从中发现了一些自己对自然的理解。拉法特尔认为将自己的这项研究与他的虔信派信仰综合起来是很有必要的，而歌德后来对此逐渐厌倦了。

归途中邂逅卡尔·奥古斯特③王储，即后来的撒克逊魏玛公爵。此后不久，歌德便收到王储的邀请。计划中这只不过是一次访问而已，结果却留了下来，一辈子再也没有离开。1775 年 11 月 7 日，歌德到了魏玛。同年，他被任命为枢密参事，在国务会议中拥有席位和表决权。从一开始，歌德就把自己追随卡尔·奥古斯特的这一决定看作一项事业，它将会改变自己的人生轨迹。他之所以接受这一邀请，存在着两方面的因素。在那个德国资产阶级的政治抱负日渐高涨的时代，他在宫廷中的地位将使他紧密接触政治现实。另一方面，作为这个官僚体系当中的要员，其实并没有进

① 全名是安娜·伊丽莎白·舍内曼(Anna Elisabeth Schönemann，1758～1817)。

② 约翰·卡斯帕尔·拉法特尔(Johann Kaspar Lavater，1741～1801)：瑞士作家、新教牧师，他的观相理论在 18 世纪末期影响颇为广泛。他的著作《相学论集》(*Physiognomische Fragmente zur Beförderung der Menschenkenntnis und Menschenliebe*，4 vols；1775～1778)主要论述的就是人的精神在肉体上的显现。

③ 卡尔·奥古斯特(Karl August，1757～1828)：撒克逊魏玛艾森纳赫公国大公，一位自由而开明的君主，使自己的宫廷和耶拿大学成为 18 世纪末、19 世纪初领德国知识界风气之先的中心。由于支持反拿破仑联盟，在“维也纳会议”(1815)上其疆域得以扩大；但是他反对这一会议的反动精神。1819 年，在德意志的统治者当中，他率先颁布了自由宪法。

行重大决策的负担。由于他内心的种种犹疑，这一职位最起码为他的自信和行动提供了一个外部支持。从朋友们的质疑、失望甚至愤怒声中，他应该很容易地知道自己将要为此所付出的沉重代价，只是他那高度警惕的自觉并未对此耿耿于怀。歌德毫不介意顺从官位的要求，甚至对由于大公个人的生活方式和个人品性施加于他的一些要求，也慨然接受，克罗普斯托克甚至包括维兰德，[①]就像后来的赫尔德一样，都对此颇为不满。因为，作为《葛茨》和《维特》的作者，歌德代表着当时资产阶级的“投石党”(Fronde)。[②] 而且，除了个人以及个体的表达之外，那个时代的趋势不可能诉诸其他任何表达方式，这样，歌德的名字就更加意味深重。在18世纪，作家仍然有着先知一般的地位，作家以其生命完美地传达福音，而作品就是理解福音的辐辏所在。歌德早期的作品被当作神启，而这些作品所带来的巨大的个人威望在魏玛烟消云散了。但人们总是认为歌德终归不是寻常之辈，于是也就有了关于他的一些不经之谈，说他沉湎于白兰地，日日烂醉，说赫尔德穿着靴子、带着马刺来布道，之后竟然策马绕教堂跑了三圈。关于他们在魏玛最初几个月的荒诞行径，就是这样想象出来的。然而，在此期间最为重要的就是歌德和卡尔·奥古斯丁之间的友谊，这一阶段为他们的友谊打下了基础，而且正是这种友谊后来为树立歌德在思想以及文学上全面的权威提供了保障——这是自伏尔泰之后对整个欧洲有着影响力的第一人。当时年仅19岁的卡尔·奥古斯特写道：“歌德博士在地方官员、教授、内务大臣或者国务顾问等职位上未曾成功之前，我在最为重要的国务会议内给其安排

① 克里斯托弗·马丁·维兰德(Christoph Martin Wieland, 1733～1813)：诗人、小说家、戏剧家、学者，他的著作有助于定义他那个时代每个重要的思潮，从理性主义、启蒙运动到古典主义、前浪漫主义无所不包。他主持的杂志《德意志信使》(*Der teutsche Merkur*)在37年间都是当时重要的文化焦点。

② Fronde 可直译为“投石党运动”，也有音译为“福隆德”，简而言之，就是指法国农民反抗封建王权的起义和斗争，文中以此意指歌德是革命力量的代表。——中译者注

职位,世人对此不以为然,但那丝毫不会影响我的决定。”

在和夏绿蒂·冯·斯泰因①的恋情中,歌德在魏玛最初几年的苦难和内心矛盾有了新根源、新形式。通过对1776年至1786年十年间歌德给对方信件的细查发现,他早期革命性的散文“骗取了语言之优越”,而他1786年至1788年在意大利期间写给夏绿蒂的信,节奏却严整沉静,这表明其风格发生了沉着的转换。对于年轻的诗人在与政务特别是官场协调过程中所遇到的困难,我们通过新的内容可窥其一斑。从性格上而言,歌德并不能做到左右逢源。

他倒是希望自己能够左右逢源,但是同时他也时刻警惕着“那些世故之人,要看看他们如何行事”。事实上,他和夏绿蒂·冯·斯泰因的关系就像一所学校,我们难以想象还会有比这更严酷的学校了。由于魏玛不过是一个小镇而已,他们的关系自然尽人皆知。还有另外一个因素,即便在她与歌德的整个生活都保持着密切联系的那些年,都从未想着去慢待庄敬的礼仪。数年之后,她在歌德生活中的地位优越而不可撼动,她想着自己能够以伊菲格涅和塔索钟爱的埃里奥侬·德埃斯特的形象进入到歌德的作品当中去。事实上,歌德最终能够在魏玛扎下根来,这与他和夏绿蒂·冯·斯泰因之间亲密的关系是分不开的。在她的帮助下,他不但逐渐熟悉了政界,而且还包括魏玛的市镇和乡村。在写作所有那些公文案牍的同时,他还一封接一封地给冯·斯泰因夫人写信,这些信件大多是率性而为,作为事实上的情人,歌德在这些信件当中全面展示了自己的天才和活动:素描、绘画、园艺、建筑,不一而足。在关于歌德1779年生活的记述中,雷默(Riemer)描述了歌德如何以一个半月的时间巡游公国,白天视察道路,晚上帮助军队招募新兵,夜里在小旅店安身时创作《伊菲格涅》,他为我们提供了歌德这

① 夏绿蒂·冯·斯泰因(Charlotte von Stein, 1742～1827):作家、知识女性。

一时期重要而又面临颇多威胁的生活缩影。

这几年的诗歌创作包括《威廉·麦斯特的戏剧使命》(*Wilhelm Meister's theatralische Sendung*)、《斯特拉》(*Stella*)、《克拉维戈》(*Clavigo*)、《维特的瑞士来信》(*Werthers Briefe aus der Schweiz*)等作品的开篇,当然最主要的还是许多最具影响力的抒情诗:《哈尔茨冬日之旅》(*Harzreise im Winter*)、《月亮之歌》(*An den Mond*)、《渔夫》(*The Fisherman*)、《只有那知道憧憬的人》(*Nur wer die Sehnsucht kennt*)、《会当凌绝顶》(*Über allen Gipfeln*)、《秘密》(*Geheimnisse*)。这些年间,歌德还创作了《浮士德》的部分篇章,甚至在思想上为《浮士德》(第二部)打下了基础。从某种程度上,最起码可以这样说,正是从歌德初到魏玛这几年的经历当中,我们可以发现无政府主义的根源,这一点在法案二(*Act 2*)当中有直截了当的表达。我们看到,1781 年歌德这样说:"就好像在很多大城市中经常发生的那样,当没有人去考虑和关心城市的需要和居民的状况时,我们的精神和政治世界就被地下的画廊、酒窖和裁缝所削弱。只有对那些觉察到这种状况的人而言,如果某一天大地塌陷,烟雾……从一方升腾而起,奇怪的声音从另一方飘来,他才不会感到丝毫诧异。"

歌德在魏玛的地位日渐巩固,这也使他与年轻时在斯特拉斯堡和维兹拉尔(Wetzlar)的故友同道渐行渐远。他当初前往魏玛之时那无人能及的威望以及在宫廷内所具有的影响力,都是建立在"狂飙突进运动"领袖这一基础之上的。然而,对于魏玛这样一个褊狭的市镇而言,这只不过是转瞬即逝的一场运动,而且由于不可能让这运动有什么结果,它就注定只能保持在激烈的狂言乱语这样一个水平上。而歌德从一开始就对此有着清醒的认识,而且他尽其所能地防止这种斯特拉斯堡的做派转移到魏玛来。1776 年,伦茨来到了魏玛,并且在宫廷中以"狂飙突进运动"的做派行事,于是歌德设法将他打发走了。这是一种政治上的自保。但是大而言之，这是他对于那种放纵的冲动和情感宣泄的一种本能的反动，而这种特点曾明显地体现在他青年时期的生活方式上，而现在他觉得自己并不能长期地容忍这种生活方式。在那个时期的同道当中，他曾目睹丑恶行径的极端例证；当时有关维兰德丑行的一份供词可使我们得以窥见与这些人为伍所带给歌德的颠覆性影响。维兰德曾写信给朋友说，如果像歌德那样以身体的苦难为代价，他宁肯不要歌德那样的声名。后来这位诗人就小心翼翼地保护着自己这与生俱来的敏感。的确，当我们看到歌德为防止一些可能的倾向，如各种形式的民族主义和大多数的浪漫主义所采取的措施时，我们不能不得出这样的结论：歌德担心它们会很快地蔓延。同时，歌德将自己从未创作过悲剧也归结于自己天性中的这一弱点。

就外部条件而言，歌德在 1782 年晋身贵族之列，至此他算是完全被宫廷社会所接纳，随着他在魏玛生活越来越趋于稳定，他愈加觉得这个城市让他难以忍受。这种厌恶之情以憎恶德国的形式体现出来。他曾说要写一本可能会引起德国人憎恨的书。这种厌恶之情变得日益强烈。他对德国的哥特式建筑、自然风光和骑士精神，曾有过两年时间的青春激情，在此过后，歌德逐渐发现自己对德国的气候、风光、历史、政治乃至自己民族的性格不无抵触，这是一种发自心底的抵触。在他 25 岁时，这种情绪尚模模糊糊、不甚明了；后来日益明确，成为一种强烈的信念，终至成为一套明确而系统的理性化思想。1786 年歌德突然出走意大利就是这种思想的一种突出体现。他将自己的这次意大利之行称为逃离。由于受制于紧张的心理和迷信的情绪，他竟然未敢将自己的计划向任何人透露。

这次旅行长达两年之久，游历了维罗纳、威尼斯、费拉拉、罗马、那不勒斯，甚至还南下西西里岛，在这两年期间，他解决了两个问题。首先是放弃了将视觉艺术作为自己的毕生追求，而在此之前，他曾经多次表达过这一理想。如果说歌德早已在无意中获知，在国人眼里，他不过是个“半瓶子醋”，那么很长时间，他之所以并无意消除这一形象，原因之一，就是他对自己的禀赋并无把握——他的文学作品中时常可见的含糊和粗疏也是出于这一原因。为了铺平自己的诗人之路，他太过频繁地让自己伟大的天才蜕变为通常意义上的天分。歌德对意大利文艺复兴时期这些伟大的艺术作品的体验——由于他是通过温克尔曼①的眼光来审视这些艺术作品的，所以他并不能清楚地区分这些作品和古代作品的差异——一方面坚定了他不从事绘画的信念，另一方面，这一体验也为他偏狭的古典艺术理论奠定了基础，这恐怕是歌德在思想上落后于时代，而非领风气之先的仅有的一个方面。从另外一个角度，或许可以说歌德重新发现了真正的自我。在一封家书中，提到魏玛宫廷时，他说：“在我以及朋友们生命当中逐渐成熟的良种必须撒播在这片土地上，天国的珠宝可以被用来点缀尘世间王公的皇冠，这些幻象现在已经彻底消散，我觉得自己年轻时的幸福全然复归了。”

在意大利，《伊菲格涅》从初稿也终成定稿。次年，即1788年，歌德完成了《哀格蒙特》。《哀格蒙特》根本就不是一出政治戏剧，而是关于德意志民族保护者的性格研究，而作为德国资产阶级代言人的歌德，在关键的时候或许就会成为这样的人。这部作品唯一的不足就在于对于这个无所畏惧的民众领袖的刻画过于理想化，而这又反过来赋予阿尔法(Alba)和奥兰治的威廉(William of Orange)所主张的政治现实以更大的力量。“身着神圣的华服、披着万道光芒，自由高居云端”，这最后的一系列幻象揭开了臆想的

① 温克尔曼(Johann Joachim Winckelmann, 1717～1768)：德国考古学家、艺术史学家，其关于古典艺术特别是古希腊艺术的著作对18世纪西方的绘画、雕塑、文学以及哲学产生了巨大的影响。他的主要作品是《关于希腊绘画与雕塑的思考》(*Gedanken über die Nachabmung der griechischen Werke in der Malerei und Bildhauerkunst*; 1755)，书中提出了古典艺术的特点就在于“高贵的单纯和静穆的伟大”的观点。

哀格蒙特公爵政治思想的假面，揭示出它们本质上原是诗意的灵感。歌德对于1566年爆发于尼德兰、由哀格蒙特公爵所领导的这场革命自由运动的认识注定有局限。他的视界受到了遮蔽，首先是由于社会环境和个人性格的因素，对他而言，关于传统和等级的传统观念是不能改变的；其次由于其基本的无政府主义态度，他对作为历史因素的国家不可能理解。对于歌德而言，历史只不过代表着文化以及统治形式的一个不可预知的序列，这个序列当中那些仅有的支点就是像恺撒、拿破仑以及莎士比亚和伏尔泰那样伟大的个体。他根本就不相信什么民族或者社会运动。他并不愿意给这些问题以原则上的概括性描述，但是，在这一事实之外，他的这些思想还是通过他与历史学家卢登（Luden）的谈话以及《威廉·麦斯特的漫游时代》和《浮士德》表现了出来。正是这些信念决定了他与戏剧家席勒的关系。对于席勒而言，国家问题始终是至关重要的问题。国家与个体的关系是他早期剧作的主题；国家与权力代表的关系则是他成熟期作品的主题。相反，歌德戏剧的动力不是冲突而是一个渐次展现的过程。意大利时期他主要的抒情诗作是《罗马悲歌》（*Römische Elegien*），这是一部诗集，它以诗歌的形式保存了关于许多爱意绵绵的罗马之夜的记忆，引人注目的是它古典的内蕴和完美的形式。他天性当中那强烈的感性现在促使他作出决断，必须集中用力，此后将自己的事业控制在一个有限的范围之内。当他尚在意大利期间，歌德就上书公爵，在这封充分展现其外交才华的信中，歌德请求让自己从一切政治和行政事务中解脱出来。他的请求得到了恩准，尽管如此，这时的歌德实际上已延宕了很长的时间，才重新找到专注于文学创作的回归之路。这一延宕的主要原因肯定要在他对法国革命的关注中去寻找。这里为了理解他的态度，以及他关于政治问题零落散乱而又难以卒读的文字，重要的是从理解其发挥的作用出发，而不是对他这些理论性的随意之作进行综合。

毫无疑问，在他担任魏玛枢密参事之后，在法国革命之前的很长一段时期内,歌德发现所谓18世纪的开明专制其实大可怀疑。然而,事实证明他还是不能接受革命。这并不仅仅是因为他对于封建政权有着天然的亲近,甚或也不是因为他从根本上反对公共生活中的任何暴力动荡,而是因为他觉得很难,甚至根本不可能就政治事务获得一个周到成熟的观点。如果我们并没有发现他像威廉·冯·洪堡①那样就诸如"国家效力的有限性"之类的问题作过明确的表述,原因就在于他极端的政治虚无主义让他最多只是作一些模棱两可的暗示而已。拿破仑意欲将德国分裂为原始的部族,而这样的企图竟未能引起歌德任何的惧怕,此事足可说明问题。歌德认为这种分裂无可挑剔,它是一个社群的外在表现,在这样的社群里伟大人物可以划定各自的活动范围,而在这样的范围之内他们能够行使家长式的统治,他们可以和自古以来的所有人物交流,也可以跨越国界。恰当地说,就其本质而言,歌德是一位法国化了的弗兰科尼人(Franconia),拿破仑所能提供的那样的德国环境于他最为相宜。但是,关于他与法国革命的关系,我们必须考虑到他极度的敏感所造成的影响,这是他那个时代重大的政治事件所造成的病态的恐慌状态。对歌德而言,这种由法国大革命中的一些事件以及个人命运的多舛所造成的恐慌,使得完全按照某些原则来重建世界秩序的思想变得不可思议,就像不能运用这些原则去规约个体的个人存在一样。

从当时德国阶级对立的角度出发,我们或许可以从下列途径来解释这一问题,与莱辛②不同,歌德认为自己与其说是中产阶级

① 卡尔·威廉·冯·洪堡男爵(Karl Wilhelm, Freiherr von Humboldt, 1767～1835):德国语文学家、哲学家、外交家以及教育改革家,以其对语言发展的贡献和建立现代大学体系而闻名于世。

② 戈特霍尔德·埃夫莱姆·莱辛(Gotthold Ephraim Lessing, 1729～1781):德国戏剧家、评论家、作家,致力于寻找建立在本土原型之上的德国民族文学,其剧作《智者纳旦》(*Nathan der Weiser*; 1779)、《明娜·冯·巴恩赫姆》(*Minna von Barnbelm*; 1767)、《爱米莉亚·迦洛蒂》(*Emilia Galotti*; 1772)是首批具有持久重要性的德国戏剧作品。

的支持者，不若说是他们的代理人——他们派往德国封建阶级和君主的大使。他持续的摇摆不定或许可以归因于其作为代表的身份所带来的矛盾。古典资产阶级文学最为杰出的代表，就是这位德国人明确要求在众多现代文明的民族当中给予他能够得到承认的荣誉，正是这一身份使得他不能在完美的封建国家框架之外去思考资产阶级文化。当然，如果说歌德反对法国革命，但并不能说他因此而维护了封建主义——这一家长制的思想意味着包括资产阶级文化在内的每一种文化只有在这个专制国家的庇护，同时也是阴影之下才能得以繁荣。小资产阶级的动机也具有同样的重要性，这是那些急欲将自己的生命封闭起来，并使其免受周围政治动荡影响的那些私人个体所作出的努力。但是不管是资产阶级精神还是小资产阶级精神都难以确凿无疑、明确无误地说明歌德的拒斥。他想通过这十年间的作品来理解法国革命，但正是由于上述原因，他的这些作品当中，没有哪一部能够在其全部作品中占据中心位置。

在 1792 年至 1802 年间的至少 7 部作品当中，歌德反复尝试形成有说服力的表述，或者勾画出一个成熟的形象。这其中包括了一些比较特殊的作品，比如《伟大的魔法师》(*Der Grosskophta*)，或者《激昂的人们》(*Die Aufgeregten*)，它标志着歌德创作的低谷，另外还有别的作品，如《自然的女儿》(*The Natural Daughter*)，就注定只能是断章了。然而，歌德有两部作品还是与他的目标非常接近，这两部作品都把法国革命当作不甚重要的事情。在《赫尔曼与多萝西》(*Hermann und Dorothea*)中，法国革命沦为危机四伏的背景，被当作德国小城田园牧歌或可一用的衬托。而《列那狐》(*Reineke Fuchs*)则将法国革命的苦痛化为诗体的讽刺，在这里歌德返回到动物史诗这中世纪的体裁形式。法国革命只不过是道德说教体裁的场景，这是他在《赫尔曼与多萝西》中所使用的手法；法国革命被当作一个喜剧手法、当作人类动物史的一个陪衬，这是他在《列那狐》中的技巧。正是通过这些手法，歌德克服了自己原来有关于此的探索中显而易见的憎恨情绪，这种情绪首先就体现在《德国逃亡者的谈话》(*Unterhaltungen deutscher Ausgewanderten*)中。但是在这里起决定作用的观念还是等级制的、封建的信仰，即人类拱卫在君王的周围就是人类历史最为辉煌的时刻。尽管如此，《自然的女儿》当中那个国王的形象最终还使歌德对政治史的错误理解一览无余。这个国王只不过是给《伊菲格涅》当中那个托阿斯国王穿上了一件新的王袍，当这个堪称“好人”的国王被投入革命的巨变当中时，不可避免地成了不合时宜的人。

18世纪90年代给歌德的创作带来困扰的这些问题本身就说明了，他为什么要千方百计逃离文学。他最大的避难所就是科学研究。席勒清醒地认识到歌德那些年对科学的投入当中所体现的逃避心理。1787年席勒在给科勒[①]的信中写道：“歌德的思想对他那个圈子里所有的人都产生着影响。他对一切思考和求索都持傲然而沉着的蔑视态度，此外对自然却有着近乎做作的偏爱，隐身于五官所赐予的知识——简而言之，他以及他这圈里的所有人都明显有着孩提般的单纯。他们宁可调查植物、勘探矿产，也不愿空谈理论。这可能大有裨益，但也容易矫枉过正。”对于自然史的研究可以使他离政治更远一些。他将历史仅仅理解为自然史，从与其紧密相连的动物或者人的属性这一局限出发来理解历史。后来在《威廉·麦斯特的漫游时代》里所阐发的教育理论代表了他在这一方面所能够达到的最高水平，原因就在于此。他对于自然的爱好与政治的本质是互相抵牾的，但是需要说明的是，这同样与神学相矛盾。就此而论，它代表了歌德反神权的斯宾诺莎思想最为积极的成果。歌德攻击他昔日好友雅各比[②]具有虔信派色彩的作品，

① 克里斯汀·哥特弗雷德·科勒(Christian Gottfried Körner，1756～1831)：席勒的密友，政府职员。

② 弗里德里希·海因里希·雅各比(Friedrich Heinrich Jacobi，1743～1819)：小说家、哲学家，作品通过贬抑理性来强调情感，最为知名的作品是小说《沃德玛》(*Woldemar*；1779)。

原因就是雅各比曾声称，自然遮蔽了上帝，然而对于歌德而言，斯宾诺莎思想最为重要的一点就在于他坚持自然和灵魂都是神性可见的一面。在给雅各比的信中，歌德表达了自己的真实想法，他说："上帝将以形而上学来惩罚你……；相反，他会以形而上学来保佑我。"歌德在对于物质世界的启示进行描述时，"原始现象(Urphänomen)"是他的一个核心概念。这一概念来源于他的植物学和解剖学研究。1784 年歌德发现头骨是由于脊椎骨变异演化而成的；一年之后，他又发现了"植物变异"。他通过这个概念表示植物从根茎到雄蕊的所有器官，都不过是叶子的变形这一思想。他所提出的"原始植物"(Urpflanze)这一概念就是由此而来。关于这一问题，席勒在与歌德广为人知的第一次谈话时就指出，那只不过是一个"概念"而已，然而歌德却要坚持赋予它一个明确的感官现实。歌德的科学研究在其创作中所占据的位置，就相当于某些为数不多的艺术家通常留给美学的位置。歌德不同于这一时期所有其他的知识分子，他从来就不苟同艺术就是"美的显现"(der schöne Schein)这一观点，如果你注意到这一点，你就可以理解上述事实。在他眼里，能够让诗与政治统一起来的不是美学，而是对于自然的研究。歌德即便是在他有关科学的文章中也非常执着地反对技术领域内的某些创新，正如他反对政治领域内的革命一样，而正是由于以上原因，认识到这一点对于我们而言是至关重要的。在一个科学的时代方兴未艾之时，我们感官的广度与精度注定会以非常激烈的、前所未有的形式得以扩展和提高，而他却返回到科学探索的那些已经老旧的形式，并因此而写道："当使用自己健全的感官时，人自身就是那个能够存在的最伟大、更精确的物质体；而现代物理学的最大灾难却在于，或许可以这么说，将实验与人分离，而且其目标……在于仅仅依靠人工设备所传达的信息来感知自然。"按照他的这样一个思路，对于科学而言，其直接的自然目的就在于使人在思想和行动上都与自身和谐无间。尽管垂垂老矣的他异常清楚技术对于未来无法估量的意义，但是通过技术的手段来改变世界并不是他所关心的事情。对于他的思想而言，科学知识的最大福祉取决于它能够赋予一个人生命的形式。他将这一思想发展为一句实用主义的箴言："有用即真理。"

歌德属于这一类伟大的思想家：对于他们而言，根本不存在什么与生命相分离的艺术。在他的眼里，科学中的"原始现象"同样是一种艺术理论，这就如同经院哲学之于但丁、技术艺术(technical arts)之于丢勒一样。严格地讲，他真正的科学发现在植物学方面，而他在解剖学方面的研究具有同样的重要性，并得到认可：这就是他关于间颌骨的研究，尽管大家都知道这不是什么独一无二的发现。① 他的《气象学》没有受到多少关注，而代表他整个科学研究最高成就的，从众多记载来看，则是他毕生为之的、成为激辩对象的《颜色学》。近代以来，围绕着歌德这部内容丰富的科学著作的争论又一次激烈起来。《颜色学》与牛顿的光学理论截然相反。在歌德常见的犀利辩驳之下，这个延续多年的根本分歧在于：牛顿将白色的光解释为各种不同颜色的混合，而歌德则宣称白光是我们所知道的最简单、最不可分的同质现象。"它并非混合物……更不可能是各种颜色光线的混合。"在《颜色学》里，歌德认为颜色是光线的变异，是明与暗在相互作用的过程中所形成的结果。除了这一关于变异的观念之外，在歌德整个的科学研究当中一以贯之的就是极性的概念，在这个问题上极性的概念至关重要。黑暗并不仅仅只是没有光线造成的——因为那样的话，我们将无法辨别黑暗——而是一种积极的逆向光(counter-light)。我们甚至可以发现，老年时期的歌德甚至在思考这样一个观点，即

① 间颌骨(一块位于上颌与下颌之间的骨头)曾经在前达尔文时期关于进化的争论中涉及。当时的神学家坚持认为，从解剖学上而言，人与灵长类动物是不相同的。歌德在并不了解法国解剖学家维克特佐尔(Vicq-d'Azyr)研究工作的情况下，几乎与其同时证明，这一块存在于动物身上的骨头，也在人体中以发育不全的形态而存在。因此，不能说歌德是发现它的唯一一人。

动植物或许是通过明与暗的中介从他们的原始状态演化而来的。——歌德科学研究的奇特之处在于，在其科学研究中，他变得与浪漫派的精神接近起来，而在其美学当中却与其保持着遥远的距离。从诗歌创作的角度解释其哲学立场要比从科学的角度更为困难。从歌德那闻名的断章《自然》(*Nature*)中所记录的他心智勃发的年轻时代起，斯宾诺莎始终是他在类型学研究方面的指路明灯，这为他后来接触康德(思想)提供了基础。尽管他在与康德主要的批评之作——《纯粹理性批判》和《实践理性批判》(所谓实践理性也就是伦理)——之间难以找到任何一个接触点，但是他对于《判断力批判》却推崇备至。原因在于，在这一部著作当中，康德批判了关于自然的目的论阐释，这一阐释曾经是启蒙哲学和自然神论的主要依据。歌德不会不同意康德的这一观点，特别因为他自己关于解剖学和植物学的研究代表着反对目的论思想的、资产阶级科学运动的最先进的水平。康德将有机物定义为合目的性，其意图就在合目的的存在者之内而非相反，这一定义与歌德本身的概念是一致的。作为统一体的美，包括自然美在内，总是独立于目的的。在这一点上，歌德与康德心气相通。

歌德受到欧洲发展的影响越深，他就越发不遗余力地要使个人生活得到安全。正是要在这一语境下，我们才不得不思考歌德自意大利归来旋即与夏绿蒂·冯·斯泰因夫人分手一事。同样是从意大利回来不久，歌德结识了后来与他结为夫妻的克里斯蒂娜·伍碧丝，①整整十五年间，他与伍碧丝的关系都让这个小城忿忿不平。然而，如果把歌德与这个在苗圃工作的无产阶级女孩之间的关系当作他思想解放的佐证，那将是错误的。即便是对于诸如此类的个人生活中的事务，歌德都没有一个固定的原则，遑论对

① 克里斯蒂娜·伍碧丝(Christiane Vulpius，1765～1816)：歌德的情人，1806 年后结为夫妻，他们育有五子，仅儿子奥古斯特存活下来。

于革命事件了。当初克里斯蒂娜仅仅是他的情人而已。他们之间关系的引人注目之处并不在于这一关系的开始，而在于它后来的发展。尽管歌德从未能够或许也从未打算去弥合他与克里斯蒂娜在文化上的巨大差异，尽管克里斯蒂娜卑微的出身注定是对魏玛的小资产阶级圈子的冒犯，事实证明她的生活方式也不为那些思想开明、有文化的人所接受，甚至他们夫妻谁也不把对婚姻的忠贞当作神圣无比的事情，虽说如此，歌德还是通过自己从不动摇的忠诚、通过在那种极其微妙的环境下让人钦佩的坚持，终为他们的结合赢得了尊严，也因此给了克里斯蒂娜以尊严。在相识十五载之后的 1807 年，他们在教堂里举行了婚礼，歌德迫使宫廷和社会接受了他儿子的母亲。至于冯·斯泰因夫人，在经过多年的耿耿于怀之后，他们也在漠然中和解了。

1790 年，作为大臣的歌德开始负责文化和教育，一年之后宫廷剧院也归他负责。他在这一领域所做的工作简直不可估量，而其涉及的范围也逐年递增。所有的科研机构、所有的博物馆、耶拿大学、技工学校、声乐学院、美术学院——所有这些都在这位诗人的直接管辖之下，而他自己也是事无巨细、不遗余力。与此紧密相连的是，在他的努力下他的家庭成为一个有关欧洲文化的机构了。作为一个收藏家，他的活动涉及他所研究以及感兴趣的每一方面。正是这些藏品为魏玛歌德国家博物馆奠定了基础，其中包括图片陈列室、绘画、陶瓷、钱币、动物标本、骨骼和植物、矿物、化石，以及化学和物理设备，至于书籍和手稿的收藏就更不在话下了。他广泛的兴趣没有边界之说。作为一个艺术家，在有些领域他不能有所建树，但是最起码希望自己能够成为那方面的鉴赏家。与此同时，这些收藏也为他在欧洲舞台上频频亮相的生活搭建了一个平台。作为德国前所未有的、巨额赞助的最伟大的组织者，这些藏品也赋予他与其身份相宜的权威。伏尔泰的声誉遍及整个欧洲，而且也利用了同样巨大的智力以及物质资源在贵族面前维护资产阶级的声誉，这在文人当中是开先河者。就此而论，歌德紧随伏尔泰之后。就好像对伏尔泰一样，歌德的地位首先应该从政治的角度来考虑。因而，尽管歌德反对法国革命，但毕竟有这样一个事实，革命给文人带来了更多的权力，而他比其他任何人都更有目的，也更具创造性地利用了这一力量。然而，伏尔泰在其后半生积聚了大量的财富，歌德在经济地位上难以望其项背。但是，为了理解他在生意方面，特别是在他与科塔出版社往来过程中所表现出来的顽固，我们就不能忘了从世纪之交开始，他就把自己当作民族传统的奠基者。

在这十年间，正是席勒一次又一次把他从政治事务的纷扰中、从对观察自然的痴迷中召唤回来，让他重返文学工作。两位诗人第一次相见于歌德从意大利归来不久，但首次见面并不惬意。这倒符合各自对对方的看法。此时的席勒已经凭借《强盗》、《阴谋与爱情》、《斐爱斯柯》(*Fiesko*)以及《唐·卡洛斯》而博得声名，他致力于阶级意识的直接表达，而这恰与歌德为进行温和的思考而付出的努力形成极其尖锐而可能的对立。席勒要全方位地展开阶级斗争，而歌德回撤到稳固的阵地，在那里，只能发起一些文化上的进攻，而资产阶级的任何政治活动都不可避免地采取了守势。这两位达成了某种妥协的这一事实，正是德国资产阶级阶级意识不稳定的一个症状。这种妥协是在康德哲学的护佑之下而形成的。就美学而言，在其涉及《审美教育书简》的通信当中，席勒已经将康德伦理学那些激进表述中具有颠覆性的尖刻言辞给抹去了，而将其转化为一种历史构建的工具。这为他与歌德的友善，或者确切地说是休战，扫清了道路。实际上，这两个人之间的交往总是有一种外交般的冷漠，而这正是为实现这种妥协而付出的代价。他们之间的讨论几乎都是让人不无担心地局限于有关创作的严肃问题。不可否认，在这个层面上他们的交流是划时代的。他们之间的信件无疑都是有条不紊的文书，对于每个细节都一丝不苟，而且由于意识形态的原因，与老年歌德和泽尔特①之间那深入、自由、活泼的通信相比，他与席勒的通信反而更负盛名。年轻的德国批评家古兹可夫②准确地注意到"这些关于美学潮流和艺术理论的过分细致的讨论"，他们之间的所有信件反反复复都与此有关。同时，他还准确地将其归咎于我们在此看到的，他们关于艺术和历史的对立，这的确是真正的互不相容。即便是涉及他们伟大的工作，这两位诗人也别指望彼此能惺惺相惜。1829 年歌德曾说席勒："他和那很多耽于幻想的人并没有什么两样。他的心未曾有片刻的安宁，从没有完整地做过一件事情。……我得筹划我的工作，勉力支撑，同时还得保护他以及我自己的工作，以免受到打扰。"

席勒对于歌德的影响主要体现在民谣的创作上，如《掘宝者》(*Der Schatzgräber*)、《魔术师的学徒》(*Der Zauberlehrling*)、《柯林斯的新娘》(*Die Braut von Korinth*)以及《上帝与舞女》(*Der Gott und die Bajadere*)等。然而，《讽刺诗刊》(*Die Xenien*)是他们文学合作的正式宣言。这个内容为讽刺短诗的年刊创办于 1795 年，它的矛头直指席勒主编的《季节女神》的对手，即在柏林以尼古拉为中心的恶俗的理性主义小圈子。③ 他们的打击取得了效果。个人利益促进了这次文学上的成功，整本诗集由两位诗人共同署名，但并不注明每首诗各自的作者。但是他们这场战役所有的激情与优雅都无法遮掩那隐隐的落寞之情。对着歌德万众欢呼的时代已然过去；即便是他的威望延续了一个十年又一个十年，但是他再也没有真正博得大众的喜爱。特别是后来的歌德表示了

---

① 卡尔·弗里德里希·泽尔特(Carl Friedrich Zelter，1758～1832)：音乐家，创办了很多音乐机构，其中包括(柏林)皇家圣乐学院。他是歌德的音乐顾问，整理过歌德的许多文稿。

② 卡尔·费迪南德·古兹可夫(Karl Ferdinand Gutzkow，1811～1878)：小说家、戏剧家、社会评论家，是反抗浪漫主义的"青年德意志运动"的领导者。

③ 席勒于 1795 年到 1798 年间创办杂志《季节女神》(*Die Horen*)。弗里德里希·尼古拉(Friedrich Nicolai，1733～1811)，启蒙运动的早期倡导者，反对变革，以流传颇广的拟仿诗的形式抨击歌德、赫尔德和康德。

他对于大众读者强烈的不屑，而这也是除维兰德之外的所有经典作家的共同特点，而有关于此的一些问题在歌德和席勒的通信中得到了淋漓尽致的表达。歌德与他的大众素无联系。“尽管他有巨大的影响力，但事实上，凭借那个环境他创作了让整个世界熠熠生辉的早期作品，但是他从未生活在或者说没有继续生活在那个天地中。”在一定程度上，他并没有意识到自己是德意志的天纵之才。至少他根本没有投入到那个时代的潮流，顺应那个时代的趋势。他试图表明自己与席勒的联盟本身就是开风气之先，但终归证明不过是幻影而已。而这个幻影的破灭则是一个情理之中的需要，正是这种需要使 19 世纪的德意志大众总是将歌德与席勒进行比较，作为互为衡量的尺度。魏玛公国对于德意志大众的影响并不在于这两位诗人，而在于柏杜赫[①]和维兰德他们所办的期刊，即《文学汇报》(*Allgemeine literarische Zeitung*)和《条顿水星》(*Teutscher Merkur*)。1795 年歌德曾经写道：“我们并不欲求那些能够在德国为古典作品扫清道路的巨变。”这被质疑的巨变本可以使资产阶级得以解放，惜乎来得太晚，未及催生任何经典作品。而日耳曼性(Germanness)，即德语的特质所在，无疑是歌德演奏曼妙乐曲的琴弦。但是，它的共鸣板不在德国，而在拿破仑的欧洲。

歌德与拿破仑有着相同的观点：资产阶级在政治专制这一框架之内的社会解放。这是“不可能的”、“不能通约的”，也是“不充分的”，而这一点恰恰是导致他们不安的深层根源。拿破仑就是因此而覆亡的。然而，就歌德而言，可以说他越是老迈，他的生活就越加表现出其政治观念的形态，有意识地追求那种不可通约的、不充分的形式，并且将他的生活转换为那种政治观念的微缩形式。如果我们能够清晰地勾画出它的界限，不妨认为诗歌为这个微缩国家的资产阶级自由提供了一个隐喻，而其私生活的格局则与专

---

① 弗里德里希·希贾斯丁·柏杜赫(Friedrich Justin Bertuch，1747～1822)：作家、翻译家、编辑。

制统治形成绝妙的对应。但是在现实当中,同样重要的是,要努力将生活理想与诗歌理想这一对不可调和的矛盾交织混合起来。于生活而言,体现为情欲出轨的自由与“节制”的严格统治;于诗歌而言,莫过于《浮士德》第二部中所体现的内容,浮士德的政治辩证法为歌德的立场提供了答案。只有在这一语境之下,才有可能理解在其生命的最后三十年间,何以能够让其生活屈从于妥协、斡旋与拖延这些官僚政治的范畴。从任何抽象的道德标准出发来评判他的行为与立场都是荒谬的。从伯恩①以“青年德意志”之名义对歌德的抨击当中我们看到了一丝荒谬,而原因就在于这种抽象性。确切地讲,歌德创造了一个政治环境,并且将自己安放其中,当我们审视他的人生准则以及他那些不同寻常的行为时会发现,只有将歌德置于这个政治环境的语境当中,我们才可能理解他。他与拿破仑那无法看见但却非常深刻的联系发挥着决定性的作用,以至于在拿破仑之后的时代,那颠覆了拿破仑的力量难以理解这种联系。资产阶级生养的孩子现在崛起于世界,他一马当先,成为革命的继承人,手握革命权力的他让所有的人都心惊胆战(法国革命;“狂飙突进运动”);就在他痛击腐朽力量的那一时刻,他却将自己的统治建立在同样腐朽的、封建的框架之内了(帝国;魏玛)。

在那个主宰着歌德生活的星座之内,他对解放战争感到憎恶,这种严重伤害了资产阶级文学史家的憎恶心理其实完全可以理解。在歌德看来,甚至早在拿破仑建立欧洲帝国之前,他就是欧洲公众社会的创立者。1815 年,在伊夫兰②的劝说下,歌德同意创作他最后一部剧作《爱比美尼提斯的觉醒》(*Des Epimenides Erwachen*)以庆祝凯旋之师开进柏林。但是,他同时拒绝(在剧

① 路德维希·伯恩(Ludwig Börne, 1786～1837):本名 Löb Baruch,作家、社会评论家,1830 年后流亡巴黎,是“青年德意志运动”成员,最早利用报纸专栏作为论坛开展社会政治批判的作家之一。

② 奥古斯特·威廉·伊夫兰(August Wilhelm Iffland, 1759～1814):演员、剧作家、导演,他是德国戏剧界重要的代言人。

中)回避那混乱而黑暗的现象,而这正是由拿破仑所代表的那曾经让整个世界为之颤抖的巨大力量所造成的,他决意以此方式来否定拿破仑。他找不到对这些胜利者的丝毫同情。然而在另一方面,他又不无痛苦地决心避开1813年曾经感动德国的爱国精神,在这一点上我们可以发现同样的心理特征,这一特征有类于我们所知道的,他根本不能和病人同处一室,或者不能靠近将死之人。他对和军事有关的一切事情的反感,还不足以让他到了连军纪和操练都排斥的地步,但是,他更加反感那些有意改变人之外表的一切东西——从制服到伤口。1792年当盟军入侵法国时,他也不得不跟随公爵出征,这时他的意志经受了严峻的考验。在此状况之下,歌德被迫将所有的才智都用于观察自然、研究光学和写生上面,以此将自己与亲眼看到的东西隔绝开来。《法兰西运动》(*Kampagne in Frankreich*)对于理解我们这位诗人至关重要,同时它作为对世界政治问题的一个忧郁而模糊的回应,也具有同样重要的意义。

转向欧洲、转向政治——这是歌德诗歌作品最后阶段的一个标志。但是这也只是在席勒去世之后,他才感到这是他脚下的大地最为坚实的部分。与之相反的是,在席勒的影响之下,歌德重又拾起已经放置了好长时间的无韵文作品《威廉·麦斯特的求学时代》,并最终将其完成,这一作品表明歌德仍然流连于理想主义的客厅,后来歌德经过努力挣扎,从那个德国人文主义当中抽身而出,转入世界性的人文主义。这部作品中主人公(演员的世界)"求学"(教育)的理想和社会环境,两者的确紧密相关,原因就在于它们都是那个具有"美丽的外表"的独特的德意志国度的代表,而对于正处在进入其霸权时期的西方资产阶级而言,这个德意志的国度其意义却很空洞。实际上,将演员置于资产阶级的德语小说的中心,几乎可以说只是一种诗学上的必要。这样就可以使歌德在避免和政治的不确定因素发生冲突的情况下,二十年后终又焕发对这部小说更加激烈的热情。在这部小说当中，歌德笔下的主人公可以说是一位艺术家，正是这一事实保障了这部小说重大的影响力，因为它是那个世纪末德国环境的产物。这部作品也带来了以艺术家为角色的一系列的浪漫主义小说，从诺瓦利斯的《亨利希·封·奥弗特丁根》、蒂克的《斯坦巴尔德》到慕瑞克的《画家诺尔顿》。[①] 这部作品的风格与其内容相得益彰。“作品当中毫无逻辑的手段以及思想与主题之间的冲突；相反，歌德行文给我们呈现了一个戏剧化的视角。那是一个发自内心的深思熟虑之作，在这部作品当中循序渐进的手法最终成就了思想的创造性结构。作品中的事物本身并不说话，但却好像在为了讲话而寻求这位诗人的首肯，而作品之所以语言晓畅而含蓄，清晰而不突兀，可谓炉火纯青，原因正在于此。”

这两个人的性格就决定了席勒对于歌德创作的影响从根本上而言，仅仅是形式上的激发而已，而并没有从根本上改变歌德创作的路向。歌德转向民谣、重拾《威廉·麦斯特》的创作以及《浮士德》的部分篇章或许应该归因于席勒的影响。但是他们之间关于这几部作品的实际交流则只是局限于技巧以及手法的问题。歌德的灵感依然旺盛。这友谊是歌德和作为人的席勒、作为作家的席勒之间的友谊，而不是两位诗人之间的友谊，关于这一问题已不乏论述。席勒异乎寻常的人格魅力和力量在歌德面前尽展无遗，而

① 诺瓦利斯(Novalis，1772～1801)：本名弗里德里希·利奥波德·冯·哈登贝格(Friedrich Leopold，Freiherr von Hardenberg)，诗人，德国早期浪漫主义的理论家。他的小说《亨利希·封·奥弗特丁根》(*Heinrich von Ofterdingen*)以理想化的欧洲中世纪为背景，描述了一位年轻诗人的神秘追求；他想象中的一个主要意象蓝色花，也成为诺瓦利斯同时代的浪漫主义者浪漫想象的公认象征。约翰·路德维希·蒂克(Johann Ludwig Tieck，1773～1853)：作家、评论家，创作了多卷充满奇特想象、涉及多种文体的作品。《弗朗茨·斯坦巴尔德的漫游》(*Franz Sternbalds Wanderungen*)(两卷本；1798)描述了中世纪晚期一位艺术家的一生。爱德华·弗里德里希·慕瑞克(Eduard Friedrich Mörike，1804～1875)：抒情诗人、小说家，也许称得上是晚期浪漫主义最伟大一位作家。《画家诺尔顿》(*Maler Nolten*)中有众多心理失衡的人物；这部作品像很多浪漫主义的小说一样，穿插有戏剧和诗歌。

在席勒亡故之后，歌德则在为席勒的诗作《钟》(*Glocke*)所作的跋中，以诗歌的形式表达了自己的缅怀之情。

席勒故去之后，歌德重新调整了自己的人际交往。从此之后，他不再让任何人进入紧贴自己周围的那个圈子，哪怕那些圈中人的才智根本和他不堪比较。这样一来，在魏玛，没有谁可以说得到他格外的信任。从另一方面而言，进入新世纪后，与柏林声乐学院创办者泽尔特之间的友谊对歌德却日益重要。后来，泽尔特的角色逐渐近乎成为歌德的代表，代表他出现在普鲁士的首都。而在魏玛，歌德则有一套助手和秘书班子，若非这些人的协助，他准备出版的那些卷帙浩繁的传世之作是不可能整理成型的。以一种近乎官僚的方式，这位诗人将一生中最后三十载投入了文字著述的工作。正是从这个角度而言，他那包括艾克曼、芮默、索雷特、穆勒这些助手，以及克鲁特、科恩等职员在内的非凡的文字出版机构就肯定值得我们予以关注。① 艾克曼的《歌德谈话录》是关于这最后几十年间的主要资料来源，此外它还是19世纪最优秀的散文作品之一。除却其他不论，歌德最为欣赏的还是艾克曼对于实证的无限推崇——这种品质是那些杰出人物所没有的，甚至在那些难言杰出的人身上也难得一见。歌德和狭义的批评素无关系。尽管关于艺术实践的策略的确时时勾起他的兴趣，但这些策略却总是以武断的方式得以表达——他与席勒以及赫尔德所共同起草的宣言，或者他为演员和艺术家所写的那些法则就是如此。

---

① 约翰·彼得·艾克曼(Johann Peter Eckermann，1792～1854)：作家，主要因为担任歌德的助手而广为人知。人们经常将其著作《歌德谈话录》(*Gespröche mit Goethe in den letzten Jahren seines Lebens*；1823～1832)(三卷本)与詹姆士·鲍斯威尔(James Boswell)的《约翰逊传》(*Life of Johnson*)相提并论。弗里德里希·芮默(Friedrich Riemer，1774～1845)：语文学家、文学史家，与艾克曼同为歌德助手。两人合作编辑了《浮士德》(1832)定稿。弗里德里希·索雷特(Friedrich Soret，1795～1865)：法国自然学家、教育家，1822年至1836年间在魏玛担任宫廷教师。他以连载的形式记录下了与歌德的谈话，艾克曼在其《歌德晚年谈话录》中引用了部分材料。他的这一文稿到了1932年才得以完整出版。

国王秘书冯·穆勒远比艾克曼独立，当然也正是由于这一原因，他对歌德的帮助就要少一些了。但是他与歌德的谈话录同样有助于树立起一个将要传之于后世的歌德形象的文献。其实这两个文献应当由弗里德里希·芮默（古典哲学教授）加以整合，其理由并不在于他长于言语，而是由于他对于歌德性格鞭辟入里的分析。这个由日渐衰老的歌德为自己搭建的文字班子拿出的第一份文稿就是歌德的自传。《诗与真》（*Dichtung und Wahrheit*）是歌德晚年以传记形式所作的回顾。这关于他活跃的青春年华的追忆为我们理解他人生当中一个重要原则提供了途径。在这最后的分析当中，歌德的道德行为与基督教的忏悔原则形成了一个悖反。“要赋予你生命中所有的一切以一以贯之的意义。”“所谓幸福的人就是能够使其生命的起点与终点联系起来。”在这些表述当中，我们看到了一种表达的欲望，那就是要将青年时期生活于其中的他的那个世界的形象勾勒出来，并使其一目了然：一个贫乏的、妥协的、不确定的世界；一个在情欲上前后矛盾、政治上左右摇摆的世界。正是在这一背景之下，我们才能够从正确的角度理解歌德那个歧义丛生的、关于“弃绝”的信条：歌德弃绝的不仅仅是愉悦，同时也是伟大和英雄。这也就是他的自传为什么在传主功成名就之前戛然而止的原因。关于此后年代的记忆散见于《意大利游记》（*Italienische Reise*）、《随军征法记》（*Campaign in France*）和《日记》（*Tag-und Jahreshefte*）当中。歌德在关于1750年到1775年这一时期的回忆中，插入了对他青年时期那些重要任务的系列小记；正是通过歌德为他们设计的这同一方式，昆特（Günther）、伦茨、默克以及赫尔德才在一定程度上进入了文学史。在描写这些人物的同时，歌德也对自己进行了描述，以此来表明他对这些不能不面对的朋友或者对手所采取的或敌视或同情的态度。在这相同动机的驱使下，作为戏剧家的歌德将奥兰治的威廉（William of Orange）与哀格蒙特相对，朝臣与百姓相对；塔索与安东尼奥相对，诗人与朝臣相对；普罗米修斯与厄毗米修斯相对，那个具有创造力的先生与忧伤的空想家相对；还有浮士德与梅菲斯特相对——所有这些角色都在他自己的人格中发挥作用。

在这个与他最为接近的助手团队之外，此后几年还形成了一个比较松散的团队。这其中有海因里希·迈耶尔，①这位歌德在艺术问题上的专家，是一位勤于思考的地道的古典主义者，他曾先后协助歌德编辑《神殿入口》（*Propyläen*）和期刊《艺术与古代》（*Kunst und Altertum*）。弗里德里希·奥古斯特·沃尔夫，②古典语文学家，他考证说，荷马的史诗是有人将一系列无名诗人的作品统合起来，成为后来尽人皆知的荷马的作品。这一考证曾让歌德感慨良多。沃尔夫和席勒一起被歌德动员加入《阿喀琉斯》的写作，这部作品是被当作荷马史诗的续篇来写的，但最终还是未竟之作。我们还应当提到萨尔佩兹·波瓦塞雷，③他在绘画中发现了德国中世纪场景，德意志哥特式风格的积极倡导者，因而浪漫主义者将其引为知音，并将其当作他们艺术观点的代言者。（他在这方面的努力延续多年，而且应该为取得部分的胜利而满足，那就是他最终说服歌德将有关科隆大教堂的历史以及修缮的一系列文书递交到宫廷里去了。）所有这些和歌德有关系的人，以及其他难以计数的人都说明了歌德兴趣的广泛性，对此他有意识地模糊艺术家、研究者和业余爱好者之间的界限。如果没有歌德的及时关注，任何诗歌形式或者语言都不能在德国得到大家的欢迎。他作为翻译

---

① 海因里希·迈耶尔（Heinrich Meyer，1760～1832）：艺术家，是盎格鲁瑞士画家亨利·弗塞利的学生。他与歌德相识于罗马，并于 1791 年来到魏玛，担任公爵绘画学校的主任。他是歌德的艺术顾问。

② 弗里德里希·奥古斯特·沃尔夫（Friedrich August Wolf，1759～1824）：德国古典学者，被认为是现代哲学的奠基人之一，以《荷马引论》（*Prolegomena ad Homerum*）知名。

③ 萨尔佩兹·波瓦塞雷（Sulpiz Boisserée，1783～1854）：艺术史家、收藏家，他关于古代德国和荷兰的绘画藏品对于浪漫主义那一代人对于中世纪的重新发现发挥了重要作用。

家、游记作家、传记作家、鉴赏家、批评家、物理学家、教育家，甚至是作为神学家、戏剧制作人、宫廷诗人、同僚、大臣而取得的成就，所有这些都更加提升了他博学多识的名望。欧洲的天地而非与之相对的德国越来越成为歌德兴趣关注的焦点。在其晚年，歌德对欧洲新涌现出来的像拜伦、沃尔特·司各特以及曼佐尼①那些杰出的人物充满了钦敬。在德国则恰恰相反，他还得时常推动那些庸常之辈，但是他却没有发现他那个时代如荷尔德林、克莱斯特和让·保罗等人的天才。②

1809年，就在写作《诗与真》的同时，歌德还在创作另外一部作品《亲和力》(*Wahlverwandtschaften*)。这本小说的创作与他第一次亲身接触欧洲的贵族阶级是相呼应的，这次经历使他得以洞察这个新形成的、自信的世俗群体，20年前在罗马他就决定为此呈上自己的作品。《亲和力》实际上针对的是一个在波西米亚温泉区围绕着奥地利女皇，由西里西亚波兰贵族、领主、流亡者以及俄国将军而组成的群体。但是这并没有妨碍诗人以一种批判的眼光审视他们的生活方式，《亲和力》终归描写了这一时期统治阶级大家族的没落，虽非面面俱到，但却入木三分。但是，摧毁了这本已

---

① 亚历山大·曼佐尼(Alessandro Manzoni，1785～1873)：意大利诗人小说家，小说《约婚夫妇》(*I promessi sposi: The Betrothed*；1852)最为著名。

② 本雅明这里提到的三位重要的作家，他们的风格就是抵制对于时代范式的轻易盲从。约翰·克里斯汀·弗里德里希·荷尔德林(Johann Christian Friedrich Hölderlin，1770～1843)：德国抒情诗人、小说家、戏剧家，他将古希腊诗歌的韵律节奏以及句式结构成功地引入到德语当中来。他的主要著作包括小说《许佩里昂》(*Hyoerion*)，诗歌有《面和葡萄酒》(*Brot und Wein*)、《一半的生命》(*Hälfte des Lebens*)、《莱茵河》(*Der Rhein*)、《如同在节日》(*Wie wenn am Feiertage*)以及《帕特莫斯》(*Patmos*)。贝恩德·海因里希·威廉·冯·克莱斯特(Bernd Heinrich Wilhelm von Kleist，1777～1811)：戏剧家、短篇小说作家，在动荡多难的一生中创作了众多重要作品，包括戏剧《破瓮记》(*Der zerbrochene Krug*；1811)和《朋特西莱亚》(*Penthesilea*；1808)，短篇小说《米歇尔·克尔哈斯》(*Michael Kohlhaas*)、《O侯爵夫人》(*Die Marquise von O*)和《智利地震》(*Das Erdbeben in Chile*)，均收入1810年到1811年间的两卷本《故事》(*Erzählungen*)。让·保罗·里希特尔(Jean Paul Richter，1763～1825)：创作了一系列风格华丽、想象夸张的小说，特点是融幻想与现实为一体。

分崩离析的制度的力量并非是资产阶级，而是那个发现自己又回到原始状态的封建主义本身，这次它是以神秘的命运之力出现的。15年前，在他关于法国革命的剧作《被蛊惑的人》(*The Agitated*)中，歌德曾借校长之口批判那些贵族："别看他们不可一世，这些人无法摆脱那个存在于自然界所有生命当中的神秘的敬畏之情；他们并不能坚决地否认那个将语言与实效、行为与结果联系在一起的纽带。"这句话为理解这部小说提供了神奇的、提纲挈领的主旨。在《威廉·麦斯特的漫游时代》当中，我们看到这一思维模式又一次出现了，在此，就连这为构建充分发展的资产阶级形象而做的坚决努力，所得到的却是对那个神秘的、中世纪的社会制度的仿拟——钟楼那个神秘的社会。对于资产阶级文化的出现，歌德理解之充分、全面不是空前的，便是绝后的，但是舍弃了理想化的封建国家这一框架结构，他就不能想象资产阶级文化的出现(会是什么情状了)。当他发现由于德国王政复辟的倒行逆施，自己与德国更加疏离时，在他尚能工作的最后二十年，他将封建主义与东方宗法制特点相混合，以进一步强调这被理想化的封建主义。于是，在《西东合集》里我们看到了东方中世纪的出现。

本书不仅仅开创了哲理诗这一小说类型，它还是古代爱情诗在德国和欧洲文学当中一个伟大的表现。让歌德走向东方的，不仅仅只是出于政治上的必要。正是晚年歌德在情欲上的回光返照让他将古代(社会)理解为一次重生，是一件梦的衣裳，与东方世界一同出现在他的想象之中，而且这将他与玛丽安娜·冯·韦勒梅尔夫人①的邂逅幻化为一个短暂而让人心醉的节日。《西东合集》就是关于这段恋情的抒情诗。只有在将往昔、历史与自己的生活

---

① 玛丽安娜·冯·韦勒梅尔夫人(Marianne von Willemer，1784～1860)：歌德朋友、法兰克福的银行家J. J. 韦勒梅尔之妻。不同于歌德诗歌中的其他女性原型，在歌德以沟通东西方为主题的两本诗集里，有数首诗是她与歌德共同创作的。两本诗集分别是《中德的光阴与四季》(*Chinesisch-Deutsche Jahres-und Tageszeiten*；1830)以及《西东合集》。

结合起来时，歌德才能理解它。在他那接连不断的情事当中，对他而言，冯·斯泰纳夫人代表着古代的复活，玛丽安娜代表着东方，而最后一位情人乌尔莉克·冯·莱维佐夫①则以他青年时期的童话意象代表着以上两者的共生。这就是《玛丽温泉哀歌》，他最后的情诗。在他给《西东合集》所作的注解中，歌德强调的是这个诗集当中的教化风格。在哈默普尔戈什塔里②以及狄兹③的研究基础上，歌德将他东方研究的成果公之于众。在辽阔的中世纪的东方，在那些国王和维齐尔中间，置身富丽堂皇的帝国朝廷之上，歌德戴上海特姆(Hatem)这个一无所求的流浪汉、酒鬼的面具之后，通过诗歌开始触及他人性中的隐秘之处。关于这一点，他曾私下对艾克曼吐露心声："富丽堂皇的建筑和屋舍于王公贵族、巨贾富商当然相宜。住在里面，你会觉得心满意足……别无他求。但这根本不合我的心性。我住在豪宅里，就像我那卡尔斯巴德的宅子，我立刻就会变得懒惰而懈怠。相反，一间并不起眼的屋子，就像我们此刻所在的这个陋室，有些许凌乱，还有一点漂泊的感觉，却正合我的心意；这让我的精神世界得到完全的自由，能够随心所欲、不违本心地写作。"这个已经与成年之后的世事阅历不相乖违的人，现在却以海特姆之身放纵青春年少之时那奔放不羁的因子。在这期间的多首诗里，歌德能够以其全部的才华、用精致的诗的语言来表现乞丐、店主、流浪汉们的智慧，而这是以前未曾有过的。

后来作品中那种道德说教的特点早在《威廉·麦斯特的漫游

① 1821年，歌德与乌尔莉克·冯·莱维佐夫(Ulrike von Levetzow, 1804～1899)相识于玛丽温泉。1823年，74岁的歌德以婉转的方式向19岁的莱维佐夫求婚，后者婉言相拒。

② 约瑟夫·弗里埃尔·冯·哈默普尔戈什塔里(Josep Freiherr von Hammer-Purgstall, 1774～1856)：奥地利东方学家，19世纪初任驻土耳其外交官时，在一家旧书店发现了用回鹘文写就的《福乐智慧》这部哲理长诗，即所谓"维也纳版"《福乐智慧》。

③ 狄兹(Diez, 1794～1876)：德国语言学家，以对罗曼族语言和日耳曼族语言的研究闻名，代表作为《罗曼族语语法：1836～1838》。

时代》中就已经有意识地体现了出来。这部一度被搁置的小说后来在匆忙间完成了。这部小说当中自相矛盾、互不连贯之处比比皆是，歌德最终还是把这部小说当作一个储藏间，他把自己笔记本上的内容让艾克曼记录在这部作品当中。那些构成这部小说基础的大量故事和逸闻只不过是松散地串联在一起。其中最重要的部分涉及"教育的领域"问题，这一问题是一个奇特的混合，我们从中可以看到，歌德和西斯蒙第、傅立叶、圣西门、欧文和边沁[①]等知名社会主义者的作品发生了复杂的关系。他关于那些人的知识不大可能得自于自己的阅读；他们对于时人影响之强烈足以吸引歌德把封建社会的发展趋势与那些人的著作中描述的引人注目的资产阶级发展趋势结合起来。这种综合的完成是以教育的古典理想为代价的，这种理想于是全线隐退。最具典型的事例就是：农耕被当作强制性的劳动，而那些通过僵死的语言所进行的教育则无人问津。《威廉·麦斯特的求学时代》中的"人文主义者"结果都变成了手艺人：威廉是外科医生，贾诺是矿业工程师，菲莱恩是裁缝。歌德承袭了裴斯泰洛奇[②]职业教育的思想。在此之前，他就曾在《维特的瑞士来信》(*Werther's Letters from Switzerland*)中对手工业大唱赞歌，现在他重又老调新唱。由于在这一时期经济学家

---

① 西斯蒙第(Jean Charles Leonard Simonde de Sismondi, 1773～1842)：瑞士经济学家和历史学家，是工业革命之后的社会转型期早期知名的批评家。他关于经济危机、过度竞争的威胁、生产过剩、消费不足等经济学理论被马克思、凯恩斯等人所继承。傅立叶(Charles Fourier, 1772～1837)：法国社会理论家，他主张在一种他称为"法朗吉"的合作社的基础上重新组织社会。在每一个合作社里，其成员在生产的不同系统中经常交换分工。亨利·德·圣西门(Henri de Saint Simon, 1760～1825)：法国社会理论家，以创立基督教社会主义而闻名。他在其重要作品《新基督教》(*Le nouveau Christianisme*; 1825)中认为人类的友爱必须与社会的科学建构相伴而行。欧文(Robert Owen, 1771～1858)：威尔士制造商，后来的改革家，19世纪早期最有影响力的社会主义者。他在拉那克的工厂全面实行精心设计的新的管理体系，成为欧洲以及美国乌托邦团体的典范。边沁(Jeremy Bentham, 1748～1832)：英国哲学家、经济学家、法理学家，实用主义哲学的主要奠基人之一。

② 约翰·海因里希·裴斯泰洛奇(Johann Heinrich Pestalozzi, 1746～1827)：瑞士教育改革家，提出了一套以个体学生的能力和需求为中心的教育体系，同时倡导推进贫穷人口的教育。

已经开始面对工业所带来的问题,我们不妨将此理解为一种保守的立场。但是姑且不论这一点,歌德赞同的那些社会经济思想却非常适合一种极端的乌托邦形式,这乌托邦就是缘于资产阶级博爱思想的意识形态。在那个长者模范庄园的铭牌上宣示的口号有这样一条:“财产是公共与个人共有的。”还有另一句名言:“从实用通过真达至美。”特别是在宗教训诫里常可发现与此相同的调和。歌德一方面是基督教的死敌,另一方面他又尊重作为一切等级社会秩序之保障的宗教。他甚至还到了膜拜耶稣受难像的地步,而在以前这曾让他无比憎恶。在歌德看来,社会秩序——即被宗法的、和谐的规范所支配的秩序——通过麦克里(Makarie)这一人物形象而得到了至为纯粹的表达。歌德从实践以及政治活动中所获得的经验未能修正他的基本态度,尽管两者常有冲突。结果,他想通过一部作品来调和他的经验和信念的努力,就注定像这个小说的结构一样是断裂的。但是,当他转向美洲,在那里为他笔下的人物许诺了一个更加幸福、更为和谐的未来,我们甚至可以由此看到歌德本人还是留出了最后一方净土的。在小说的结尾部分,他们就迁徙到那个地方去了。这被描述为一次“有组织的集体逃亡”。

如果说在盛年时期,歌德经常避开文学,因心血来潮或兴之所至而自由地用心于理论或政务,那么可以说他晚年时期一个重要的特点就体现在这样一个事实上,即那些他长期研究、没有边际的领域,包括自然哲学、神话学、文学、艺术以及哲学,还有他涉足其间的矿业、财政、剧院、共济会、外交等事务,现在都汇聚到他最后一部也是不朽的一部文学作品上来,那就是《浮士德》第二部。歌德坦言,两部《浮士德》用去了他六十年的光阴。1775 年他带着最早一部分手稿,即《原浮士德》(*Urfaust*)来到了魏玛。后来作品中的主要人物已经包括在这部分的手稿当中。有与耽于沉思的浮士德形成对照的纯真的甘泪卿(Gretchen),但她同时也是一个被处以极刑的无产阶级女孩、一个私生子的妈妈、一个杀害孩子的凶手,在“狂飙突进运动”那些作家的诗歌和剧作当中，她的命运激起了猛烈的社会批判。有梅菲斯特菲勒斯(Mephistopheles)，与其说他是基督教教义中所描述的魔鬼，还不如说他更接近魔法传统或者卡巴拉(the Kaballah)意义上的大地死灵(the Earth Spirit)。还有就是浮士德本人了，他已经是一个泰坦巨人、超人，是摩西的孪生兄弟，而摩西也同样是歌德准备描写的对象之一，他同样企图从上帝/自然那里攫取创造的秘诀。1790年《浮士德片段》面世了。1808年，歌德将完整的《浮士德》第一部交给他的出版商科塔①出版。这是《浮士德》的第一个版本。我们发现，正是在这个版本中，情节清楚地确定了下来。这是以“天堂序幕”为基础的，在这一幕当中上帝和梅菲斯特以浮士德的灵魂为赌注打赌。当这个魔鬼前来效命时，浮士德却与他订立契约说，他将失去自己的灵魂，如果他恰好说了：

啊，驻足吧，你是如此的公正！
请将枷锁加于我身，
我将欣然消失在那彼时的彼岸。
请敲响丧钟，解除你的
劳务，你将获得自由；
钟表将会停滞，指针也会坠落，
时间已经弃我而去。

因此这本书的症结在于：浮士德对于绝对之物强烈而不懈的追求是对梅菲斯特诱惑行为的嘲弄。感官享受很快就到了极限，而这远不足以使浮士德付出灵魂的代价：“于是我从欲望蹒跚至享受/

① 约翰·海因里希·科塔，即冯·科塔多夫男爵(Johann Heinrich Cotta, Baron von Cottendorf, 1764～1832)，在图宾根继承了家族产业，并使其壮大为欧洲的顶尖出版社，曾经出版过歌德、赫尔德、洪堡兄弟、黑格尔、费希特、维兰德、施莱格尔、梯克、让·保罗以及克莱斯特等人的作品。

而在享受时我渴盼着欲望。"[①]随着时间的流逝,浮士德的欲望愈加膨胀、不可遏止。这部戏的第一部分在葛丽清的地牢里、在一片哀号声中结束。就其本身而言,这第一部是歌德最为黑暗的作品之一。而且人们认为,浮士德传奇——先是作为16世纪德国资产阶级的世界传奇,后又作为18世纪德国资产阶级的世界悲剧——讲述了这个阶级何以在它所参与的游戏中一输再输。第一部的结论是,浮士德乃是一个资产阶级的存在。第二部的政治背景包括了帝国宫廷和古代的宫殿。在第一部中,透过浪漫主义中世纪的面纱还隐约可见的歌德的德意志的轮廓,在第二部中已经杳无踪迹了。相反,那浩大的整个思想运动最终以德国巴洛克风格而反映出来,而且它是通过歌德视之为古代的巴洛克风格的视角而体现出来。穷其一生,歌德都在非历史地渴望能够想象出古典的巴洛克风格,但是可以说它无所依傍,而现在他在海伦一场中以古典浪漫主义的万花筒,透过德国历史的棱镜,构建出关于古代的第一个伟大形象。这后来成为《浮士德》第二部中第三幕,整个诗的其余部分都是围绕着这一情节的。这后来的部分,尤其是帝国宫廷和军营这两场戏就是一个政治申辩,也是对歌德以前宫廷活动的一个政治总结。关于这一点怎么强调都不过分。如果说他的大臣生涯是以一种扑朔迷离的请辞和对国王情人阴谋的妥协而告终,那么在他人生的最后阶段他以理想化的巴洛克德国为背景,创造了一个屏幕,将经过放大的政治家的世界包括其细枝末节都投射其上,同时将它所有的缺陷都夸张到滑稽的程度。重商主义、古代、神秘的科学实验:国家因钱而完美,艺术因古代而完美,自然因实验而完美。对因歌德而激发起来的德国巴洛克时代而言,这就是它的标志。在第五幕结束时,天主教天堂的面目显现了出来,它揭示了甘泪卿的悔罪者身份,这一情节绝对不是一个模棱两可

---

① Goethe, *Faust*, trans. G. M. Priest (New York: Covici, Friede, 1932).

的美学权宜之策，而是出于这首诗政治上深层的必要性。歌德的认识如此之深刻，以至于他不能接受自己政治上对绝对主义的回返仅仅满足于18世纪的新教法庭。索雷特(Soret)曾入木三分地说："从抽象的角度而言，歌德是一个自由主义者；但就实际而论，他却倾向于非常保守的原则。"歌德这样表达浮士德生命辉煌时期的活动所体现出来的精神：填海造田，这是自然赋予历史的任务，而自然本身也被铭刻在这一过程当中——这就是歌德关于历史活动的观念，而且在他看来，任何政治形态只有当它能够保护并保障这种活动的时候，它才是正当的。在农耕和技术活动与绝对主义的政治机构之间那神秘的、乌托邦的相互作用中，歌德捕捉到一个神奇的方案，它会将这冲突的现实化为无形。在封建占有制的统治下运作的资产阶级农耕方式——这才是那不协调的意象，而浮士德最佳的成功契机在此一下子变得澄明起来。

这部作品完成后不久，歌德溘然长逝。那是1832年3月22日。其时，欧洲工业革命突飞猛进。歌德预见到了未来的发展。比如，1832年在给泽尔特的一封信中，他说："财富和速度才是世人仰首而视并孜孜以求的东西。为了能够过度开发，因而甘于平庸，铁路、快捷的邮政、汽船以及所有可能的交通设施才是这个文明世界的所欲所求。一般大众这一概念已经导致了平庸文化的蔓延：这就是圣经学会的目标、兰开斯特方法，[①]上帝知道还有什么名堂。事实上，这个世纪属于那些能才，属于那些思维灵活、仅凭一技之长就可傲视他人的实用性人才，即便他们的天分并不足以使他们跻身一流之列。还是让我们努力坚守我们那与生俱来的原则吧；包括那或许为数不多的人在内，我们将是一个时代的遗老，而那个时代或许难以很快复归。"歌德深知，在短期内他的作为将

---

① 约瑟夫·兰开斯特(Joseph Lancaster, 1778～1838)：英国教育家，提出了一套面向社会大众的教育理论。"兰开斯特方法"的思想基础是，优秀的孩子可以在成人的指导之下教其他孩子学习。

不会产生影响，而且实际上德国民主的希望借以萌芽的资产阶级又一次将席勒尊为他们的楷模。“青年德意志运动”这个团体发出了最早的、有力的文学抗议。[①] 比如，博尔纳就曾如此写道：“歌德总是对自我主义和冷漠无情顶礼膜拜；因而，那不过是像他一样冷酷的东西罢了。他教导那些受过教育的人怎么文质彬彬、胸襟开阔、心存公允，而又能极端自我；如何占尽恶习而又不显粗鄙，乏善可陈而又不荒唐可笑；如何让纯洁的思想免受肮脏心灵的污染，如何体面地作恶，并通过艺术的形式伪饰那些应该受到谴责的或者下作的事情。就是因为他深谙此道，所以有教养的人对他推崇备至。”1849 年歌德的百年诞辰悄无声息地过去了，但相隔仅仅 10 年，德国资产阶级却让席勒的百年诞辰极其风光。直到 19 世纪 70 年代帝国成立之后，当德国人在寻找民族声望的代表时，歌德才进入了人们的视线。标志性事件包括：德意志王侯资助的歌德协会(Goethe Society)成立；在国王资助下，歌德著作的魏玛版得以付梓；德国大学将歌德树立为帝国拥护者的形象。虽有歌德研究者生产的大量文字，但是资产阶级从来都没有对歌德的天才进行哪怕有限的利用，更不必谈他们究竟在多大程度上理解了歌德的用心所在这样的问题。歌德的全部成果当中就有了解其用心的可资利用的丰富储备。而且，如果说他在这些作品当中创立了丰富的著述，那么他在这样做的时候是背对着我们。他并没有享受任何包括成功在内的那些以他的天分完全应该享有的东西；事实上，他本人也无意为之。也正因如此，他才能够追求自己的目标，

---

① 青年德意志运动(Junges Deutschland)是 1830 年到 1850 年间发生在德国、以倡导社会和文学改革为目标的运动。尽管海因里希·劳勃(Heinrich Laube)、格奥尔格·海尔维格(Georg Herwegh)、路德维希·博尔纳(Ludwig Börne)以及海因里希·海涅(Heinrich Heine)也参与其中，但其主要成员还是鲁道夫·温巴尔格(Ludolf Wienbarg)、卡尔·古茨科夫(Karl Gutzkow)和西奥多·孟德特(Theodor Mundt)。所有这些作家都猛烈抨击当时流行的社会和文学标准：民族主义专制和浪漫主义。尽管在群众中取得的成功非常有限，但他们的作品还是被德意志联邦议会于 1835 年 12 月 10 日查禁。

即给予那些使他得以成功的内容(Gehalt)以特定的形式,这种形式可以使得内容抵制来自资产阶级的消解——这种抵制可能是有效的,因为它们还没有受到影响;也可能是无效的,因为它们并非不能被歪曲或被变得平庸而浅薄。歌德对于平庸的资产阶级气质的毫不妥协,以及因此而对自己的工作所持有的新的看法获得了与自然主义批判相关的意义。新浪漫主义(斯蒂芬·格奥尔格、胡戈·冯·霍尔曼斯塔尔、鲁道夫·博夏尔特)①——如果仅仅从文化的层面和受虚弱的封建权贵庇护这一点而言,他们是为挽救资产阶级意识形态而努力的最后一批有名望的诗人——为歌德研究(康拉德·布鲁达赫、格奥尔格·齐美尔、弗里德里希·贡多尔夫)②带来了一种新的、重要的灵感。他们的工作首先关心的是对作品以及歌德晚期风格的探索,而19世纪的学者恰恰忽视了这一点。

(苏仲乐译)

---

① 斯蒂芬·格奥尔格(Stefan George, 1868～1933):德国抒情诗人,他试图在世纪之交通过自己的创作以及影响力"净化"德国的语言与文化,参看本雅明《回忆斯蒂芬·格奥尔格》(*Stefan George in Retrospect*; 1933)。他保守的民族主义思想对德国知识分子产生了重大影响。胡戈·冯·霍尔曼斯塔尔(Hugo von Hofmannsthal, 1874～1929):奥地利诗人、戏剧家、散文作家,在19世纪最后十年间以抒情诗、小说和戏剧而闻名。与德国作曲家理查德·施特劳斯的合作使其闻名于世界。参看本雅明《胡戈·冯·霍尔曼斯塔尔的〈塔〉》(*Hugo von Hofmannsthal's Der Turm*)。鲁道夫·博夏尔特(Rudolph Borchardt, 1877～1945):德国散文作家、杂文家,作品融精致的个人风格和保守的思想于一体;作为文学界的楷模,他推崇古典作品和中世纪。

② 康拉德·布鲁达赫(Konrad Burdach, 1859～1936):德国文学史家,在知识史上是文化分析的重要人物。格奥尔格·齐美尔(Georg Simmel, 1858～1918):德国社会学家、新康德主义哲学家,通过《货币哲学》(*Philosophie des Geldes*)以及后来诸如《城市与精神生活》(*Die Großstadt und das Geistesleben*)等经典散文,形成了现代性理论。他对下一代如格奥尔格·卢卡奇(Georg Lukács)、恩斯特·卡西尔(Ernst Cassirer)、恩斯特·布洛赫(Ernst Bloch)、齐格弗里德·克拉考尔(Siegfried Kracauer)以及本雅明本人等社会哲学家以巨大的影响,这其中有些人就是他的学生。弗里德里希·贡多尔夫(Friedrich Gundolf, 1880～1931):本名弗里德里希·贡多尔芬格(Friedrich Gundelfinger),是斯蒂芬·格奥尔格的学生,著名的文学批评家,1920年后任海德堡大学教授。参看本雅明《评贡多尔夫的〈歌德〉》(*Comments on Gundolf's Goethe*)以及《歌德的〈亲和力〉》(*Goethe's Elective Affinities*)。

普鲁斯特的形象[①]

1

马塞尔·普鲁斯特13卷本的《追忆似水年华》是一个不可思议的综合体。神秘主义者的玄思、散文家的技巧、讽刺家的辛辣、学者的渊博以及偏执狂的自我意识，所有这些都集中在这部自传体作品当中。但凡伟大的文学作品不是创立了一种风格，就是消解了一种风格，换言之，都是别具一格之作。在这些作品当中，尤以此作最为深奥难解。其结构融小说、自传、评论于一体；其句式松散绵延，好似语言的尼罗河弥漫并滋养着真理的原野，凡此种种都说明它在各个方面都已逾越成规。然而给人最为突出的印象还是，这部作品不单别具一格，更是数十年来最不同凡响的作品。而它的创作条件却极不健康：少见的疾病、罕有的财富，还有古怪的天性。从各个方面而言，这绝非是一种可资效仿的生活，然而有关它的一切竟终成典范。我们这个时代最杰出的文学成就在不可能的核心地带、在所有危险的中心，同时也在无足轻重的地方，获得了一席之地。它也标志着这部"生命之作"的完成乃是一个时期的绝响。普鲁斯特的形象呈现了文学与生活之间注定日渐激烈的矛盾的绝佳面相。这也正是重温这一形象

---

① 本文最初发表于1929年的《文学世界》，1934年本雅明作过修订。收入《全集》第二卷，见第310～324页。英译者为Harry Zohn。

的原因所在。

众所周知，普鲁斯特作品当中所描述的并非是生活的本来样态，而是亲历者记忆中的生活，尽管这样还是有粗疏草率之嫌。对于这个回首往事的作者来说，重要的不是他所经历的事情，而是对于自身记忆的编织，是一种与珀涅罗珀[①]的（编织）劳作不无相似的追忆，或者，我们甚至可以称其为与珀涅罗珀的编织相似的遗忘。那种无意识的回忆，即普鲁斯特所说的 mémoire involontaire，不是更接近遗忘而非我们通常所讲的回忆吗？在这种出乎本心的追忆当中，回忆为纬，遗忘为经，这难道不是与珀涅罗珀的编织如出一辙而非仅仅表面相似吗？因为，这里白天拆解的正是夜晚所编织的东西。每日早晨醒来的时候，我们的手里只不过松散地握着过往生活这张织物边缘的穗饰而已，好像是遗忘将其编织进了我们的生活。然而，我们通过有意识的行为甚至有目的的记忆，每天都在拆解这件织物，拆解遗忘的装饰。正因如此，普鲁斯特变白昼为黑夜，在他那黑暗的屋子里借助人为的烛照，把所有的时间都投入到这不容干扰的工作中去，使那些精巧细致的图案无一漏过。

在拉丁语中，“文本”（textum）一词的原意为“织物”。没有哪个人的文本比马塞尔·普鲁斯特的文本更像一件编织得紧凑严密的织物。对他来说，任何东西都难以言传地紧凑无比、经久不变。从伽里玛出版社我们得知，普鲁斯特的校改习惯是一件让排版工绝望的事情。从他那里返回的校样，经常是角角落落都写满了字，唯独印刷错误一个没改；而且，每个可以写字的地方写下的都是新

---

① 珀涅罗珀（Penelope）是古希腊荷马史诗《奥德赛》中的人物、主人公奥德修斯的妻子。奥德修斯远征特洛伊，在外征战漂泊 20 年之久。就在他漂泊的最后三年，有一百多个来自各地的王孙公子，聚集在他家里，向他的妻子求婚。坚贞不渝的珀涅罗珀为了摆脱求婚者的纠缠，想出了拖延之策，她说要等为公公织完一匹做寿衣的布料后，才能决定改嫁之事。于是，她白天织、晚上拆，织织拆拆，一直拖延到丈夫回家。珀涅罗珀于是成了“忠贞”的象征，同时也就留下了 Penelope's web（珀涅罗珀的织物）这个成语。

的内容。这样一来，即便是在作品内部记忆的法则也发挥着作用。经历过的事情是有限的，不管怎么说，它总是局限于一定范围的经验之内；而对那件事情的回忆则是无限的，因为它只不过是一把钥匙，会将在它此前和之后发生的桩桩件件都打开。记忆还从另一个角度为编织颁布了法则。构成文本自身的并非是作者或者情节，而恰恰是回忆这一过程本身。甚至可以说，作者和情节的断续介入只不过是连续记忆的反面，是这件织物背后的图案。普鲁斯特曾说，他倒希望自己的这部作品能够合为一卷出版，每页分为两栏，没有什么段落之分，这才是他本来的意图，我们也正是要从这一点切入，来理解他。

普鲁斯特狂热追求的到底是什么？这不懈追求的动因又是什么？我们能否这样说，所有发挥着作用的生命、作品以及行为不是别的任何东西，而只不过是某个人自己生命当中那陈旧不堪、转瞬即逝、多愁善感而又孱弱的时光完整的展开？普鲁斯特在某个精彩段落里描述那几乎纯粹属于自己的时光，然而他所使用的手法却竟也能够使人人都可在自己的生命中发现这样的时光。在我们看来，这些都是平淡的时日，它出现在夜幕降临之时、在鸟雀的啁啾再难听闻之时，或者就在面对敞开的窗户深深地吸上一口气的时候。如果我们并不那么心甘情愿地就范于睡眠，那将无从知晓会有什么样的邂逅在等着我们。而普鲁斯特就不向睡眠就范。然而，或者说正是因为这个原因，让·科克托[①]才可以在一篇美文中说，普鲁斯特抑扬有致的语调合乎夜晚与蜜糖的法则，也正是依循这一法则，普鲁斯特克服了心底那绝望般的悲楚。他曾经称之为“现存之物就其本质而言不可救药的不完善性”。依赖记忆的蜂巢，他为自己繁复的思想筑起了一间屋子。科克托指出了所有普罗斯特的读者应该最为关切的问题，指出了普鲁斯特对于幸福盲

① 让·科克托(Jean Cocteau，1889～1963)：法国先锋派艺术家，在诗歌、小说、绘画、电影等领域均有建树。

目、疯狂而又执着的追求。这就流露在他的目光里。他的目光并不幸福，然而幸福却蕴含在这目光里，就像蕴含在赌博和爱情中一样。饱含在普鲁斯特作品当中，对幸福的那种震慑人心、不可遏制的追求，很少为他的读者所理解，其中的原因竟也难说清楚。很多情况下，普鲁斯特容易让读者以遁世的、英雄主义和禁欲主义那习以为常、轻车熟路的套路去理解他的作品。说到底，伟大的成就乃是辛劳、苦难和挫折的结果，对于那些的确涉世未深的孩子们来说，没有什么东西会比这一观念更有道理了。而幸福其实与美好（的事物）不可分开，这样的观念在他们看来未免美妙得像天方夜谭一样，他们心中的怨怼岂能轻易将其放过？

倒是的确存在着对于幸福的一种二元欲望、一种幸福的辩证法：一是对于幸福的赞颂；一是对于幸福的挽歌。一是闻所未闻、前所未有的极乐之境；一是永恒的轮回，向太初之境、向原初的幸福的无限回返。对于普鲁斯特而言，正是对于幸福的这一挽歌式的观念，也可以说它是伊利亚式的（Eleatic）[①]思想，将生命转化为一种记忆的保存。为此，他牺牲了生活中的朋友和伴侣，牺牲了作品中的情节、人物的统一、叙事的连贯以及想象力的发挥。作为普鲁斯特作品的一位目光敏锐的读者，马克斯·乌诺德（Max Unold）专注于普鲁斯特作品中因此而创造出的“无聊感”，并将其比作“散漫的叙事”。“普鲁斯特竭力想让这种散漫的叙事变得饶有趣味，他说：‘亲爱的读者，您不妨想象一下，昨天当我把一块点心泡在茶杯里的时候，我正在回想自己孩提时代在乡间的一段时光。’虽说仅这一个情节就占用了八十页的篇幅，但却引人入胜，直让你觉得自己已经不仅仅是一个读者，而变成了那个正做着白日梦的人。”在这样的故事里，“正是在这讲述中，所有平淡无奇的梦顷刻间都化为这散漫的叙事”，乌诺德已经发现了那通往梦境的桥

① 伊利亚是指古希腊前苏格拉底时期的一个哲学流派，其主要特征之一是强调纯粹思维、否定一切感官存在。

梁。对普鲁斯特任何综合性的阐释都无法忽视这一点。而且通向这一点的路径并不醒目,那就是普鲁斯特热情的努力,以及他对相似性不无狂热的崇拜。在他出其不意、让人震惊地揭示出行为、相貌以及言语风格中的相似性的地方,这梦境霸权的标志并不明显。那种我们习以为常的、在清醒状态下所关注的事物彼此之间的相似性,仅仅只是模糊地反映了梦境当中事物之间更深刻的相似性。梦里所发生的所有事情并不相同,只不过佩戴着相似的伪饰而已,与其自身约略接近。孩子们都熟悉这个世界的象征物:洗衣筐里那卷起来的长筒袜与梦境的结构相同,它既是“口袋”同时又是“礼物”。而要在瞬间将这口袋及其里面的东西又变成另外一件东西,也就是袜子,对此孩子们并不会反感。与此类似,普鲁斯特不厌其烦地将布偶,也就是他的自我,一下子腾空,无非是为了储存第三样东西,即满足其好奇心的意象,而这倒也的确舒缓了他的乡愁。躺在床上的他,备受乡愁的折磨,这是一种对在相似状态下受到扭曲的世界所怀有的乡愁,而在这个世界里,存在所具有的真正超现实的面孔得以凸显。普鲁斯特所经历的,包括那些费尽心机、吹毛求疵的表现方式都属于这个世界。这个世界从来就不是孤立的、修辞的或虚幻的;这个被精心描述并得到细心呵护的世界承载着脆弱而宝贵的现实:意象。巴尔贝克的夏日,陈腐、渺然而又干瘪,就在它从弗朗索瓦丝手下的蕾丝帷幔中浮现出来时,意象本身也就离普鲁斯特的句子结构而去了。

2

对那些不得不说而又至关重要的事情,我们通常既不会大肆声张,但也不会将它告诉给我们身边的人、我们的密友,以及兴致勃勃想听我们坦陈心迹的那些人。如果此言非虚,那么不仅人而且时代也有这样一种朴素的,实际上也是迂回和琐屑的交流方式,即将纯属个人的东西告诉给眼前的匆匆过客,19 世纪没有将其本身展示给左拉[①]或者阿纳托尔·法朗士,[②]而是展示给了这位年轻的普鲁斯特,这个寂寂无闻、老于世故,同时耽于玩乐、善于社交的公子哥从这个颓败的时代,就像从另一个疲惫不堪的斯万[③]那里一样,顺手抓住了那让人震惊的秘密。普鲁斯特因此而使 19 世纪具备了付诸文字的成熟条件。在他之前的那个没有张力的时期现在则变成了一个力场,在此当中后继的作家们唤醒了参差多态的潮流。其中的扛鼎之作则是与普鲁斯特颇为亲近的一位作家所为,她既是普鲁斯特的仰慕者,又是他的朋友,因此,这本克莱芒·托奈尔公主的回忆录能够出版就并非偶然了。单是这本书的名字《相聚的时光》(*Au temps deséquipages*),在普鲁斯特之前就是不可想象的。这本书亲切地回应了普鲁斯特从圣日耳曼城郊区[④]所发出的朦胧、温馨而又不无诱惑的呼唤。此外,这部铿锵有致的作品其题旨和人物或明或暗涉及普鲁斯特之处比比皆是,既包括普鲁斯特本人,也包括了他在丽兹酒店[⑤]几件心爱的把玩之物。显然,这无疑使我们置身于一种极具贵族气息的氛围当中,加之克莱芒·托奈尔公主以高超的笔触所描绘的诸如罗伯特·德·孟德斯鸠之类的人物,更使这种贵族气息尤为别致。而普鲁斯特与此也不无相似之处,我们知道,在他的作品当中也有孟德斯鸠这样的人物。如果不是因为德国的文学批评热衷于趋易避难的话,所有这些本不值一谈,特别是人物原型的问题对于德国而言应该是等而下之、无关宏旨的。但它到底还是不能抵制这样一个迁就迎合公

① 左拉(Emile Zola, 1840~1902):19 世纪法国最重要的作家之一,自然主义文学的代表人物,亦是法国自由主义政治运动的重要角色。

② 阿纳托尔·法朗士(Anatole France, 1844~1924):法国作家、文学评论家、社会活动家。

③ 普鲁斯特《追忆似水年华》中的人物。

④ 圣日耳曼城郊区(Faubourg Saint Germain):名虽如此,实际上是指法国巴黎塞纳河左岸一个久负盛名的贵族区。普鲁斯特幼年时隔河眺望、为之神往。

⑤ 丽兹酒店(Ritz)是享誉世界的顶级酒店,以其时尚豪华而驰名,颇得一些社会名流的青睐,普鲁斯特、海明威等文坛巨子也是其常客。

共图书馆读者大众的机会。那些人云亦云的雇佣评论家们急于从普鲁斯特作品那不无势利的风格中给作者一个评价，认为普鲁斯特的作品不过局限于法兰西一国之内，是《哥达年鉴》(*Almanach de Gotha*)的文学副刊罢了。然而，显而易见的是，普鲁斯特笔下那些人物所面临的问题其实就是那个餍足的社会本身的问题。但是，其中没有一个问题和作者所面临的问题相同。他的问题都具有颠覆性。用程式化的方式来说，普鲁斯特把上流社会当作一个以喋喋不休为其特征的生理现象，他的目标就是对其整体结构进行剖析。在他那偏见与真理共存的库存里，所有的一切都被他那危险的喜剧处理手法所消解。列奥·比埃尔坎对普鲁斯特颇有研究，其中相当重要的是，他第一个指出了上述这一点。他说："说到喜剧作品，人们想到的总是那些有插图封套、篇幅短小的搞笑书籍，而恰恰忘记了《堂吉诃德》、《巨人传》和《吉尔·布拉斯》①这些小字体、大部头的笨拙之物。"而普鲁斯特作品的颠覆性在此语境下得到了充分的体现。尽管，他作品的力量主要来自喜剧而非幽默。他的笑声并未将这个世界捧到天上去，而是将它摔到地上，这不免有摔碎的风险，而如果真是如此他又会伤心不已。但是，家庭的完整、人格、性道德以及阶级的尊严的确已经支离破碎。布尔乔亚的虚荣在笑声中分崩离析。这一切的退隐以及贵族对它们的再吸收则是普鲁斯特作品的社会学主题。

普鲁斯特对于跻身贵族圈子所应具备的那些教养并不反感。他勤勉而又自觉地调节自己的人格，使其固执而又富有智慧，谦恭而又不易亲近，仿佛这是他所承担的使命使然。这种复杂与琐屑进而成为他性格的一部分，以至于他的书信有时就是一系列的补充和插入语的连缀，而且这并不仅仅是就它的语法而言的。在其才情横溢、生动灵活的言辞之外，他的书信不免使我们想起尺牍的

---

① 《吉尔·布拉斯》(*Gil Blas*)是法国作家勒萨日(Lain Réne Lesage, 1668～1747)的作品。

典范:“尊敬的夫人,适才记起我昨日将手杖遗落在府上,烦劳将其交给来人。又及:手杖又找到了,无端叨扰,万望海涵。”普鲁斯特有足够的智谋将事情复杂化。曾经有一次,他半夜造访克莱芒·托奈尔公主,这就需要差人从家里把药给他拿来,他才能在此留宿。他要派一个男仆去办,并详细描述了所在街区和自家的详细特征,最后说:“你不会找不到的,奥斯曼大街上唯一亮着灯的窗户便是。”什么都说了,就是没说他家的门牌号。假设某人在一个陌生的城市寻找一家妓院,别人给他拐来绕去说了一大堆,却唯独没有告诉他街道和门牌号,他这时就会理解这种做法究竟有什么意义,也会理解普鲁斯特对繁文缛节的偏好、对圣西门公爵的敬仰特别是对法兰西气质毫厘不爽的执着这几方面之间的关系。要了解三言两语显然就可交代清楚的很多事情是何等的不易,而经验的实质难道不就是明白这个道理吗?而这只不过是依照社会等级和阶层而形成的特定语言的一个组成部分,是外人断难理解的。无怪乎这沙龙中的秘密语言让普鲁斯特如此激动。当他后来以尖酸的笔触描绘“小家族”、库尔瓦西埃一家以及“奥丽雅娜精神”时,对通过毕贝科斯一家而掌握的这种话语方式,他已能信手拈来、得心应手了,而我们对此也已经不再陌生。

在多年的沙龙生活中,普鲁斯特奉承的恶习甚至发展到了可以说是神学的高度,同时他的好奇心也愈加强烈。这笑像迅疾的火光让“笨处女”(Foolish Virgin)笑歪了嘴,而我们在他身上就可觉察到这种笑声的反映。为普鲁斯特所喜欢的“笨处女”多见于教堂穹隆的内弧面上。而这种笑便是那种充满好奇的笑。难道是这种好奇心成就了他这个戏仿大师?如果真是如此,我们这也就知晓如何在此种语境下评价“戏仿家”这一概念了,但也不会有什么过高的评价。因为尽管这一定位恰当地反映了他那不可量度的尖酸刻薄,但却未能切中他在很多精彩的篇章中所表现出来的尖刻、粗野和冷峻。这些篇章是他仿照巴尔扎克、福楼拜、圣伯甫[①]、雷尼耶[②]、龚古尔兄弟[③]、米什莱[④]、勒南[⑤]和他最欣赏的圣西门的风格写就的，收在《拼贴与混合》(*Pastiches et mélanges*)中。这些篇章最为突出的特点就是缘于人的好奇心理的模仿，同时也是他全部创造力的一个特点，我们应当重视其中所体现的普鲁斯特对于植物性生命的热衷。奥特加·伊·伽赛特[⑥]首先提醒我们关注普鲁斯特笔下人物的植物性生存。他们牢牢地植根于所属的社会环境当中，循着贵族趣味这个太阳的位移而移动，随着从盖尔芒特或梅塞格里斯家那边吹来的风而摇曳，无法摆脱自身命运的羁绊。正是这个环境催生了这位诗人的模仿。普鲁斯特最精准、最具决定性的识见总是紧扣着它的对象，就像昆虫附着在草叶、花朵和树枝上一样，全然不被外界所发现，直到它一跃而起、振翅高飞或弓背俯冲时，才告诉猝不及防的观者，一个你无法把握的生命在不知不觉间已经潜入了另一个异类的世界。正如皮埃尔·昆特所说："这个比喻的形成，虽出乎意料，但与所表达的思想非常切近。"

那些普鲁斯特真正的读者总是难免感受到小小的震惊。通过隐喻的运用，他发现了相同模仿的积淀，普鲁斯特肯定因此感觉到这个精灵在社会这个如叶的伞盖下为了生存的斗争。正是基于此，关于好奇与逢迎两种恶习紧密而又富有成果的相辅相成关系，我们必须予以评说。克莱芒·托奈尔公主曾有这样一段对我们不无启发的评说："我们到底还是不能讳言这样一个事实：普鲁斯特

---

① 圣伯甫(Charles Augustin Sainte Beuve，1804～1869)：法国文学家、评论家，主要著作有《16世纪法国诗歌与戏剧批评史》、《夏多布里昂和他的文学集团》。

② 雷尼耶(Henri de Régnier，1864～1936)：法国诗人，现代派文学的重要人物之一。

③ 龚古尔兄弟(the Goncourts)：法国作家龚古尔·德·爱德蒙(Edmond de Goncourt，1822～1896)及其弟弟龚古尔·德·儒勒(Jules de Goncourt，1830～1870)。

④ 儒勒·米什莱(Jules Michelet，1798～1874)：法国作家、历史学家。

⑤ 勒南(Ernest Renan，1823～1892)：法国作家。

⑥ 奥特加·伊·伽赛特(José Ortega y Gasset，1883～1955)：20世纪西班牙最伟大的思想家之一，于文学和哲学皆有深厚造诣。

热衷于观察揣摩佣人。或许是因为在佣人身上有某种他在别处无从发现的因素，这触发了他寻根问底的天性，也可能是他艳羡佣人们有更多的机会细察很多事情隐秘的细节，而这些事情偏又是他自己感兴趣的。无论怎么说，形形色色的佣人一直是他的兴趣所在。”他以动人而精妙的笔触勾勒出朱庇安、艾梅先生或塞莱斯汀·阿尔巴拉特等一系列人物，他们的身份从弗朗索瓦丝——她五大三粗、棱角分明的身材就像是圣玛莎从祈祷书里直接走了出来——到那些似乎靠闲逛而非劳动来挣钱的马夫和猎手。也许这位谙熟各种礼仪的鉴赏家最热衷的就是描述这些下人。有谁能够说清楚对这些佣人们的好奇有多少转化为普鲁斯特的逢迎，而对佣人们的逢迎又有多少转化为他的好奇？对于这些服务于上层社会的佣人角色巧妙的摹写，其止境何在？普鲁斯特拿出的就是这样一个摹本，而且这样做在他而言都是不得不为的事情，因为正如他自己所坦诚的，在他看来“看”(voir)与“模仿欲”(désirer imiter)不过一回事情而已。普鲁斯特这种既高高在上又巴结逢迎的特点被莫里斯·巴雷斯①以贴切的言词描绘了出来，即(普鲁斯特乃)“挑夫客栈里的波斯诗人”(Un poete persan dans une loge de portiere)。这是他关于普鲁斯特的绝妙之笔。

普鲁斯特的好奇心有某种侦探的意味。在他看来，社会上层的千百万人就是一个犯罪集团，一帮无与伦比的阴谋家，是一个由消费者组成的卡莫拉。② 它将与生产有关的一切事情都排除在自己的世界之外，或者至少要求这类事情优雅而羞怯地隐身于有教养的职业消费者所自矜的做派之后。普鲁斯特对于趋炎附势的分析远比他对于艺术的尊崇更为重要，是他对于社会进行批评的顶

① 莫里斯·巴雷斯(Maurice Barrès, 1862～1923)：法国诗人、政治家，他的个人主义以及民族主义思想在20世纪初叶颇有影响。

② 卡莫拉(Camorra)：意大利秘密犯罪集团，三大黑手党之一，产生于19世纪的那不勒斯。

峰，因为势利的态度就是从纯粹的消费者的立场出发，对于生活所持的前后一致、头头是道而又严酷的态度。而且，即便大自然最遥远、最原始的化育万物的能力，也从这个邪恶的乐园中被排除出去了，普鲁斯特发现，和正常的关系相比较，颠倒的关系更能大行其道，即便爱情也是如此。但是，不管从逻辑上还是从理论上而言，彻头彻尾的消费者也就是彻头彻尾的剥削者，在普鲁斯特身上，这一形象以其现实历史存在的非常坚硬的面目体现出来。之所以说他是坚硬的，就是因为他难以穿透、无法把握。普鲁斯特描绘的这个阶级，处处决意掩盖自己的物质基础，也正是出于这一原因，这一阶级与在经济上已经丧失了所有本质上的重要性，但却足以充当上层中产阶级面具的封建主义如影随形。普鲁斯特愿意将自己看作是一个具有幻灭意识的消解者，毫不留情地消解自我、爱情以及道德的光环。这样一个普鲁斯特将自己没有止境的艺术整个转化为一层面纱，以遮掩他所属阶级的最重要的秘密：经济状况。但是，并不能因此说他在为这一阶级效命；他只不过是超前于这一阶级而已。这个阶级所走过的历程开始变得只有普鲁斯特能够理解了。然而，尚未在最后挣扎中暴露出鲜明特点之前，我们仍然无法知晓和揭示普鲁斯特这部作品的伟大所在。

3

19 世纪初的格勒诺布尔[①]有一家小酒馆，名为“失去的光阴”(Au Temps Perdu)。我无从知道它是否还在。在普鲁斯特笔下，我们也是客人，正向这家酒馆的门口走来，高悬于门上的招牌随风轻舞，门内等待我们的则是永恒和狂喜。费尔南德斯(Ramón Fernandez)对普鲁斯特作品当中的永恒主题(thème de l'éternité)和时间主题(thème du temps)进行了恰当的区分，但是普鲁斯特

① 格勒诺布尔(Grenoble)：法国东部阿尔卑斯山区的一个小城。

所谓的永恒绝非柏拉图式或者乌托邦式的永恒;它是狂喜式的永恒。所以,“如果时间向专注于往昔的人揭示了某种新的、尚不为人知的永恒”,那么这显然不能让某一个体达到“柏拉图或斯宾诺莎一蹴而就的更高领域”。尽管在普鲁斯特身上的确有理想主义挥之不去的流风余韵,但其作品的重要性并非建立在这些因素之上。普鲁斯特所展示给我们的永恒与时间交错在一起,并非没有边际的时间。他真正的兴趣在于时间流逝的过程,这是时间最为真实的亦即交错的形式,而这种时间之流最显著的影响,内在地体现为回忆,外在地体现为衰老。依循回忆与衰老这一对子,将意味着你会深入普鲁斯特世界的核心,深入一个纠缠扭结的宇宙。这是一个处于相似性状态的世界,它是通感(correspondances)的领地;浪漫主义者最先捕捉到它,波德莱尔则为之敞开热情的怀抱,但是设法在我们既往的生活中将其揭示出来,普鲁斯特是唯一的一人。这便是“无意识的回忆”(la mémoire involontaire)的作用,这是一种能够让人重归少年的力量,它与无情的衰老过程互相对应。当那些已然之事在清新鲜活的“此刻”得以体现时,一种重归少年的不无痛苦的震撼又一次变得生动起来。对于普鲁斯特来说,这就像斯旺家的路和盖尔芒特家的路交织在一起,同样是不可抗拒的。在《追忆似水年华》第十三卷里,当他最后一次徜徉在孔布雷时,发现这两条路交叉在一起了。就在那一瞬间,四周的景物就像一阵狂风,活动了起来:“嗨!这个世界在灯光里是多么的巨大,/但是在回忆的眼睛里,又是何等的渺小!”[①]普鲁斯特以不可想象的技巧,通过一个瞬间展现了整个世界生命的衰老过程。这种高度的凝练就是我们所言的重返少年,这一瞬间原本凋谢和死寂的东西蓦地化为一道电光。《追忆似水年华》就是一个不懈的努力,力图给生命过程灌注彻底的精神意识。而普鲁斯特所采用的

---

① 引自波德莱尔“Le Voyage”,原文是“Ah! que le monde est grand à la clarté des lampes! Aux yeux du souvenir que le monde est petit!”

方法是具体化，而非反思。他坚持认为，我们谁也没有足够的时间去体验注定要经历的生命的戏剧。我们之所以衰老的原因就在于此，除此之外没有任何其他原因。我们面庞上的褶皱与沟壑说明激情、罪恶以及洞见曾登门造访；然而，作为主人的我们却并不在家。

自从罗耀拉倡导灵性修炼①以来，如此彻底地专注于自我的努力在西方文学中实属罕见。同样，普鲁斯特的作品有一种居于中心地位的孤独，它以巨大的力量将世界拖进自己的漩涡。那刺耳而又空洞到让人难以置信的闲聊，从普鲁斯特的小说中咆哮而出，这就是坠入孤独深渊的社会所发出的声音，这当中就有普鲁斯特对于友谊的恶语。就像在火山口的最深处感知寂静一样，那洞口是最安静也最摄人心魄的。通过许许多多的故事，（普鲁斯特）以让人反感和琢磨不定的形式证明：对话无与伦比的密集程度与对谈者之间无法逾越的疏离这两者结合了起来。除了普鲁斯特，无人具有这样的叙事能力；普鲁斯特那指点事物的手指无人能及。但是在朋友相聚以及谈话当中还是存在着另一个姿态，那就是身体的接触。没有人像普鲁斯特那样感觉到这种姿态的异己。他不能触摸读者；而在这个世界上也没有什么东西是他可以触摸的。如果有人以此为标杆来对文学进行区分，将其分为可直证的和可触摸的两类，那么前者的核心当属普鲁斯特的作品，而后者的核心则是佩吉②的诗作了。这基本上就像费尔南德斯精当的概括："深度，或曰力度，总是在他一边，与他的对谈者向来无缘。"这一点在普鲁斯特的文学批评当中得到了绝妙且不无嘲讽的印证，当这些文学批评当中最为重要的一篇写成之时，也正逢他声名达到高峰、生命

① 罗耀拉（lgnatius Loyola，1491～1556）：西班牙人，创立罗马天主教耶稣会的圣人，草拟发展了"灵性修炼"（spiritual exercise）这门课程。

② 夏尔·佩吉（Charles Péguy，1873～1914）：法国诗人、哲学家，作品融合了基督教、社会主义以及法国的民族主义。

走到尽头之际,此篇就是《论波德莱尔》(*A Propos de Baudelaire*)。在作者对疾病的默认之下,这篇文章不无耶稣会士的狡黠、阴险;同时它也有着毫无节制的喋喋不休,这是一个被死神打上印记、在对人事的漠然中感到平静而又恐惧的人,想多一次表达自己的机会,且不择话题的一种表现。在死亡面前,刺激普鲁斯特的东西同样也塑造他与同代人交流的方式:时而尖酸刻薄,时而温文尔雅,而且这两者之间的转换突兀而粗暴,以至于将对方折磨得近乎崩溃。

他这种具有挑衅性且喜怒无常的品性甚至影响到了他的读者。只需回顾一下普鲁斯特作品当中那没完没了的"不是……就是"就足以证明这一点。通过这种句式,从一个行为赖以存在的无数动机这一角度,极尽其详而又毫无生机地展现了这一行为。普鲁斯特的缺陷与天才在这一点上达到了统一,而这一点正是通过这些并列的单元而显示出来的,即在智识上是超脱出世的,在审事时又是经受了考验的怀疑论者。在经历了浪漫主义自我满足的内在性之后,普鲁斯特继续前行,且非常坚定,正如雅克·里维尔①所说的那样,不给这"内在性的诱惑"(Sirenes intérieures)以任何信任。"普鲁斯特在理解经验的时候没有丝毫的形而上兴趣,没有丝毫的构建的冲动,也没有丝毫给人以慰藉的打算。"诚哉斯言。于是这本书(《追忆似水年华》)最基本的特点就在于它不是建构的结果,尽管普鲁斯特一再声明这本书是早有计划的。然而,计划中的它就好像我们手掌上的纹路,或者花萼中的雄蕊一样。普鲁斯特这个垂垂老矣的孩童,在彻底的精疲力竭之后,重又回到大自然的怀抱——这次不是为了吸吮她的乳汁,而是随着她心脏的跳动进入梦乡。你只有在这种缺陷的状态下去想象普鲁斯特,方能理解雅克·里维尔对于这一缺陷的分析是多么恰如其分:"马塞尔·

---

① 雅克·里维尔(Jacques Rivière, 1886～1925):法国诗人,《新法兰西评论》的主编。

普鲁斯特同样死于这种经验的匮乏，而正是这种匮乏成为他创作的条件。他死于对这个世界的懵懂无知，而就是因为他不知道如何改变那摧毁了他的生存环境。他之所以死了，就是因为他不会生火，甚至连窗户都不会打开。”当然，他也死于神经性的哮喘。

面对这种疾病，大夫们束手无策；而这位作家就不是这样，他倒是能够有条不紊地使疾病能为己所用。就其最外在的方面而言，他是疾病出色的导演。在数月间，他同一个想象中的仰慕者保持着联系，这当然是非常具有讽刺性的，这位仰慕者给他送来了芬芳馥郁的鲜花，但他却无法消受这花儿的芳香。取决于病况的时好时坏，他有时会给朋友们带来惊慌，在夜半更深之时突然现身于友人的客厅，对于这样的事情，友人们是既怕且盼，而且他说自己“虚弱至极”，五分钟就走，但却一直坐到黎明时分，朋友累得窝在椅子里站不起来，甚至无力打住他的话头。身为舞文弄墨的作家，他甚至都能够从自己的疾病中提炼出不同凡响的效果来：“我呼哧呼哧的喘气声盖过了沙沙的写字声，甚至淹没了楼下洗澡的水声。”不仅如此，疾病事实上并未使他远离时尚的生活。哮喘成了他技艺的一个组成部分——如果的确不是因为他的技艺而患上哮喘的话。普鲁斯特的句式结构逐渐地呈现出他对窒息的恐惧。而他那讽刺性、哲理性以及教化功能的沉思，则是为了摆脱那足以将人压垮的记忆的重荷而发出的沉重的喘息。然而，从一个更为广阔的层面上而言，死亡才是那让人感到威胁和窒息的危机所在，普鲁斯特一直意识到死亡的存在，特别是在他写作的时候。死亡就是这样与普鲁斯特对峙着，早在他的病情到达关键的转折点之前就是如此——不是疑神疑鬼担心病痛，而是一种“新的现实”，在这新的现实中反映出来的人和事则是衰老的标志。某种风格的生理学可以使我们深入这种创造力最为核心的部分。尽管在记忆本身当中并不存在嗅觉，但是那些明白嗅觉使记忆得到长久保存的人将不会认为普鲁斯特对于气味的敏感是偶然的。毫无疑问，我们所追寻的大部分记忆是以面相的形式呈现在我们面前，即便对“无意识的回忆”那自由灵动的形式而言，很大程度上也是孤立的，且难以理解地以面相的形式呈现出来。正因如此，但凡想让自己完全服从于这个力量最核心的影响，就必须自己置身于非意愿的记忆中最特殊也最底层的层面上。在这一层面上，记忆的质料不再单单以形象的形式而出现，而是散乱无序、难以名状、不可确知而又沉甸甸地显示出它的整体，类似于渔网的轻重会告诉渔翁收获几何一样。对于那些曾经将渔网撒向“往昔”(temps perdu)之海的人而言，气味就像他们所感觉到的重量一样。普鲁斯特的句子就是思想这一肌体所有的肌肉运动；这其中就包含着将网中之物拽出水面的一切努力。

除了以上所述，其他具有创造性的作家都以其英雄般的气概反抗自身的缺陷以求得突破，这一事实再清楚不过地说明了在普鲁斯特特殊的创造性和其同样特殊的病症之间那种如影随形的共生关系。因而，从另一个角度而言，也可以说若非这严重且迁延已久的疾痛之苦，在普鲁斯特身上生命和世界发展进程之间如此亲密的共谋关系肯定会使他变得平庸、在懒惰中志得意满。但事实上，疾病却注定要在巨著产生的过程中占有一席之地，这是由没有欲望和悔恨的激情所决定的。就像当年米开朗琪罗站在脚手架上，仰身在西斯廷大教堂的穹隆上创作《创世记》一样，现在脚手架又被搭建起来：这就是普鲁斯特的病榻，病榻上的他高举不计其数的手稿，将其奉献给自己小宇宙的创生。

（苏仲乐译）

贝尔托·布莱希特[①]

当人们说要以平和、公允而客观的方式来评论某位仍然健在的作家时，这其中未免有不够诚实的因素。尽管没有人能够免于该作家所属的时代气候的影响，这种气候的形式虽然风云变幻，很难有哪一种在论者有意识的控制之下，但是这种虚伪终归不仅仅只与个人有关，更多地是一种学术的虚伪。但这绝不意味着你在面对这样的问题时，就可以恣意而为，从而在一连串似是而非的牵强附会和奇闻逸事当中以期有所收获。相反，如果可以证明文学史难当此任，那么文学批评倒不失为一种恰当的形式。而且，作为一种形式，它越是缜密有力，就越能远离故作的高傲，从而能够更加专注于作品的题旨。仅以布莱希特为例，如果我们忽略了他作品当中固有的风险、政治态度，甚或所谓的剽窃问题，未免有荒唐之嫌。这样做你将无法触及作品的实质。为了揭示这些问题，将他服膺的理论、他的思维方式甚或他外在的行为阐述清楚，比起按照年代顺序罗列其著作，并就这些作品的内容、形式以及公众的反应进行描述，前者更为重要。正是出于这一原因，这里我们才毫不犹豫地从他最新的作品入手，这在文学史家看来无疑是大错而特错的，而对于文学批评家来说，这部由吉蓬豪尔出版社在柏林出版的《实验》[②]却是最合适

---

① 本文最初于1930年6月由法兰克福广播电台播出，收入《全集》第二卷，见第660～667页。英译者为 Rodney Livingstone。

② 《实验》(*Versuche*)凡三卷，吉蓬豪尔出版社(Kiepenheuer)1930年出版。

不过的了，因为这是布莱希特最难理解的一部作品，这样我们就不得不对有关布莱希特的整个现象发起一次前沿进攻。

如果我们像布莱希特处理他笔下的角色那样，径直邀请他本人谈谈自己信念的实质所在，他将会说："我不会'随意'利用自己的天分；我是从教育家、政治家和组织者的角度利用我的天分。对于我文学活动的任何批评，如'文抄公'、'好事者'或者'坏分子'，无一例外，我不但将其看作对我非文学的、匿名的、但也不乏系统的行为评价，而且还把它视为勋章。"这番话或可信以为真，但有一点是确凿无疑的，当代德国作家当中，布莱希特属于极少的异类，他们追问应将自己的天分用于何处，只将天分用于自己认为的当用之处，但凡有悖于此，便断然不为。《实验》正是经过布莱希特筛选，可以施展他天才的一个场所。但与以往不同的是，这些着力点一亮相就充分显示出了自身的重要性；作者也因此放下了"创作"，像在荒漠中钻探石油的工程师一样，在当代荒漠那些经过仔细勘定的点上开始挖掘。这些所谓的地点就是戏剧、轶闻体故事和广播，至于其他类型则是日后的扩展。布莱希特说："《实验》出版之时就标志着有些作品就不再是单个的实验（或者不再具有以前那些'作品'的特点），而是利用（或改造）了特定原则和机制的手段。"他不是在倡导改良，而是在图谋创新。这里的文学不再寄望于作者的感情，而是寄望于这样一种改造世界的欲望已经与冷静紧密相连的情感。它清醒地认识到，改造世界的过程歧途颇多，在此期间自己唯一的机会就是成为一个副产品。这里它果真就成了副产品，而且还是价值连城的副产品。这个重要的产品倒也代表着一种新的态度。李希腾贝格说："重要的不是一个人的信仰，而是信仰造就了什么样的他。"[①]具体到

① 李希腾贝格（Georg Christoph Lichtenberg，1742～1799）：德国作家、实验心理学家。尽管李希腾贝格在世时以辛辣的讽刺闻名，但是今天却以德国第一位格言家（aphorist）为人所知。长达1 500多页的札记在他身后出版，这其中包括了笑话、双关、矛盾修辞，还有书摘，仅警句就有数千条，这里引用的就是其中之一。

布莱希特，这句格言中的“什么”指的就是他的“态度”(Haltung)。这一点颇为新颖，所谓新，就在于它是可以学而知之的。“《实验》的第二部是《柯勒先生故事集》，它代表着一种想让态度具有可引用性的努力。”但是，具有可引用性不仅仅只是科勒先生的态度；《林登堡家的飞行》中孩子们的态度，虽然需要通过实践，但也不能说没有可引用性，还有那个唯我独尊的法泽尔，他的态度也同样如此。不仅他们的态度具有可引用性，与之关联的话语也同样具有可引用性。不过，这些话语需要通过行动体现出来——也就是说，首先必须注意到它们的存在，然后才能去理解它们。其功能首先在教育，其次在政治，最后在诗学。

通过这简单的陈述，大家能够了解布莱希特创作的要义所在，这种方式或许过于简单，那么在开场白之后，我们不妨稍作歇息。这里的“歇息”就是对布莱希特所创造的人物作整体观照，重点集中于能充分体现作家意图的一两个人物身上。我想把这首要的位置留给业已提到的科勒先生，在布莱希特这部作品中，他是首先出场的人物。至于他姓名出自何处我们倒不必追究。借用布莱希特昔日搭档列昂·福伊特瓦格①的话来说，他的名字来源于希腊语词根 χοινός(choinós)，有“广泛”之意，意味着参与一切、属于一切。而事实上科勒先生的确是一位参与一切、属于一切的人，因为他是一位领导者。但是，这又与我们通常对“领导”一词的理解大相径庭。他既无滔滔雄辩、一呼百应之能，也非刚愎自用、说一不二之人。他所从事的与时人所理解的“领导”的事业相去甚远。科勒先生其实就是一位思想家。我记得布莱希特曾设想过科勒先生的出场方式。他将会躺在担架上被抬上场来，因为思想家是不肯吃苦

① 列昂·福伊特瓦格(Lion Feuchtwanger，1884～1958)：德国著名的小说家，其代表作是历史小说《犹太人徐斯》(*Jud Süss*)。他曾与布莱希特合译克里斯托弗·马洛的剧作《爱德华二世》(*Edward II*)。他1933年流亡国外，一直定居于加利福尼亚。

受累的。然后，他会在沉默中追随舞台上发生的故事。但也有可能不会如此。因为今天很多事情的症状，并非是思想家所能追随的。布莱希特整个的态度不会使我们将这位思想家与希腊的圣哲，比如典型的斯多葛学派或伊壁鸠鲁学派那些享受生活的代表人物混为一谈。他更近于保罗·瓦莱里笔下的趣味先生（Monsieur Teste）：一位心如止水的纯粹的思想家。此两者都不乏中国特色。他们异常狡诈、无比审慎、世事洞明、迂腐老朽，但却又人情练达。尽管如此，科勒先生与他的法国同行全然不同的地方就在于，他有自己时刻未能忘怀的理想。这一理想就是一个新的国家。这个国家与孔子理想中的国家一样，有着深厚的文学与哲学根基。但是，如果把与中国的这一类比放在一边，可以说，我们同样能从科勒先生身上分辨出耶稣会士般的特点。这绝非偶然。随着我们对布莱希特所创造的人物类型分析的愈加仔细（我们将通过对其他两个人物的分析，来深化对科勒先生的讨论），就越发清楚地表明，尽管他们不乏生机与活力，然而他们所代表的却只是一种政治的范型，或者如医生所说，幻觉而已。他们之间的共同之处在于都有一种催生理性政治行动的欲望，而这些行动不是源于仁慈博爱、友善亲邻、理想主义或者思想的高贵，如此等等，而是来源于一个重要的态度。这态度本质上或许不甚明确、缺乏系统且有利己主义之嫌，但只要具有这一态度的人不自欺欺人、能够紧扣现实，这态度本身会自我修正。然而这修正并非道德上的：这个人本身并未得到改善。它所具有的是一种社会修正功能：他的行为使他成为有用的人。或者，就像我们在布莱希特其他的作品里读到的："'所有的恶念都不无裨益，'/（巴尔）说，'唯独作恶的人一无是处。'"①

科勒先生的恶念就是一个冷峻而决绝的思想。那么它的作用何在呢？它可以使人清醒地认识到自己往往有一个预设，正是这

① Bertolt Brecht, *Nrechts "Haunspostille"*, mit Anleitungen, Gesangsnoten und einem Anbange (Berlin: Propylöen-Verlag, 1927), p.117.

个预设将他们引向所谓的领导者、思想家或者政治家,以及他们的著作与演讲。进而,这一思想使人将这一预设付诸尽可能彻底的批判。它将会证明这预设原是捆为一束,一旦你将绳头解开,立刻会四下散落。这个先入之见的绳索便是:人们总在某个地方思考着——这是我们可以依靠的。那些身在其位、得其恩惠的贤达之士自会心系众人,他们熟稔相关的程序,将会不懈地致力于消除那些仍然存在的疑虑与晦暗。如果你否认这一点,如果你证明事实并非如此,那么毫无疑问,公众将陷入焦虑当中。因为他们可能不得不自己劳神了。现在,科勒先生正心无旁骛,只是要表明:问题与理论的、命题与世界观的冗余都只不过是虚构的想象而已。而且,他们之间互相抵消的事实既非偶然也非根源于思想。相反,它源于使思想家各安其位的那些人自身的利益。——这是不是意味着公众现在所欲了解的,就是思想行为与特定利益是一致的吗?难道思想并不是超越于一切利益之上的?这时,公众肯定会感到焦虑不安了。如果从某些特定的利益出发来进行思考,那么又会有谁来保证这些就是公众的利益呢?况且这样一来,这个结被解开了,那捆成一束的预设也散落了,思考本身就变成了一个问号。我们的思考价值何在?有用吗?它会带来什么现实的福祉呢?谁又是这些福祉的受益者?——毫无疑问,这些都是尖锐的问题。或许科勒先生会这样说,这些尖锐的问题并不能带给我们任何恐惧;我们已经有了最为细致的答案来应对这些尖锐的问题。因为我们与另一类人关系的实质就在于此。他们深知如何提出一些微妙而世故的问题,但是问题的管道却被他们用答案的淤泥所堵塞,这些未经过滤的繁复的答案利及少数,而为害众人。与之相反,我们所提出的的确是切实的问题。但是,我们会把答案筛选三遍之后,才让其通过。在这些简明扼要的回答中,论者的态度以及言说的实质清晰可见。科勒先生便是如此。

正如我们已经说过的,科勒先生是布莱希特最新创造的一个人物。如果我们现在转向他早期创造的一个人物，这在逻辑上并不显得突兀。或许你还记得，我曾经论及布莱希特作品所具有的风险。这风险也存在于科勒先生身上。如果说他是每日都要拜访作者的宾客，他肯定会不可避免地——或者我们必须希望如此——与别的访客邂逅，这些访客不但与他截然不同，而且还会消解他所带来的危险。实际上，他遇见了巴尔、小刀麦基、法泽尔，还有成群结伙的地痞与罪犯，而这些人物在布莱希特的剧作中比比皆是，尤其是布莱希特的那些歌曲，这些人才是真正的演唱者，而这些歌曲已经收在那摄人魂魄的《家庭祈祷书》(*Hauspostille*)里了。所有这些歌曲和喧闹都回返到布莱希特的青年时代，回返到在奥格斯堡的那一段生活。与他的朋友、搭档卡斯帕·纳尔[①]以及其他一些人，在陌生的旋律和粗俗、揪心的副歌声中追寻他晚期戏剧的主题。正是这个世界造就了巴尔这个沉湎于酒精的诗人和杀人犯，同时也最终造就了自大的法泽尔。然而，如果认为作者对于这些人物的兴趣仅仅在于将他们当作反面教材，那就谬之千里了。布莱希特之所以属意于巴尔和法泽尔，是大有深意的。这些人物的确代表着自我中心和遁世。但是，布莱希特的不懈努力就是要把这些远离社会的人和狂徒当作观念中的革命者来描述。在这里支配他的不仅仅只是他个人对于这一人物类型的同情，同时也关涉到一个理论因素。无需任何道德的变化，革命如何能在它彻底的对立面即资本主义内部发生，我们不妨说，马克思正是以揭示这一问题为己任的。而布莱希特正是将相同的问题置换到人的层面上来：他要革命在这些并无什么理想可言、卑劣自私的人物身上发生。正如瓦格纳[②]通过神奇的药水在试管中创造了一个侏

① 卡斯帕·纳尔(Caspar Neher，1897～1962)：德国著名的舞台设计师，自青年时代起他就与布莱希特结为好友，担任布莱希特的剧作《三便士歌剧》、《人就是人》以及布莱希特与库特·魏尔(Kurt Weill)合作的《马哈哥尼》的布景设计。

② 此处的瓦格纳指的是浮士德的助手，参见歌德《浮士德》第二部第二幕“实验”一场。

儒,布莱希特也希望能够在贫穷与卑贱的混合物中创造出革命来。

我所举的第二个人物是盖利·盖,喜剧《人就是人》(*A Man is a Man*)[①]中的一个人物。就在他刚走出家门为妻子买鱼去的时候,恰逢一队英印军队的士兵,他们四人中的一个在洗劫一座寺庙时失踪了。他们都在寻思着尽快找一个可以补缺的人。盖利·盖就属于那种压根儿就不会说"不"的人。在不知道这三个人想干什么的情况下,他就这样跟着走了。久而久之,他也就养成了战时士兵所应该具备的那些举止、思想、态度以及习惯。他被彻底地重新组装了,甚至当妻子找到他时,他也不愿相认。最终,他成为令敌人闻风丧胆的斗士,一个攻克了艾尔·德豪威尔要塞的人。下面一段话揭示了这个(人物发生)变形的实质所在:贝·布莱希特先生坚称:人就是人。

> 谁都可以这样说。
> 但是贝·布莱希特先生还能证明,
> 你可以随心所欲地改变一个人。
> 今夜你将目睹人可以像车那样被重新组装,
> 而且还无所短缺。
> 这人被温情地盘问;
> 平静而有力地要求他
> 追随着这个世界及其轨迹
> 而让他的鱼儿游走。
> 贝·布莱希特先生希望你能够看到脚下的土地
> 像雪花一样消失在你的脚下
> 而且从包装工盖利·盖身上看到
> 生活中迷途是多么容易。[②]

---

① Bertolt Brecht, *Mann ist Mann* (Berlin: Propyläen Verlag, 1926).

② Ibid., p.62.

我们早就听说过，布莱希特宣称，这个段落中所说的重新组装这一过程乃是一种文学形式。他所写的不是一部“作品”，而是一个器械，是一台设备。其水准越高，越容易被重组、拆卸和改造。通过对伟大的经典性文学的研究，特别是对中国文学的研究，他认识到对于书面文字的最高要求就是它的可引用性。这说明，我们或许在此可以发现剽窃理论的开端，而这一理论将使那些冷嘲热讽的人缄口。

不管是谁，与其想通过三言两语来界定布莱希特的特点，倒不如只专注于一句话，那就是：布莱希特的主题就是贫困。思想家如何利用那寥寥无几而又可资利用的、既有的思想；作家如何利用我们所拥有的极其有限的表达程式；政治家如何利用人所具备的为数不多的智慧和能量。这就是布莱希特致力的主题。林登堡在谈及他们的机器时说：“对我而言，他们所做的肯定足够啦。”①贴紧毫无遮蔽的现实，这就是我们的口号。科勒先生认为，贫困是模仿的一种形式，它可以让你比任何富人都更加贴近现实。这当然不是梅特林克②神秘主义视角下的贫困，也不是像里尔克诉诸笔端的“贫穷是内心伟大的光芒”③这样的圣方济会的思想。布莱希特式的贫困就像一套经过仔细量度的军服，但凡穿上它的人都会被授予很高的军阶。简而言之，它就是机器时代人在生理和经济上的贫困。“国家应该富有，而人却应该贫困；国家有权胡作非为，而人却不可轻举妄动。”布莱希特早已总结说：贫穷才是最为广泛的人权。他虽身材瘦小、衣着褴褛，但却通过作品探索了贫穷的潜能，并将其呈现在公众面前。

---

① Brecht, Versuche, p.6. Brecht's play *Der Flug der Lindberghs* (*The Lindberghs' Flight*) was the first published and performed in 1929.

② 梅特林克(Maeterlinck, 1862～1949)：戏剧家，生于比利时，大半生生活在法国，1911 年获诺贝尔文学奖。

③ Rainer Maria Rilke, *Das Stundenbuch* (The Book of Hours), section 3:“Von der Armut und vom Tode” (Concerning Poverty and Death).

我们不做任何结论，就此打住。女士们、先生们，你们可以借助任何一家好书店继续我们的探讨，但是如果没有书店，这种探讨或许会更加透彻一些。

（苏仲乐译）

保尔·瓦雷里[1]

——为其六十华诞而作

噢,语言为盐分所浸透,语词确实属于海洋![2]

瓦雷里曾一度想成为一名海军军官。青年时代这个梦想的影子在其后来的生涯中仍然清晰可见。首先,他的诗歌在形式上总是有着无穷的丰富性,那源于思想的语言有如静海深流。其次,是浸淫着数学精神[3]的思想本身——它俯身于对象之上,好像它们是一张张海事地图;它并不沉溺于对"深度"的沉思,只要航程平安无虞,它就心满意足。在他所写过的最为优美的一个段落中,海洋和数学水乳交融、合而为一。在这个段落中,苏格拉底向菲德罗讲述了他在海滩上的发现。他发现的这个事物令人费解。究竟是象牙、大理石,还是动物的骨头?无论如何,这个被潮水冲上来的东西很像一个头颅,而且种种迹象表明他是一个美男子。苏格拉底想搞清楚它究竟是人工制品还

---

① 本文最初发表于《文学世界》1931 年 10 月号,收入《全集》第二卷,见第 386～390 页。英译者为 Rodney Livingstone。

② 出自保尔·瓦雷里《欧帕里诺斯或建筑师》,《瓦雷里作品集》(Jean Hytier 编,巴黎,七星诗社,1971)第 2 卷,第 117 页。欧帕里诺斯(Eupalinos),古希腊建筑师,欧帕里诺斯隧道(The Tunnel of Eupalinos)的建造者。该隧道为输水隧道,长 1 036 米,从山坡穿过,是古希腊土木工程技术的代表作。

③ 保尔·瓦雷里在大学时代便展现出了极强的诗歌天赋,当时就有报纸预言:"他的名字将在人们的口头传颂。"但 21 岁时经历了一次短暂的精神危机后,瓦雷里决心放弃文学理想。其后的 20 年间,他在法国国防部、哈瓦斯通讯社等处工作,虽然并未完全停止诗歌创作,但除了公务之外,主要兴趣是在哲学和数学研究上,著作大多探讨人的精神活动方式,研究人的精神活动与人的本质之间的关系。

是波浪的造物。他拿在手里掂量着。海洋将它创造成这样一个形状，而不是不计其数的其他各种形状，需要多长时间？如果是艺术家，又需要多长时间？苏格拉底有充分的理由断言："一个艺术家可以历千百世而不朽，甚至更为久远……是为衡量艺术作品的不同寻常的标尺。"①如果某位崇拜者在这部杰作《欧帕里诺斯或建筑师》的作者六十华诞时想要别出心裁，以一张藏书签表达敬意的话，那么这张藏书签应该设计成巨大的圆规形状，其中一只腿臂牢牢地锚在海底，另一只腿臂则朝着地平线远远地伸展开去。这当然是一个象征，象征着这个人的吞吐八荒。紧张不安是其生理外表给人的最突出的印象；紧张不安就写在他的脸上，他那深邃的目光透露出一种远离尘世图景的幻想，正是这种幻想使得他的内心生活得以在尘世图景之中扬帆远航，正如在星空图景之中扬帆远航一样。孤独是夜幕，上述图景辉耀其上。瓦雷里长久地体味着孤独。早在25岁时，他就已经出版了他的第一部诗集和两本散文集，其后他隐匿于公共事务之中长达21年之久，直到1917年才凭借诗歌《年轻的命运女神》带来的巨大荣耀东山再起。② 8年之后，靠着一系列卓越的作品，以及在公共事物中的运筹帷幄，他当选为法兰西院士。并非没有恶意，分派给他的是先前为阿纳托尔·法朗士所占据的席位。瓦雷里以极其优雅的答谢讲演避开了射向他的明枪暗箭——作为义务，他必须对其前任进行颂赞——一次也没有提及法朗士的名字。③ 除此之外，这次讲演

---

① 《欧帕里诺斯或建筑师》，《瓦雷里作品集》第2卷，第119页。

② 1913年，在著名作家纪德等友人的催促下，瓦雷里答应将自己青年时代的旧诗稿结集出版。与此同时，他想写一首短诗附在后面，以此与青年时代的"戏作"告别。旧诗于1920年结集出版，题名为《旧诗集存》，收20首韵文诗和1首散文诗。新诗经过两年酝酿，由最初设想的三四十行的短诗扩展为512行的长诗，亦收入《旧诗集存》，初拟题为《灵魂》或《岛》，发表时改为《年轻的命运女神》，主要描写不同性质的意识之间的矛盾冲突。诗作发表后，受到了诗歌界和批评界的高度评价。有评论家称："我国近来产生了一桩比欧战更重要的事，那就是保尔·瓦雷里的《年轻的命运女神》。"瓦雷里从此蜚声文坛。

③ 法朗士(Anatole France，1844～1924)：法国作家、文学评论家、社会活动家，1921年诺贝尔文学奖获得者。法朗士强烈反对包括瓦雷里在内的象征派诗歌理论及创作。

还纵论文坛大势，这为我们提供了了解这位作者的极好线索。他谈到了“约沙王河谷”，①那里聚集了古往今来的诸多作者：“一切新事物都将为更新的事物所取代。一切试图常新不朽的幻想都将破灭。灵魂被贬黜下界，在痛苦之中——尽管也混杂着讽刺与深刻的同情，其思想投身为芸芸众生，投身为无数个拥有心灵的行动者，他们无不自诩为当代的主人，自由的创造者，第一推动者，无可辩驳的确定性的拥有者，独一无二、与众不同的创始者；这个终日操劳者、这个耗尽大好年华想要与众不同的人最终发现，自己终归还是泯灭于众生之中，终归还是被永不停息地增长着的、与他一样的群氓所吞噬。”②在瓦雷里那里，这种完全徒然地想要与众不同的追求被另外一个目标取代了：追求恒久——书写文字的恒久。诚然，书写文字的恒久，全然不同于作者的不朽，很多情况下，书写文字的恒久并不伴随着作者的不朽。对写作来说，经典的标志不是创新，而是恒久，而瓦雷里孜孜以求的正是恒久者何以恒久。瓦雷里以为：“杰出作家乃是这样一种作家，他隐匿或者说融化了其纷纭交错的观念。”③当作者的灵感高飞远举、精骛八极之时，当他感觉自己完全摆脱了建造的任务时，他落笔为文便看不到榫卯，也感受不到榫卯（因为他看不到它们）——正是在这些地方，旧时代开始霉变褪色。要辨识榫卯也即思想的局限，非有自我批判意识不可。瓦雷里试图像审判者那样去探究作家尤其是诗人的心智，他一方面呼吁人们抛弃作家当然富有才智这种由来已久的观念，另一方面又呼吁人们抛弃诗人与思辨和推理风马牛不相及这种流布更广的成见。他本人所具有的才智就决然不是不证自明的。没

---

① 约沙王(Johoshaphat)，又译为约沙法，公元前 9 世纪犹大国王降服以色列王国并与之结盟。在与以色列决战之前，约沙王“设立歌唱的人颂赞耶和华”，“因此那地方名叫比拉迦谷”。比拉迦，就是“称颂”的意思。事见《圣经·历代志下》17～21。又《约珥书》3，耶和华说：“到那日，我使犹大和耶路撒冷被掳之人回归的时候，我要聚集万民，带他们下到约沙法谷，在那里施行审判。”

② 《在法兰西学院入院仪式上的答谢辞》，《瓦雷里作品集》第 1 卷，第 731 页。

③ 同上，第 793 页。

有什么比其才智的化身——台斯特先生——更让人泄气的了。从其第一部著作到其最新著作，瓦雷里一次又一次地求助于这个离奇的形象，而一系列有关这个形象的短篇作品也便迭次产生——《和台斯特先生夜谈》，①一封写给台斯特夫人的信，一篇前言，当然还有一本航海日志。台斯特先生（“头脑先生”）作为心智的化身，让我们强烈地联想到库萨的尼古拉②的否定神学所创造的上帝。我们所知道的关于台斯特的一切都止于否定。让台斯特先生如此吸引人的不是那些定理，而是其行为举止中的各种花招：只需对非存在轻轻一触便可收威力无穷之功效，“任何兴奋之情，任何感觉，都意味着建造和改编的失败”。③ 无论台斯特先生认为自己多么富有人性，在瓦雷里的心目中，最重要的却是他那些与我们的感受相抵牾的观念。因此，他实际上代表着“人性”的对立面。“看，模糊、近似的曙光已经初显，那产生于人类事物之精确、严密和纯净之中的非人的统治马上就要来临。”④在这个瓦雷里式的古怪之人的领地之中，没有过多的、充满激情的形体姿态，没有任何“人性”，因为对他来说，思想乃是唯一能够生产完美的物质。完美的特征之一乃是连续。如此一来，艺术和科学便获得了统一，而列奥纳多的方法（瓦雷里的第一部作品便是《列奥纳多·达·芬奇的

---

① 这部发表于1894年的散文作品“以古典主义简约洗练的笔法刻画了一个生活清峻、思维严肃的知识分子。台斯特先生经过20多年自觉的智力训练，能够用清醒的意识和缜密的思维控制自己的活动和行为，包括情感行为。他把人的本质力量归结为精神的力量，坚持不懈地探索智性活动在深度与广度上的可能性。不言而喻，瓦雷里描述的正是他自己智力训练的体会和理想”。参见罗芃、孙凤城、沈石岩主编：《欧洲文学史》第3卷，商务印书馆2001年版，第172页。——中译者注

② 库萨的尼古拉（Nicholas of Cusa，1401～1464）：文艺复兴初期德国科学家、哲学家，罗马天主教会高级教士。其否定神学的思想要旨是：上帝不能用任何特殊的概念予以肯定性的规定；人类关于上帝和自然的知识是不完全的，因为所有关于上帝和在的知识都必须借助于猜想或估算才能自圆其说；人类不可能拥有绝对真理，正确的态度是“博学的无知”。主要著作有《博学的无知》（1440）、《论推测》（1440）、《论智慧》（1450）等。

③ 《错误的思想及其他》，《瓦雷里作品集》第2卷，第866页。

④ 《罗经方位》，《瓦雷里作品集》第2卷，第621页。

方法导论》[1],列奥纳多庶几可以看作是台斯特先生的前身)业已开辟出了条条道路;决不能将这些道路误解为边界。正是这种方法,在被运用于诗歌时,产生了瓦雷里著名的纯诗概念。这个概念不期然地引发了法朗士的文学杂志长达数月的讨伐,目的是要让瓦雷里承认这个概念与祈祷同义。这场讨伐最终由一个崇尚纯文学的修道院院长了结。[2] 瓦雷里本人曾不止一次极其成功地划分过诗歌理论史的不同阶段——从坡到波德莱尔和马拉美,其中,抒情诗的形象元素和音乐元素一直试图分疆而治、兵戎相见,直到双方的反思达到极致时才告结束。这种反思的核心思想在瓦雷里的抒情诗杰作《海滨墓园》、《年轻的命运女神》、《蛇》中得到了体现——在这些诗篇中,声音和心智琴瑟和鸣。瓦雷里诗歌中的思想犹如耸立于声音的海洋中的一座座岛屿。这种"沉思之诗"(Gedankenlyrik/reflective poetry)与我们德国人通过字面所理解的全然不同,这是因为:在任何情况下,它所蕴含的思想都不会与所谓"生活"或"现实"发生任何关联。除了声音之外,诗里的思想与任何事物都全然没有关系:此乃纯诗之本质。"抒情诗乃是这样一种文学样式:它早已被鲜活的声音——仿佛是在自言自语的声音,抑或是仿佛被我们所看到或感受到的事物唤醒的声音——所预言。"[3]在另外一个地方,瓦雷里又写道:"对诗艺来说,最高的

---

① 《列奥纳多·达·芬奇的方法导论》发表于1895年。"这部长篇论文并没有具体讨论达·芬奇的科学研究方法或艺术方法,而是以这位学识修养跨越科学和艺术两个领域的'巨人'为例,证明从精神本源讲,在诗与科学之间并不存在天然的不可逾越的鸿沟。精神最重要的特征在于它具有综合能力,能够把感官的印象加以综合整理。因此,创造的起点不是自发产生的灵感,而是理智对感觉的作用,是精神活动,而精神活动的起点则是形式和结构。这部著作奠定了瓦雷里诗歌创作和诗学理论的基础。"参见罗芃、孙凤城、沈石岩主编:《欧洲文学史》第3卷,商务印书馆2001年版,第172页。——中译者注

② 这里所说的修道院院长是指亨利·布雷蒙德,他曾经于1925年10月24日向法兰西学院递交过一份报告,题目为《纯诗:诗人、评论家与美学家之间的纷争之缘起》。

③ 《诗》,《瓦雷里作品集》第2卷,第549页。

要求乃是这样一种艺术技巧，它赋予自然的声音以抵御的力量，使其远离我们的灵魂，并且失聪于我们的欲望。”①这便是纯粹心智之奇异的特征。然而，在瓦雷里那里，已经在玄奥的诗歌之荒凉的高山之巅拥有了过冬居所的纯粹心智，其实也正是欧洲资产阶级在发现时代扬帆起航、踏上征服之旅时所赖以庇护的那个心智。对知识的笛卡儿式怀疑，在瓦雷里那里已经以一种近乎肆无忌惮且深奥莫测的方式扩张到了这样一种程度，以至于这些怀疑开始怀疑问题本身：“无常的王国，上帝或者命运的力量，其实无他，无非是我们自身精神缺陷的症候。如果我们能够回答所有的问题——并且答案完美无缺的话，那么，这些力量将不复存在……我们自身就能感受这一点，唯其如此，我们最终才要转而否弃我们自身的这些问题。然而这仅仅才是开始。我们应该致力于为我们自己提出一个新问题，使其先于其他所有问题，并用它来衡估其他问题，以便发现这些问题是否有价值。”②上述思想毅然而然地向着欧洲资产阶级英雄时代之语境回返，这让我们在欧洲人文主义的这样一个发达阶段，又一次无比惊异地领略了进步的观念。进而言之，这是一种可靠的、真正的、在“方法论”的意义上可以传递的进步观。这里所谓“方法论”，与瓦雷里的“建造”概念相呼应，而与正统的灵感论针锋相对。正如一位同时代人所说：“艺术作品不是创造，而是建造，分析、计算、计划起着主导性的作用。”一个体系化的过程可以引领勘探者超越自身，这个过程的终极价值在瓦雷里身上得到了证明。因为正是台斯特先生这样的人——不同于那些在行将被历史吞噬的时刻跨出门槛的人，他像一个正在消逝的幽灵——回应了最为当下的时刻的召唤，为的只是在进入万物的秩序时，再一次湮没其间。瓦雷里曾经描绘过他们的方式：“在拿破

---

① 《论〈阿多尼斯〉的主题》，《瓦雷里作品集》第 1 卷，第 480 页。
② 《罗经方位：内心私语》，《瓦雷里作品集》第 2 卷，第 647 页。

仑时代，电的作用有如台比留[1]时代基督教的作用。一个日渐明显的事实是，能量的广泛利用比从安培[2]到现时代的任何‘政治’事件的意义都更为重大，对未来的影响也更为深远。”[3]现在，瓦雷里凝视未来世界的眼光不再是军官的眼光了，而是一个经验丰富的水手的眼光，他能够预感风暴的到来，并且对业已改变的世界—历史之情境（“随着精确性和精密度的增加，效用也随之增加”）有着太过清晰的先见之明，以至于他认识不到在当今之时代，“面对着这些变迁，一个马基雅维利主义者或黎塞留主义者的最深刻的思想有着和股票市场上的秘密消息一样的价值和功效”。[4] 因此，他矗立在“思想的顶点，挺拔威严。或许是由于事物的局限性，或许是由于自身视阈的局限，他尽其所能，敏锐地监视着一切”。[5]

（李茂增译）

① 台比留（Tiberius Claudius Nero Caesar，前42～37），公元1世纪14～37年间为罗马皇帝。

② 安培（Jean Jacques Ampere，1800～1864），法国历史学家、哲学家，曾经研究过西欧语言和神话的起源。

③ 《〈当今世界一瞥〉及其他散文》，《瓦雷里作品集》第2卷，第919～920页。

④ 同上，第925页。

⑤ 《台斯特先生航海日志摘录》，《瓦雷里作品集》第2卷，第39页。

克尔凯廓尔[①]

——哲学观念论的终结

最近一次想要继承或发展克尔凯廓尔的心智世界的努力，应当完全归功于卡尔·巴特[②]的辩证神学。表面看来，这次神学运动的浪潮与由海德格尔的存在主义哲学掀起的浪潮相互激荡。最近的一部著作——西奥多·维森格伦特·阿多诺[③]的《克尔凯廓尔》——是从一个完全不同的角度接近研究对象的。这里，克尔凯廓尔不是被带向了前台而是被推回了过去——回到了哲学观念论的深层内核。

维森格伦特的方法可以称之为历史的方法。但是实际的操作过程表明，他那严谨的方法实则产生于对当下的高度关切。这种关切导致了对德国观念论的批判，而他则是从其晚近的发展入手对之进行解剖的。因为克尔凯廓尔是一个新来者。维森格伦特清晰生动地描绘了克尔凯廓尔作品的杂交特性，并且表明了他的作品大都是诗与知识的私生子。维森格伦特借此揭示了潜藏在克尔

---

① 本文最初发表于 1933 年 4 月的《福斯报》(*Vossische Zeitung*)，后收入《全集》第三卷，见第 380～383 页。英译者为 Rodney Livingstone。

② 卡尔·巴特(Karl Barth，1886～1968)：瑞士神学家，20 世纪最伟大的神学家之一。由其命题"上帝乃'完全的他者'"(God is "wholly other")所引发的新教思想的转变迄今仍可感受得到。代表作为《罗马书释义》和《教会教义学》。

③ 西奥多·维森格伦特·阿多诺(Theodor Wissengrund Adorno，1903～1969)：德国著名哲学家、美学家，法兰克福学派最主要的代表人物之一；本雅明好友，尽管两人在很多问题上都有分歧。1955 年，即本雅明自杀后 15 年，阿多诺夫妇克服种种困难，出版了两卷本的《本雅明选集》，从此本雅明声名鹊起。本雅明此处所指的是阿多诺出版于 1933 年的《克尔凯廓尔：美学的建构》一书。

凯廓尔的作品中并且依然在起作用的观念论成分。由于在浪漫主义的审美观念论中，绝对观念论的神话成分端倪尽显，因此对这些成分进行逻辑的和历史的描述便构成了维森格伦特的批判的中心意旨。

作者证明，神话的存在并不仅见于克尔凯廓尔的存在主义哲学，而且见于“一切关于绝对精神的观念论”。尽管没有哪个地方，甚至在后期谢林和巴德尔[①]那里，能够像克尔凯廓尔那样，给出如此原创性的、启示性的并且完全忠诚于其时代的构想。维森格伦特对这些构想进行了异常精确、全面的分析和描述，这使得这部研究著作相当多的篇什呈现出了一种变幻无常的特性。然而维森格伦特的洞见和表达能力并没有因为批评的准确而稍减——尽管这在文化史上司空见惯。整个19世纪，没有哪部文化史能够与这部著作的生动性相媲美；作者通过生动的描述，在其思想的核心处，将克尔凯廓尔第一次与黑格尔、第一次与瓦格纳、第一次与坡、第一次与波德莱尔联系了起来。维森格伦特展现在我们面前的世纪全景如此宽广，正如他对过去的透视是如此深刻。帕斯卡与那个寓言的巴洛克地狱被作为通向那个小牢房的门厅呈现出来，牢房之中，克尔凯廓尔将自己沉溺于忧郁之中；而这间牢房，由他和反讽[②]——他那不忠的女主人，所共有。

这个意象世界的迷宫和镜厅包含了克尔凯廓尔最深层的经验，不过，他本人却也认为它是无足轻重的、武断的、特异的。其存在主义哲学的所有傲慢主张都基于他的如下信念：他已然发现了“内在性的”、“纯粹精神的”领域，这使得他能够通过“决断”、通过

---

① 谢林(Friedrich Wilhelm Joseph von Schelling，1775～1854)：德国哲学家、教育家，是康德之后德国观念论最主要的推动者。其著作杂糅了神秘主义和泛神论的成分。巴德尔(Franz Xaver von Baader，1765～1841)：罗马天主教平信徒，后以神秘主义神学家和普世教会学影响于世。本雅明早年曾读过其著作。

② 1941年，克尔凯廓尔向哥本哈根大学申请博士学位时提交的论文为《论反讽的概念——对苏格拉底的反省》。

存在主义的决心——简言之，通过宗教态度——来克服表象。正是在此关节处，维森格伦特对存在概念的鞭辟入里的分析使自己变成了克尔凯廓尔的一个正直的批评家。他揭下了“基于悖论之上的关于存在的欺诈神学”的面具。在他看来，“克尔凯廓尔的深刻性（假如我们愿意保留这一俗滥的概念的话）并不在于他有能力去恢复一个伪装在思想的种种观念形式之中的绝对的、宗教的原初意涵”。相反，“在观念论的历史性衰败中”，克尔凯廓尔辨识出了一种潜在的神话内容，并且揭示了“其原始意涵及其历史性真理”。

依此，克尔凯廓尔的内在精神在历史和社会之中被定位在一个特殊的位置。其模型是资产阶级的内心世界，其中历史和神话的成分杂糅交融。维森格伦特令人信服地从克尔凯廓尔的著作中，抽绎出了一整套关于这个内部空间的引人入胜的描绘。在这些内在世界中，克尔凯廓尔的内在性原来是“原始人性的历史监狱（historical prison）”。并非如克尔凯廓尔所信奉的那样，凭借那“一跃”便可以将人类从“悖反”的监禁中解放出来。维森格伦特无与伦比地展现了其深刻的洞察力：他忽略了克尔凯廓尔哲学中的陈规俗套，转而到其看似无足轻重的残片中、到其意象中、到其讽喻和寓言中去寻找克尔凯廓尔思想的关键。他从一幅（画家自画像的）画作上的（一位画家的）幻灭意象——这个意象借自中国民间故事的传统——中，辨识出了克尔凯廓尔哲学的终极言说。其本质是“在不断减少的过程中获得拯救的、正在幻灭的某物”。该意象之中的消亡并非救赎而是安慰——通过想象而获得的安慰，“这种安慰乃是这样一种工具：凭借它，从神话与历史的对立向和解的安然过渡可期实现”。

本书言简而意丰。也许作者的后续著作有朝一日将会从中诞生出来。无论如何，这又是一部弥足珍贵的第一部著作，在批评的面目之下，它仍不失为一本鼓舞人心之作。

（李茂增译）

回顾斯蒂芬·格奥尔格[①]

——对这位诗人的重新解读

威利·科赫(Willi Koch):《斯蒂芬·格奥尔格:世界、自然及人类之图景》(*Stefan George: Weltbild, Naturbild, Menschenbild*)(Halle/Saale: Max Niemeyer Verlag, 1933),第114页。

斯蒂芬·格奥尔格已经沉寂多年。随着时间的流逝,我们已经具备了倾听其声音的新耳朵。我们把他的声音看作先知的声音。但是这并不意味着格奥尔格预见到了历史的发展,或退而言之,他能理解其中的动因——这种能力可以用来分辨政客,却不能用来识别先知。先知先觉指的是道德世界的一个进程。先知预见到的是上帝的愤怒。这就是格奥尔格为"匆忙的和打哈欠的"人群所预测的,而他自己也在这些人当中找到了自我。对他而言,世界的暗夜在1914年来临了,这暗夜的到来遮蔽了他的白昼。在他看来,这暗夜的终结还遥遥无期,他最后一本诗集就指出了这一事实,其中一首诗的题目颇有意味:"致第一次世界大战中一位年轻领导"(*Einem jungen Fühere im ersten Weltkrieg*)。新的光与影已经投射到他皱纹深布的面貌。但是,我们还不能认识那光环。有朝一日,当其面貌具有永恒的表情之时,历史将用这光环将其

---

① 本文最初发表于1933年4月的《法兰克福报》,收入《本雅明文集》第3卷,第392~399页。英译者为Rodney Livingston。

照亮。

然而,在诗人的内心,还存在着先知的一个对手。先知的声音越是响亮,对方,即改革者的声音就越发微弱。格奥尔格对于劫难的预知来源于他严格的修行和对于黑暗力量的先天直觉,兼为领导和导师的格奥尔格所能指出的也不过是无足轻重的规则和行动的过程,这与生活的现实相去甚远。在他的眼里,艺术就是那个"第七枚戒指",[①]有了它就可重整那分崩离析的秩序。这一艺术已经无可争辩地表明自己是严密而有效的,这个戒指合适而贵重。但是它连接在一起的是那个意在保存旧势力的没有改变的格局——而且其方法远不及他高贵。这就是格奥尔格未能使他的诗作摆脱象征这一魔圈的原因所在,它未能像那发源于传统沃土的泉水,流到地面上来。在这一点上,荷尔德林与他不同。就他的情况而言,象征性的作品是他全部作品当中最为薄弱的部分。在其核心部分,它和那一系列源自教堂及国家的象征性思想和意象并没有什么真正的不同,法兰西的巴雷斯(Barrès)曾经对这些思想和意象大加赞赏,同时这些"魔圈"也是围绕着这位大师而组成的。格奥尔格自己的象征系列则是处于守势的,常有绝望之气。他诗作当中那些有着秘密标志的财富却有着贫乏的外表,以一种让人忧心的"风格"特征保留了下来。

以其发表于《金星》(*Hesperus*)年鉴的关于《第七枚戒指》的一篇评论力作,鲁道夫·博尔夏德(Rudolf Borchardt)成为对作为诗人的格奥尔格的成就进行全面评价的第一人。[②] 从格奥尔格作品更为广阔的语境出发,博尔夏德并没有夸大这一问题的重要性,他的的确确专注于那些大量薄弱的和失败的诗节。这个诗集的出

---

① "第七枚戒指"系格奥尔格一本诗集的名字(*Der siebente Ring*;1907)。

② 《金星》年鉴:由鲁道夫·博尔夏德(Rudolf Borchardt)、胡戈·冯·霍尔曼斯塔尔(Hugo von Hofmannsthal)以及鲁道夫·亚历山大·施罗德(Rudolf Alexander Schröder)编辑(Leizig:Insel,1909)。博尔夏德(1877～1945),保守的作家和散文家,推崇古代及中世纪文学经典。

版距今已经25年，但是它的缺陷于今似乎更加有力地冲击着我们。然而，如果我们看到，在格奥尔格的诗作里有一种类似于“风格”的东西，它通过对意义的遮蔽和削弱，强迫我们给它以关注时，我们其实在说着同样的问题。他那些力有不逮之作却大多以风格见长。这风格就是“新艺术”(Jugendstil)的风格——换言之，在这一风格当中旧的资产阶级通过在宇宙范围之内沉溺于想象力的诗意迸发，来掩盖将要暴露出他们无能的先兆，而且把“青春”一词当作咒语一样加以滥用，以期唤起他们关于未来的飘然幻影。在此基本上也只是作为一个程序，我们首次发现了从社会领域返回到自然和生物世界的现象——这一过程已经越来越被当作危机的一个症状。在格奥尔格派那些人的心里，生物和宇宙的偶像就这样出现了。这后来就催生了那神话偶像的思想，即马克西敏(Maximin)。① 至于家具和建筑物立面上那些具有那个时代风格的、让人痛苦的装饰，有道是它们代表了一种尝试：使那些第一次出现在现代技术当中的形式转化为艺术和工艺的语言。事实上，新艺术的确具有有力而非常自觉的回返行为。它们的形式风格所表达出来的愿望就是，逃避长足的发展以及那将要起来与它们对抗的先兆。那对政治视而不见，只是追求人类存在的复兴的“精神运动”，可以说也是如此。它同样相当于社会冲突向后转化为那些毫无希望的、悲剧的紧张和动荡，而这是那些小型团体集会的典型特征。

只有在很大程度上超越文学史框架的历史反思才能使我们洞察格奥尔格的形象和创作，这形象和创作在40年前曾号召“精神运动”走进生活。毫无疑问的是，科赫的研究是远在这个框架之外的。他和那些常见于文学史当中、特别是格奥尔格研究当中的俗

① 马克西敏(Maximin，1888～1904)系马克西米林·克伦伯格(Maximilian Kronbergere)之化名。马克西敏是一位15岁的少年，格奥尔格将其当作神的化身，歌颂这新的少年精英将会带来文明的复兴。

套格格不入。尽管如此,对于这本书而言,历史的观点还颇为陌生。它小心翼翼地剖解格奥尔格的作品,完全接受了那限制着它的所谓意义的“永恒”有效性。然而,以此严谨细致和方法上的责任心去赢得一个让人尊重的、不易被取代的地位,这一目标还是实现了。

这一研究当中所蕴含的方法是,“专门针对那些有助于阐明表达模式的诗作进行分析,因为这一研究确信本身已经理解了更为深层的意思”。其成就在于,它以格奥尔格世界观发展的不同阶段为基础,对格奥尔格的作品作了颇具启发性的分期。当然,世界观发展的阶段和作品的分期,两者是紧密联系在一起的。科赫论说的基础是格奥尔格对自然的深层体验中,那无处不在的混沌。这混沌以历史的基本力量而出现。

可恶的、并未完全成型的力量;
本书中,一切清晰在耳的时光
都在所有窃窃的聒噪和所有的尘暴中,
唯独没有听见你那地下的骚动。①

诗人很早就听到这些了。科赫著述的实质在于,当他觉得魔咒已经解除,和谐已经天降于他之时,去追溯格奥尔格为破解魔咒而作出的努力——先后徒劳地借助于基督教象征主义以及马克西敏的出现。依循重写宗教对象的神学思潮,科赫在“他者”的概念之下梳理格奥尔格对于自然的体验。关于那些从根源上对格奥尔格来说似乎是支配性力量的压抑的、地狱般的因素,科赫要提出一些有说服力的证据并不是什么困难的事情。与此同时,这一起点将他与那些需要最新学术知识才能解决的问题联系起来了。尤其是从晚期浪漫主义以来,很多诗人已经将目光聚焦于从地狱的角度入

---

① 格奥尔格:《盟约之星》[*Der Stern des Bundes*, in *Werke* (Munich: H. Kupper, 1958)]第1卷,第366页。

手,来开启这个世界,他将这一现象作为自己的参照点。“通过诗歌的手段解决这一问题,仍然是一件基础薄弱的事情。原因在于,时至今日文学研究关注的还仍然都是形式美学,焦点不在作为个体的、社会的或者意识形态因素的**格式塔**,就在作为语言应用的‘艺术’。一部文学作品的实际‘根基’以及在这个根基之上对文学作品进行研究所需要的规范,都必须在宗教的范围内去寻找,而这一范围就是作者的思想、题旨、形式以及语言的根源所在。”有这样一种表达程式,在这当中作者的语言是以宗教的“产品”而出现的——尽管在现实中语言只是宗教的媒介,这一程式限制了哪怕是最为严谨的研究。科赫的研究以非常突然的方式中断,更加说明了这样一个事实:研究的题目越大,这种限制也就越大。但这无损于科赫在研究当中所获得的、颇具价值的观点。

这些涉及一个恒常的变量,而它就存在于格奥尔格与自己的大自然经历相搏的主题当中。科赫写道:“格奥尔格关于自然是一个有魔力的存在这一观点植根于他对自然世界的美好感情。”通过这些叙述,作者已经触及一些因素,这些因素应该使他在与格奥尔格诗歌有关的一些历史主题上获得深邃的见解。格奥尔格是农民的儿子,他的父亲认为大自然是一种无上的力量,“他永远都不可能征服自然,从自然那里他最多也不过是效仿了一些气质,他总是处在与大自然永无止歇的抗争当中,面对大自然他必须保护好自己”。即便格奥尔格本人成了作家,生活在大城市里,但大自然仍然以其全部的力量和恐惧出现在他的脑海中。面对自然,那不再扶犁的手仍然紧握成拳头。就在这不妥协的姿态当中,本来就具有的、连同后来生活中所获得的力量,在离他根基很远的地方纠缠扭结在了一起。对他来说,自然是“堕落的——它基本上是‘没有精神意义的’(de-spiritualized; Entgottung)。正因如此,我们生活在‘世界的暗夜’当中,在这个世界上,格式化的力量‘僵硬而贫乏’,我们隐隐约约地觉察到了”。在格奥尔格《第七枚戒指》的两个诗节中，科赫恰当地看到了格奥尔格诗歌能量的主要来源：

当那女裁缝怒火万丈
面对下游，站在小河边上
在世界的暗夜，古板而困倦的击打：
于是只有一个男人总是可以打击
并将她征服，且从不依循她的规矩，
按住她的手，紧抓她的织物；
于是她温顺地继续劳作：
神化那身体，体现那神明。

但是，这“能生的自然”(natura naturans)的织物只能通过人类境况的排列和重组——当然不能通过对马克西敏的崇拜——来理解，而获得这种理解的可能性就是解放科赫这位研究者天赋的所需要的识见。

因为，不仅仅只是局限于批评，所有门类的知识都包含有“否定的盐”——正如黑格尔所强调的。从一个无所保留的立场出发而采取行动，而非思考，是可能的。因此，爱德华·拉赫曼(Eduard Lachmann)在其刚刚出版的《斯蒂芬·格奥尔格早期作品》一书中“对其作品的理解”并不深入。① 这本书和科赫这本不乏价值的著作是不能相提并论的。即便在那些值得注意的关于格奥尔格的著述当中，这本书仍然不够客观、缺乏评判格奥尔格作品的能力，甚至在理解其作品时，只是认为它无可挑剔，除此之外没有任何别的思想。那个洛塔尔·特戈(Lothar Treuge)②曾经在格奥尔格派中

① 爱德华·拉赫曼(Eduard Lachmann)：《斯蒂芬·格奥尔格早期著作：近距离考察其作品》(*Die ersten Bücher Stefan Georges: Eine Annäberung an das Werk*, Berlin: G. Bondi, 1933)。——本雅明注

② 洛塔尔·特戈(Lothar Treuge, 1877～1920)：德国诗人，格奥尔格圈子的普通成员，诗作频频发表于格奥尔格1892年到1919年间创办的《艺术之页》(*Blätter für die Kunst*)杂志上。

心的神坛上以诗体形式表演过这种客套，在这场运动行将结束的时候，它又以散文的面目登场了。但是，这种不加保留的溢美甚至对善于思考的研究者都形成了一种障碍。在格奥尔格刚刚进入晚期的作品当中，马克西敏发挥着守护神的作用，关于他的诗歌形象应该是关键性的讨论，但是在科赫的著作中却付之阙如。他反倒毫不迟疑地认为和马克西敏有关的这一段经历是“格奥尔格虔信宗教的核心”所在：“观念史和心理学的途径肯定可以通过宗教意识的现象学而达成互补；的确，这肯定是一切事物的基础。*原因在于宗教意义上的责任心是马克西敏神话所隐含的冲动，但是从心理的和历史的角度却难以阐明。*”

于是，我们又一次看到，在格奥尔格主宰的时期，他的创作期行将结束，但是还没有吸引一位与其创作相配的真正的批评家。它正在走向历史的审判席，混在一群只是门徒而非倡导者中间，几乎面目难辨。但并非没有见证者。那么这些见证者都是一些什么样的人呢？生活在那些诗歌中间的年轻人里，就有他们。但是不在那些以其专长谋得大学教职的人中间，也不在那些已经利用自己的讲义在政党之间的权力斗争中巩固了自己地位的人中间，但却在那些只是因为死了，才能在历史的审判席前充当证人的人中间——当然，不管怎么说，他们都是其中最为优秀的人物。他们经常吟诵的诗句并非来自《盟约之星》[①]，也很少来自《第七枚戒指》。就如《艺术之页》(*Blätter für die Kunst*)中已经说明的那样，在关于诗歌的经院科学中，那曾经有过的、吟诵《侏儒之歌》或者《诱拐》的声音，我们却无从发现它的回声。对于这些年轻人而言，格奥尔格的诗作是一首抚慰之歌。今天他已不大可能有心于苦难中的抚慰，今天他已不大可能听进去这样的抚慰之歌。

“通过让自己以及那些真正理解他诗歌的人成为英雄，格奥尔

① 《盟约之星》(*Der Stern des Bundes*)：格奥尔格出版于1914年的一本诗集。

格已经将这个世界的纯粹美学态度剔除了”——或者正如科赫所断言,不过这样的断言也够模糊的。因为在他剔除美学态度时,也同时剔除了生活。“新艺术”的巨大倒退意味着,连年轻人都变得像老妇人一样干瘪,“新艺术”所塑造的也是和马克西敏相差无几的埃勒特·鲁夫贝格(Eilert Lövborg)那样的人物。两者都在美中死去。① 格奥尔格美轮美奂的诗歌为那一代人提供了类似避难所一样的东西,这是注定的事情。随着战争聚拢在他们头顶的黑暗,在那一代人心中酝酿已久,它对那一代人而言,就像对以自己的诗行表达了它的诗人一样,似乎是大自然所有力量的缩影。格奥尔格绝对不是执“教导”之事的先知(*Künder*),他感动着年轻人,就像清风拂动“童年故乡的花朵”,它笑盈盈地给长长的夏日发出邀请。在那一代人眼里,格奥尔格是伟大的诗人,而且他之所以伟大就在于他反对那些颓废者的玩世不恭并使他们趋于完善,以此为死亡创造地盘,这是死亡在关键的转折点上提出的要求。格奥尔格站在由波德莱尔为开端的知识传统的末端。有充分的理由可以说,这一陈述曾经属于文学历史。同时,它已经成为宗教节日礼仪史的一部分,而且逐渐宣示着自己的权利。

（苏仲乐译）

---

① 埃勒特·鲁夫贝格(Eilert Lövborg):易卜生剧作《海达·盖博勒》(*Hedda Gabler*;1890)中一个失败的诗人。他希望能够“头发上戴着葡萄叶”,死得优美一些。

弗兰茨·卡夫卡[①]

——纪念卡夫卡逝世十周年

据说，波将金[②]患有抑郁症，并且会比较有规律地发作。病发时，任何人都不得走近他，其房间也严禁进入。宫廷里从来没有人提起这病，这主要是因为谁都知道，哪怕是暗示一下，也会引起卡特琳娜皇后[③]的不悦。一次，这位大臣的抑郁症持续发作了特别长的时间，结果带来了大麻烦。办公室里堆满了文件，等着波将金签发，而皇后又在催促办理。高官们已无计可施。一天，一个无足轻重、名叫舒瓦尔金的小职员碰巧来到总理府的前厅，发现幕僚们依然像往常那样麇集于此，垂头丧气，连声哀叹。“发生了什么事，大人先生？”舒瓦尔金殷勤地问道。大臣们解释了事情的原委，说可惜他帮不上忙。“如果只是这么一点事的话，”舒瓦尔金说道，“我请求大人们将这些文件交给我好了。”反正也不会损失什么，幕僚们同意了这一请求。舒瓦尔金将文件夹到腋下，穿过走廊和过道，走向波将金的卧室。他没有敲门，甚至没有停步，就转动了门把；门没有锁。半明半暗的卧室里，波将金身穿旧睡衣，正坐在床上咬指甲。舒尔瓦金走向书桌，用钢笔蘸了蘸墨水，然后一言不发地将笔塞到了波将金手里，与此同时将

---

① 本文发表于1934年12月的《犹太评论》。

② 波将金(Grigori Potemkin，1739～1791)：俄国侯爵，政治家和军事统帅，卡特琳娜二世的宠臣。

③ 卡特琳娜皇后(Empress Catherine，1729～1796)：沙皇彼得三世之妻，1762年登基为皇。在位期间，俄国吞并了克里米亚，并三次瓜分波兰。

一份文件放到了他的膝盖上。波将金面无表情地看了闯入者一眼;然后,仿佛仍然是在梦中一般,他开始签名——一份,两份,直至全部签完。当最后一个名字签好以后,舒尔瓦金将文件夹到腋下,然后像进来时一样离开了房间,没有任何多余的动作。幕僚们冲过来,将文件从他手上夺走。他们屏住呼吸俯身察看。没有人开口说话;所有的人似乎都呆住了。舒瓦尔金再次走上前来,试探地问他们何以看上去如此沮丧。就在这时,他看见了那些签名。只见每一份文件上都签着舒瓦尔金……舒瓦尔金……舒瓦尔金……

这则故事仿佛是早于卡夫卡作品两百年的先兆。像乌云一样笼罩在这则故事上空的谜也便是卡夫卡的谜。这个由办公室和登记处,以及潮湿、破败、黑暗的房间组成的世界,也便是卡夫卡的世界。那个殷勤备至、对什么事情都漫不经心、最后落了个两手空空的舒瓦尔金,乃是卡夫卡的 K.。至于那个空洞麻木、昏昏欲睡、不修边幅,躲在幽深的、他人不得进入的房间内的波将金,则是卡夫卡作品中那些当权者——住在阁楼上的法官或者城堡里的书记官——的先祖。不管他们如何身居要津,他们终归是已经失势或正在失势者,尽管他们中间那些最底层、最衰朽者,比如看门人或老迈的官员,也许会在突然之间大权在握。他们为什么空洞麻木,莫非因为他们是那些用肩膀扛起地球的阿特拉斯①的后代?也许,他们中的每个人因此才“将头深埋在胸前,以至于人们几乎完全看不见他的眼睛”,正如肖像画中的城堡看门人,或者独自一人时的克拉姆。② 但是他们要支撑的并非地球;是那些最庸常的事情耗尽了他们的力量。“他的疲惫一如斗士战斗后的疲惫;他的工作是粉刷官员办公室的一个角落。”③——

① 阿特拉斯(Atlas):希腊神话中的巨人之一,他们在地球两端用双肩撑住天穹。
② 城堡看门人和克拉姆都是卡夫卡小说《城堡》中的官员。
③ 语见卡夫卡《万里长城建造时》。

格奥尔格·卢卡奇[①]曾经说过，今天，人们要制造一张桌子，必须要拥有米开朗琪罗的建筑天赋。如果说卢卡奇思考的是历史时代(historical ages)，那么卡夫卡思考的则是宇宙纪元(cosmic epochs)。即使在其最无关紧要的动作中，刷墙人也要撼动宇宙纪元。许多时候，卡夫卡的人物经常莫名其妙地鼓起掌来。一次，卡夫卡曾不经意地作过一个评价：这些手"其实是汽锤"。(《在长廊里》)

我们在持续不断的、缓慢的、或上升或下降的运动中，结识了这些当权者。然而当他们从最深的腐朽——从父辈中站起来时，他们才最为可怕。在《审判》中，刚刚给无精打采、年老体弱的父亲盖好被子的儿子安慰父亲说：

> "别担心，我已经给你盖好了。"
>
> "不，"父亲尖叫着打断了儿子的回答。他将毯子扔了出去，力道之大，以至于毯子在飞行时完全展了开来。他站在床上，只用一只手轻轻地扶住天花板，便稳住了身子。
>
> "你想把我盖起来，我知道，小王八蛋，但是我还没有被盖起来。我剩下的这一点力气，用来对付你已经足够了——而且绰绰有余……谢天谢地，一个父亲不借教导，就能看穿儿子"……他无所依托地站在那里，还悠然自得地晃着腿。他为自己的洞见而得意……
>
> "现在你该知道天外有天了吧；到现在为止，你只知道自己！不错，你原本是个无辜的孩子，但你更是个邪恶之徒。"

当父亲扔掉毯子的重负时，他也同时扔掉了宇宙的重负。他

① 卢卡奇(Gorge Lukács, 1885～1971)：匈牙利哲学家，西方马克思主义的创始人和重要代表人物，代表作有《小说理论》、《历史和阶级意识》、《审美特性》等。本雅明受其思想影响很大，《讲故事的人》和《小说的危机》等文潜在的对话对象之一正是卢卡奇青年时期的代表作《小说理论》。

必须撼动宇宙时代,让古老的父子关系焕发生机并产生后果。但那是怎样一种后果!他宣判了儿子的死刑:溺亡。父亲是惩罚的实施者;和法官们一样,他为罪恶所吸引。诸多证据表明,对卡夫卡而言,官员的世界和父亲的世界是一回事。这种相似性并未给父亲的世界带来荣耀;迟钝、腐朽和肮脏充斥着这个世界。父亲的制服已是污渍斑斑;内衣也不干净。肮脏正是官吏之要素。“她起初搞不明白,为什么要规定办公时间。‘是为了把门前的台阶弄脏。’——这是一个官员对她的回答。这肯定是气头上的话,却让她恍然大悟。”(《城堡》)不洁是官员们如此明显的一个特征,以至于人们几乎可以将他们视为硕大的寄生虫。当然,说他们是寄生虫,并不是就经济关系而言,而是指理性和人道的力量,这群人正是赖此为生。同样,在卡夫卡笔下那些奇怪的家庭中,父亲们靠儿子养肥自己,就像巨大的寄生虫一样高高在上。他们不仅吞噬了儿子们的力量,还蚕食了其生存权。父亲们施行惩罚,但与此同时他们又是控告者。他们指控儿子的罪名近乎原罪。卡夫卡对原罪的定义,对儿子们尤其适用。“原罪,即人所犯下的古老的不义,端在于他总是不停地抱怨,抱怨他是不义的牺牲品,是原罪的牺牲品。”(《他》)但是,除了父亲被儿子指控,还有谁该受这种代代相传的罪过——亦即繁衍了后代的罪过——的指控呢?这么说来,儿子倒成了有罪之人。但是我们切不可就此得出结论:儿子对父亲的指控是错误的,因此这种指控有罪。卡夫卡从来不曾说过指控本身有什么不对。诉讼永无终日,而致使诉讼永无终日的最见不得人的原因,莫过于父亲赢得了官员和法庭的同谋。极端腐败还不是他们最坏的特征,因为他们的本性就是如此,而他们的唯利是图则可以说是人们在面对他们时所能抱持的唯一希望。法庭当然有法典,却不准人看。“法律体系的特点在于,”在《诉讼》中,K.揣测说,“人们不仅无辜地遭受判决,而且不知情地遭受判决。”史前时代,法律和确定的准则都还没有形诸文字。一个人有可能在一无所知的情况下触犯了它们，那么他必须努力地改过自新。然而，无论对不知情的触犯者的打击有多么严厉，法律意义上的触犯的出现却并非偶然，而是命中注定的。命运在这里呈现出了其模糊性。在附带提到古代命运观时，赫尔曼·柯亨得出了一个“不容逃避的结论”：“命运的规则似乎是这样一种东西：它引起并诱导人们对其自身的破坏，即逾矩。”[①]跟K.过不去的诉讼程序背后的法权同样如此。这将我们带回到与十二铜表法[②]产生以来的这个时代截然不同的史前世界。成文法堪称让这个世界俯首称臣的第一次胜利。在卡夫卡的作品中，成文法保存在法典中，但法典是秘密的；有了法典的支持，史前世界的统治就更加肆无忌惮了。

卡夫卡的作品中，办公室与家庭的情形在很多方面相互交织。在城堡山山脚下的村子里，人们引用了一句至理名言。“我们这里有句话，也许你已经听说了：‘官府的决定就像年轻的姑娘们一样羞涩。’‘精辟，’K.说道，‘真是太精辟了。官府的决定和姑娘们可能还不止这一点相似呢。’”在众多的相似之中，最显而易见的是两者不论委身何人何物，都心甘情愿，正如《城堡》和《诉讼》中K.遇到的那些羞答答的女孩儿。就像贪恋睡床一样，这些女孩儿沉溺于家庭内部的淫乱。他在每一个拐角都能碰见她们；后面的事情易如反掌，征服她们就像征服酒吧女郎一样容易。

> 他们抱在一起；她那娇小的身躯在K.的手臂中燃烧。K.觉得自己失去了理智，他想控制自己，却徒然无功。他们滚动了几下，撞到了克拉姆的门上，发出很响的声音。他们躺在积着啤酒的小水洼和地板上丢弃的垃圾中。几个小时过去

---

① 赫尔曼·柯亨(Hermann Kohen, 1842～1918)：德国新康德主义马堡学派的创始人，其主要贡献是试图将哲学与犹太神学打通。引文出自柯亨《纯粹意志伦理》。柯亨的思想直接促成了本雅明的《论歌德的〈亲和力〉》。

② 十二铜表法，公元前5世纪中叶罗马共和国颁布的法律，是已知罗马法中最早的成文法。

了……这期间,K.总是感觉到自己迷了路,或者是来到了从无人迹所至的地方。这个地方连空气都和家乡不一样,这里的所有新奇之物足以让人窒息,然而这个地方又让人陶醉得难以抵御,忍不住要不停地走下去,要把自己迷失得更深。(《城堡》)

对于这个奇异之地,我们不妨多说几句。最值得注意的是,这些娼妓般的女人似乎从没有一个是美的。在卡夫卡的世界中,美只出现在隐秘的地方——比如说,被告的身上。"可以肯定,这是一个奇异的现象,似乎是自然法则……使她们变得迷人的不可能是罪……也不可能是尚未到来的公正的惩罚……因此就只能是向她们提起的诉讼使她们变得美丽。"

从《诉讼》可以看出,对被告来说,这些诉讼通常是毫无希望的——甚至在她们有望被判无罪的时候,也是毫无希望的。也许正是这种无望赋予她们以美感——她们是卡夫卡作品中唯一得宠的造物。至少,马克斯·布洛德①提供的一次谈话片断是与此一致的。

我记得我和卡夫卡有过一次谈话,谈话是从欧洲及人类的堕落开始的。

"我们是上帝头脑中的虚无主义念头,自杀的念头,"卡夫卡说。这让我马上想到了诺斯替教的生命观:上帝是恶的造物主,世界是其堕落。

"不,"卡夫卡说,"我们不过是上帝的一场坏脾气,是他倒霉的一天。"

"那么,在我们所知道的这个世界的现象之外,还是有希

① 马克斯·布洛德(Max Brod, 1884～1968):捷克籍德语小说家、散文家。卡夫卡好友,是卡夫卡逝世后其作品的主要编纂者。布洛德直接影响了卡夫卡解读的第一波浪潮,他主要从宗教的角度对卡夫卡进行阐释。

望的。”

他笑了。“噢，有足够的希望，无穷无尽的希望，只不过不属于我们。”

这段话架起了一座桥梁，借此可以通达卡夫卡那些极端奇异的人物形象，那些从家庭中逃脱出来或许还存在着希望的独一无二的人物形象。这些形象中不包括动物，也不包括诸如猫羊和奥德拉德克这样的杂种和臆造出来的东西；它们实际上还生活在家庭的符咒之下。绝非偶然，格里高利·萨姆沙一觉醒来变成了甲虫，是发生在他父母的家中，而不是在任何别的地方，而那只半猫半羊的动物则是父亲的遗产；同样，奥德拉德克是父亲的心病。至于“助手们”，则不属于这个圈子。①

助手们属于这样一个人物群落，他们在卡夫卡的作品中反复出现。这个群落包括《观察》中被揭穿面具的骗子；卡尔·罗斯曼的邻居，那个深夜出现在阳台上的学生(《美国》)；居住在南方小城、永远不知疲倦的那群傻瓜(《公路上的孩子》)。他们生存于其间的朦胧状态使人想起另外一种摇曳不定的光芒，这种光芒笼罩在罗伯特·瓦尔泽②——深得卡夫卡喜爱的当代长篇小说《助手》的作者——那些短小的散文中的人物身上。印度神话中有巨大的、生活于雨雾之中、尚未成形的生物。卡夫卡笔下的助手们就属于此类：他们不属于任何其他人物群，然而其他人物群对他们都不陌生；他们作为信使，往来穿梭于其他人物群之间。卡夫卡告诉我们，他们很像巴纳巴斯，而巴纳巴斯正是信使。他们尚未完全走出自然的襁褓，因此他们“在角落地板上的两条旧裙子上安顿下

① 猫羊、奥德拉德克、格里高利·萨姆沙分别出自卡夫卡小说《杂种》、《家长的关怀》、《变形记》。

② 罗伯特·瓦尔泽(Robert Walser, 1878～1956)：瑞士德语作家，精神病患者。被认为是卡夫卡的先驱。作品充满怪诞与幻想。

来。他们……的抱负是……尽量少占地方。为此,他们不停地做着各种各样的试验,将手臂和双腿交叠,紧紧地搂在一起。黑暗之中,所有人都能看到角落里有一个巨大的圆球”。(《城堡》)只有对他们以及他们的同类,亦即未成形的和愚笨者来说,还存在着希望。

在信使们的行动中依稀可辨、尚属温和缓慢的东西,其实就是统治着全部造物群、让人感到沉重和压抑的法律。没有谁在这个世界上有自己固定的居所,以及固定的、不变的外观。没有谁不处于盛衰沉浮之中,没有谁不与敌人和邻居交易品性,没有谁不是韶华已逝却仍未成熟,没有谁不是在漫长的生存之旅的起点便已精疲力竭。这里根本不存在什么秩序和等级。即使是我们在本文中提到的神话世界,相对于神话曾允诺予以救赎的卡夫卡的世界,也显得无可比拟的年轻。如果有什么可以确定的话,那就是:卡夫卡不曾屈从于这个诱惑。作为今日之尤利西斯,他让塞壬们[①]“从其眼前经过,而他始终注视着远方。塞壬们仿佛在他的果决面前消失了,即使是他与她们最为接近的那一刻,他也对之浑然不觉”。卡夫卡的祖先,犹太人和中国人(我们后面将要谈到他们),生活在古代世界。其中,这位希腊人不应该被忘记。毕竟,尤利西斯就站在神话和童话的分界线上。理性和狡诈已经在神话中设下机关,它们的力量已不再是不可战胜的了。童话乃是讲述如何战胜这些力量的传统故事,而对辩证论者而言,卡夫卡在整理传奇时写下的便是童话。他将一些小计谋置入其中;然后用以证明“即使不太够格,甚至有些幼稚的手段也不失为一条拯救之途”。以这句话为开篇,卡夫卡写下了短篇小说《塞壬的沉默》。卡夫卡笔下的塞壬是沉默的;她们“有一件比歌声更可怕的武器……沉默”。她们用来对付尤利西斯的,正是沉默。然而,正如卡夫卡告诉我们的,他“像

① 塞壬(Sirens):希腊神话中人身鸟足的女妖,住在地中海的一个小岛上,常以美妙歌声诱惑过往船员,使船触礁沉没。

狐狸一样足智多谋，就连命运女神都不能刺穿他的甲胄。或许他其实早就注意到了塞壬们是沉默的(尽管这超出了人的理解力)，所以才用前面提到的伪装来对付她们，而众神不过是一叶盾牌罢了”。

卡夫卡的塞壬们沉默不语。这也许是因为对卡夫卡来说，音乐和歌声是一种逃避的表达，至少是一种逃避的象征，一种希望的象征。所谓希望，来自助手们安居乐业的那个中间世界——既是未完成的又已经是日常的，既给人慰藉又愚昧幼稚。卡夫卡就像那个想要知道恐惧为何物的小伙子。他走进波将金的宫殿，最后在深幽的宫殿地下室里，碰见了约瑟芬，那只会唱歌的老鼠。他这样描写约瑟芬的歌声：“歌声中有我们贫乏而短暂的童年，有我们一去不复返的幸福，但是也有眼前忙忙碌碌的生活，有忙碌生活中微不足道的快乐，不计其数然而却真真切切、无可阻遏的快乐。”(《歌手约瑟芬或者会唱歌的老鼠》)

童年照片

卡夫卡有一张童年照片，极为传神地描绘了他那“贫乏而短暂的童年”。照片肯定是在19世纪的照相馆里拍摄的。垂幔和棕榈树、壁毯和画架，使这些照相室看上去既像是刑讯室，又像是王宫。大约是在六岁的时候，照片上的男孩被放到一个类似暖房的背景之中，身上穿的是紧身、带有繁复边饰、几乎令人发窘的儿童套装。背景中的棕榈枝叶影影绰绰。仿佛是担心挂着壁毯的热带景观还不够燠热潮湿，主角儿左手拿了一顶超大号的、西班牙式的宽檐帽。无限哀伤的眼睛统御着事先布置好的景观，一只轮廓分明的大耳朵似乎在倾听着景观中的声音。

“想要成为红皮肤的印第安人”的强烈愿望在某种程度上抵消了这种巨大的哀伤。“要是能成为印第安人就好了！可以随时保持警觉，然后跃马飞奔，逆风而行，不断随震颤的地面而震颤，直至扔掉马刺，因为马刺已不复存在；丢掉缰绳，因为缰绳也已不复存在。仿佛连扑面而来的大地，一片刈割得坦荡如砥的原野都视而不见，而马的头颈早已无影无踪。”这个愿望蕴含丰富。愿望的实现最终道破了天机。愿望是在美国实现的。《美国》是一个非常特殊的案例，单是主人公的名字就足以说明这一点。在早期的小说中，作者从不自报姓名，而只是用含混的字母代替。然而，到了新大陆以后，他获得了新生并有了一个完整的名字。他在俄克拉荷马露天剧场体验了这次再生。

> 卡尔在一个街角上看见这样一张广告：“今晨六时至午夜，俄克拉荷马大剧院在克莱顿赛马场招聘职员！俄克拉荷马大剧院在召唤您！仅此一次，只此一日！机不可失，时不再来！谁想拥有远大前程，就请加入我们！欢迎每一个人！如果你想成为艺术家，那就来吧！本剧院不拘一格，人尽其才！下决心吧，本剧院现在就送上祝贺！务请抓紧，午夜截止！届时我们将关闭大门，永不开启！谁若不信，必遭厄运！马上来克莱顿吧！”

这则启事的读者名叫卡尔·罗斯曼，是卡夫卡长篇小说主人公 K. 的第三个也是最幸福的一个化身。幸福在俄克拉荷马露天剧场——那实际上是一个赛马场——等着他，正如“不幸”曾经在他房间里的那块狭窄的地毯上——他曾经在上面“像在赛马场上一样”奔跑——向他袭来一样。其实，早在卡夫卡写出《怀想赛马师先生》之时，早在他让那位“新律师”在法院的台阶上高抬着腿、踏着使大理石颤动、发出嗡响的步伐拾级而上之时，早在他让他那些“乡村道路上的孩子”双臂相交、迈着大步在乡间漫步时……他对这个形象就已不再陌生。即使是卡尔·罗斯曼，在睡意蒙眬间，也常常“跳得过高，那要浪费很多时间，而且毫无功效”。因此，只有在赛马场上，他才能获得其欲望的目标。

这个赛马场同时也是一个剧场，这是个谜。然而，这个神秘之地和毫无神秘可言、清澈透明、纯而又纯的卡尔·罗斯曼的形象却是融洽的。正因为卡尔·罗斯曼清澈透明、纯而又纯、毫无性格可言，因此可以说，弗兰茨·罗森茨维格的《救赎之星》是在同样的意义上描述中国人的——当然指的是其精神方面："可以说，他们完全缺乏个体性格。圣人学说排除了一切个体性格；孔子作为圣人最为杰出的代表，是一个完全没有性格的人——也就是说，一个中庸之人……最能显示中国人特点的不是性格，而是原初的情感的纯净。"①不管我们对之作出怎样的评价，这种情感的纯净都可以说是外在行为的一架精准的天平。在任何一种意义上，俄克拉荷马露天剧场都可以溯源至中国戏剧，那是一种形体戏剧。中国戏剧的一个最为重要的功能就是将事件分解为形体元素。我们甚至可以进而言之，只有在"俄克拉荷马露天剧场"转变为动作，卡夫卡相当数量的短篇文章和短篇故事才能显其面目。唯其如此，我们才可以确切地认识到，卡夫卡的作品构成了一套形体的符码。对作者来说，这套符码从一开始就没有明确的象征意义；毋宁说，作者试图在不断变化的语境和各种试验性组合中为它们抽绎出某种意义。理所当然，戏剧便是这种组合之地。在一篇论短篇小说《弑兄》的未刊稿中，韦尔纳·克拉夫特②敏锐地指出，这篇小故事中的事件完全是舞台式的事件。"演出就要开始了，事实上这是由铃声宣布的。一切都发生得自然而然。维斯离开了他办公室所在的大楼。但是这门铃声（我们被明确告知），'作为门铃声，实在是太

---

① 弗兰茨·罗森茨维格（Franz Rosenzweig，1886～1929）：德国犹太裔宗教存在主义者，最有影响的现代犹太神学家之一，主张建立神人对话关系的宗教。《救赎之星》发表于1921年，核心思想是，上帝宽恕有罪的人类，使之自觉到"自我"的存在。从1922年开始，深受日益严重的瘫痪症的折磨，但仍然坚持完成了一项伟大的工程：和马丁·布伯合作将希伯来《圣经》译成德语。

② 韦尔纳·克拉夫特（Werner Kraft，1896～1991）：德国散文作家、诗人、小说家，本雅明的朋友。1933年移居巴基斯坦。

响了；它响彻小城，直冲云天’。”正像这直冲云天的铃声作为门铃声太过响亮一样，在卡夫卡笔下，人物形体姿态的力量对于我们所熟悉的环境也太过强烈，这些力量直接闯入了更为广阔的天地。卡夫卡的技巧越是圆熟，他越是避免让这些形体姿态与日常情境相调适，越是避免对之作出解释。“这是一种奇怪的行为，”在《变形记》中，我们读到，“（老板）坐在桌子上，俯身对雇员们讲话。雇员们必须尽量向前，因为老板重听。”到了《诉讼》，这种方法已经被彻底否弃。在倒数第二章，K.在教堂的第一排座位旁站住了，“但是神甫还是认为距离太远了；他伸出一只胳膊，用明显弯曲的食指指着紧靠讲坛的一个位置。K.还是照办了。坐在那里，他不得不把头远远地向后仰起才能看见神甫”。

马克斯·布洛德说过：“由这样一些对他而言至关重要的现实所构成的世界是深不可测的。”其实，对卡夫卡来说，最深不可测的是形体姿态。每一个形体姿态本身都是一个事件——甚至可以说是一出戏剧。展演戏剧的舞台则是世界剧场——它直通天堂。另一方面，这个天堂又只是背景；要想按照其自身法则对之探究，就好比将舞台背景画镶入画框，挂在画廊里。和艾尔·格列柯①一样，卡夫卡在每一个形体姿态背后，都撕开了一片天空；但也和在艾尔·格列柯——这位表现主义的守护神——那里一样，形体姿态仍然是关键，即事件的中心。在《敲门》中，听到敲门声的人吓得走路都弯着腰。中国演员也是这样表现恐惧的，但是中国人不会对之感到吃惊。在另外一个地方，K.也亲自表演了一下。他并没完全意识到自己是在表演：“慢慢地……他的眼睛不再往下看，而是谨慎地抬了起来，他从桌子上取下一份文件，搁在手掌上，徐徐地递给那位先生，同时站起身来。他这么做时，心中并无明确的想法，只是觉得，一旦完成了彻底免除罪责的请求后，就必须这么

---

① 艾尔·格列柯（EI Greco）：西班牙画家，画风受风格主义影响，色彩明亮偏冷，人物造型奇异修长。

做。"(《诉讼》)这种动物性的形体姿态糅合了极端的神秘与极端的简洁。在阅读卡夫卡的动物故事时,我们可能很久都不会意识到,这些故事其实根本无关人类。当你终于碰到那些动物的名字——猴子、狗、骡子——时,你悚然一惊,抬起头来,意识到你早已远离人类的陆地。卡夫卡经常如此;他使人类的形体姿态失去传统的支撑,然后提供一个让人寻思不尽的问题。

尤为奇怪的是,即使是发端于卡夫卡的哲理故事,这样的寻思也没有终了。以《在法的面前》这篇寓言为例。读过《乡村医生》的读者也许会对寓言内部那晦暗不明之处留有深刻印象。但是这是否将他引导到这则寓言中卡夫卡试图阐释的地方,去作永无终了的思考?《诉讼》中的神甫这么做了,在这意味深长的一刻,这部长篇小说看上去似乎只不过是要将这一寓言展开。这里所谓"展开",具有双重意义。蓓蕾展开为花朵,此其一;我们教小孩折纸船,然后又将船展开为一张平整的纸,此其二。后一种意义的"展开"显然更适用于寓言;将寓言展平是读者的乐趣所在,因为这样他就可以将意义攥在手心了。然而,卡夫卡的寓言却是在第一种意义上展开的,即是像蓓蕾绽放成花朵那样展开的。因此这些寓言具有文学性的效果。这并不是说他的散文完全囿于西方散文形式的传统;毋宁说,它们与宗教教化的关系,有如哈伽达(Aggadah)之于哈拉卡(Halakhah)①的关系。它们不是寓言,但它们也不希望被望文生义;它们愿意被引征沿用,可以为了澄清教义而被反复讲述。但是我们何尝拥有卡夫卡的寓言所伴生的以及

① 作为犹太教的第二经典,依题材,《塔木德》的内容可以分为两部分。《哈拉卡》(*Halakhah*)的主要内容是律法。"哈拉卡"在希伯来语中的本义为"行走",用作律法的名字显然喻指犹太人应该按照律法的规定来行走人生之路。《哈伽达》(*Aggadah*)则是《塔木德》律法之外的内容。"哈伽达"在希伯来语中的本义是宣讲、叙事,说明《哈伽达》的内容是对《哈拉卡》的阐释。其目的是通过形象化叙事的方式对《哈拉卡》中的律法进行宣讲,以便民众接受。由于旨在宣讲和阐释,所以《哈伽达》本身不具有律法效力,其权威性也不能与《哈拉卡》相提并论。从形式上看,《哈伽达》主要包括神话、传说、故事、逸闻、民俗、诗歌、寓言以及历史回忆等。

K.的形体和动物们的姿势所要澄清的教义？教义根本就不存在；我们顶多只能说存在着对教义的暗示。卡夫卡也许会说，这些作品是传递教义的断砖残瓦，尽管我们完全可以将它们视作准备传经布道的先知。无论如何，这都涉及人类社会如何组织其生活和工作这样一个问题。尽管卡夫卡看上去不可能破解这一问题，但他却穷究不舍。如果说，在伊尔福特和歌德的著名谈话中，拿破仑以政治取代了命运，那么卡夫卡则改变了这个命题：他将组织结构视为命运。不仅是在《诉讼》和《城堡》中无处不在的官僚等级制中，卡夫卡与这种组织结构迎面相遇，在艰巨的、不可胜数的建造计划中——《万里长城建造时》描述的正是其最令人钦佩的典范，卡夫卡更是将这种组织机构具体化了。

> 长城要起几百年的防御作用；因此，建造过程中备极周严的考虑，对有史以来各民族建筑智慧的运用，以及建筑者个人持之以恒的责任感，就成了这项工程不可或缺的前提。当然，搬土运石这些简单劳动，可以雇用百姓中目不识丁的民工，那些只想多挣些钱的男人、妇女和儿童。但是，每四个民工就需要有一个在建造方面训练有素的人去领导……除非我们——现在我是以众人的口吻讲话——仔细钻研过最高领导的训令，否则不可能真正认识我们自身；我们还发现，如果没有领导，无论是我们所学的知识，还是我们的常识，都不足以使我们应对我们在伟大的整体中所担负的最些微的任务。

这里的组织结构有如命运。梅特克尼克夫在《文明与伟大的历史河流》中论证了这一点，他的语言与卡夫卡如出一辙：

> 扬子江的运河，以及黄河的堤坝，都是经过严密组织、历经数代的集体劳动的产物……挖掘壕沟和加固堤坝时的细小

> 疏忽，负责维护公共水利财富的个人或集体哪怕有丝毫的渎职或自私，在这种非常情况下，都将导致社会性的罪恶和后患无穷的社会灾难。因此，一条关乎国计民生的河流，以死亡的痛苦为代价，要求往往是彼此陌生，甚至相互仇恨的族群建立起亲密而长久的合作关系；它要求所有的人都要参与劳动，尽管劳动的效用须假以时日才能看出，而且其设计往往是普通人根本无法理解的。

卡夫卡以普通人自居。几乎每一次，他都被推到理解的极限，而他也乐于将他人推到这一极限。有好几次，他几乎要像陀思妥耶夫斯基的大法官那样说："如果是这样，我们现在所面对的就是我们无法理解的神秘。而且正因为它神秘，我们才有权利来宣扬它，才有权利教导人们：重要的不是自由，也不是爱，而是谜，是秘密，是他们必须顶礼膜拜的神秘——无须思考，甚至可以违背自己的良心。"卡夫卡并不总是回避某种流行的神秘主义的诱惑。他在日记中记下了他和鲁道夫·斯蒂纳[①]的会面；然而，至少在已发表的版本中，看不出他对斯蒂纳的态度。难道卡夫卡在回避自己的立场？他对待自己作品的方式显然不能排除这种可能。卡夫卡具有为自己创造寓言的罕见才能。不过，任何诠释都不足以耗尽他的寓言；相反，他使出浑身解数使自己的作品免遭诠释。人们必须在他的作品中如履薄冰、小心谨慎、高度警觉地前行。我们一定还记得卡夫卡的阅读方式，如他对前述寓言的阐释所示。他的遗嘱是另外一个例证。鉴于当时情形，卡夫卡请求销毁其遗作的嘱咐，如同《在法的面前》中守门人的回答一样深不可测、值得仔细掂量。也许卡夫卡在世时每天都得面对种种无法索解的行为以及不可参

① 鲁道夫·斯蒂纳(Rudolf Steiner，1861～1925)：奥地利裔科学家、编辑，人智学的创立者。人智学的主要观点是：精神世界可以为纯粹思想所理解，但只有最高层次的心智知识才可以办到。斯蒂纳的思想对20世纪早期的教育哲学影响很大。

透的人际交往,因此临终时想让他的同时代人也尝尝他们自制的这副药丸的滋味。

卡夫卡的世界是一个世界剧场。在他看来,人天生就立于舞台之上。证据是:俄克拉荷马露天剧场对应聘者来者不拒。录用的标准是什么,不得而知。表演才能显而易见应该是最重要的标准,然而看上去却无足轻重。当然也可以作另外一种解释:对演员的所有要求就是演他们自己。他们已不可能成为他们自我标榜的——如有必要——足可胜任的角色。这些人以各自的角色,在露天剧场寻求自己的位置,恰如皮兰德娄的六个剧中人①寻找一位作者一样。对所有这些人物来说,这个地方是他们最后的庇护所,而且不排除成为其救赎之地的可能。救赎并非是对生存的奖赏,而是如卡夫卡在《他》中所说,对一个道路"被自己的前额骨挡住"的人来说,救赎乃是其最后的逃亡之路。剧场的法律包含在《给科学院的报告》中一个隐蔽的句子中:"我模仿人们,只是为了寻找出路,并无别的原因。"在审判将近结束时,K.似乎对此也有所领悟。他突然转向那两个头戴大礼帽、将他押来的先生,问道:"'你们在哪个剧院演戏?''剧院?'其中一个问道,他的嘴角抽搐着,向另外一位求助。同伴看上去好像是一位哑巴,正试图战胜自己的顽疾。"两个人都没有回答这个问题,但显而易见被击中了要害。

所有将要在露天剧场工作的人坐在一条铺着白布的长凳上,接受了款待。"他们全都兴高采烈。"为了庆祝,跑龙套的扮成天使。她们站在内里装了梯子、掩盖在随风舞动的裙纱下面的、高高的踏脚上。——这可能是乡村教堂的集会,也可能是一个儿童节日,总之它将我们前面讨论过的那个被紧紧地、繁复地装扮起来的男孩眼神中的哀伤一扫而光。——假如她们的翅膀不是捆上去的

---

① 皮兰德娄(Luigi Pirandello, 1867～1936):意大利戏剧作家、小说家,1934年诺贝尔文学奖获得者。《六个寻找作者的剧中人》是皮兰德娄的一部戏剧。

话，她们算得上是真正的天使。天使们的前身在卡夫卡的其他作品中曾经出现过。剧院经理便是其中之一。当空中飞人艺术家遭受“第一次悲伤”时，经理爬上艺术家旁边的行李架，抚慰他，并将脸贴到他的脸上，“这样他便沐浴在空中飞人艺术家的泪水中”。(《第一次悲伤》)另一个则是守护天使或者法的守护人。“弑兄”事件发生后，他悉心照顾凶手施玛尔。当他蹑足轻脚地将施玛尔带走时，“施玛尔的嘴唇紧紧地抵在警察的肩膀上”。(《弑兄》)——卡夫卡的《美国》结束于俄克拉何马的一场乡村庆典。索玛·摩根斯特恩说：“像所有伟大的宗教创始人一样，卡夫卡的作品中，有一种乡村的气息。”[①]这不禁令人想起老子有关虔敬的思想，因为卡夫卡在《邻村》中对之作了完美的描绘。“邻国相望，鸡犬之声相闻，民老死不相往来。”这就是老子。卡夫卡也是一个寓言作家，但他没有创立宗教。

让我们看看城堡山脚下的那个村子。在这里，K.的土地测量员身份神奇而出乎意料地得到了确认。在《城堡》后记中，布洛德提到，在描写城堡山下的这个村子时，卡夫卡脑子里有一个蓝本：埃尔茨山区的岖崂。[②] 不过，我们还可以从中读出另外一个村子。这是《塔木德》传说中的一个村子。有人问拉比，为什么犹太人要在星期五晚上准备节日晚宴，拉比就讲了这个传说。讲的是一个公主在流放地、一个村子，饱受折磨，因为言语不通，而且远离亲人。一天，公主收到一封信，说未婚夫并没有忘记她，而且已经上路来探望她了。拉比说，未婚夫是弥赛亚；公主是灵魂；她被流放的那个村子是肉身。她为他准备了膳食，因为在一个言语不通的

---

① 《本雅明谈话录》见《本雅明档案·手稿第334号》。

② 布洛德的话其实并没有见于《城堡》后记，而是见于维利·哈斯(Willy Haas，1891～1973)的《时代的设计》(*Gestalten der Zeit*，Berlin：Kiepenheuer，1930)。哈斯是德国文艺批评家、散文作家，本雅明的朋友。哈斯和恩斯特·罗瓦尔特(Ernst Rowohlt)一起创办了周刊《文学世界》，并主持该刊至1933年。本雅明在该刊上发表了诸多文章。

村子里，这是她能够表达其欢乐的唯一办法。《塔木德》里的这个村子，同样存在于卡夫卡的世界中。正如K.住在城堡山的村子里，现代人生活在他自己的肉身里：肉身早已脱离了他，而且对他充满仇恨。也许有一天人们一觉醒来，发现自己变成了虫子。卡夫卡的作品中飘荡着这个村子的气息，因此他从来不曾试图去创立宗教。圈着乡村医生的马匹的猪栏；克拉姆口叼雪茄、坐饮啤酒的那间窒闷的后屋；任何人只要敲一下便有灭顶之灾的别墅大门……所有这些都是这个村子的组成部分。村子里的空气被所有败育和烂熟的成分——它们早已混杂成腐烂之物——所浸染。这就是卡夫卡终其一生都在呼吸的空气。他既非预言家也非宗教创立者。他是如何在这种空气中存活下来的？

驼背小人

一段时间以前，人们都知道克努特·汉姆生①有一个习惯，他喜欢时不时地给附近一座小城的地方报纸写信，发表自己的观点。几年之前，小城曾经有过一起刑事诉讼案，被告是一位年轻妇女，她杀死了自己新生的婴孩。她被判监禁。很快，报纸上登出了汉姆生的来信，他声称自己正在考虑离开这个城市，因为它居然没有对杀死亲生婴儿的母亲施以最严厉的制裁——即便不绞死，至少也应当是无期徒刑。几年之后，《大地的成长》出版了，其中讲到一个故事，一个年轻的妇女犯了同样的罪行，遭到了同样的惩罚。而且，它向读者清楚地表明，她决不应当领受更重的惩罚。

之所以提及这段往事，是因为卡夫卡在《万里长城建造时》中，曾留下了对这件事的反思。这部作品甫一出版，这些反思就成了卡夫卡批评的基石。批评家全都热衷于对这些反思进行阐释，却忽略了作品本身。有两种批评完全偏离了卡夫卡的作品。一种是

① 克努特·汉姆生(Knut Hamsun)：克努特·彼德森(Knut Pedersen，1859～1952)的笔名，挪威作家，1920年诺贝尔文学奖获得者，代表作为《大地的成长》。

近乎自然随意的阐释；一种是超自然的解释。这两种批评——无论是心理分析式的还是神学阐释——都没有切中问题的关键。第一种批评以赫尔姆斯·凯泽尔为代表；第二种批评则阵容强大，包括 H. J. 舒普斯、伯恩哈德·朗格、伯恩哈德·格勒图森。维利·哈斯也属于后一派，尽管他在其他地方提出了一些颇富启发意义的观点，我们后面将会论及。① 哈斯的洞察力没有能够阻止他沿用神学模式来阐释卡夫卡。他写道："卡夫卡伟大的长篇小说《城堡》描绘的是上界的力量，是恩宠的领地；而另一部同样伟大的长篇小说《诉讼》描绘的则是下界的权力，是法庭和惩罚的疆域。而介于两者之间的人间世、俗世的命运及其热烈的需求，则是他在第三部长篇小说《美国》中，试图以一种严谨的风格形式加以表现的。"其实从布洛德开始，这段批评文字的前三分之一，就已经成了卡夫卡研究中的陈词滥调。伯恩哈德·朗格不过是人云亦云："假如我们可以将城堡视为恩宠之地，那么从神学的角度看，这些徒劳的努力和尝试便清楚地意味着，人类不可能一厢情愿、随心所欲地获得上帝的恩宠，强力同样不行。不安与焦躁只会妨碍和打搅神圣的平静。"这种解释非常省力，不过，越是深入下去，就越是会发现这种解释是完全站不住脚的。也许哈斯的一个论断可以让我们看得最为清楚："卡夫卡……反求于克尔凯廓尔和帕斯卡。也许可以说他是这两位的唯一合法继承人。三个人所要探讨的都是一个极其艰难的宗教主题：人在上帝面前永远是错误的。……卡夫卡的上界，即他所谓'城堡'，连同其臃肿庞大、错综复杂、庸庸碌碌、淫逸放荡的官僚机构——即他那离奇的天堂，和人类进行着一场可怕的游戏。……然而，即使在这样一个上帝面前，人也无往不在

① H. J. 舒普斯(Hans Joachim Schoeps，1901～1980)：德国历史学家，有多种关于犹太宗教史的著作。伯恩哈德·格勒图森(Bernhard Groethuysen，1880～1946)：德国文化史学家，狄尔泰的学生，将乃师的"精神史"方法运用于对欧洲资产阶级精神发展史的研究。维利·哈斯，见本文前注。

错误之中。”这样一种神学，远远不及坎特伯雷的圣安瑟姆[①]的称义论(doctrine of justification)，甚至倒退回了野蛮无知的玄想，与卡夫卡的文本风马牛不相及。“单个的官员有赦免权吗?”《城堡》中写道，“只有最高当局才能办到，不过，即使他们也只能裁决，而不能赦免。”这条路马上就进入了死胡同。丹尼·德·鲁日蒙[②]写道：“所有这一切，并不是没有上帝的人的悲惨境遇，而是这样一些人的悲惨境遇：他依附于一个他不认识的上帝，因为他不认识基督。”

从卡夫卡留下来的笔记中得出玄想式的结论固然不难，而要想从其短篇和长篇小说中寻绎出哪怕仅仅一个主题却谈何容易。然而，只有这些主题才能提供有关统治卡夫卡世界的史前暴力的线索；无疑，完全可以说这些史前暴力也存在于我们这个世界。有谁能说得出这些暴力是以什么样的名目出现在卡夫卡面前的？只有一点可以确定：他不认识这些暴力，并且在其中迷失了方向。在史前世界以罪的形式放置在他面前的镜子中，他只看到了以审判的形式出现的未来。但卡夫卡并没有告诉我们它的模样。是最后审判吗？它会将法官变为被告吗？审判等于惩罚吗？卡夫卡没有给我们答案。他是否对审判还存有别的期望？或者，说得更明白一些，希望将审判延搁？在卡夫卡留给我们的短篇小说中，叙事技巧重新赢得了它在山德鲁佐[③]口中所具有的意义：延搁未来。在《诉讼》中，延搁是被告的希望所在：但愿诉讼程序不要逐渐进

① 坎特伯雷的圣安瑟姆(Saint Anselm of Canterbury，1033/34～1109)：经院哲学的创立者，著有《上帝为何化为人》、《论三位一体的信仰》等。圣安瑟姆首次提出了对上帝存在的本体论证明，其思想在整个中世纪都占有统治地位。其关于救赎的赎罪理论基于这样一个前提：赎罪或惩罚应该以罪行冒犯对象的情况为条件。在圣安瑟姆看来，上帝是被冒犯者，而人是冒犯者。

② 鲁日蒙：《弗兰茨·卡夫卡的〈诉讼〉》，见《新法兰西评论》1934年5月号。丹尼·德·鲁日蒙(Denis de Rougemont，1906～1985)：瑞士法语著名学者、作家，欧洲共同体思想先驱之一。

③ 山德鲁佐：故事集《一千零一夜》的叙述者。

入到审判阶段。就连族长亚伯拉罕本人也受惠于延搁，尽管他不得不因此交出他的传统地位。

> 我想象得出另一个亚伯拉罕（可以肯定的是，他永远不可能成为犹太始祖，甚至连旧衣商也当不了）——他随时准备以跑堂般的殷勤，去满足牺牲的召唤，但他却无法作出牺牲，因为他走不开，家里不能没有他，家业得他操持，总有需要安排的，房子还没有盖好。而房子没有盖好，他就还没有依靠，因此他不能离开。对于这一点，《圣经》上也说得很明白："他整饬他的房屋。"这个亚伯拉罕表现出了"跑堂般的殷勤"。

卡夫卡只会通过形体姿态来理解事物，这个他无法破解的形体姿态就成了寓言中的晦暗之处。卡夫卡的作品就源自这种晦暗。他保留自己作品的方式是众所周知的。他在遗嘱中要求销毁它们。这份文件，这份所有对卡夫卡感兴趣的人都不能忽视的文件，告诉我们：作者对这些作品不满意；他认为自己的努力是失败的；他认为自己天生就是一个失败者。的确，他那宏大的尝试是失败了：把诗歌变成教义，将其转变为寓言，并使之重新获得坚固性和朴实性——从理性的角度看，他认为这是唯一适合寓言的特点。没有哪个作家会像他这样如此虔诚地遵行"你不可为自己画像"这条戒律。

"看上去羞耻会比他活得更长久。"这是《诉讼》的结束语。正如其"情感上与生俱来的纯净"一样，羞耻感是卡夫卡最强烈的形体姿态。不过，羞耻感具有两面性。羞耻是人的一种内在反应，但与此同时又具有社会性。它不仅可以是在他人面前感到羞耻，而且也可以是为他人而感到羞耻。卡夫卡的羞耻感并不比主宰它的生活和思想更个人化，他曾说过："他活着，但并不是为他自己的生活而活；他思考，但并不是为自己的思想而思考。他觉得自己的生活和思考都受制于家庭。……由于这个陌生的家庭……他不可能被解雇。”(《他》)我们并不知道这个由人和动物组成的陌生家庭的结构组织。但是有一点是清楚的：正是这个家庭迫使卡夫卡在其作品中撼动了宇宙时代(cosmic ages)。受命于这个家庭，他像西西弗斯搬运巨石那样搅扰了绝大部分历史事件。在这个过程中，历史事件的地下部分得以重见天日。这并不是什么赏心悦目的景观，不过卡夫卡有足够的承受力去正视它。“相信进步并不等于相信进步已经发生。如此信念算不上是信念。”卡夫卡并不认为他生活的时代相对于太初鸿蒙有什么进步。他的长篇小说都发生于沼泽世界。在他的作品中，万物处于巴霍芬[①]所说的乱伦阶段。这个阶段已经被遗忘，但这并不意味着它没有延伸至当下。恰恰相反，正是通过遗忘，它进入了当下。一个比常人的体验深刻得多的体验发现了它。“我体验到了在旱地上晕船的感觉，我这么说并不是在开玩笑。”卡夫卡在一篇笔记中写道。因此绝非偶然，他的第一篇《冥想》(《乡村公路上的孩子们》)是在秋千上构思出来的。卡夫卡不厌其烦地表达他对起伏不定的大自然的体验。每一种体验都会退让几步，与其相反的体验混同起来。“那是夏季，一个酷热的日子，”这是《院门上的一敲》的开篇，“我和妹妹走在回家的路上，当时正要经过一幢大房子的大门。我不记得她是出于恶作剧，还是心不在焉地敲了一下大门，或者根本就没有敲，只不过是向它挥了挥拳头。”前面两种可能性原本看上去是没有什么危害的，但第三种可能性使之变得不确定了。卡夫卡笔下的女性形象便来自滋生这种体验的沼泽地。她们都是沼泽生物。比如丽妮，“她张开右手的中指和无名指，指间皮几乎长到了手指的最上一个关节，指头却很短”。(《诉讼》)“那可是美好时光，”态度暧昧的弗丽达回忆起了童年生活，“可你从来没有问起过我的过去。”(《城堡》)这个过

---

① 巴霍芬(Johann Jakob Bachofen，1815～1887)：瑞士人类学家、法学家，代表作为《母权》。

去将我们引回到黑暗幽深的母腹，在这里，“频繁无度的交媾”场景——用巴霍芬的话说——“为天国之光的纯洁力量所憎恶，也可以用阿尔诺比亚斯所谓‘低级的享乐’来称呼它”。

只有站在这个制高点上，才能理解作为讲故事者的卡夫卡的技巧。无论何时，但凡小说中的人物有话要对K.说，不管事情多么重要、多么惊人，他们都漫不经心，这暗示着K.其实早已知道了一切。仿佛没有什么新消息要告诉他，他们不过是要委婉地唤醒他的记忆。因此，哈斯令人信服地对《诉讼》的情节进展作出了如下解释：“审判的对象，或者说这部不可思议之作的真正主人公，乃是遗忘。遗忘的本质特征是遗忘自身……本书中，遗忘附身于被告——一个极具张力的人物，变成了哑巴。”无可否认，“这个神秘的中心……源自犹太教”。“记忆在虔敬的面目下扮演着一个非常神秘的角色。耶和华保留着对‘第三代、第四代，甚至第一百代’的准确无误的记忆，这不是一个无关紧要的禀赋，而是其最深刻的禀赋。在仪式中……最神圣的行为……乃是将罪恶从记忆中抹去。”

被遗忘之物绝不仅仅与纯粹个人相关，认识到了这一点，我们便站在了进入卡夫卡作品堂奥的门槛前。每一件被遗忘之物都与史前世界被遗忘的东西混杂在一起，形成无数个不确定的、变动不居的复合体，宛如一条奔涌着新奇产品的河流。忘却是一个容器，卡夫卡故事中那个取用不竭的中间世界便是从这个容器中挤压出来，得见天日的。“在这里，只有世界的丰盈完满、多彩多姿才被认为是唯一的现实。一切精神都必须具体化、个体化，以便获得一席之地和生存的权利。精神性的东西，只要还在起作用，就必须化为精灵。这些精灵变成绝对的个体，各具名姓，并且与崇拜者的名字有一种特殊的联系……丰盈完满的世界一刻不停地为精灵们的丰盈完满所充实，几至泛滥……拥挤的精灵无所顾忌地膨胀繁衍……新的精灵源源不断地加入到老的行列中来，每一个都有别于其他精灵的名字。”这当然不是在说卡夫卡，而是在说中国。在

《救赎之星》中，弗兰茨·罗森茨维格对中国人的祖先崇拜作了上述描绘。对卡夫卡而言，现实世界有多么重要，这个祖先的世界就有多么深不可测。我们可以确信，正如原始人的图腾柱一样，这个祖先世界将他带回到了动物层面。顺便说一句，卡夫卡并不是将动物作为装填被遗忘之物的唯一作家。在蒂克寓意深远的小说《金发的埃克伯特》中，那条小狗被遗忘的名字，斯特罗米，象征着神秘的罪愆。[①] 这样，我们就不难理解，卡夫卡为什么会乐此不疲地向动物聆听被遗忘之事。诚然，动物并非目的，但是不可或缺。饥饿艺术家便是一个极好的例子，"严格说来"，他"只不过是通往动物园道路上的一个障碍"。(《饥饿艺术家》)人们难道没有看到《地洞》和《巨大的鼹鼠》中，动物们一边挖洞一边思考吗？然而，这种思考极度地浮浅易变。它总是不停地从此一忧虑转向彼一忧虑，以反复无常的绝望对每一种焦虑都浅尝辄止。因此，卡夫卡的作品中也就有了蝴蝶。罪孽深重、拒不认罪的猎人格拉胡斯"变成了蝴蝶"。(《猎人格拉胡斯》)"别笑，"猎人格拉胡斯说。可以确定无疑的是：在卡夫卡笔下的所有造物中，动物们最喜欢动脑子思考。如果说贪赃枉法是法律的特征，那么动物思考的特征便是焦虑。焦虑会把事情搞得一团糟，却是把事情办好的唯一希望。但是，由于被遗忘得最深的异国他乡是我们的身体——我们自己的身体，因此不难理解为什么卡夫卡把发自体内的咳嗽称作"动物"。咳嗽是一个庞大兽群的前哨。

在卡夫卡的作品中，史前世界跟罪愆所制造的最奇异的怪物是俄德拉德克。(《家长的呵护》)"一眼看上去，它像一个扁平的星

---

① 蒂克(Ludwig Tieck，1773～1853)：德国浪漫派作家、批评家、翻译家。其童话小说《金发的埃克伯特》发表于1797年，主要情节是女主人公向丈夫的朋友华尔特讲述的童年经历：她曾离家出走，在森林中被一位老妇收留，后者养有一只鸟和一只狗。她耐不住寂寞，遂带着老妇人的珍珠和小鸟离开，并在路上掐死了小鸟。她始终想不起小狗的名字。她讲完后，华尔特却说出了小狗的名字。女主人公因为最隐秘的往事被揭穿，不久便死了。

形线轴，而且好像确实有丝线缠绕在上面；诚然，那些线条肯定是用五颜六色的旧线头重新接好，然后缠在一起的。但是它又不仅仅是个线轴，因为有一个小小的横木从星星的中间伸出来，与另外一根与它形成直角的小木棒相接。靠了后面这根小木棒在这一侧，加上另外一侧的星星射出的光芒的支撑，整个东西就可以像有两条腿似的站起来了。”俄德拉德克“在阁楼、楼梯、走廊和厅堂之间不停地变换居所”。也就是说，它喜欢的地方和法庭调查犯罪时喜欢去的地方是一样的。阁楼是堆放弃物、遭人遗忘的地方。也许，不得不出庭受审时的涌上心头的感觉，和在阁楼上遇到一个尘封多年的箱子时的感觉是一样的。人们总喜欢将这样的事情推到最后关头，正如K.认为他的诉状适合“一个老朽的头脑在退休之后思考”。

俄德拉德克乃是被遗忘之物的形式。它们都被扭曲变形了。“家长的呵护”是扭曲变形的，没有人能说得清楚它是什么；那只甲虫——众所周知它指的是格里高利·萨姆沙——是扭曲变形的；那只半羊半猫、对它来说“屠刀”似乎是一种“解脱”的巨大动物，是扭曲变形的。卡夫卡的这些形象通过一系列人物与变形的原型驼背小人，联系了起来。在卡夫卡的短篇小说的意象中，最为常见的是一个人将头深埋在胸前——原因不一而足：法官的疲惫，影响饭店看门人的噪声，垂得很低、直接压迫着参观者的画廊天花板。在流放地，当权者运用一种古老的装置，在每一个罪犯的背上都刻上花体字母。笔画不断增多，图案层层重叠，直到犯人的背具有感知力，能够解读背上的文字，并且得以知道他到底身犯何罪。这就是负罪者的脊背。卡夫卡的背从来就是如此。且看他早年的一则笔记：“为了使自己变得更为沉重一些——我相信这有助于入睡，我交叉双臂，将手放到肩膀上，我就这样像一个背着背包的战士一样躺在那里。”显而易见，在这里，负重和忘却——熟睡之人的忘却——是一回事儿。类似的象征还见于《驼背小人》这首民歌。这个小人在家里过着一种扭曲的生活;他将随着弥赛亚的降临而消失,因为弥赛亚(一位大拉比曾经说过)不希望用暴力来改变世界,而只想对它稍加调整。

我走进房间,
想要上床睡觉,
一个驼背小人,
笑得浑身打战。

这是俄德拉德克的笑声,“听起来像是落叶的沙沙声”。

跪在小凳旁,
正要来祈祷,
驼背走进来,
开口对我说:
求你好孩子,
祷告勿忘我。

这是民歌的结尾。卡夫卡触到了最深的根基,而它既不是由“神话先知”,也不是由“存在神学”提供给他的。这道根基是德意志的民族根基,同时也是犹太民族的根基。即使卡夫卡不曾祈祷——对此我们不得而知——他也达到了马勒勃朗士所谓的“灵魂的自然祈祷”的高度:关切(attentiveness)。卡夫卡的关切包容了众生万物,就像圣徒的祷告包容了众生万物一样。

桑丘·潘沙

故事里讲到,在一个信哈斯德教派的村庄里,安息日的前夜,一群犹太人聚在一个破旧的小酒馆里。他们都是当地人,只有一个人不认识。他是一个衣衫褴褛的穷人，蜷缩在房间里头一个黑暗的角落里。人们谈天说地。后来有人提议每个人都来讲讲自己的愿望——假定他一定能如愿以偿。有人说他想要钱；有人说他想有一个女婿；还有人说他想要一个新的木匠板凳；就这样，每个人都轮流说了自己的愿望。所有人都说完了，只剩下角落里的乞丐了。虽然有些不情愿、有些吞吞吐吐，但他还是回答了人们的询问。“我希望我是一个大权在握的国王，统治着一个大国。有一天夜里，我正在宫殿里睡觉，这时敌人侵入了我的国家，到黎明时他们的骑兵就会攻入我的城堡，而我们又无力抵抗。我从睡梦中惊醒，来不及穿好衣服，只是身披衬衣就逃走了。我翻山越岭，穿林过涧，日夜兼程，终于安全地到达这里，坐在这个角落的凳子上。这就是我的愿望。”人们面面相觑。“可是你从这个愿望中得到了什么好处？”有人问。“一件衬衣，”他回答道。

这个故事带着我们深入到了卡夫卡作品世界的堂奥。没有人会认为弥赛亚使者总有一天会将其矫正的扭曲变形只影响到了我们的空间；我们的时间无疑也发生了扭曲变形。卡夫卡一定认识到了这一点。唯其如此，他才让《邻村》中的祖父说：“人生苦短。回首往事，我感到人生是如此的短暂。比如，我甚至不能理解，年轻人决定骑马到邻村去时，竟然毫无忌惮。且不说那些意外事故，就算一直幸福无虞，恐怕一个正常的人生都不足以完成这样一次骑行。”老人的兄弟便是上面提到的乞丐，他在“幸福无虞”的“正常”生活中甚至没有给他留出许一个愿望的时间，他在不正常的、不幸的生活（指故事里提到的逃亡）中被剥夺了这个愿望，却借此换来了愿望的实现。

在卡夫卡的造物中，有一个以奇特的方式应对人生短暂的族群。他们来自那座“南方城市……据说——谁能想象得到！——那里的人从不睡觉！‘为什么不睡？’‘因为他们不累。’‘他们怎么可能不累？’‘因为他们是傻瓜。’‘难道傻瓜就不会累吗？’‘傻瓜怎么会累？'"(《乡村公路上的孩子》)不难看出，傻瓜们和那些不知疲倦的助手们庶几相似。然而有关这个族群的还不止这些。有时会不经意地提到助手们的脸，这些脸看上去是"成年人的脸，尤其像是大学生的脸"。(《城堡》)实际上，在卡夫卡的作品中，总是出现在最奇诡之地的大学生乃是这个族群的代言人和领导者。"'但是你什么时候睡觉？'卡尔好奇地看着那个大学生，问道。'哦，睡觉！'大学生说，'等我完成功课后，我会睡一会的。'"这会让人想起孩子们睡觉时的满心不情愿；毕竟，等他们睡着了，会发生一些和他们有关的事情。"别忘了最好的！""繁若星汉的老故事"让我们对这句话耳熟能详，"尽管这句话实际上从来不曾出现于任何一个故事之中"。然而遗忘之中常常包含着最好的东西，因为其中包含着救赎的可能性。"想要帮助我的想法是一种疾病，需要卧床休息。"猎人格拉胡斯那永不停息地四处飘荡的鬼魂讽刺道。学习的时候，学生们是醒着的，也许醒着的状态对学习来说是最好不过的事情。饥饿艺术家拒绝饮食，守门人缄口不言，学生醒着。这些伪装，正是禁欲主义的伟大法则在卡夫卡作品中的动作方式。

禁欲主义的伟大成就乃是学习。卡夫卡心怀敬意地将它从远逝的童年中发掘了出来。"与此情此景没有什么不同——那是很久以前的事情了——在家时，卡尔坐在父母的桌边写作业。父亲要么看报，要么为几个机构登记账簿、回复信函；母亲忙着做针线活，把线从手中的布料中抽出来，抽得很高。为了不影响父亲，卡尔只是把作业本和书写工具放在桌上，要用的书则放在左右两边的座位上。房间里多么宁静啊！几乎没有什么来客！"(《美国》)也许这些学习算不上什么。但是它却非常接近于唯一能够让事物变得有用的"无"，也就是道。这正是卡夫卡所要寻求的，他想要"通过苦练手艺来打造一张桌子，但与此同时，又根本无所为——不是像人们所说，'打造桌子对它来说算不上什么，'而是指'打造是真正的打造,同时又是无'。这会使他的打造更大胆、更果断、更真实,当然也可以说,更疯狂"。(《他》)学生在学习的时候也具有同样的坚定和狂热;这是可以想象得到的最为奇异的姿态。抄写员和大学生们总是气喘吁吁、一路奔跑。"官员们总是压着嗓子口授文件,以至于抄写员一旦坐下就听不见;他不得不跳起来去听官员的口授,然后很快地坐下去记下来,然后再跳起来,如此反复不已。多么奇怪!多么不可思议!"(《城堡》)不妨想一想露天剧场的演员,那样可能会有助于理解。演员们必须在瞬间领会提示,除此之外,他们在其他方面也很像这些勤奋的大学生。的确,对他们来说,"打造是真正的打造,同时又是无"。——假如这是其角色的一部分的话。他们研究角色,只有糟糕的演员才会忘记台词或动作。不过,对俄克拉荷马剧团的演员来说,他们的角色就是自己从前的生活;因此这个剧场叫"自然"剧场。① 剧场的演员获得了救赎。然而那个大学生则不然,卡尔曾经在夜里看见他在隔壁的阳台上看书。"他翻动着书页,时而飞快地拿起另一本书在里面查找点东西,同时频繁地在笔记本上做着笔记——每到这时,他都把脸惊人地贴近纸张。"

卡夫卡不厌其烦地呈现着这种形体姿态,但也不可避免地会为之震惊。K.曾经被非常恰切地与好兵帅克相提并论:一个事事都会感到震惊;一个却万事无动于衷。电影和留声机发明于这样一个时代:人与人之间的关系已经疏远到了极致,无法预知的偶然关系成了人与人的唯一关系。试验表明,人们在银幕上认不出自己的步态,在留声机里听不出自己的声音。人在实验中的处境就是卡夫卡的处境;正是这种处境引导着卡夫卡的学习。在学习中,他将遇到自己生存的碎片——那些仍然在扮演着自己角色的碎片。他也许会像彼得·施莱米尔抓住被卖掉的影子那样抓住自

① 俄克拉何马露天剧场的英文名为:Nature Theater of Oklahoma。

己失去的形体姿态。[1] 他也许会对自己有所理解，但那需要付出怎样的努力！那是从遗忘之国刮来的风暴，而学习则是抗击风暴的战骑。坐在角落凳子上的那个乞丐正是这样向着他过去的生活策马疾驰，想要在逃亡的国王的形象上抓住自己。这次策马疾驰时间长达一生，这和生命正相符合，因为生命苦短，根本不足以完成一次骑行——"直至扔掉马刺，因为马刺已不复存在；丢掉缰绳，因为缰绳也已不复存在。仿佛连扑面而来的大地，一片刈割得坦荡如砥的原野都视而不见，而马的头颈早已无影无踪"。这是蒙恩的骑士的幻想的实现：他在一次无羁无碍的愉快旅行中策马冲向过去，连他自己都已经不再是奔马的负担了。而受诅咒的则是被绑在驽马身上的骑手，因为他已经为自己确立了未来的目标，即便是近在咫尺的目标——存煤的地下室；受诅咒的还有他的动物。他们两个——煤桶和骑手——都受到了诅咒。"我骑在桶上，双手握着桶把，靠着这最简单的挽具，我费劲地从楼梯上滚下去。但是刚到楼下，我的煤桶就向上长起来了，真是妙不可言，妙不可言；平趴在地上的骆驼，在赶骆驼的人的棍下摇晃着身体站起来时，也不过尔尔。"(《骑桶者》)再没有比骑桶者永远地消失于其中的"冰山雪域"更让人绝望的前景了。从"死亡的深渊"吹来了对他有益的风，这股风也常常从卡夫卡的史前世界中吹来。吹动猎人格拉胡斯的小船的也是这股风。"在举行秘仪和献祭时，无论是希腊人还是野蛮人都被告知，"普卢塔克[2]写道，"存在着两种最基本的本质和两种相互对立的力量，一种指向右边，一往无前，另一种则转头回返。"转头回返正是学习的方向，它将生存变为文字。教师是布塞法卢斯，那位"新来的律师"。他不顾强权的亚历山大大帝，掉头

---

① 彼得·施莱米尔是德国浪漫派作家沙米索(Peter von Chamisso，1781～1838)同名童话小说的主人公，他曾经将自己的影子卖给魔鬼，以换取对金钱的永恒诅咒，但后来又对这笔交易感到后悔。

② 普卢塔克(Plutarch，约 46～119)：古希腊作家，著有《希腊名人录》。

回返，这意味着他摆脱了这位勇往直前的征服者。“腹背免受了骑者的夹压之苦，远离了亚历山大征战的喧嚣，在静谧的灯光下他沉浸在我们那些古老的书卷之中。”韦尔纳·克拉夫特曾经对这个故事作过解读。在细致地分析了故事中的每一个细节后，克拉夫特写道：“在文学领域，从来没有人对神话进行过如此强烈而尖锐、如此全方位的批判。”根据克拉夫特的说法，卡夫卡从来没有使用过“正义”这一字眼，尽管他据以批判神话的出发点正是正义。不过，如果我们就此打住，我们就面临着误解卡夫卡的危险。难道真的可以指望用法律来对抗打着正义旗号的神话？不，作为一位法律学者，布塞法卢斯维系了其纯正的血统，只不过看上去他并不运用法律——从卡夫卡的角度看，无论是对布塞法卢斯还是对这一职业来说，都多少有点新鲜。这样一种只供研究不被运用的法律乃是通往正义的门径。

通往正义的门径是学习。不过卡夫卡并不敢给这种学习以许诺——像传统给予学习《摩西五经》的那种许诺。他的助手们是失去了祷告室的教堂司事；他的学生是丢失了圣典的小学生。现在，没有什么可以帮助他们走上“无羁无碍的愉快旅程”了。然而卡夫卡发现了自己的旅行法则。至少有一次，他成功地将旅程中那种上气不接下气的速度与缓慢的叙事节奏——这可以说是其毕生的追求——结合起来了。他在一篇很短的散文中表达了这一点。这篇散文是他最完美的作品，当然这绝不仅仅是因为它是一种解释。

在这数年中，每到晚上，从未因此而炫耀过自己的桑丘·潘沙就会用准备好的大量骑士和冒险小说将魔鬼从自己身旁支走——后来他给这个魔鬼取名为堂吉诃德——这样，这个魔鬼终于走火入魔，一刻不停地做着最疯狂的事，只因缺乏一个预定的对象——这个对象本来应当是桑丘·潘沙——才未对任何人造成伤害。桑丘·潘沙，一个自由自在的人，或许出

于某种责任感，从容镇定地跟着堂吉诃德南征北讨，悠然地从中享受着巨大而有益的消遣，一直到死。（《有关桑丘·潘沙的真理》）

桑丘·潘沙，一个镇定的傻子、笨拙的助手，让他的骑手走在前面；布塞法卢斯比他的骑手活得更为长久。布塞法卢斯究竟是人是马并不重要，重要的是卸下背上的包袱。

（李茂增译）

译 后 记

我的博士论文《现代性与小说形式——以卢卡奇、本雅明和巴赫金为中心》在北京大学通过答辩后，很快就在东方出版中心出版。在编辑拙著的同时，灵剑兄正在策划这套“他山人文译丛”，并以我在写作博士论文时曾研读过本雅明且“颇有心得”为由邀我加盟。虽然我也认为这不失为“向本雅明致敬”的最好方式，但还是一口谢绝了。除了不是外语专业出身之外，还有一条众所周知的理由。《否定辩证法》的英译者 E. B. 阿什顿在该书的译者序中曾说过：“（卢卡奇和）本雅明也许会使一个译者为了训练有素的读者不得不冒生命之险。”不过，由不得灵剑兄使出让我觉得比译事更难对付的软硬兼施之功，我终于还是糊里糊涂地应承了下来。但很长一段时间，我都心怀侥幸，希望有什么临时变故，能够使译丛自然夭折——但愿灵剑兄现在不会因为我的暗中施咒而怪罪。

等到真正动笔翻译之时，原来估计的种种困难中，又始料不及地增加了最大的一个。时逢我所供职的学校“迎评/评建”大潮铺天盖地席卷而来，每天都忙于文件的撰写与表格的填制，几乎无暇他顾。好不容易等到学期结束，却被告知原本就少得可怜的暑假要凭空减掉若干天。掐指盘算，无论如何都不可能按期交工，只好急寻援手。幸赖陕西师范大学赵文兄的引介，才有了与西安外国语大学苏仲乐君的这次愉快合作。我与仲乐君素昧平生，又正赶上他在美国做访问学者，一切沟通就全靠电邮往还。仲乐君的译文，我不敢谬评，但几个月跨时空的网络沟通，却使我对他对待译事的认真与严谨，以及性格中的豁达与侠义多有领教。

译文系从英译本转译而来。所据底本为 *Walter Benjamin*, *Selected Writings*（Vol. 1 - 4），the Belknap Press of Harvard University Press，1996 - 2003。

书名之所以定为《写作与救赎》，是考虑到救赎思想乃是本雅明纷繁奇诡、变幻莫测的思想中一条贯串始终的线索，即使到后来受马克思主义影响日深，试图借鉴犹太教救赎思想以拯救现代性危机的努力也未曾稍减，而本雅明对文学形式、现代作家作品的论析，大都与其救赎思想有着或隐或显的关联。循此思路，将译文分为三部分：第一部分试图概略地展示本雅明的救赎思想，而第二、三部分则是本雅明救赎思想在文学批评领域里的展开。要说明的是，或由于力有不逮，或由于篇幅限制，或由于国内已有多个译本，因而与此主题相关的某些重要篇什没有收录翻译。

译事之难，无须赘言。现在，译稿只能交给读者评判了，就我自己所译的若干篇什而言，我自知难得好评，但仍需感谢诸多前贤时俊在本雅明翻译和研究两方面作出的诸多探索；拙译对以下著作参考尤多：

本雅明著，阿伦特编，张旭东、王斑译：《启迪：本雅明文选》，香港牛津大学出版社 1998 年版。

刘北成著：《本雅明思想肖像》，上海人民出版社 1998 年版。

本雅明著，刘北成译：《巴黎，19 世纪的首都》，上海人民出版社 2006 年版。

本雅明著，张旭东译：《发达资本主义时代的抒情诗人》，生活·读书·新知三联书店 1989 年版。

本雅明著，王炳钧、杨劲译：《经验与贫乏》，百花文艺出版社 1999 年版。

本雅明著，陈永国、马海良等编译：《本雅明文选》，中国社会科学出版社 1999 年版。

郭军、曹雷雨编:《论瓦尔特·本雅明:现代性、寓言和语言的种子》,吉林人民出版社 2003 年版。

特里·伊格尔顿著,郭国良、陆汉臻译:《沃尔特·本雅明或走向革命批评》,译林出版社 2005 年版。

如前所说,本书的翻译是在我所就职的学校的“迎评”大潮中完成的。回过头来看,这不能不算是一个小小的奇迹。

李茂增

2009 年 4 月 18 日

增订版后记

本书初版于2009年，倏忽已是八年。八年间，本雅明的翻译和研究已非当日可以比拟，本雅明的重要著作大都已被译成中文，不少著作还出现了多个译本，相关研究领域也迭有新作，蔚为可观。在这种情况下，这本小书还有增订再版的机会，当然是一件值得高兴的事情。

八年间，我个人的生活也发生了不小的变化。不久前，我离开了学习、工作、生活了近三十年的解放军外国语学院，南下广州，入职广州大学文学思想研究中心。说来凑巧，当初来广大求职时，时任广大文学院院长、现任文学思想研究所所长的刘晓明先生居然读过这本小册子，并对我的相关研究工作给予了热情鼓励。对本书的增订或许可以算作我交给研究中心的第一份作业。

本次增订，新译了《神学—政治断想》、《儿童书籍世界一瞥》、《儿童文学》、《民间艺术片论》、《神学批评》、《文学史和文学研究》、《剧场与广播：双方之教育节目的相互控制》、《约翰·彼得·黑贝尔(1)：黑贝尔去世百年祭》、《约翰·彼得·黑贝尔(2)：献给黑贝尔去世百年的七巧板》、《俄国作家的政治派别》、《回顾斯蒂芬·格奥尔格——对这位诗人的重新解读》共十一篇文章。选文的原则，和初版时一样：一是文本自身的重要性，二是国内没有译文或译得较少。原有译文，略有增删修补，但并未作大的改动。

增订工作，仍由苏仲乐教授和我共同完成。从本书初版到增订版，责任编辑付出了不少心血，对此，译者怀有深挚的谢意。

李茂增

2017 年 4 月 21 日

图书在版编目（CIP）数据

写作与救赎：本雅明文选 /（德）瓦尔特·本雅明著；李茂增，苏仲乐译. 一增订本. 一上海：东方出版中心, 2017.8（2023.3重印）
ISBN 978-7-5473-1148-6

Ⅰ. ①写… Ⅱ. ①瓦… ②李… ③苏… Ⅲ. ①本亚明(Benjamin, Walter 1892-1940) - 文学批评 - 文集 Ⅳ. ①I06-53

中国版本图书馆CIP数据核字（2017）第162783号

写作与救赎——本雅明文选

著　　者　[德] 瓦尔特·本雅明
译　　者　李茂增　苏仲乐
责任编辑　潘灵剑
封面设计　房惠平

出版发行　东方出版中心有限公司
地　　址　上海市仙霞路345号
邮政编码　200336
电　　话　021-62417400
印 刷 者　昆山市亭林印刷有限责任公司

开　　本　890mm × 1240mm　1/32
印　　张　9.625
字　　数　238千字
版　　次　2017年8月第1版
印　　次　2023年3月第2次印刷
定　　价　60.00元